모서리에서 본 세상

강승원 산문집

모서리에서 본 세상

도화

차례

봄나물

나는 봄나물을 좋아한다. 어릴 때에 산나물을 많이 먹어서 그런지 어른이 된 뒤에도 고기보다는 나물이 좋고 나물 가운데서도 밭에서 기른 푸성귀보다 들이나 산에서 스스로 자라는 나물들을 더 즐겨 먹는다. 그러나 요즘에는 산에서 자라는 나물은 봄이 되어도 마음껏 먹을 수가 없다. 산나물을 뜯는 사람은 드문데 그걸 먹으려는 사람은 참으로 많기 때문이다.

그래서 옛날부터 묵나물이 생겨난 것 같다. 봄에 돋아나는 산나물을 뜯어서 제철에 삶아 말린 나물 말이다. 그러니까 냉장고 같은 저장 시설이 전혀 없었던 옛날에 사람들이 골을 굴려서 생각해낸 것이 이 묵나물이었다. 먹어본 사람들은 묵나물의 맛과 그걸 만들어 낸 것에 고개를 끄덕이게 된다. 산에서 뜯어온 것을 푹 삶아서 따뜻한 봄볕에 바짝 말려서 바람이 잘 불어오는 곳에 잘 놔뒀다가 겨울철에 삶아서 국을 끓여 먹거나 건건이로 무쳐서 먹으면 제철에 뜯어서 먹는 산나물 맛이나 크게 다르지 않기 때문이다.

유벽을 찾아가니 구름 속에 집이로다
산채에 맛들이니 세미를 잊을 노다
이 몸이 강산풍월과 함께 늙어가자 하노라

―조욱, 조선 중종 때 문신―

올봄에도 나는 아내와 함께 강원도 인제 땅에 있는 방태산 기슭의 진동골짜기로 산나물을 뜯으러 다녀왔다. 그곳에 사는 사람이 봄나물이 나기 시작했다고 알려주었기 때문이다. 우리 부부의 봄나물 나들이는 벌써 여러 해째 이어지고 있다. 밥벌이하느라고 큰 도시에 나가서 살다가 시골로 삶의 터전을 옮기고부터니까 어느덧 대여섯 해가 지났다. 처음 몇 해 동안에는 동네 사람들을 따라서 가까운 산으로 들로 나물 나들이를 나다녔었지만 해가 거듭되면서는 같이 가거나 불러주는 사람이 없어도 우리 부부가 스스로 산나물 나들이를 다녀올 때가 더 많았다.

우리가 처음으로 산나물 나들이에 따라갔을 때 동네 사람들은 신출내기인 우리를 은근히 멀리했었다. 말로는 아니라고 손사래를 치지만 우리는 그들의 몸가짐을 보고 넉넉히 짐작했었다. 오랫동안 도시에서 살아온 우리와 함께 산에 들어가면 나물 이름을 알려달라고 자주 보채는 것은 물론이고 가파른 산언덕이나 깊은 산골짜기를 제대로 따라다니지를 못했으니까 산 다람쥐같이 날랜 그들이 나물을 뜯는데 얼마나 거추장스러웠을 것인가 말이다.

어찌 됐든 이렇게 몇 해 동안 산나물을 뜯으러 나다녀 보니까 산나물에는 아주 까막눈이던 우리도 나름대로 물미가 터지게 되었다. 이름을 몰랐던 여러 가지 산나물을 알아보는 눈썰미가 트인 것은 말할 것도 없고 어느 산 어느 기슭 어느 골짜기에 들어가면 취나물이 많고 또 어떤 골짜기에 두릅이 있고 어느 산언덕에 올라가야 고사리밭이 있는지를 조금씩은 알아 가게 됐으니까 말이다. 그러니까 글방 강아지도 서너 해가 지나면 천자문을 외운다는 우스개처럼 우리들도 야금야금 산골사람이 돼 갔던 것이다.

이곳 용문산 가까운 산골사람들이 산나물 가운데서 제일로 치는 것은 곰취이고 두 번째가 곤드래이며 세 번째가 참나물 그리고 모시대, 취나물, 고사리 딱주기 같은 차례이다. 그러나 〈신토불이〉라는 말이 있는 것처럼 고장과 취향에 따라서 각 고장 사람들이 따로따로 으뜸으로 치거나 앞에 내세우는 산나물들이 모두 달랐다.

산나물 가운데서 첫 번째로 꼽는다는 곰취는 잎이 손바닥처럼 넓다. 곰의 발바닥 같아서 곰취라는 이름이 붙었다고 말하지만 그게 올바로 전해지는 말인지는 잘 모를 일이다. 밥 먹을 때 날것으로 쌈을 싸서 먹으면 풋풋한 냄새가 코로 배어 들어갈 만큼 향기가 짙다. 그러나 해발 천 미터 이상의 높고 깊은 산골짜기에서만 자라는 나물이어서 시골의 동네 가까운 얕은 산만 찾아다니는 풋내기 나물꾼들은 애당초 만나 보기가 어렵다.

나도 몇 해 전인가 오대산으로 산행을 나섰다가 재수가 좋아서 곰취 몇 잎을 뜯었던 적이 있을 만큼 흔치 않은 나물이다. 때문에 지금은 강원도 백두대간 기슭의 강릉, 태백, 평창이나 인제, 정선, 홍천, 횡성 같은 산이 높은 곳의 깊은 산골 마을에 가면 이 곰취를 비닐집에서 기르는 농민들을 많이 만나볼 수가 있다. 그러니까 깊은 산속에서 스스로 자라난 것만큼 짙은 냄새나 맛이야 없겠지만 큰 도시에 사는 서민들도 이른 봄철에 농민들이 길러낸 곰취를 사 먹을 수가 있게 된 세상이다.

그다음으로 치는 것이 참나물이다. 모습이 미나리와 같은 참나물도 향긋한 냄새가 으뜸이다. 산속에서 뜯어 곧바로 된장이나 고추장에 쌈을 싸 먹어도 좋고 집에 돌아와서 데쳐서 간장에 무쳐 먹어도 맛이 있다. 이 참나물을 넣어서 부쳐낸 밀가루 부침은 향긋한 냄새가 뛰어날 뿐 아니라 맛이 상큼해서 산골사람들이 봄철이면 으뜸으로 꼽는 먹을거리이다.

이름이 야릇한 곤드레도 보기 드문 산나물이다. 풍기는 냄새는 별로 짙지 않으나 몸체가 부드럽고 삶은 뒤에야 맛이 돋아나는 나물이 곤드레다. 정선의 가리왕산, 평창의 오대산, 인제의 방태산 같은 곳이 으뜸의 자생지라고 알려지지만 그곳 말고도 설악산 밑의 고성, 양양 그리고 방태산이 있는 인제나 횡성, 평창 같은 백두대간 기슭의 높고 가파른 산언덕도 옛날부터 무리 지어 자라는 곳이라고 한다.

그러나 언제부터인가 이 높은 산속의 골짜기에 자라나던 취나물과 곤드레 같은 나물들도 야금야금 사라지기 시작했다는 것이다. 그 뛰어난 맛과 냄새를 좇아서 자동차를 타고 도시에서 몰려든 나물꾼들이 아무도 말리는 사람이 없으니까 취나물과 곤드레를 비롯한 보기드문 산나물들을 아예 뿌리째로 마구 캐갔기 때문이라는 것이다.

그래서 강원도의 깊고 높은 산골사람들이 씨앗이나마 사라지는 것을 막아내자는 마음으로 여러 가지 산나물의 씨를 받아서 밭에서 기르게 되었다는 것이다. 이미 여러 해 전에 시작된 산나물 기르기에는 지금 강원도뿐만 아니라 영남 호남 가릴 것 없이 온 나라 산골의 지방 자치단체와 많은 농가들이 나서고 있는데 꽤나 넓은 터전에서 길러진 두릅, 곤드레, 취나물, 참나물을 비롯한 산나물들로 농민들이 쏠쏠한 돈벌이를 하고 있다는 것이다.

그 가운데서도 곤드레나물로 밥을 해 먹으면 그 어떤 산나물보다도 맛이 좋다. 곤드레는 그냥 삶아서 건건이로 무쳐 먹을 수도 있고 푹 삶아 말렸다가 겨울철에 따뜻한 물에 불려서 여러 가지 반찬을 만들어 먹을 수도 있지만 밥을 지어 먹는 것이 제일 좋다. 어떻게 만들어서 먹더라도 참으로 맛있는 산나물인데 요즘에는 전국 어디를 가더라도 이 곤드레 밥집의 간판이 흔하게 눈에 뜨일 만큼 많다.

그다음이 산나물 가운데 으뜸이라고 불리는 두릅이다. 두릅은 이른 봄 높은 산속에서 움트는 가시가 돋아있는 두릅나무에서 따내는 새순인데 지금은 산에서 저절로 나는 것은 찾아보기 힘들고 거의가 길러낸 것이다. 농부들이 산에 자라는 두릅나무들을 집 터전의 빈터나 논둑 밭둑에 옮겨 심어서 기르는가 하면 두릅나무 가지를 잘라다가 아예 비닐집 안에다 무더기로 심어놓고 물을 줘서 장삿속으로 기르는 농민들도 많다는 것이다.

이렇게 집에서 길러진 두릅들은 산속에서 스스로 자란 것에 비해서 상큼한 맛과 향긋한 냄새는 훨씬 떨어지게 마련이다. 그러나 귀하고 값비싼 산나물을 사 먹기 힘든 서민들도 햇빛이 따사해진 봄철에 비닐집에서 길러낸 두릅을 조금은 헐한 값으로 사 먹을 수가 있으니 그나마 다행스러운 일이 아닐 수 없다.

차례로는 뒤로 쳐지지만 나는 취나물을 가장 맛있는 나물이라고 여긴다. 취나물은 그 어떤 나물보다도 향긋한 냄새가 뛰어나다. 밥을 먹을 때 날것으로 된장이나 고추장으로 쌈을 싸 먹어도 맛있지만 삶아서 무쳐 먹어도 감칠맛이 뛰어나다. 취나물에도 개취, 떡취, 개미취, 수리취 같은 여러 가지 이름의 취가 있다. 다른 이름의 취나물도 모두 먹을 수는 있지만 쓰임새가 다를 뿐 아니라 맛에서는 참취를 따라올 수가 없다. 이 참취나물이 고장에 따라서는 야트막한 동네 야산 같은 곳에서 무더기로 자라기도 하지만 흔히 큰 산속이나 사람의 자취가 드문 높고 깊은 산속에서 많이 자란다.

태어나서 평생을 먹물로 살아온 내가 산나물에 대해서 이만큼 알게 되었으니까 나도 어느덧 산골사람이 다 되지 않았나 싶다. 그런데 야릇한 것은 산골사람이 되었다는 그런 말이 듣기에 아무런 거북함이나 어색함이 없고 부끄럽지도 않다는 말이다. 왜 그럴까? 저자의 삶에 넌더리가 나서 너도나도 저자를 벗어나 농촌과 산골의 삶을 그리워하는 탈도시의 야릇한 세상이 되었기 때문은 아닐까?

올봄에 내가 아내와 함께 방태산 기슭에서 뜯어온 산나물은 참취나물과 고사리 등 몇 가지나 되었다. 한 다래끼도 더 될만큼의 참 취나물은 날것 그대로 김치 냉장고 안에 넣어놓고 때때로 삶아서 무쳐 먹거나 날것으로 쌈을 싸 먹었다. 그러나 그것의 갑절이나 되는 고사리는 한목에 삶은 뒤 좋은 봄볕에 말려서 잘 갈무리해 두었다. 한해에 여섯 차례나 되는 기제사와 추석 설 등 명절 차사 두 차례의 제상에 제수로 올리려면 말린 고사리의 유렴이 있어야 하기 때문이다.

산나물은 돌아가신 아버지께서도 아주 즐기셨던 먹을거리 가운데 하나다. 그래서 고향인 거문돌에서 살 때에는 마을 아낙네들이 가창산이나 어리산 싸리재 삼봉 같은 큰 산에 올라가서 뜯어다 파는 곰취, 곤드레, 참취나물, 참나물 딱주기 같은 여러 가지 산나물들을 봄철이면 아예 대놓고 사들여서 먹었던 일이 기억된다.

그러던 아버지께서도 늘그막에 드시면서는 입맛이 변하셨는지 깊은 산의 나물보다는 야트막한 산이나 들녘에서 흔하게 자라는 산나물들을 즐기셨는데 그 가운데서도 패랭취 국을 즐겨 잡수셨었다. 그래서 이른 봄철이면 어머니께서는 아버지의 밥상에 올리시려고 다른 나물은 제쳐두고 주로 패랭취를 마을의 부인들에게서 많이 사들이셨던 일이 아직도 새롭기만 하다.

우리 부부가 봄이면 자주 산나물 나들이에 나서는 바탕에는 이런 옛날을 살아온 삶의 정서가 서려 있기 때문인지도 모른다. 산 나들이의 정점은 거의 용문산이나 그 언저리에 비슷하게 높은 산봉우리 밑에 있는 골짜기들이다. 깊은 수풀 속에 들어가 온종일 언덕과 골짜기를 오르내리면서 여기저기 피어있는 향기 짙은 산나물들을 찾아 헤매다가 맑은 물이 흘러가는 계곡에 앉으면 온몸의 피로가 날아가는 것 같다.

그럴 때가 참으로 좋고 즐겁다. 시골에서 태어나서 자라날 때 동무들과 함께 봄빛이 무르익은 야산으로 들로 뛰어다니던 추억들이 아마도 이랬던 것은 아니었을까. 고향을 떠나 타향에 자리를 잡고 살아가는 많은 사람들, 더구나 시골에서 태어나 큰 도시에서 살아왔던 사람들은 누구나가 이런 고향 생각을 하게 되는지도 모를 일이다.

(2005.5.25)

우리 사는 세상

여름은 무덥다. 조금만 움직여도 땀이 줄줄 흘러내리는 여름철이
되면 논밭에서 일하는 농촌 사람들은 나무 그늘을 찾아서 쉬게 되고
시원한 물을 연방 퍼마시게 된다. 때문에 여름에는 농사일을 비롯하
여 땀을 흘리는 막노동은 참으로 힘들다.

옛날에는 모든 농사꾼들이 뙤약볕이 내리쬐는 한낮을 가리지 않고
논이나 밭에 나가서 구슬땀을 흘려가며 농사일을 했었다. 농사는 때
가 있는 것이어서 봄부터 가을까지 농부들은 한때라도 마음을 놓고 쉴
수가 없고 더위와 추위를 가릴 겨를이 없다. 언제 씨앗을 뿌리며 어느
때 모종을 옮겨 심고 언제 논밭에 나가서 김을 매줘야 하는지가 절기
에 따라서 판박이로 정해져 있기 때문이다. 농부가 게을러서 이런 농
사철을 놓치게 되면 한해 농사를 그르치게 되는 것이다.

공산품을 만들어 내는 공장 같은 여러 산업 현장도 마찬가지다. 몇
십 년 전에는 작업능률을 올려야 한다는 주인들의 재촉을 받아들여서
노동자들도 시간을 따지지 않고 구슬땀을 뻘뻘 흘리면서 일할 수밖에

없었다. 더더구나 작업환경 같은 것도 말이 아니어서 여름철에도 선풍기마저도 쐬기가 어려웠고 살을 에이는 겨울에도 난방은 물론이고 장작을 때는 난롯불조차 쐬기가 참으로 힘들었다.

식당을 만들어서 노동자들에게 끼니마다 밥을 먹여주는 공장은 미래의 꿈같은 이야기였었다. 노동자들 스스로 주발이나 양재기 같은 그릇에 밥을 싸다가 끼니를 에우면서 일했지만 그 어떤 노동자도 벅차고 힘든 노동조건을 탓하거나 투정부리지는 않았었다. 그런 일자리나마 마음대로 구하기가 힘들었으므로 노동자들이 근로조건을 따질 수가 없었다.

그런데 지금은 어떤가? 산업이 급속도로 발전하면서 몇십 년 사이에 세상이 참으로 많이 바뀌었다. 수은주가 이십칠팔도 이상으로 치솟는 무더운 날에도 모든 산업체들은 조업을 중단하지 않고 에어컨을 돌려가면서 작업을 계속한다. 일하는 시간도 이십 사 시간 일박 이일의 맞바꿈에서, 열두 시간 두 바꿈으로 줄어들었다가 다시 여덟 시간씩의 세 바꿈으로 다시 줄어들더니 요즘 들어서는 세계의 노동자들과 어깨를 맞춘다면서 일하는 시간마저 일주일에 쉰 몇 시간으로 줄어들었다고 한다.

주말이란 이름도 모른 채 늘 죽어라하고 일만 하던 노동자들이 지금은 어김없이 토요일부터 일요일까지 이틀 동안의 주말을 쉬는가 하면 일 년에 일주일 안에서 휴가를 얻어 자기의 사사로운 일을 볼 수도 있다. 옛날에는 노동자들이 회사주인의 지시를 임금의 어명이나 되는 것처럼 조금도 어길 수가 없었지만 지금은 노동시간과 노동조건 등 일하는 것과 관련이 되는 여러 가지 조건들을 경영주와 노동자들이 협의를 통해서 풀어가는 세상이 되었다. 물론 모든 산업 현장이 다 그렇지는 않지만 말이다.

이런 사회 발전에 따른 변화가 농촌까지 미쳤음인지 지금은 뙤약볕이 내리쬐는 무더운 여름철에도 논이나 밭에서 일하는 농부들의 모습을 찾아보기가 어렵다. 농부들이 그만큼 어리석거나 가난하지가 않아서 그럴 것이고 젊은이들이 떠나가고 모두가 칠팔십대의 늙은 농부들이기 때문이기도 하고 간혹 젊은 농부들이 있다고 해도 힘겨운 농사일을 마다하기 때문에 생겨난 현상이기도 하다.

이런 모습은 과학영농이 도입되면서 비롯된 것으로 볼 수도 있다. 옛날에는 절대적인 빈곤 때문에 미련할 만큼 사람의 힘으로만 농사를 지었지만 지금은 동력으로 만들어진 농기계들이 사람이 하던 일을 대신해준다. 모를 심어주는 이앙기가 있는가 하면 밭을 갈고 씨를 뿌리는 파종기 경운기와 트랙터가 있다. 가을이면 벼농사를 거둬서 곡식을 떨어주는 콤바인이라는 기계도 나왔다.

농작물에 필요한 거름과 약제를 뿌려주는 분무기가 있는가 하면 농작물이 가뭄을 탈 때 땅속의 물을 뽑아 올리는 양수기, 그 물을 논밭에 뿌려주는 살수기, 무거운 짐을 옮기는 지게차, 심지어는 도라지와 더덕, 마 같은 모래밭에서 키운 뿌리 긴 특용농작물들을 캐내는 야릇한 모양의 힘이 센 굴삭기도 있는 세상이다.

이렇듯이 세상의 모든 부문에서 잘 발달한 과학 기계를 쓰게 되면서 생활이 눈부시게 발전하니까 사람들의 생활도 엄청나게 편리해졌다. 말하자면 노예나 다름없이 농사일과 노동에 매달려 살던 농민들과 노동자들이 과학문명의 혜택을 톡톡히 보게 된 것이다. 따라서 언제부터인가 모르게 사람들은 적당히 일하고 신나게 쉬고 삶을 즐기면서 살아가게 된 것이다.

날씨가 무더운 여름철의 주말이 되면 자유업을 하는 도시의 시장 상인들도 거의가 가게 문을 닫고 쉰다. 이전에는 토요일이나 일요일 같은 주말에도 상설시장 안 가게들은 밤늦게까지 문을 열어놓아서 시민들이 아무 때나 이용할 수가 있었다. 그러나 지금은 주말에 쓸 물건들을 주중에 미리 사놓지 않으면 열에 아홉은 낭패를 보고 어려움을 겪기 일쑤이다.

일이 년 전부터는 금융권도 모두 주말이면 쉬고 있다. 컴퓨터를 이용하거나 항상 지니고 다니는 스마트폰으로 폰뱅킹을 하게 된 데다 전국의 은행점포는 물론이고 사람의 왕래가 잦은 관공서 민원실이나 심지어 슈퍼마켓 등 도시의 요소요소에다 크레디트카드로 돈을 찾을 수 있는 현금 지급기를 설치했으므로 주말에 군이 은행 문을 열어둘 필요가 없게 된 것이 그 연유라고도 한다.

또 지난해까지는 노동자가 오백 명 이상의 사업장만이 일주일에 오일 근무를 실시했는데 올 칠월부터는 일백인 이상 노동자가 일하는 사업장도 주 오일근무제가 시행된다고 한다. 우리나라도 개발도상국에서 중진국이 되었고 경제선진국 오이시디 국가의 문턱으로 들어서게 되니까 발전하는 것과 바뀌는 것이 많아지는 모양이다.

그런데 요즘 젊은이들은 버는 것에 비하여 알맞게 쓰는, 균형을 맞춰서 살림살이를 하는 것 같지가 않다. 전에는 벌이가 좋을 때 더 열심히 일해서 더 많은 돈을 모아야 된다는 것이 모든 서민들의 삶의 목표였었다. 그래야 갑자기 집안에 어려운 일이 생겨도 남에게 의지하거나 당황하지 않고 의연하게 대처할 수가 있었던 것 같은데 요즘 젊은이들은 전혀 그런 식으로 앞날을 걱정하지도 않고 그런 삶을 살지도 않는 것 같다.

버는 것만큼 쓰는 것 같다. 목표를 잡아놓고 하는 저축을 모르지는 않을 것 같은데 먼저 즐기자, 먹자, 쓰자는데 물들어 사는 것이 틀림없다. 이것은 정부나 금융회사들이 봉급생활자들을 상대로 예전처럼 저축을 권유하지 않고 소비를 부추기는 원인인지도 모른다. 은행들이 예금을 끌어들이는 대신 비싼 이자를 받아내는 돈놀이에 치우치고 있는 것이다. 정부와 국민이 어울려서 돈놀이의 극치를 보여주고 있는 것이나 다름없다. 지난날과 비춰보면 참으로 이상야릇한 모습이 아닐 수 없다.

지난날에는 정부와 은행권이 산업발전에 들어가는 내자를 끌어들일 셈으로 목돈마련이란 이름을 내세워서 노동자들에게 저축을 부추겼지만 어느 정도 경제발전을 이룩한 지금은 은행 금고에 쌓여있는 정부의 자금이나 수많은 재벌회사들이 맡겨놓은 큰돈을 서민들에게 빌려주고 높은 이자를 챙기려는 착취적 목적으로 은행권의 주업종이 바뀐 것이다.

개인에게 빌린 사채는 때에 따라서 갚아야 할 때를 늦출 수도 있고 이자를 탕감받을 수도 있지만 은행권에서 대출받은 돈은 한 푼도 떼어먹을 수가 없음으로 돈장사를 하는 모든 은행들은 물론이고 제이 제삼 금융권 회사들이 돈을 빌려줬던 서민들로부터 땅 짚고 헤엄치기나 다름없이 이자 돈을 긁어모으는 것은 당연한 일인 것이다.

누구나 알고 있는 일이지만 육칠십년대에는 정부의 슬로건이 〈절약과 저축〉이었다. 아끼고 모으는 저축습관이 농민과 노동자 같은 서민들의 아름다움이었다. 그런데 지금은 그 반대로 〈소비〉가 미덕이 된 시대다. 벌어서 먹지도 않고 쓰지도 않고 즐기지도 않는 사람, 곧 저축만 하는 사람들은 오히려 〈이티〉 같이 낯선 외계인으로 버림받을 만큼 쓰는 것이 으뜸으로 꼽히는 야릇한 흐름이 세상을 휩쓸고 있는 것이다.

따라서 곰곰 생각해보면 정부라는 조직은 옛날이나 지금이나 시민들을 위해서 만들어졌다는 것을 항상 앞에다 내세우고는 있지만 실상은 시민들을 악랄하게 착취하는 조직이라는 생각이 들 수밖에 없는 것이다. 한국이 경제성장으로 조금은 잘살게 되었다고 하지만 아직 선진국이 된 것도 아니다. 자원이 모자라서 수출 하나로 버티고 있는 불안한 경제상황인데 벌써부터 정부나 은행권에서 저축보다 돈을 쓰는 소비행태만 부추기고 있으니 이 정책이 시민이나 국가의 장래를 내다본 일이라고 보기는 어려운 것이다.

더구나 농민과 노동자들이 열심히 일하고 저축해서 이룩해 놓은 이 나라 경제발전의 과일은 지금 누가 몽땅 차지하고 있는가? 저축이 살 길이다, 절약이 미덕이다, 허리띠를 졸라매야 한다면서 산업 현장에서 노동자들의 입을 막고 노동쟁의를 금지시키면서 죽도록 일만 시킨 결과가 어떻게 되었는가? 한때 중산층으로 추켜세워지던 절반의 국민들은 모두 서민층으로 전락해버렸고 중산층 진입을 꿈꿔오던 서민들은 아예 영세민으로 추락하고 있는 것이 오늘의 실상이다.

그러나 그와 반대로 국내 재벌기업들은 부의 몸집이 과거의 몇백 배 몇천 배로 늘어나면서 세계 백대 기업, 천대 기업 속에 우리나라의 여러 재벌회사가 끼어들 만큼 커지고 살쪘다. 정부와 결탁해서 재벌이 된 부자들은 벌어들인 돈 대부분을 산업발전 자금으로 투자하기보다는 대도시 번화가에 금싸라기 같은 땅을 사들이고 고층빌딩 같은 건물을 소유하는 등 부동산투기에 빠져서 건물을 세놓고 임대료를 받아먹는 옛날에 성행하던 전당포 업자나 다름없는 치사한 재벌들이 되어버린 것이다.

그러나 정권을 조종하는 재벌들과 수구기득권 세력의 심부름꾼들인 국민의 선량이라는 국회의원들은 잘못된 재벌 특혜정책을 바꾸지도 않은 채 계속 서민과 노동자들을 옥죄고 탄압만 하고 있다. 노동자들이 경제성장 과정에서 열심히 일했기 때문에 그들이 일등공신인 것은 주지의 사실인데도 특별한 분배나 대접을 받지 못했던 것이다. 재벌기업들은 노동자들을 고용하고 정당한 보수를 지급했었기 때문에 이제 와서 따로 분배할 성과급의 몫이 있을 수 없다는 억지 주장을 부리는데도 정부 권력들은 눈을 감은 채 입마저 닫고 있다. 참으로 어처구니가 없다.

지금의 젊은이들은 일하는 것 자체를 주저하고 있다. 더구나 일이 힘들고 보수가 박절한 소위 〈삼디〉 업종이나 영세기업과 중소기업으로의 취업을 단연코 기피하거나 거부하고 있다. 또 많은 젊은 노동자들이 자기의 장래를 위해서 저축하지 않고 소비에만 집중하고 있는 그 이유가 바로 분배의 부당성에 때문에 생겨난 일종의 "현실 포기" 현상이라는 진단도 일부 전문인들에게서 나오고 있는 것이다.

정직하게 일한 사람이 정당하게 대우받지 못하는 국가이고 분배 정의가 사라진 산업사회이다 보니까 노동 의욕도 내일에의 희망도 솟아나지 않는다고 한다. 일하는 사람 보다 일하지 않고 거짓말로 사람을 속이거나 권력자들과 손을 잡은 사기꾼이나 다름없는 날라리들이 하루아침에 부자가 되고 출세를 하고 권력을 잡는 사회에서는 정직하게 살아가려는 사람들이 땀 흘려 일할 의욕이 나지 않는다는 것이다.

지금 열심히 일해야 할 수많은 젊은이들이 증권거래소의 〈주식 전산망〉에 매달리고 있거나 일확천금을 꿈꾸면서 〈복권방〉 앞을 서성이는 이유가 무엇 때문인지 정부 권력은 똑똑히 살펴봐야만 할 것이다. 그 책임이 정말 누구에게 있는 것일까? 집권하고 있는 수구기득권의 정치세력들은 아무런 잘못이나 책임이 없는 것일까? 참으로 막막하기만 하다.

(2009.7.4)

풍속

요즘 집에 오는 우편물 가운데도 가끔씩 청첩장이 한두 장 섞여 있다. 내 나이가 칠십이 넘어서면서부터 결혼식 청첩장은 한해에 한두 차례나 있을까 말까 할 만큼 거의 끊어지다시피 했지만 칠순이나 팔순 잔치에 놀러 오라는 청첩은 더러 오는 것이다.

생일의 청첩장은 음식을 먹으러 오라는 것이므로 본디부터 그 뜻이 순수하고 아름답다. 더불어 자손들이 제 할아버지 할머니나 아버지 어머니의 생일 음식을 차려놓고 손님을 부르는 전갈이니까 말이다. 지금은 우편물 말고도 전화 같은 매체로 손님을 부르는 세상이 되었지만 몇십 년 전까지는 으레 종이에 인쇄하거나 붓으로 쓴 〈청첩장〉을 우편물이나 사람을 시켜서 전하는 것이 흔한 버릇이었다.

그러니까 손님을 모시는 집에서는 생일 음식을 장만해서 나눠 먹기 보름이나 열흘쯤 앞서서 이곳저곳에 흩어져 사는 일가친척이나 아는 사람들에게 생일잔치에 와달라고 전갈을 띄웠던 것이다. 어느 날 어느 곳에서, 아무개 동네에 사는 아무개의 어떤 생일잔치를 해 먹으니까 바쁘신 일이 있더라도 빠지지 말고 꼭 와서 자리를 채우고 음식을 먹어달라는 간곡한 당부였었다.

이런 청첩을 전해 받은 사람들은 그 잔칫날이 오기를 은근히 기다리는 것이 또한 그때의 풍속이었다. 자모듬이라도 하는 선비 집안의 사람들은 생일을 맞는 사람을 축하하는 '칠언'이나 '오언' 형식의 축하시를 한 편씩 지어갔고 그 밖의 장삼이사 이웃들은 부중 안이나 농촌 마을을 가릴 것 없이 늘 먹어오던 맛있는 음식물을 한 가지씩 장만해서 잔치를 벌이는 집에 부조로 가져갔었다. 일테면 서로 돕자는 울력이었다.

돌이켜보면 그때 여염집의 부조 음식들은 꽤나 여러 가지였었고 수량 또한 넉넉했었던 것 같다. 생일잔치나 결혼식 집에는 청포묵이나 메밀묵, 두부, 칼국수나 인절미 마구설기, 송편 같은 떡들을 만들어 보냈고 팥죽이나 막걸리도 출중한 부조음식이었다. 그러니까 어느 때나 평민들이 즐겨 먹는 먹을거리들을 잔치 음식으로 만들어서 나눠 먹었던 것이다.

그때에도 돈으로 부조를 하는 사람들이 아주 없었던 것은 아니다. 밥술이나 먹는 부자들이나 직장에 다니는 공무원이나 회사원들, 그리고 시장에서 물건을 파는 상인들은 돈으로 부조를 했었다. 그러나 돈이 원체로 귀하고 가물었던 그때에 모든 농민들은 돈을 만지기가 어려워서 자기가 농사지었던 곡식으로 음식을 손수 만들어 감으로써 이웃 사이에 정리를 주고받았던 것이다. 어쨌거나 자본주의와 시장만능주의가 휩쓸고 있는 오늘날 우리의 생활정서로 되돌아볼 때 그것은 참으로 인정 넘치던 배달겨레의 풍속으로 어림되는 것이다.

이웃집 잔치에 가져갈 먹을거리를 밤을 새워가며 만들던 농촌마을 아낙네들의 그 질박하고 인정 넘치던 모습, 기쁜 일이라면 내 것 네 것을 따지지 않고 온 동네와 모든 이웃이 함께 어울러서 즐겼던 것은 참으로 넉넉한 두레의 모습이었다. 잔칫날 아침 정갈하게 빗은 부조 음식을 담은 자배기나 함지박 같은 큼지막한 그릇들을 머리에 이고 손에 들고 잔칫집을 바라보며 조심조심 고샅길을 오고가던 농촌마을 부인네들의 그 단아하던 모습이 지금도 눈에 선연히 떠오른다.

요즘 들불처럼 번지고 있는 이른바 '더불어 살자'는 말도 깊이 새겨 보면 농사를 짓고 살던 때의 두레 삶의 부조정신을 이어받았다고 볼 수 있다. 더불어 산다는 것은 도우며 산다는 바로 그것을 이름이 아니겠는가. 그런데 그렇게 곱고 드높은 두레 정신이 첨단산업사회가 되어버린 지금 너무도 엉망으로 바뀌거나 버려지고 있어서 마냥 안타깝기만 하다.

요즘 도시나 시골을 가릴 것 없이 똑같이 치러지는 결혼식은 물론이고 칠순이나 팔순잔치의 모습을 보면 참으로 민망하기 이를 데가 없다. 손님을 모시는 예식장이나 음식점의 출입문 들머리에다 〈접수처〉라는 민망한 자리를 만들어 놓고 생일을 맞은 주인공의 자식이나 손자들이 그곳에 버티고 앉아서 찾아오는 하객들로부터 돈이 들어 있는 부조봉투를 알뜰하게 받아 챙기고 있는 야릇한 짓거리들이 바로 그것이다.

더욱 웃음을 자아내는 것은 그 부조봉투를 가져온 사람에게만 식당에 들어가서 잔치 음식을 먹을 수 있는 식권이나 부표를 건네준다는 기막힌 사실이다. 그러니까 조금도 보태지 않은, 바로 말해서 부조금 봉투와 식권을 맞바꾼다고 봐도 틀리지 않는 말이다. 참으로 고약하고 분통 터지는 모습이 아닐 수 없다. 그러니까 부조금을 가지고 오지 않은 사람에게는 밥을 주지 않겠다는 경고나 다름없는 것이다.

이것은 집안 어른의 생일잔치를 빌어서 돈벌이를 하겠다는 셈법이 아니고 무엇인가. 참으로 중치가 막힐 만큼 슬픈 일이다. 그런데 더욱 야릇한 것은 이런 풍속이 아무런 거리낌 없이 어느 사이엔가 우리 사회의 풍속처럼 새롭게 자리를 잡아서 그 누구도 그런 짓거리를 비난하거나 벗어나지 못한 채 똑같이 끌려가듯 되풀이하고 있다는 일이다. 이런 풍속을 나무라거나 거부하는 사람이 없다는 것은 우리 겨레가 어느 사이엔가 서양의 신자유주의 물결에 휩쓸려버렸고 〈돈이 모두〉라는 나쁜 배금주의 사상에 물들었다는 증거가 아니고 무엇인가.

풍파에 놀란 사공 배 팔아 말을 사니
구절양장이 물도곤 어려워라
이 후란 배도 말도 말고 밭갈기만 하리라
　　　　　　　　　　　　　　　－장만, 조선 인조 때 문신－

지금은 돈이 판을 치는 세상이니까 부좃돈을 받겠다는 움직임을 욕하거나 막을 길이 없다. 그러나 다만 돈 봉투를 받아내는 모습만이라도 좀 의젓했으면 어떻겠느냐는 말만은 하고 싶다. 잔치를 축하하러 온 손님이 들어가는 예식장이나 음식점 문 앞에다 그 흉물스런 접수처는 제발 만들지 말았으면 좋겠다는 생각이다.

그것이 어떻게 보면 눈 감고 아웅! 하는 짓이나 다를 바는 없지만 자손들이 손님들로부터 곧바로 돈 봉투를 받는 모습만은 보여주지 않았으면 좋겠다는 것이다. 이렇게 고약한 풍속을 아무런 반성 없이 그대로 지속한다는 것은 우리 민족의 생일잔치에 담겨있는 조상님들의 이어오는 뜻을 송두리째 저버리는 잘못이기 때문이다.

그런데 그 언젠가 참으로 신선한 청첩장을 받아보고 놀랐던 기억이 아직도 생생하다. "아무 날이 저희 아버님 팔순생신입니다. 어르신께서는 저희 아버님과의 두터운 우정을 생각하시어서 이날 바쁘시더라도 꼭 오시기를 바랍니다. 잔치 음식은 저희 자손들이 손수 장만해서 대접하는 것입니다. 부조금이나 꽃다발 같은 것은 아예 받지를 않기로 했습니다. 이 당부의 말씀을 잊지 마시기 바랍니다."

지금도 이런 청첩장이 우리 주변에 자주 나돌았으면 참으로 좋겠다.

(2006.6.24)

시골

시골은 사람이 살아가기에 도시보다 좋은 점이 많다. 무엇 무엇이 좋을까? 한두 가지가 아니다. 먼저 도시에 비해서 공기가 맑아서 좋다. 그다음은 뭘까, 먹는 물이 깨끗해서 좋다. 아무리 시골의 물이 나쁘기로서니 더러워진 강물을 가라앉혀서 먹는 도시의 상수돗물만 못할까. 좋은 덕목이 어디 그것뿐일까? 글쎄 말이다. 좋은 것이 참으로 많다. 이제부터 하나하나 찾아내 보자.

어느 날 아침이다. 오랍 뜰을 둘러보려고 집 밖으로 나섰는데 마당에서 별로 멀지 않은 길가의 밭 한가운데서 어떤 부인네가 모닥불을 피우고 있었다. 그런데 바람이 심하게 부니까 연기가 온 동네로 흩날리면서 고약한 탄내가 마을 안팎을 휩쓸었다. 그 부인네는 헌 옷가지와 합성수지를 비롯하여 악취가 풍겨나는 여러 가지 공해물질을 태우고 있었다. 산업 쓰레기나 다름없는 것들을 말이다.

악취를 맡으면서 이 모습을 바라본 어떤 젊은 부인이 다짜고짜 읍사무소에다 전화를 했다고 한다. 도시에서 살다가 얼마 전에 시골로 이사를 왔다는 그 부인은 "지금 우리 집 이웃의 밭에서 어떤 아주머니가 플라스틱 등 이런저런 공해물질을 마구 태우고 있습니다. 공무원들이 빨리 나와서 단속을 해 주세요"라고 신고를 한 것이다. 그런데 전화를 받은 공무원의 대답이 너무나도 엉뚱하더라는 것이다.

"아주머니! 신고하시는 정신은 좋습니다. 그런데 밭 가운데서 모닥불 조금 태우는 걸 가지고 뭘 신고까지 하십니까? 농촌이라는 데는 좀 언짢은 것이 있어도 이웃끼리 서로 못 본 척 눈감아주고 덮어주고 살아가야 합니다. 그렇게 까시레기(까탈)를 부리면 농촌에서 더불어 이웃으로 살기가 어렵습니다"라고 말하면서 아침 아홉 시 출근 시간이 된 뒤에나 현장으로 나가보겠노라고 말하면서 전화를 끊더라는 것이다.

들어보니까 두 사람의 말이 모두 틀렸다고 보기 어려웠다. 동네 한가운데 밭에서 공해물질을 태웠으므로 법규를 어긴 그 행위를 읍사무소에다 알린 사람도 잘못했다고 말할 수가 없다. 사실 플라스틱 같은 허섭쓰레기들을 밭에서 태운다는 것은 도시에서는 엄두도 못 낼 일이다. 과태료를 물고 이러쿵저러쿵 편잔을 듣기에 앞서서 그런 행위들은 지정된 장소 아닌 곳에서는 애당초 불태울 수 없는 것으로 주민과 관청 사이에 오래전부터 서로 약속이 되어있기 때문이다.

따라서 신고를 받은 사람이 그 부인에게 잘했다고 격려를 했어야 될 일이지 그런 것을 신고까지 하느냐고 무안을 준 것은 지방자치단체의 공무원으로서 기본적인 자세도 아니고 적절한 처신이 아니다. 그런데 그 주민의 신고를 받고도 즉각 조치를 취하지 않은 그 공무원의 행동에 잘못이 없다는 뜻은 무엇인가?

엊그제 덜 괸 술을 질동이에 가득 붓고
설데친 무우나물 청국장 끼쳐내니
세상의 육식자들이 이 맛을 어이 알리요

-김천택, 조선 영조 때 문신-

일이 일어난 곳이 바로 농촌이자 시골이라는 말이다. 그곳이 도시가 아니라 농촌마을이라는 말이다. 그럼 정부의 법령이나 규정이 농촌과 도시에서 각기 다르게 적용이 돼야 마땅하다는 말인가? 법이나 규정을 그렇게 차등지어 달리 운용을 해도 괜찮다는 것이 명문화라도 돼 있다는 말인가?

전혀 그런 말은 아니다. 또 그럴 수도 없다. 한 가지 일을 가지고 규정을 두 가지로 적용을 할 수는 없다. 그러나 틀림없는 것은 규정으로는 규제가 마땅하지만 우리가 살아가는 공동체의 정서나 풍속으로 미뤄서 그 정도의 사소(?)한 잘못쯤은 눈을 감아줄 수도 있는 흔한 일이라는 말이다.

앞은 질서상의 규정이고 뒤는 공간상의 정서이다. 우리가 농촌공동체 삶을 살아가자면 법이나 규정 이전에 약속이나 풍속도 따라야 할 필요를 느낀다. 법은 사람들끼리의 약속이다. 입으로의 약속을 행동으로 옮기려고 명문화한 것에 불과하다. 그러므로 무조건 법과 규정만 따지거나 사사건건 법을 내세울 경우 공동체 삶의 정서를 지탱해 나가기가 어려울 수도 있다는 것이다.

흔히들 시골은 살기가 좋고 살기에 편하다고 말한다. 그 뜻이 무엇일까? 그것은 법규 말고 〈상식〉만으로도 살아갈 수 있는 두레삶이란 말이다. 그럼 도시사회는 상식이 통하지 않는다는 말인가? 그건 아니다. 농촌은 법에 앞서 상식선에서 모든 것이 받아들여질 수 있는 비교적 좁은 삶의 공간이라는 말이다. 이것저것 세밀하게 누누이 따지지 않고 눈빛만 봐도 서로 감을 잡고 뜻이 통한다는 말에 다름 아니다.

농촌이란 서로 깊은 이야기를 하지 않더라도, 이해를 엄밀하게 따지지 않아도 살아가는데 별로 지장을 받지 않는다. 살아가기가 편하다는 말은 그것을 에둘러서 이름이다. 바꿔 말하자면 누구나 언제든지 스스로 얼마쯤은 손해를 볼 수 있다는 생각으로 살아간다는 말로도 들리는 것이다.

그와 반대로 많은 인구들이 모여 사는 대도시에서 법이나 규정을 적용하지 않는다면 질서가 없고 혼란이 일어나 공동체의 삶 자체가 엄청나게 뒤틀리고 불편할 것이다. 생존경쟁이 심각하기 때문이다. 남과 겨뤄서는 내가 꼭 이겨야 하고 모든 것에서 남보다 내가 앞서야 직성이 풀리는 곳이 도시 공동체의 삶이다. 그래야 내가 남보다 더 잘살게 되고 내가 살아갈 의욕을 느끼게 되는 곳이 또한 대도시이기 때문은 아닐까.

따라서 무서운 생존경쟁을 치르고 싶지 않은 사람들은 시골에서 살아야 몸과 마음이 편안할 것이다. 농촌 생활을 행복으로 여기면서 스스로 시골을 선택한 사람들은 도시에서의 힘겨운 삶의 다툼에 싫증이 났거나 그 무서운 싸움들에서 졌거나 뒤처진 사람들이라고 봐도 크게 틀리지 않을 것이다.

농촌과 시골이 좋은 이야기를 더 해보자. 농촌에도 지금은 자동차가 많다. 한 집에 보통 두 대쯤의 자동차가 있다. 하나는 짐을 싣고 다니는 화물차이고 다른 하나는 승용차이다. 그 밖에 농사일만을 하려고 바퀴가 달려서 동력으로 움직이는 농기계도 많다. 농촌의 도로는 옛날보다 폭이 별로 넓어지지 않았지만 자동차들은 엄청나게 많아졌으니 통행과 주차난은 시골도 도시를 뺨칠 정도이다. 아니지 도시처럼 명색으로 주차공간을 따로 만들어 놓지 않았으니까 도시보다 오히려 더 복잡할지도 모른다.

농촌에 가면 마을 앞의 큰길이나 농삿길 주변에는 아무렇게나 세워놓은 농기계와 짐차들이 즐비하다. 농민들은 길가뿐 아니라 교차로나 건널목 같은 곳에도 농기계나 자동차들을 멋대로 팽개쳐 놓기 일쑤이다. 다른 차가 지나가거나 비켜 가는데 어려움을 주기도 하고 때로는 교통사고를 불러올 수 있는데도 말이다. 그렇지만 누구도 그것들을 치워야 한다고 야단치지 않을 뿐더러 농사일손이 바쁘기 때문에 스스로 치우지도 않는다.

도시 같으면 견인차가 끌어가거나 능히 과태료를 부과할 일인데도 말이다. 어떤 주민이 지나가는 지방경찰관에게 왜 불법주차한 자동차들을 못 본 체하느냐고 묻는다면 십중팔구는 "시골에서 그런 사소한 것들까지 시시콜콜하게 단속을 하다 보면 농민들과 더불어서 살아갈 수가 없을 것이다"라고 대답할 것이다.

나오던 수돗물이 갑자기 끊어져서 신고를 해도 그렇고, 전기가 느닷없이 정전이 되었다고 전화를 해도 마찬가지라고 한다. 신고를 받은 쪽에서는 전혀 급할 것이 없다는 반응이라고 한다. 자기들이 하던 일을 다 마무리한 뒤에야 신고된 민원을 미적미적 처리한다는 것이다. 농촌에서는 도시처럼 시간 삶을 살지 않기 때문이다. 죽기 살기로 아등바등하게 살아가지 않기 때문일 것이다.

도시에서 이사 온 지가 얼마 안 된 성미가 급한 사람들은 솟구치는 울화를 참다 못해서 처음에야 뭐 이런 동네가 있느냐고 아우성을 칠지도 모른다. 그렇지만 조금 더 살아가노라면 그런 현실에 적응해서 살아갈 수밖에 없다. 그래서일까, 넓은 대륙에 사는 중국 사람들은 매사에 〈만만디〉라고 한다. 그네들의 성정과 움직임을 알만하다.

누가 말했는지 모르지만 〈로마에 가면 로마법을 따르라〉고 했던 바탕이 무엇일까? 농촌과 시골은 그래서 사람들이 북적대는 큰 도시보다 사람 살기가 편한지도 모른다.

(2006.12.11)

큰물

칠월 중순으로 접어들면서 시작된 장마가 한 파수를 넘도록 계속되더니 그에 큰 저지레를 치고 말았다. 태풍이 경상남도 바닷가 마을을 덮쳐서 큰 재해를 일으키고는 중부지방으로 올라와 대륙성 고기압으로 변하면서 강원도 영서와 경기도 북동부의 여러 고을에 국지성 폭우를 마구 쏟아부어서 엄청난 수해를 일으켰다. 지난해에 이어서 올해에도 또다시 험난한 재앙을 몰고 온 것이다.

이제는 물난리가 났다고 하면 강우량이 평균 몇백 밀리미터 이상이고 인명피해도 사망 실종을 포함하여 최소한 수십 명에 이른다. 주택의 침수나 유실 또는 매몰도 수백 채는 최소치이고 수천 채가 기본이다. 농경지의 침수와 매몰도 수천 헥타르에 다다른다. 여기에다 도로, 하천, 전기, 전화 등 사회간접시설의 피해까지 합치면 재해 액수는 무려 수천 억대를 넘어서기 일쑤이다. 이제는 재해도 메가톤이 모자라서 기가급으로 팽창해 버렸다.

그런데 물이 빠지면서 드러난 피해의 원인은 짧은 시간에 하늘에서 쏟아진 빗물을 땅에서 제대로 받아내지 못한 데 있었다. 산간지역에서는 집중호우가 산사태를 일으켜 하류로 이어지는 하천이 범람하면서 마을과 전답을 마구 휩쓸어버린 것이다. 창졸간에 감당할 수 없을 만큼 쏟아진 폭우에 대지가 그야말로 지각변동과 천지개벽을 일으킨 것이다.

장맛비가 멎고 응급복구가 시작되면서는 해마다 정부가 시행해온 수해복구 사업이 총체로 도마 위에 올랐다. 집중호우 때문이기는 하지만 항구적으로 복구사업을 추진했다면 왜 피해가 줄어들지 않고 자꾸만 커지고 늘어나느냐 하는 것이 주민들의 주장이다. 시한에 쫓기고 예산이 모자란다는 구실로 눈가림식의 응급복구에 그쳤기 때문이라는 주민들의 비난이 쏟아졌다.

물론 재해복구사업을 벌이는 정부나 지방자치단체도 나름대로 할 말이 있을 것이다. 큰물 피해는 여름철이면 상습적으로 일어나는 것이고 복구사업은 이듬해 농사철이 되기 이전까지는 마무리를 해야 되니까 자연히 수해 이전의 모습대로만 되돌려 놓는, 말하자면 원상회복 차원이 아니고 재해복구 정도의 미봉책만 써 왔으니 그럴 수밖에 없었을지도 모른다.

그러니까 정부의 소관부처나 해당 지방자치단체가 지구온난화의 영향에 따라 여름철에 엄습할지도 모르는 국지성 집중폭우에 대비한 장기적 치산치수 대책은 전혀 수립하지도 못했고 추진하지도 않았다는 말이나 다름없다. 그것은 정부가 세워놓은 재해복구예산이 형식적으로 세워졌기 때문이거나 지방자치단체가 확보한 나름의 재해 대책이나 예산액이 아주 부실하고 안이했다는 사실을 실증하는 증표이기도 하다.

그것은 비슷한 수해를 해마다 겪고 있는 가까운 이웃나라 일본과 비교해 봐도 우리가 얼마나 태평스럽게 대처해왔는가 반성하고도 남을 만하다. 섬나라인 일본은 중앙정부나 지방자치단체가 재해 또는 수해복구예산의 칠십 퍼센트를 항구적인 복구사업에 투자한다고 한다. 그런데 우리나라는 복구예산의 칠십 프로를 정반대인 응급복구에 쓰고 있다는 점이 다르다.

그렇다면 우리의 정책은 무엇이 문제이고 그 문제점을 어떻게 고쳐야 할 것인가. 대학의 관련 학문 전공학자와 재야토목전문가 행정전문가들은 "정부의 수해복구 사업에 대한 기본인식이 총체적으로 바뀌어야 한다"는데 집중되고 있다. 즉 세계기상센터는 이제 온난화 현상의 만연으로 지나간 세기와 같은 태평성대의 기상을 지구촌 어느 곳에서도 기대할 수도 없고 기대해서도 안 된다고 주장하고 있기 때문이다.

따라서 이번 수해를 가져온 국지성 호우 같은 것이 우기가 아닌 연중에 언제라도 쏟아질 수 있다는 가상 아래 근본적인 치수 대책을 새로 세워야 한다는 것이다. 시간당 강우량이 일백 밀리, 또는 하루 몇백 밀리에서 천 밀리 이상에 이르는 미증유의 집중호우를 감안한 새로운 치산치수 대책과 그에 걸맞은 치밀한 대책이 수립되어야 재해가 발생했을 때 인명과 재산피해를 줄일 수 있다는 말이다.

토목 건축학계 주장에 따르면 이를 실천하려면 첫째로 전국의 모든 국가 및 지방하천과 잇닿아 있는 일정 구간의 농경지를 정부가 국비로 사들여서 하천의 너비를 무조건 지금의 갑절 이상으로 넓혀야 한다는 것이다. 그런 파격적인 계획을 추진하지 않은 채 수해로 무너지고 쓸려나간 제방을 옛 모습대로만 되돌려 놓는 눈가림식의 복구사업만을 계속해서는 해마다 수해피해가 지속되고 증폭될 수밖에 없다는 것이다. 이 하천을 넓히는 사업에는 천문학적인 어마어마한 예산이 들어가고 지도가 바뀌는 대 역사이므로 지방자치단체와 정부가 연차사업으로 추진해야 한다는 것이다.

그뿐 아니다. 국도와 지방도 등 모든 도로에서 일어난 산사태의 원인이 산을 깎아 낸 절개지의 경사면이 너무 가파르기 때문이라는 전문가들의 진단이 제기되고 있다. 따라서 현재의 각종 도로의 설계도상 경사면을 이삼십도 이하로 대폭 완화해야 한다는 것이다. 그러니까 급경사로 된 도로의 절개 구간의 경사면을 편편하고 낮은 언덕처럼 완만하게 시공할 수 있도록 법과 지방자치단체의 조례와 규정을 개정해야 된다는 것이다.

이 밖에 인구 몇십만 미만 중소도시에 묻혀있는 하수도 관로가 대부분 소규모 원형 토관으로 시공돼 있는데 이를 대형 콘크리트 박스형 하수도 관로로 바꿔야 한다는 주장도 설득력을 얻고 있다. 전국 중소도시의 수해지역 현장 필름을 자세히 살펴보면 주택가와 중심상가로 몰려든 국지성 폭우의 빗물을 소형의 원형토관으로 된 하수도들이 제대로 받아들이지 못하고 도로로 역수하면서 시가지역의 침수와 주택들의 매몰로 이어졌다는 것이다.

다음으로는 농촌을 포함해서 산간지역의 건물신축허가를 되도록 억제해야 한다는 강력한 여론이 제기됐다. 요즘 들어 풍치가 좋은 산간오지에서 산의 허리를 자르거나 산봉우리를 경사지게 깎아내고 건물들을 신축하는 경우가 많기 때문에 폭우가 쏟아지면 곧장 산사태와 도로 유실, 전답 매몰로 이어진다는 것이다. 따라서 산간이나 농촌지역에서의 건물신축 허가행위를 지방자치단체장들이 보다 엄격한 법규로 규제해야 한다는 것이다.

민주국가에서 사유재산에 대한 보호는 중요하다. 그것은 민주주의의 기본 요소 가운데 하나기 때문이다. 그러나 토지 소유자의 분별없는 난개발과 이를 적당히 묵인하거나 방치한 일부 몰지각한 지방자치단체장의 월권으로 국토가 훼손되고 다수의 농촌마을 주민들의 생명과 재산이 집중적으로 피해를 입게 되는 생각 밖의 대규모 재해를 그대로 방치해서는 안 된다는 것이 지역주민들의 중론이기 때문이다.

정도의 차이는 있겠지만 그동안 대부분의 지방자치단체장들이 지방발전과 세수확대를 내세우면서 농지와 산지에 전원주택을 비롯하여 각종 건축물의 신축허가를 남발해 왔던 게 숨길 수 없는 사실이다. 그런데 그 결과는 무엇이었던가, 바로 엄청난 재해로 돌아왔다는 점이다. 이 때문에 정부와 주민의 막대한 자산이 훼손됐음은 물론이고 무고하고 아까운 인명들이 무차별로 살상된 사실을 우리는 어떻게 막아내고 풀어나가야 할 것인가.

과거에는 중앙정부가 관장하던 수많은 민원성 인허가 업무가 지금은 거의 도지사와 시장 군수 등 지방자치단체장에게 넘어갔다. 단체장들은 직권이 늘어났다고 희희낙락할지 모르지만 이게 마냥 즐거워만 할 일은 아니다. 권리가 주어졌으면 의무도 따르게 마련이다. 지방자치단체장들은 주어진 허가권을 올바르게 행사함으로써 국토의 훼손을 막고 주민들의 생명과 개인과 국가의 재산도 보호해야 될 막중한 책무가 어깨에 지워져 있기 때문이다.

만에 하나 부당하게 행사한 단체장의 인허가로 인해서 주민들의 재산과 생명이 함께 상실됐다면 그 책임은 전적으로 해당 지방자치단체장에게 있는 것이다. 정부의 책임과 보상은 그다음 순서가 될 것이다. 어찌 됐든 사고가 발생한 뒤의 처리보다는 주민들의 재산과 생명을 사전의 위험으로부터 보호해야 할 지반자치단체장들의 책무는 그래서 참으로 중차대한 것이다.

몇 해 전이다. 국회에 제출되었던 선출직 공직자에 대한 〈주민소환제〉 법령개정안이 국회를 장악하고 있던 한나라당의 극렬한 반대 때문에 폐기됨으로써 국회의원과 지방자치단체장을 비롯한 모든 선출직 공직자들에 대한 주민소환제도가 명목상으로 존재하면서도 사실상 아무런 기능을 발휘하지 못하고 있다. 이는 민주주의를 하나하나 실천하고 공부해 나가는 우리나라의 처지로서는 참으로 안타깝고 잘못된 일이기만 하다.

이번 재해를 계기로 뒤돌아볼 때 지방주민들이 자기들 손으로 뽑은 국회의원과 지방의회의원 그리고 지방자치체단체장 등이 비리를 저질렀거나 주민들의 뜻에 이반하는 독선적인 정치와 행정을 펼 경우 이들을 즉각 현직에서 해직하거나 축출할 수 있는 강력한 〈주민소환제〉 법령이 개정되고 시행돼야 마땅하다는 것이 입증되었다는 사실이다.

예부터 치산치수는 백성을 임금의 기본임무라고 전해진다. 한 나라를 다스리는 임금이 치산치수를 게을리하면 수해와 한해가 거듭되면서 흉년이 들어 주민들이 굶주림에 허덕였다. 때문에 농경이 주산업이던 왕조시대에는 제왕의 성군 여부를 치산치수, 즉 풍년과 흉년의 잣대로 가늠하기도 했었다.

지금은 왕조시대도 아니고 또 흉년과 풍년은 이제 어느 정도까지 인간이 개발한 과학과 문명의 힘으로 극복이 가능해진 세상이기도 하다. 더구나 세계 십대 경제대국이라는 소리를 듣고 오이시디 회원국으로 가입까지 한 대한민국이 치산치수 사업을 제대로 펼치지 못해 재해가 해마다 거듭된다면 정치행위가 없고 행정자치가 없는 전근대적인 빈국이나 다름이 없을 것이다.

해마다 되풀이되는 수해는 우리나라뿐이 아니라 온 세계가 비슷하다고 한다. 거듭 지적하지만 급변한 기상 현상 때문이다. 크게 보면 이런 현상이란 인류 스스로가 자초한 재앙이기도 하다. 그러나 이를 원천적으로 방지할 수는 없더라도 피해를 최소화하는 근본적인 예방대책은 세워야 될 것이다.

재해를 피할 수 있는 방안과 시간이 있는데도 예산 타령 같은 엉뚱한 핑계를 내세워 더 이상의 큰 재앙을 불러들이는 악순환이 계속돼서는 안 될 것이다.

(2006.7.21)

양평장터

말없는 청산이요 태없는 유수로다
값없는 청풍이요 임자 없는 명월이라
이중에 병 없는 이 몸이 분별없이 늙으리라

—성혼, 조선 선조 때 문신—

지금 내가 살고 있는 집은 십여 년 전에 지어진 양평 읍내의 한 층층 살림집이다. 모두 네 채로 이뤄진 이 공동주택의 터전은 원래 높다란 산언덕이었는데 봉우리들을 평퍼짐하게 깔아뭉개고 너른 터전을 만들어서 그 위에다 덩그렇게 큰 규모의 층층 살림집을 지었던 것이다. 따라서 마을 안 어느 집에서든 온 양평 장터가 한눈에 내려다보인다.

그 가운데서 서쪽으로 제일 먼저 눈에 들어오는 것은 양평의 기차 정거장이다. 읍내의 한가운데를 뚫고 지나가면서 남쪽과 북쪽으로 쭉 뻗은 중앙선 철길과 그 가운데에 자리 잡은 양평 장터. 그 변두리로 늘어선 장터의 크고 작은 건물들과 어울려서 먼발치로 조용히 흘러가는 남한강의 번쩍거리는 흰 물줄기가 꽤나 볼만하다.

이 남한강은 강원도 태백산 기슭에서 솟아난 작은 실개천이 정선, 평창, 영월을 지나면서 큰 물줄기가 되고 이어 충청북도 단양, 제천, 충주를 거쳐 강원도 원주에 이르러 횡성에서 발원한 섬강과 합쳐져서 경기도 여주 이포나루를 거쳐 양평에 다다르고 양평 읍내의 양근 나루로 흘러내리다가 양평군 서종면 양수리의 〈두물머리〉에서 북한강을 만나 팔당호로 흘러들어간다.

나는 이 남한강의 웃물이 스쳐 지나가는 제천에서 태어나고 자랐다. 이십 대에 들어서면서 일터를 좇아서 고향을 떠난 뒤 큰 도시를 떠돌면서 사십여 년을 살아오다가 몇 해 전 일터에서 물러나고 이순의 나이가 되면서 풀씨가 바람에 날려서 정처 없이 떠돌다가 뿌리를 내리듯이 아무런 인연도 없고 생판 나그네 땅인 이곳 양평으로 옮겨와서 노년을 살아가고 있다.

지금 양평 땅에서 붙박이로 사는 사람의 숫자가 팔만 명을 조금 넘었다고 한다. 그러나 이 숫자가 들판보다는 산이 많다는 양평의 군세로 견줘보면 사람이 많은 쪽이라고 한다. 그런데 오래전부터 양평군의 군수를 비롯하여 지방자치단체 공무원들은 하나 같이 양평을 도농복합도시로 만들어야 한다고 아우성을 치고 있다. 그러기 위해서는 사는 사람의 숫자가 지금의 갑절 이상 늘어나야 된다고 악을 쓰는가 하면 심지어 사 년마다 열리는 군수 선거 때에는 단골 메뉴가 〈이십만 인구의 양평시 승격〉이라는 표어를 주된 선거공약으로 내걸고 있을 만큼이다.

군 안의 아홉 개 읍면 모두가 농촌인 양평은 일찍이 정부가 지정한

〈친환경농업지역〉인데다 북한강과 남한강이 만나는 군내 서쪽인 양
서면과 서종면 지역이 서울특별시를 비롯한 수도권 주민 이천여만 명
이 쓰고 마시는 팔당호 〈상수원 보호지역〉으로 지정이 되어있는 것이
다. 따라서 공해를 뿜어내는 작은 공장 하나도 들어설 수 없는 녹색청
정지역이기 때문에 애당초 사람 숫자가 늘어날 수가 없는 고장이어서
지방자치단체 공무원들의 양평군 시 승격 외침은 정말로 잘못된 생각
이라 아니할 수가 없다.

때문에 양평은 아직까지는 옛날의 깨끗하고 맑음을 지니고 있다고
말해도 될 만큼 조용한 농촌이다. 먼저 읍내 장터에 내려가 보면 오륙
십년대의 시골장터의 모습과 분위기가 그대로 풍겨난다. 길 이쪽저쪽
으로 꼬불꼬불 뚫어진 장터 안의 골목길이라든지, 그 길 양쪽으로 자
리 잡고 있는 허름한 시장건물들도 절반쯤은 일백 년 이상씩 된 낡은
것들이다. 그런데 그 옛집들 틈서리 여기저기로 새로운 시멘트로 된
높은 현대식 건물들이 하나둘씩 들어서고 있는 게 요즘 달라지고 있
는 양평 읍내의 모습이다.

그런데 몇 해 전부터 서둘러 공사가 이어지고 있는 중앙선 철길 복
선전철화사업이 완공되면 지금 용산역에서 출발해서 덕소역까지만
다니고 있는 전철이 앞으로는 용문역까지 연장해서 통행한다고 한
다. 따라서 양평역 〈교량화사업〉이 요즘 들어 부쩍 빨라지고 있는데
이것이 앞으로 양평 읍내를 크게 달라지게 만들 것이라는 소문이 파
다하다.

곧장 장터를 가로지르고 있는 철길 삼백여 미터 가운데에는 기차
를 타는 사람들을 위한 여러 개의 플랫폼과 삼층 규모의 초현대식 정

거장 건물이 들어설 것이라는 소문이다. 또 장터를 지나가는 철길 모두를 시멘트다리로 만들어서 위에는 열차가 다니고 아래의 빈터에는 전철을 타려고 변두리 주민들이 몰고 온 자동차들을 세워두는 〈환승주차장〉을 만든다는 것이다. 그러니까 얼마 지나지 않아서 양평 장터의 일부분이 옛 모습을 홀홀 털어버리고 몰라보게 달라질 것 같은 조짐을 느끼지 않을 수 없는 것이다.

사실 우리 같이 떠들어와서 살고 있는 사람들은 이런 양평 읍내의 빠른 달라짐이 전혀 마음에 들지 않는다. 조용하던 양평이 뒤틀리고 어수선한 서울의 위성도시가 되어가고 있기 때문이다. 서울 시내 땅속을 돌아다니는 전철이 양평과 이어진다면 살아가기가 여러모로 문명화되고 편리해질지는 몰라도 그에 따른 생활비가 지금보다는 더 들어갈 것은 물론이고 도시처럼 모든 것들이 복잡해질 것이 불을 보듯이 뻔하지 않은가.

그러나 대도시인 서울보다는 공기가 맑고 먹는 물이 깨끗해서 별볼 일 없는 사람들이 살아가기는 아직까지 괜찮을 것이라는 전제 아래 서울에 살던 중산층의 정년 퇴직자들이나 돈 많이 가진 졸부들이 부동산투기를 목적하고 양평으로 떠나올 것이 틀림없고 서울의 전세 집값이 비싸서 애를 태우던 가난한 서민들과 그리고 젊은 직장인들이 한 시간대에 출퇴근이 어렵지 않은 이 양평 읍내를 비롯하여 군내 여러 곳으로 많이 몰려들 것이 어렵잖게 어림 되기 때문이다.

우리 부부는 먼지와 소음이 엄청나게 넘쳐나는 대도시 삶에 진절머리가 나서 일터를 벗어나자마자 양평이라는 시골을 찾아온 것이다. 그런데 떠들어온지 십여 년이 못 돼서 그 양평마저 서울의 위성도시로

빨려 들어가게 되었으니 조용한 시골 삶을 머릿속에 넣고 찾아온 처음의 뜻이 줄어들거나 아예 사라지게 되었다. 요즘은 참으로 실망이 이만저만 크지 않을 수 없다.

　정부가 계획한 복선전철 노선사업이 굳어지면서부터 양평은 미국의 서부개척시대처럼 거친 나그네들의 동네가 되기 시작했다. 대도시 개발지역에서만 붙어살던 부동산업자와 협잡꾼들이 떼로 몰려와 투기바람을 불어넣으면서 양평은 삽시간에 개발이 시작된 신도시처럼 달라지고 있다. 건물마다 부동산업자의 대형 복덕방 간판들이 나붙는가 하면 거짓 바람을 쏟아내는 사기꾼들이 몰려와서 곱고 착하던 농민들에게 돈바람을 불어넣고 있기 때문이다.

　이 바람에 양평에서 경치가 뛰어나다고 널리 알려진 용문산 밑의 중원계곡을 비롯한 여러 골짜기나 옥천면 쪽의 사나사 골짜기, 그리고 아름답던 서종, 강상, 강하, 용문면 등 북한강과 남한강 줄기의 수많은 그림 같은 골짜기들에는 으리으리한 전원주택을 비롯하여 펜션, 모텔, 카페, 식당 등이 엄청나게 들어서고 있다. 물론 사오 년 전부터의 모습이지만 요즘 들어서 더욱 기승을 부리고 있는 것이다.

　더구나 서울의 집 매맷값이나 전셋값이 하늘 모르게 치솟기 때문인지 요즘 양평 변두리 지역에는 층층 살림집을 본뜬 연립주택들이 무수하게 지어지고 있다. 대개 사층으로 지어지는 이 연립주택들은 서울에 살고 있는 서민들을 겨냥하고 지어진다는 것이다. 서울 강북 지역에서도 이십 사오 평쯤의 층층 살림집을 전세 얻으려면 대충 몇억씩이나 줘야 하는데 양평의 층층 살림집들은 그 절반 이하의 가격에 아예 사들일 수가 있고 연립주택들은 그 절반도 안 되는 값으로 사고 팔리기 때문이다.

물론 용산에서 용문까지 왕래하기로 예정돼 있는 전철이 준공되는 것을 전제로 한 건설 붐인 것이다. 전철이 한 시간도 안 걸려서 양평과 서울을 오고갈 수 있다면 양평은 그야말로 완벽한 서울의 위성도시가 되는 것이다. 주택뿐만이 아니라 모든 생활환경이 서울과 직접적으로 거래되고 소통될 것이 불을 보듯이 뻔하기 때문이다.

나는 이렇듯 하루가 달리 바뀌고 있는 양평의 모습을 바라보면서 마음속으로 안타까워 발을 동동 구르고 있다. 그러나 이런 속뜻을 알 길 없는 서울의 아는 사람들은 양평으로 살 자리를 옮겨가기 백번 잘 했다고 부러워한다. 전철이 시시각각 서울로 드나들게 되었으니 교통이 편리해져서 집값이 크게 오르고 살기가 얼마나 더 좋아지겠느냐고 야단들이다.

그렇지만 우리 차분하게 다시 생각해 보자. 그게 부동산 〈투기〉를 모른 채 한평생 겨우 집 한 칸만 쓰고 살아가는 사람, 맑은 물 먹고 깨끗한 공기나 마시며 욕심부리지 않고 살아가겠다는 마음으로 시골을 찾아온 우리 같은 하릴없는 노년의 시절 같은 바보들에게, 양평이 도시로 개발되고 군청이었던 양평이 시청으로 승격하고 군민이 시민이 되고 그래서 양평이 서울의 위성도시가 되는 것과 무슨 얽힘이 있느냐는 말이다.

조선시대 끝막까지 남아있음직하던 어수룩한 시골 동네인 양평, 경기도 안에서도 가장 척박한 오지로 손꼽히던 양평이 자고 나면 몰라보게 나날이 바뀌어서 도시처럼 달라지는 것이 그저 자꾸자꾸 불안하고 허전할 뿐이다.

(2006.10.18)

돌잔치

아이가 태어나서 꼭 한 해가 되는 첫 번째 생일을 우리는 첫돌이라고 말한다. 부모들은 아이의 첫돌을 기리려고 아침에 미역국을 끓이고 떡을 만들어서 모든 가족들이 모이고 이웃 어른과 아는 사람들을 모셔다가 음식을 대접하는 조촐한 잔치를 벌인다. 일테면 태어난 뒤에 그동안 별일 없이 잘 자라난 것을 스스로 즐기는 셈이다.

우리나라 중부지방의 풍속으로는 돌잔치에 쌀을 곱게 빻아 시루에 쪄내는 〈백설기〉라는 떡과 찰수수를 대껴서 쪄낸 뒤에 절구에 찧어서 삶은 팥을 거죽에 입혀서 만드는 〈수수경단〉이 으뜸의 돌떡이다. 그러나 농민들 모두가 가난하게 살던 옛날에는 첫돌에 생일 떡을 만들어 먹는 것은 둘째고 산모인 아이 엄마에게 쌀밥과 미역국조차 푸짐하게 끓여 먹이지 못하고 살아오기 일쑤였었다.

그런데 모두가 잘살게 되면서 세상의 풍속과 인심이 많이도 달라졌다. 가난하던 한국이 최첨단 산업국가 반열에 오르게 되었고 경제적으로 부자나라가 된 지금은 아무리 벌어들이는 것이 남들보다 적어서 넉넉한 생활을 이어가지 못하는 가정이라고 해도 아이의 첫돌을 잊어버린 채 그냥 넘겨버리는 일은 생각할 수 없게 되었다.

그러나 옛날처럼 집에서 떡을 만들고 여러 가지 맛있는 음식을 장만해서 돌잔치를 벌이는 집은 거의 없다시피 드물다. 아이의 부모들이 모두 직장생활을 하거나 바쁜 생업에 매달려 살기 때문인지 요즘 아이들의 돌잔치는 전문뷔페식당이나 널찍한 공간의 카페 같은 곳에서 행사처럼 치른다. 일가친척과 친지들을 생일날 그런 곳으로 모셔놓고 푸짐한 식당음식으로 잔치를 벌이는 것이다. 그게 풍속이고 버릇이고 흐름이 되었다.

이 돌잔치에 부름을 받은 손님들은 금은방에 들러서 돌쟁이에게 끼워줄 금반지를 선물로 사 가는 것이 얼마 전까지의 풍속이다. 그런데 요즘 들어서는 그런 선물하는 풍속마저도 사라졌다는 것이다. 금붙이는 간직하기가 번거롭고 오래 가지고 있으면 경제적으로 손해가 나기 때문에 아예 금반지값과 비슷한 돈을 봉투에 넣어서 선물처럼 가져간다는 것이다. 참으로 쉽게 받아들이기 어려운 모습들이 아닐 수 없다.

이런 뚱딴지같은 현금봉투 선물 버릇은 애경사를 치를 때의 부조 풍습에서 묻어온 것으로 풀이되지만 요 몇 해 사이에 금값이 턱없이 오르면서 금붙이를 장만하기가 거북해지면서 더더욱 굳어진 것 같다. 성인들의 결혼식에 축하하러 가는 것이나 아이들의 돌잔치를 축하하러 가는 것이 갈래는 다르지만 모두가 기쁜 일을 축하한다는 뜻이기 때문에 별다른 딴죽을 달고 싶은 생각은 없다. 돕는다는 뜻의 부조라는 것은 어차피 너와 나 사이의 품앗이니까 말이다.

아이들 돌잔치의 으뜸은 흔히 '돌을 잡힌다'는 옛날부터 내려오는 풍속에 있다. 첫돌을 맞는 아이가 앞으로 질병에 시달리지 않고 건강하게 자라나면서 부자가 되고 부귀영화를 누리게 될 운명을 타고났는지 그 내일을 미리 점쳐보자는 뜻으로 풀이되는데 서민들 사이에서는 꽤나 오래전부터 전해지는 통과의례 같은 재미있는 풍속이다.

생일을 맞은 돌쟁이의 부모들은 돌잔치 음식을 차린 잔칫상 위에다 돌을 잡힐 여러 가지 물목을 늘어놓는다. 먼저 장수를 상징하는 흰 실타래, 먹을거리의 대표 격인 쌀을 주발에다 담아놓는다, 그리고 선비와 공부를 상징하는 붓, 집안에 따라서 만년필 연필 또는 볼펜으로 바뀌기도 한다. 그리고 마지막으로 재물의 상징인 돈이다.

이런 여러 가지 물목들을 상 위에다 가지런히 차려놓은 뒤에 어미는 돌쟁이 아이를 품에 껴안아서 물목이 진열된 잔칫상 앞으로 데려가서 아이가 제 마음에 내키는 물건을 손으로 잡아 보도록 이끄는 것이다.

이때 아이의 행동을 살피게 된다. 아이가 그릇에 담겨있는 쌀을 가장 먼저 손으로 잡으면 앞으로 먹을거리가 걱정 없는 부자가 될 것으로, 붓을 잡으면 공부를 잘해서 벼슬길에 나아가는 학자나 공무원이 될 것으로, 돈을 잡으면 사업가나 돈 버는 장사꾼이 되고, 실타래를 잡으면 질병에 시달리지 않고 남들보다 구구 팔팔 오래 살 것이라고 생각하면서 부모와 가족들은 물론이고 모인 하객들 모두가 흡족하여 기뻐한다.

그런데 며칠 전에 목격하게 된 어떤 돌잔치에서는 정말로 많이도 변해버린 요즘의 세상물정을 새삼스럽게 느낄 수가 있었다. 돌을 잡히는 새로운 물목으로 생각지도 못했던 첨단사회를 상징하는 새로운 물건들이 나타났기 때문이다. 바로 이빨을 닦는 그 흔한 '칫솔'과 장난감처럼 만든 '미니골프채'와 그리고 실물 크기의 컴퓨터 '마우스'였던 것이다.

돈을 많이 벌어야 잘살고 행복하다고 느끼기 때문에 출세를 목적하는 직업과 직종이 헤아릴 수 없을 만큼 늘어나면서 돈이 모든 걸 좌우하는 세상이 되었다고는 하지만 옛날부터 전해오는 돌잡이는 물목에서마저 시대를 민감하게 반영하고 있다는 사실이 새삼 놀라웠던 것이다. 이렇게 달라진 돌잔치의 참모습이 젊은이들에게는 그럴듯하게 받아들여졌을 일일지 모르지만 늙은이들이나 기성세대들에게는 고개를 왼쪽과 오른쪽으로 도리질하게 만드는 일이 아닐 수 없었다.

돌잡이 물목에 컴퓨터 마우스가 새로 올라온 것은 디지털 세상에서 가장 잘나가는 컴퓨터 산업 또는 컴퓨터 부자를 떠올린다는 것이며 칫솔이 나타난 것은 의사 가운데서도 돈을 가장 많이 벌면서도 지나칠 만큼 밤일을 하지 않아도 되기 때문에 주말에는 병원 문을 닫고 가족과 더불어 즐기고 쉴 수 있는 치과의사를 상징한다는 것이다. 이밖에 골프채는 새 글로벌 직업으로 각광받는 프로골퍼를 비롯하여 골프 관련 업종을 떠올리게 하는 것이다.

골프만 해도 그렇다. 골프는 서양 사람들의 운동이었다. 그런 골프가 우리나라에 들어온 것은 일제식민통치 시대라고 하지만 본격적으로 한국인들이 골프를 치기 시작한 것은 한국전쟁 이후일 것이다. 한국에 파병된 미군 장교들이 용산기지의 미팔군 영내에 퍼블릭 코스를 만들어 놓고 자기들끼리 휴식을 즐겼는데 여기에 한국의 정부인사와 한국군 장교들이 차츰 합세했었던 것으로 알려지고 있다.

그렇게 나타난 골프는 팔십년대까지만 해도 한국에서는 돈 많은 사람들이나 국군의 장성들 그리고 높은 자리의 벼슬아치들이 남는 짬을 즐기거나 사업적인 너나들이를 위한다는 입막음으로 벌이던 휴식과 흥정의 거간이었기 때문에 하루 벌어서 하루를 먹고 살았던 보통 사람들이나 서민들로서는 전혀 가까이할 수 없었던 금기의 대상이기도 했었다.

그런데 지금은 웬만큼 넉넉하게 사는 사람이라면 누구나 즐길 수 있는 흔한 레저스포츠가 되었다. 지금의 골프는 옛날의 〈연식정구〉나 테니스보다도 인구에 더 회자되어 널리 퍼진 것 같다. 골프가 지금은 잘 살고 못 살고 배우고 못 배우고의 차이가 없고 남자와 여자 같은 성별이 전혀 구분되지 않는 새로운 레저로 자리를 잡은 것이다.

지금 지구촌 골프계에서 두각을 나타내고 있는 한국인 프로골퍼 박세리와 최경주 같은 선수는 한때이긴 하지만 그야말로 세계의 프로골프무대를 휘어잡기도 했었다. 이 두 사람뿐 아니다. 이른바 '낭자군'이라고 불리는 한국의 젊은 여성 프로골퍼들의 세계무대에서 활발하게 움직이는 모습은 그야말로 놀랍고 눈부실 만큼 빛나다.

이 밖에 한국의 컴퓨터 산업이 전 세계시장을 누비고 있음으로 이런 부문에서 기업인이나 기술자로 이름을 얻고 권위자가 된다면 부귀영화가 뒤따르는 것도 틀림없는 사실이다. 한국의 어떤 전자회사나 미국 모 컴퓨터회사 같은 큰 기업들이 굴뚝에서 연기가 피어나는 재래산업을 제치고 하루아침에 세계에서 우뚝 선 첨단재벌로 떠오른 세상이므로 그런 엄청난 변화들이 우리의 생활과 풍속 안으로 스며드는 것은 어쩔 수 없는 일이기도 하다.

아이들의 첫돌잔치를 일가친척과 이웃들이 번갈아 서로 기뻐해 주는 풍속은 참으로 아름다운 일이다. 그러나 전문식당까지 빌어가면서 크게 떠벌리는 잔치도 분수 밖의 모습들이지만 금반지 대신 돈 봉투를 들고 가는 살얼음판 같은 요즘의 돌잔치 모습은 아무래도 또 다른 돈 잔치를 보는 것만 같아서 울적하고 을씨년스럽기만 하다.

서양 사람들이 만들어낸 〈기브앤드 테이크〉가 나쁘다고 핀잔만 할 수는 없다. 그렇지만 그것이 우리 나름의 내려받은 아름다운 풍속은 정말로 아니기 때문이다. 서양 사람들의 풍속 가운데도 좋은 점은 우리가 받아들여서 흉내를 낸다고 해도 허물 될 일이 아니지만 내가 하나를 줬으니까 나도 꼭 하나를 받아야 한다는 등식의 주고받음이란 그야말로 산수이고 계산적이어서 어쩐지 마냥 서글프기만 하다.

약삭빠르지는 못하지만 그냥 소박하고 아름다운 한국인의 정서와는 전혀 뜻이 맞지 않는다는 말이다. 조상 때부터 솜털같이 오랫동안 우리들에게 이어져 오고 내림 된 그런 세시풍속을 그대로 지켜가는 것이 마냥 아쉽고 그립기만 하다.

(2007.11.13)

증정본

증정본이라는 이름의 책이 있다. 풀어서 말하자면 돈 안 받고 주는 책이 될 것이다. 옳게 이른다면 책이 새로 나온 뒤에 그 책을 펴낸 출판사가 지은이에게 책값을 받지 않고 기증하는 책이고 또 그렇게 받은 책을 지은이가 아는 사람들에게 읽어달라고 그냥 선물하는 책이다. 출판사에 따라서 그 숫자가 많고 적겠지만 대충 이삼십 권쯤이다. 언제부터 그렇게 됐는지 그 처음은 잘 모르지만 책을 만드는 동네의 오래된 습관이라고 한다. 그런데 이 증정본이 때로는 글을 쓴 이에게 심심찮게 짐이 되고 있다.

책이 펴내지면 글을 쓴 사람은 출판사와의 약속에 따라서 곧바로 〈인세〉라는 이름의 돈을 받는다. 인세란 책을 찍어낸 숫자와 책값을 얼마로 매기느냐에 따라서 저자가 출판사로부터 받게 되는 원고료인데 대충 매겨진 책값의 팔 퍼센트에서 십 퍼센트 아래위로 알려지고 있다. 인세는 인기가 있는 저술가일 때에는 그보다 높은 인세를 받을 뿐 아니라 때에 따라서는 인세 말고도 〈계약금〉이라는 이름의 유별난 돈을 더 얹어서 받기도 한다.

그러니까 지은이의 경륜이나 유무명의 지명도에 따라서 출판계약의 조건이 달라지고 인세의 오름 내림이 정해지지만 어쨌든 첫 번째 책을 찍어 낸 뒤에 이른바 날개가 달리듯 책이 팔려서 출판사가 이익을 많이 얻게 되면 인세의 프로테지가 처음 계약했을 때보다 엄청나게 높아지기도 한다는 것이 출판계의 특이한 관행이라고 한다.

드러내 놓고 자랑할 일은 못 되지만 나도 내 이름의 책을 몇 권이나 세상에 내놓은바 있었기 때문에 책을 펴낼 때마다 명색으로 쥐꼬리만큼의 인세를 받아왔다. 그때마다 평범한 저자들과 똑같이 책값의 팔에서 십 퍼센트에 이르는 돈을 인세로 받았는데 세 권짜리나 되는 긴 장편소설이 이른바 베스트셀러의 목록에 올라가 꽤나 많이 팔려나갔을 때는 덤이라고 생각할 만한 웃돈의 인세를 받기도 했었다.

어쨌든 책을 내고 나면 평소에 책 빚을 짊어졌던 글벗들에게 가장 먼저 지은 사람으로서의 책을 돌리게 된다. 내 책을 알리거나 뽐내려고 하기보다는 아는 사람들에게서 그동안 받았던 책에 대한 품앗이를 하는 셈이다. 그렇게 새 책을 보내야 할 사람들의 이름을 새롭게 헤아려 보니까 줄이고 줄였는데도 일백 권 가까이 있어야 되었다. 그러니까 직장생활을 함께 했었던 동료들이나 고향에서 같이 자라난 친구들, 그리고 같은 글을 쓰기 때문에 그동안 책을 주고받았던 사람들이었다.

그러니까 언제나 놀라게 되는 것은 책을 보내야 할 사람의 숫자가 출판사에서 받은 증정본의 몇 갑절이나 된다는 사실이다. 출판사가 주는 증정본은 몇 권 안 되는 것이 뻔한데도 그동안 그에 몇 갑절이나 되는 숫자의 증정본을 주고받았다는 것은 곧 내가 내 돈으로 내 책을 더 사들여서 돌렸다는 이야기나 다름이 없는 것이다.

책을 펴냈던 문인들이나 저술가들은 거의 나와 비슷한 경우일 것이다. 책 빚은 갚아야 되겠는데 출판사에서 주는 증정본은 고작 이삼십 권에 지나지 않으므로 아무래도 자기의 주머닛돈으로 자기가 낸 자기의 책을 사서(물론 책값을 출판사가 책방에다 내놓는 값보다 많이 깎아주기는 하지만) 책 빚을 갚아야 되는 것이다.

그런데 책을 몇 권쯤 펴냈던 사람들이라면 문학행사장이나 향우회 동창회 같은 모임에서 아는 사람들을 만났을 때 느닷없는 책의 출판 이야기로 어려움을 겪었던 때가 더러는 있었을지도 모른다. 내 경우 어떤 모임이었던 것으로 어림 되는데 아는 친구를 만났더니 다짜고짜로 하는 말이 "새 책을 냈다는 신문기사를 본지가 한참이나 됐는데 어째서 내게는 아직까지 책을 보내주지 않느냐"고 심하게 짜증을 부리는 것이었다.

그럴 때는 입장이 참으로 난처해질 수밖에 없다. 증정본이 몇 권 안 되기 때문에 못 보냈다는 옹색한 출판동네의 이야기를 늘어놓을 수는 없고 그렇다고 중언부언 대꾸하자면 오히려 구차해질 수밖에 없으니까 그저 미안하게 됐다면서 다음부터는 꼭 먼저 보내겠다는 말로 사과를 할 수밖에 없다. 그런데 이럴 때마다 맞서서 대거리는 못한 채 혼자 분통을 터뜨리게 되는 것은 "한국 사람들은 책을 즐겨서 읽지도 않으면서 뭣 때문에 남의 책을 받기만 즐기는지 모른다"는 생각이 떠오르는 것이다.

살다 보니 일가친척들이나 고향 친구, 또 가깝게 지내는 아는 사람들의 집에 가 보면 책꽂이에 제법 몇 권이나 되는 내 책이 꽂혀 있는 걸 넌지시 바라보게 된다. 이럴 때면 솔직하게 말해서 기분이 나쁘지는 않다. 좋게 평가되었던, 그렇지 못한 책이던 자신의 이름이 찍혀 있는 자기의 글을 책으로 만들어서 세상에 내놓았던 사람으로서의 뿌듯함이 순간적이나마 생기니까 말이다.

그런데 책을 내고 그리고 이른바 증정본을 여기저기 돌리고 난 뒤 모임이 있어서 참석했을 때 누구의 입을 통해서든 책에 대한 이야기가 틀림없이 나와야 하는데 아무리 기다려도 책을 받았다는 말이나 읽은 뒤의 감상을 말하는 사람이 많지 않다는 사실이다. 책을 쓰고 책을 보낸 사람이 나타났으므로 인사치레로나마 한마디쯤은 뭐라고 말해줘야 될 터인데 아예 관심이 없는지 책을 읽은 사람이 없는지, 또는 읽어봤었지만 자기 취향에 맞지 않아서 읽다가 중도에서 그만두었는지 아무런 반응이 없다는 말이다.

이런 때는 참으로 서운하고 민망하고 서글프다. 세상을 살아가는 인간 사회에는 예의와 범절이 있고 인정이 있다. 그것이 삶의 바탕이다. 그런데 한국인들은 문화인으로 대접받고 싶고 문화인이란 자존심은 세우고 싶으면서도 오히려 그런 예의적인 몸놀림에는 참으로 인색하고 무관심한 것 같다. 일부러 무심한 체를 하는 것이 아니라 그런 것들을 뜻밖으로 소홀히 하고 가볍게 넘겨버리고 있는지도 모를 일이다.

한마디로 경제개념에 치우쳐서 돈밖에 모르기 때문이라고 아쉬워할 수밖에 없다. 그런 것은 전혀 자존심이나 자긍심일 수가 없다. 자기가 누구와 똑같이 저자로부터 증정본을 받아야 할 대단한 존재라고 인식하고 있다면 남의 증정본을 받은 답례로 그 책을 단 몇 줄이라도 읽어보는 성의와 의무도 있어야 옳은 몸가짐이 아니겠는가. 이런 행태는 아무래도 잘못된 신자유주의 돈바람에 물이든 탓이 아닌가 생각되기도 한다.

아무리 일에 쫓기고 시간이 바쁜 사람이라 하더라도 짬을 내서 최소한 서문이나 발문 또는 줄거리쯤은 훑어봤어야 책을 쓴 사람을 만났을 때 "참으로 재미있게 읽었다"라고 인사성 발언을 하거나 "읽으려고 했지만 시간이 없어서 아직 못 읽고 있지만 곧 읽어볼 것이다. 정말로 책을 쓰느라고 애 많이 썼겠다"라는 정도를 말해주는 것이 아는 사람으로서의 예의이고 우정이며 인사일 것이다.

책을 펴내고 몇 차례나 그런 경우가 되풀이되면서는 내가 책도 책같지 않은 증정본을 마구 돌리기 때문에 생기는 잘못이 아닌가 하고 후회를 하기도 했었다. 한때는 "정성 들여서 쓴 내 책을 당신들이 읽어주지 않으니까 나도 이제부터는 증정본을 안 보내기로 했다"는 심정으로 증정본을 안 돌리기도 했었다. 그렇지만 그 뒤에 이어서 책을 펴내게 되면서는 다시 피나 살 같은 내 살돈을 들여서 증정본을 사서 보내지 않을 수 없었다.

지은이가 자기의 책을 아는 사람들에게 보내는 뜻은 "이번에 펴낸 내 책을 읽고 모자라는 곳을 꾸짖어 달라"는 뜻이 섞여 있는 것이다. 어쩌다 "당신이 읽어주든 말든 그것은 상관하지 않는다. 무조건 내가 펴낸 책이니 받기만 하라"는 자못 허장성세에 물이든 저자들이 넘쳐나고 있는 세상이긴 하지만 모든 서책의 저자들을 그런 똑같은 테두리에 집어넣고 생각해서 그러는지 모르겠으나 어쨌든 엄청나게 서운

하고 언짢은 일이 아닐 수 없다.

책을 받아야 되겠다는 사람들에게 자존심이 있다면 책을 쓴 사람의 자존심도 마땅히 살펴줘야 할 것이다. 글이라는 것은 지혜의 산물이다. 땀을 흘리고 머리를 굴려야 하는 지은이의 글 쓰는 밑절미를 조금이라도 헤아린다면 설사 너무 바빠서 책을 읽지 못했더라도 글을 쓰는 노고를 치하하는 바탕의 덕담쯤은 할 수 있어야 한다. 그것은 친지로서의 우정일 수도 있고 아는 사람으로서의 인사며 문화인의 긍지이고 보답일 것이다.

열심히 써낸 책을 자기네 책꽂이에 꽂아놓거나 장식하라고 보내는 것은 아닐 것이다. 또 훌륭한 문화인 같은 사람들에게만 책을 보내는 것으로 알고 있었다면 그것도 지나친 오해고 착각이다. 이미 보내줬던 책도 읽지 않았으면서 새로 낸 책을 보내지 않았다고 책 타령만 하는 그런 허위의식으로 가득 찬 얼치기 지식인들은 얼굴을 똑바로 바라보기조차 싫다. 책을 장식품이나 진열품으로 알고 있는 그런 사이비 문명인들이야말로 우리의 문화와 예술을 뒷걸음치게 만드는 사람들일 것이다.

(2010.1.24)

경로우대

우리나라에서 노인의 나이는 정말 몇 살부터이고 어느 나이가 돼야 세상으로부터 진실로 노인의 대접을 받을까? 주민등록부에 적혀 있는 생년월일이 더도 덜도 아니고 만 육십 오세가 되는 사람들부터가 공식적으로 노인 대접을 받을 것이다. 그 나이부터는 국공립공원을 돈 내지 않고 드나들 수 있고 전철 요금을 내지 않고 탈 수 있다. 또 지방자치단체들이 조금씩 액수의 차이는 있지만 다달이 교통비라는 이름의 돈 일만 몇천 원씩을 노인들의 예금통장에 넣어주고 있으니까 말이다.

그렇다면 지금 우리나라 노인들은 정부나 사회로부터 융숭한 대접을 받는 것으로 생각해도 된다는 말일까? 그러나 나는 전혀 아니라는 생각이 든다. 당당하게 전철 요금을 내는 사람들의 틈에 끼어서 비어 있는 자리를 겨우 얻어 타는 일이나 교통비라는 이름으로 몇 푼의 정부지원금을 받는 것이 이 땅에 살고 있는 모든 노인들에 대한 존경이나 대접이라고는 전혀 생각할 수가 없기 때문이다.

우리 사회가 노인들을 존경하거나 대우하지 않는 사례는 참으로 많다. 첫째는 잊혀질만하면 느닷없이 나타나는 〈대한민국 고령사회로 급속 진입 중〉 운운하는 매스컴의 집중적인 보도들이다. 너무도 빨리 고령사회로 이행하는 현상이 국가적으로 바람직한 일이 아님은 틀림없다. 그렇다면 과연 그것은 누구에게 잘못이 있고 누구의 책임일까?

통계청이나 정부산하 정책연구소의 여러 가지 자료들을 인용해서 만들어낸 매스컴들의 인구노령화 관련 보도들은 대체로 비슷비슷하다. 앞으로 몇 해가 지나지 않아서 한국이 세계 유수의 초고령사회로 진입하게 될 것이며 그때부터는 젊은 사람 하나가 노인 몇 사람을 부양하게 된다는 것과 건강보험료에서 노인들의 의료비 지출액이 몇 퍼센트로 늘어난다는 등등 아주 우울하고 걱정스러운 이야기들뿐이다.

그런 노인 관련 기사가 모든 매스컴을 통해서 보도되고 한 보름이나 될까 말까 하면 이번에는 어떤 대학연구소의 발표라면서 한국인의 평균수명이 남자는 칠십팔 세이고 여자는 팔십이 세나 되는데 이 수치는 오 년 전 집계보다 삼 년이나 늘어난 것이고 이런 속도로 노인들의 수명이 연장돼 간다면 앞으로 십 년이 지난 이천십육년쯤에는 남녀의 평균수명이 현재보다 삼 년 이상 더 증가할 것이라고 호들갑을 떨고 야단법석이다.

사실 이런 통계수치는 장기적인 정부운용 계획안에 이미 나와 있는 것인데 매스컴들이 그런 자료들을 그때그때 특종이나 되는 것처럼 떼어서 보도했을 터이다. 그러나 이럴 때마다 서민층의 노인들은 늙어가는 시름과 한탄에 잠기게 되고 젊은 자식들의 눈치를 은근히 살피게 된다는 것을 매스컴 관계자들은 알아야 한다. 세상에, 그리고 자식들에게 특별히 잘해줬거나 남겨준 것도 별로 없는 서민층의 노인들은 자신이 너무 오래 살아서 자식들에게 부담만 주고 있는 것은 아닌가 하여 언제나 겸연쩍고 불안하다는 것이 대체적인 심정이라고 전해진다.

　정부를 비롯한 각급 연구기관이나 단체들의 발표나 자료들 가운데는 노인들의 장수와 고령화가 우리 사회에 끼치는 긍정적인 측면과 부정적인 측면이 분명하게 따로 존재할 텐데도 신문과 방송을 포함한 모든 매스컴들이 긍정적인 대목은 제쳐두고 줄곧 부정적인 문제점만 부각시키고 있는 것은 어쩐 일이고 무엇 때문인지 도무지 알 수가 없는 일이다.

　식생활과 주거환경과 음식문화가 서양일변도로 변모했으며 의료시설이 현대화하고 건강식품들이 속속 개발되는 것은 노인들의 장수와 고령화에 직접적으로 영향을 끼친다. 그것은 어떤 특정 세대 노인들만을 위해서라기보다는 인류가 이룩한 무한한 과학문명의 발달과 시대의 진보에 따른 자연적인 열매이고 현상일 따름인 것이다.

　그럼에도 잊을 만하면 모든 매스컴들이 노인들의 고령화와 장수가 사회문제로 새롭게 등장하기나 한 것처럼 집중적으로 보도하는 자세는 전혀 좋게 받아들일 수가 없다. 건강보험의 재정고갈을 문제점으로 지적할 때도 으레 노인들의 고령화가 거론되고 십 년 또는 이십 년 이후의 각종 공적연금재원이 바닥나게 된다는 우려가 발생해도 쉬울세라 노인들의 고령화를 들먹인다.

　정부가 선진국들보다 차원 높은 노인복지 대책을 세우거나 시행하는 것도 아니면서 매스컴들이 인구의 고령화를 단골 메뉴로 들먹인다는 것 자체는 '노인들을 천시하는' 뜻으로 볼 수밖에 없다. 대체 건강해서 장수하는 노인들보고 어쩌라는 말인가? 자녀들 몰래 극약이라도 마시고 자진이라도 하라는 것인가, 아니면 보이지 않는 다른 세계로 속히 사라지라는 것인가. 자못 갈피를 잡기가 어렵다.

만일 자손들과 한곳에 앉아 이야기를 나누는 자리에서 노인들의 고령화가 큰 사회문제라는 매스컴들의 보도가 나왔을 때를 연상해 보자. 과연 집안의 어른인 노인들의 몸가짐이 어떠했을 것이며 자녀들 또한 운신의 폭이 어땠을까? 다행히도 자손들이 정부의 발표나 매스컴의 보도가 노인을 경시하는 의도에서 비롯됐고 너무 편파적이라고 비판했다면 별일 아니었겠지만 무의식중에라도 "일리가 있다"라거나 "큰일은 큰일"이라고 긍정적인 발언을 했었다면 하릴없이 늙어가는 부모들은 말 못 할 마음의 상처를 입었을 것이 미상불 분명하다.

굳이 입을 연다면 노인들에게도 할 말은 있다. 지금 한국 사회가 누리고 있는 경제발전의 바탕은 정말 누가 만든 것일까? 돌이켜 본다면 결코 노인들이 흘린 땀방울과 노력을 도외시하거나 부인할 수가 없다. 휴전 직후 폐허가 된 이 땅 위에다 재건의 삽질을 시작한 것도 그들이었고 부존자원이라고는 아무것도 없는 나라에서 맨몸 맨주먹으로 국가부흥의 해머를 휘두른 것도 지금은 노인이 된 그들이었다.

물설고 낯설 뿐 아니라 말도 통하지 않는 먼 나라 독일로 건너가 마르크화를 벌기 위해 피땀을 흘려가며 석탄을 캤던 광부들도 그들이었고 언어도 통하지 않는 독일병원의 간호사로 취업해서 외화를 벌어 고국으로 보냈던 여성들도 그 세대들이었다. 뿐만 아니다. 열사의 땅 중동으로 건너가서 오일달러를 벌어 보낸 건설노동자들도 지금은 전철을 돈 내지 않고 타고 다니는 나이 먹은 세대들이다.

그뿐 아니다. 부족한 식량 작물의 자급을 위해서 죽기 살기로 땀 흘려 농사를 지었던 이름 없는 농민들과, 각급 산업 현장과 기업체에서 뒤도 돌아보지 않고 시키는 대로 열심히 일했던 각종 근로 현장의 노동자들이 흘린 땀방울도 대단하게 평가해야 마땅하다. 그들이야말로 저임금도 무릅쓴 채 아무런 저항도 일탈도 없이 열악한 산업 현장에서 열심히 일했던 일벌레나 다름없던 애국자들이었다.

그들이 매월 받는 월급에서 납부한 〈갑종근로소득세〉가 재원이 되어 경부고속도로를 비롯한 각급 도로와 지하철 등 수많은 사회적인 인프라가 건설되었고 오늘날 우리 후손들이 풍요로운 세상을 살아가게 된 바탕이 되었다. 말없이 땀 흘려서 일한 그들의 애국을 과소평가해서도 안 되고 공적을 폄하해서도 안 될 일이다.

노인들이 사회적으로 소외되고 있는 사례는 티브이 프로그램만 봐도 대뜸 드러난다. 우선 각 방송사마다 정신 못 차릴 정도로 편성되어 있는 〈먹을거리〉를 주제로 한 프로들이 좋은 본보기이다. 방송 프로그램에 나온 요리사라는 사람들 열이면 열 모두가 초점을 아이들이나 젊은이들의 식성에 맞춰서 음식을 만든다. 이것은 여성들의 피부미용이나 다이어트에 좋고, 이것은 젊은이들의 정력보강과 건강유지에 유익하고, 이것을 먹으면 어린아이들이 건강하게 자란다는 등 도통 젊은이와 여성과 아이들 위주이다.

아이들을 비롯해서 자손들이 잘 먹고 잘 자라나는 것이 집안의 어른들인 할아버지나 할머니 되는 노인들의 희망이다. 젊은이들이 나라의 기둥이고 아이들이 커서 어른이 되니까 말이다. 그러나 음식을 만드는 요리사들 열이면 열, 백이면 백의 입에서 치아가 나쁜 노인들이 잘 먹을 수 있는, 노인의 건강장수를 위해서 먹기에 편한 물렁한 음식을 만든다는 그런 융통성 있는 말은 거의 나오지 않고 들어보지를 못했다.

매아미 맵다 울고 쓰르라미 쓰다우니
산채를 맵다는가 박주를 쓰다는가
우리는 초야에 묻혔으니 맵고 쓴줄 몰라라
　　　　　　　　　　　─이정신, 영조 때 가객─

한마디만 더 하자. 지상파 티브이 삼사의 연예오락 프로그램은 아예 노인시청자들을 염두에 두지 않고 편성되었다. 주말인 일요일 새벽 여섯 시에서 일곱 시 사이, 젊은 시청자들이 잠자는 시간대라 상업 광고가 전혀 붙지 않는 시간에만 겨우 노인들을 위한 프로그램이 달랑 하나씩 있을 뿐이다. 하루에 이십 시간이나 방송을 내보내는 공중파 방송들이 노인중심의 프로그램을 한 주에 달랑 한 개만 편성하고 있다는 것은 대단히 편파적이 아닐 수 없다.

이런 사례는 우리 사회가 노인문제를 얼마나 등한시하고 있는가를 단적으로 보여주는 실례이다. 연말연시가 되면 길거리에 경로사상을 고취시키는 시한성 펼침막이 더러 나붙고 학생이나 직장 사회단체원들이 경로당이나 양로원 같은 곳으로 위문을 가거나 위문품을 보내기도 하고 종교단체들이 불우한 노인들을 찾아가서 음식을 대접하기도 한다.

그러나 그런 이벤트성 행사는 오히려 경로사상 고취에 도움이 되지 않는다. 그것은 불우한 노인들을 위해서 동정을 베푸는 선심행사이지 기본적인 경로사상은 아니다. 모든 노인들이 사회로부터 당당하게 대접을 받는 것은 마땅하지만 불쌍하게 도움을 받아야 할 이유는 없는 것이다. 지금 필요한 것은 근본적으로 노인들을 존대하는 경로사상이지 동정은 아니기 때문이다.

법적으로 육십오 세 이상 된 노인들이 모든 사회인들로부터 정당하게 존경받는 관행이나 규칙을 만드는 것이 옳다고 본다. 노인들은 이 나라의 빈곤 척결과 이 사회의 경제발전을 위해서 젊은 시절에 열심히 땀 흘려 일했던 유공자들이다. 국가와 사회가 정당하게 예우를 해야 마땅하기 때문이다.

젊은이들도 머지않아서 노인이 된다. 이것은 엄연한 순리다. 인간은 항상 젊을 수가 없다. 세상살이란 돌고 도는 품앗이이기도 하다. 오늘의 젊은이들이 노인들을 우대하고 존경하는 것은 바로 자신들이 늙어서 노인이 되었을 때 사회로부터 똑같이 대우를 받게 된다는 전제나 다름없는 일이다.

어린이가 나라의 보배이듯 노인들도 한때는 나라의 기둥이고 희망이었던 점을 우리 시민들은 절대로 잊어서는 안 된다. 땅 위에 자라는 모든 식물은 뿌리 없이 자랄 수가 없다. 노인은 젊은이들의 뿌리 그 자체이기 때문이다.

(2006.11.2)

부의 적절성

고위공직 후보자에 대한 국회 인사청문회가 열릴 때마다 제기되는 것이 민주주의 국가의 시민으로서 의무를 성실하게 이행했는지의 여부와 재산을 적법하게 모았느냐 하는 의문들이다. 이는 티브이로 생중계되는 인사청문회에 출석하게 되는 국무총리를 비롯하여 장관급 또는 이에 준하는 행정부의 고위직 공무원과 대법원 소속의 대법관 등이 수백만 공무원들에 앞서서 청렴하고 모범적이어야 하기 때문이다.

이 인사청문회는 정부가 미국의 제도를 본떠서 지난 이천년대 들머리부터 법을 만들어서 시행하고 있다. 이 제도를 도입한 뜻은 제왕적이라고 불릴 만큼 막강한 권한을 가진 한국의 대통령들이 함량 미달의 자기 측근을 고위공직에 임명하는 억지와 몽니를 예방하기 위해서였다. 그러나 이미 시행에 들어가고도 십여 년을 넘기고 있는 이 제도가 집권한 정부여당과 대통령들을 비롯한 집권 세력들이 제대로 협조하지 않아서 아직까지 제자리를 잡지 못하고 오락가락하고 있다.

인사청문회가 공직 후보자들을 검증하려는 항목은 재산을 모으는 과정에서의 부동산투기 의혹, 금융소득에 대한 합당한 세금납부 여부, 자녀들을 특정학교에 진학시키기 위한 주거지 위장전입 여부, 그리고 모은 재산의 일부를 배우자나 미성년 자녀들에게 상속 또는 증여하는 과정에서의 위법성이 있었는지의 여부와 세금탈루 같은 부당한 문제들을 밝히려 함이다.

지난 참여정부 때나 이명박 정권에서도 인사청문회는 계속 실시되었었지만 국회인준의 벽에 다가서기에 앞선 언론의 보도 검증과정에서 의혹투성이로 자진 낙마한 후보자가 있었는가 하면 어떤 후보자는 오히려 인사청문회 과정에서 훌륭한 자질과 덕망이 세상에 알려져 찬사를 받는 경우도 있었다. 어쨌든 이 인사청문회가 시행됨으로써 무소불위라고 비난을 받고 있는 대통령의 권위와 권한이 인사청문회를 주관하는 국회의원들에 의해서 얼마쯤은 견제를 받는다는 사실이 드러나고 있다.

그러나 이천십이년 박근혜 정부가 들어선 뒤 국무총리 후보자로 지명된 세 사람이 잇달아 국회 인사청문회의 검증 문턱에 들어서기도 전에 갖가지 의혹으로 자진사퇴하는 안타까운 일이 일어났다. 이렇게 되자 집권당인 새누리당과 수구기득권 세력들은 자기들이 후보자를 잘못 선정한 탓은 애써 감추고 현행 인사청문회 검증제도가 지나치게 개인의 신상털기에 집중되고 있다는 엉뚱한 논리를 내세우면서 청문회의 제도개선을 요구하기도 했었다.

박근혜 정부 들어서 첫 번째 총리 후보자였던 김용준 전 헌법재판소장은 지명된 직후부터 부동산 투기 의혹이 언론에 집중적으로 불거지면서 청문회 일정이 잡히기도 전에 자진사퇴하고 말았으며 그에 이어서 지명되었던 안대희 전 대법관은 대법원에서 퇴임한 뒤 반년 동안의 변호사 생활을 하면서 받았던 엄청나게 많은 수임료가 법관의 '전관예우'가 아니었냐는 문제로 비판의 도마 위에 올라 역시 청문회를 열기도 전에 자진사퇴 했었다.

세 번째 총리 후보로 지명되었던 전 중앙일보의 주필 문창극 씨의 경우도 비슷하다. 평소에 지니고 있었던 지나친 극우성향의 이념이 문제점으로 지적되면서 이미 발표되었던 친일편향의 논문 내용이 보수진보 진영을 가릴 것 없이 모든 방송과 신문에 낱낱이 보도되는 바람에 역시 인사청문회가 열릴 때까지 버티지 못하고 본인이 자진사퇴의 길을 선택하고 말았었다.

이 밖에 여러 명의 장관급 후보자들 가운데 인사청문회 과정에서 보여준 고위공직자로서의 자질이 깊이 우려되는 부적절한 경우와 공직자로서 모범적인 생활 태도를 갖추지 못한 일부 후보자에 대해서는 여야 국회의원들의 합의로 인준 자체를 거부한 경우도 있었다. 그러나 대통령이 인사청문회에서 인준이 거부되었던 공직 후보자를 자신이 천거했던 공직에 그대로 임명을 강행함으로써 청문회 제도 자체를 무력화시킨 사례가 많았었다.

고위공직자는 높은 자리에서 일하는 백성들의 상머슴이다. 정부가 시민들의 세금으로 고액의 임금을 지급하고 온갖 예우를 다하고 있음으로 시민들의 대변자인 국회가 인사청문회를 통해서 합당한 인물인지 아닌지의 여부를 가려내려고 애쓰는 것은 지극히 당연한 일이고 참으로 다행스런 일이 아닐 수 없다.

그러나 세 개의 공중파 방송을 비롯하여 몇 개의 주류신문과 종합편성채널 등 보수언론들이 국회의 인사청문회 과정에서 불거진 공직 후보자들의 명백한 의혹들을 언론 본연의 시각에서 사실로 보도하지 않을 뿐 아니라 편파적으로 감싸는 등 왜곡보도를 일삼으면서 인사청문회 제도 자체를 흡사 집권당과 야당 사이의 정쟁의 씨앗이나 되는 것처럼 몰아가는 보도 태도를 보였던 것이 큰 문제로 드러났다.

또 지나간 청문회 과정에서 나타났던 비슷한 의혹과 문제점들이 잇달아서 시정되지 않고 되풀이되고 있는 것도 참으로 걱정스런 일이다. 먼저 병역문제가 그렇다. 국민들이 청문회 때마다 느끼는 일이지만 대통령에 의해서 지명된 남성 후보자들은 거의가 실역으로 병역의무를 마친 경우가 별로 없었다는 사실이다. 신체가 건강하게 보일 만큼 외모가 수려한 대한민국의 남성들이 이런저런 신병을 사유로 병역면제 판정을 받아 군대를 안 갔던 사람들이 태반이었다는 사실이 밝혀진 것이다.

몸에 생겨난 질병 때문에 현역으로 병역의무를 이행하지 못한 것을 트집 잡을 수는 없다. 그런데 문제는 그렇게 군대생활도 제대로 겪어낼 수가 없을 만큼 병약하게 살아왔던 사람들이 이제는 아주 건강한 몸으로 수많은 공무원들을 지도하는 고위공직자가 되겠다고 나섰다는 점이다. 정말로 후안무치의 탐욕이거나 이 나라의 오천만 시민들을 맹물이나 바보로 얕보는 행동이 아닐 수 없는 것이다.

또 인사청문회에 넘겨진 고위공직 후보자들 거의가 보통 이상의 많은 재산을 소유하고 있다는 사실도 눈길이 쏠린다. 자본주의 사회에서 재산을 보유하는 것은 모든 사람들의 당연한 권한이다. 돈이 모든 것을 좌우하는 사회이므로 누구나 돈을 벌어야 하고 그래서 벌고 있을 것이다. 그러나 고위공직 후보자가 소유하는 재산은 정당하게 벌어들인 것이어야 하고 전혀 때가 묻지 않은 깨끗한 재산이라야 될 것이라는 점이다.

깨끗한 돈이란 과연 어떤 것일까? 정당하고 정직하게 노력해서 벌어들인 돈일 것이다. 그러면 "정직하게 번 돈은 과연 어떻게 산정할 수가 있을까"라는 의문이 뒤따른다. 헤아리기가 참으로 어려울 것으로 생각되지만 뜻밖으로 쉽게 분별 할 수가 있다. 정직한 돈이란 이 땅의 평범한 시민들이 받아들일 수 있는 소득과 수입만으로 쌓아진 재산이자 돈이기 때문이다.

재벌 회사의 관리 사장이나 임원들, 그리고 대기업의 주주들이 받는 천문학적인 연봉이나 배당금은 여기서 분명히 제외될 것이다. 그리고 의사, 변호사, 변리사, 감정사 등 특정 직업군이 수령하는 고액의 수임료도 당연히 근로수입 항목에서는 빠져야 될 것이다. 그러니까 평민들이 땀 흘려 일해서 받은 임금으로 가족들과 알뜰하게 생활하면서 저축하여 마련할 수 있는 목돈이 아무래도 우리 시대의 청정한 재산이고 돈이 될 것이다.

자본주의 사회를 살아가는 사람들에게 필요한 재물이 과연 얼마쯤인데 하늘로 머리를 둔 사람들 모두가 돈에 집착하고 있는 것일까? 일반적으로 생각해볼 때 가족들이 살아갈 수 있을 자기 이름의 집이 한 채쯤은 있어야 할 것이고 가족들이 먹고 살아갈 수 있을 정도의 정해진 급료나 상업소득 같은 고정수입, 그 수입이나 소득으로 자녀들을 대학까지 교육시킬 수 있을 정도의 생활수준이라면 나름대로 납득해야 되지 않을까?

그러나 많은 사람들이 그것에 만족하지 않는다는 것이 문제이고 우리 사회의 고민이다. 남보다 좀 더 잘살자는 생각 때문에 불법으로 부동산 투기를 공공연하게 자행하는가 하면 공직과 사직에서 일하던 노동자들이 욕심에 치우쳐서 불법과 부정을 저지르다 법의 제재를 받아 가정이 파괴되는 경우를 우리는 종종 보게 된다. 많은 사람들이 이렇듯 현실에 만족하지 못하고 과욕을 부리는 근원적인 소이는 무엇 때문일까?

사회제도의 불안전에 첫째 원인이 있을 것이다. 경제성장으로 살기가 좋아진 것은 누구나 피부로 느끼지만 그 경제성장의 지표가 과연 언제까지 지속될 것이며 또 그 성장의 과일이 시민 모두에게 올바르게 골고루 배분될까 하는 불안감 때문이다. 정부의 정책이 일관성 없이 오락가락하고 믿을 수 없으니까 중산층들은 무리를 해서라도 자기 이름의 재산을 보유하고 축적하려고 지나친 욕심을 부리게 되고 발버둥을 치는 것은 아닐까?

국회 인사청문회에서 드러난 고위공직 후보자들 대부분의 재산 내역을 들여다보면 전혀 본인이 땀을 흘려서 번 돈이라고 생각할 수 없을 정도의 거액들이라는 것이고 법을 어겼거나 탈법으로 이룩한 재산 같다는데 문제가 있었던 것이다. 국무총리로 지명되었다가 자진사퇴한 어떤 변호사의 경우는 사건수임료로 일 년에 무려 십오억을 벌었다고 하니까 줄잡아서 한 달에 일억 몇천만 원씩을 벌었다는 셈이 되는 것이다.

그렇게 엄청나게 많은 돈을 짧은 시간에 벌었다는 것이 그들에게는 하찮은 일이고 당연한 일인지 모른다. 그러나 이 땅에서 열심히 일하면서 평범하게 살아가는 장삼이사들의 정서로는 전혀 이해가 안 되는 다른 나라 일이나 다름없다. 또 그렇게 많은 돈을 벌어들이는 대형 로펌의 변호사를 그만두고 무엇 때문에 그보다 수입이 꽤나 적은 고위공직을 맡으려는지 도무지 이해할 수가 없는 것이다.

또 하나는 인사청문회에 나온 고위공직 후보자들 모두가 돈을 벌어들인 근거자료를 제대로 내놓지 않는다는 사실이다. 재산을 벌어들인 과정이 정당하다면 왜 그에 따른 증빙자료들을 숨기려는 것일까, 자신의 이름으로 이뤄진 부를 세상에 까발리고 싶지 않다면, 또 티브이 생중계 때문에 많은 시민들이 지켜보는 앞에서 국회의원들에게 신상을 추궁당하는 모양새가 아니꼽거나 구차하다면 대통령에게서 고위공직을 맡아달라고 제의받았을 때 사양하거나 포기했으면 될 일이 아니던가.

국회가 실시하는 이 인사청문회를 통해서 드러난 한국의 수구기득권 사회의 부패와 부정직성이 한국의 내일을 점칠 수 없을 만큼 아주 절망적이라는데 문제의 심각성이 있다. 지금은 과거와 같은 왕정시대도 아니고 일본제국주의가 강압통치를 펴는 식민시대도 아니다. 한국은 엄연한 독립된 국가이고 대한민국의 모든 시민들은 자유민주주의 시대에 살고 있는 것이다.

정의롭지 못한 권력에 빌붙어서 오직 돈을 벌고 출세를 위해서 허리를 굽히고 살아온 사람이라면 고위공직자의 길을 포기하는 것이 백번 옳을 것이다. 그런데도 그들은 자신을 돌아보지 않은 채 더 높은 출세와 더 많은 재산을 축적하기 위해서 고위공직자가 되겠다는 만용을 부리고 있는 것이다. 이것은 후안무치의 극성이고 안하무인의 방종이나 다름없다. 어찌 됐든 그들의 시대착오적인 의식에는 혀를 내두를 수밖에 없다.

연말이 되면 재벌기업의 관리 사장들과 그 회사의 등기임원들의 연봉 액수가 매스컴을 통해서 간혹 세상에 발표될 때가 있다. 사장이라는 사람은 일백 몇십억을 받고 그 아래의 임원들도 줄잡아 몇십억이나 되는 고액을 받는 것으로 발표된다. 그런 실상이 한국의 경제성장 척도를 세계에 과시하는 바로미터가 되는지는 모를 일이지만 이천십오년 현재 시급 오천육백 원을 벌기 위해서 동분서주하는 평범한 장삼이사 시민들의 눈어림으로는 아예 헤아리기가 힘든 액수이다.

연봉이나 임금은 평소의 근무평점과 수고에 대한 보수다. 때문에 자기가 일하고 받는 보수에 대해서 객관적인 정당성을 얻었을 때만 인간사회는 그 부의 적절성을 인정한다는 사실이다. 신흥부국이 된 한국의 수구기득권 상류사회가 세계의 선진국 사람들로부터 문명인으로 정당하게 평가되거나 대우받지 못하고 비난만 받고 있는 대목은 그들의 재산들이 바로 부의 적절성을 전혀 갖추지 못하고 있기 때문은 아닐까 싶다.

가령 국회 인사청문회에 나온 고위공직 후보자들 가운데 공직을 제의받기 오래전에 자신이 보유한 재산의 얼마쯤을 아무런 빌미도 붙이지 않고 사회에 내놓았었던 사람이 없었다는 사실은 무엇을 뜻하는가. 또 일 년에 백몇십억의 연봉을 받는 재벌기업의 임원들이 평사원들의 사기진작을 위해서 자기 연봉의 얼마쯤을 회사의 '사우회' 같은 모임에 기부했다는 소식을 접하지 못하고 있는 것이 바로 지금의 한국 상류사회 모습이라는 사실이다.

자기가 땀을 흘려가면서 정당하게 번 돈을 빌미도 달지 않고 사회에 내놓는 것이 부의 아름다운 사회 환원이다. 그러나 한국의 상류사회 사람들은 참으로 인색하다. 자기 자손들에게는 탈법과 위법을 써서라도 많은 재산을 물려주지만 불우한 사람들의 딱한 일을 보고는 내 일이 아니라고 거개가 외면해 버린다. 때문에 재벌총수나 재산가들이 세상의 평범한 사람들로부터 전혀 좋은 평판을 얻지 못하고 존경을 받지도 못하는 것이다.

한국 사회에서 공무원들은 재직하는 동안에는 일반 기업체보다 겉으로는 조금쯤 낮은 임금을 받는 것처럼 보이지만 생활비 지출의 큰 몫을 차저하는 자녀들의 학자금을 지원받는 특혜를 누린다. 또 이십 년 이상을 근속하고 물러나면 직급의 높고 낮음에 관계없이 액수의 차이는 있겠지만 누구든 기여금 납부 액수에 따라서 죽을 때까지 연금을 받게 되므로 최소한 노년의 생활을 걱정하지는 않아도 된다. 그런 장점이 있는데도 공직사회의 부패와 부정이 계속되는 것은 어쩐 연유인지 참으로 모를 일이다.

증권투자자로 널리 알려진 워런 버핏이나 마이크로소프트 회장 빌 게이츠 같은 굴지의 미국 부자들이 천문학적인 재산을 해마다 사회에 내놓고 있는 것을 남의 나라 모습으로만 볼 일이 아니다. 자기 소유의 기업에서 천문학적인 수익과 배당금을 받는 한국의 재벌들을 비롯한 수많은 상류사회의 부호들이 굴곡진 한국 사회의 불평등을 해소하는 데 자기 재산을 선뜻 내놓지 못하는 바탕은 과연 어디에 있는 것일까?

재벌 총수들이나 수구기득권층 부자들은 하급 공무원들과 일반기업체의 평사원들이 얼마의 연봉을 받고 일하고 있으며 그 연봉이 그들이 열심히 일한데 대한 정당한 대가인지 여부에 전혀 관심이 없다. 한 걸음 더 나아가서 수백만 명을 넘어서서 무려 일천만 명을 헤아리는 엄청난 숫자의 이 나라 비정규직 노동자들과 시급 오천육백 원의 일당을 벌어서 살아가는 아르바이트 노동자들이 어떻게 땀을 흘리며 살아가는지 과연 관심이나 있는 것일까?

대한민국의 서민들이 말은 못 하고 있지만 한국의 재벌들과 수구 기득권 세력들이 해방 이후부터 정권과 결탁하여 불법 탈법으로 챙기거나 벌어들여서 소유하고 있는 막대한 부동산을 비롯한 모든 재산들을 전혀 청정한 재산이라고 생각하지 않고 있다는 사실이다. 그 이유는 한국이 육이오 전쟁 이후부터 계속된 독재정권들의 관치경제 속에서도 노동자들이 열심히 일해서 기적 같은 경제성장을 이룩했지만 그 과일이 제대로 노동자들과 시민들에게 분배되지 않았기 때문이다.

한국 사회도 이제는 더 지체하지 말고 〈부의 정직성과 적절성〉에 대한 논의를 공론화해야만 할 것이다. 그래서 모든 사람들이 정당하게 땀을 흘려 번 돈을 선망하고 선호할 줄 아는 덕목을 배우는 동시에 부도덕하게 벌어들인 재산을 경계하고 질타하고 비판받을 금도를 익혀 나가야 할 것이다.

(2015.6.5)

들어온 말들

"요즘 도시와 농촌을 가리지 않고 들어서고 있는 층층 집인 아파트들의 이름들이 모두 왜 영어 일색의 외국어이며 또 뱀처럼 긴지 모르겠습니다." 어느 날 이웃에 사는 어떤 사람이 도시에 사는 딸네 집을 다녀온 뒤에 내놓은 탄식이었다. 영어로 된 긴 이름이라 한번 들어서는 금방 잊어버리겠다고 하니까 딸이 자기네 아파트의 이름을 아예 종이에다 적어주더라는 것이다.

아파트의 긴 이름들. 고개가 저절로 끄덕여진다. 그 말을 듣고 생각을 떠올려보니 우리 읍내에 새로 들어서는 아파트의 이름들도 옛날과 엄청나게 달라졌음을 알 수 있었다. 그러니까 이런 야릇한 짓거리들이 오래전에 지은 아파트들보다 집의 매무새나 삶의 공간을 옛날보다 조금은 다르게 꾸며놓고서 들어와 살려는 사람들을 꼬이겠다는 집장사들의 얕은 속셈은 아닐까?

한동안 우리나라 아파트의 대명사나 다름없이 불렸던 현대아파트는 몇 해 전부터 〈현대 홈 타운〉이라고 고쳐 부르더니 올해부터는 아예 영어뿐인 〈힐 스테이트〉로 바꿨다. 힐은 언덕, 또는 품격이 높다는 뜻이고 스테이트는 품질과 지위를 상징한다는 것이다. 과연 이름이 지니는 것과 똑같이 새 아파트의 자재와 내용이 서양식으로 엄청나게 좋아졌는지는 잘 모를 일이다.

나라 안에 지어진 아파트 가운데서 가장 비싸고 또 가장 넓다는 서울 도곡동의 〈타워 팰리스〉라는 층층 살림집은 탑이라는 뜻과 궁전이라는 영어의 모음이라고 한다. 물론 삼십 팔층인가 얼마라고 하니까 높이로도 나라 안에서는 지금까지 최고가 아닌가 싶지만 그것보다는 집을 구경한 사람이나 살고 있는 사람들의 말을 들어보면 집 안의 꾸밈이 어쩌면 중동지역 산유국의 왕족들이 사는 궁전이나 다름없이 호화로울 뿐 아니라 어린아이가 혼자서 집안의 이방과 저방을 휩쓸고 돌아다닌다면 어른들이 한나절을 찾아다녀야 겨우 찾아낼 만큼 넓다 못해서 아예 광활하다는 것이다.

이 밖에 요즘 들어서 유명무명의 각 건설사들이 분양하고 있는 아파트의 상표들을 대충 손꼽아 보면 참으로 각양각색이어서 머리가 어지러울 지경이다. 엑스트라 인텔리전트를 합성한 〈자이〉를 비롯하여 〈래미안〉〈루미아트〉〈센트레빌〉〈휴먼시아〉〈데시앙〉〈아너스빌〉〈위브〉〈휴먼 빌〉〈오스타〉〈블루밍〉 등 다양하면서도 모두가 서양적인 냄새를 풍기고 있다.

이 밖에 주상복합 아파트들의 이름들도 만만찮다. 〈에클라트〉〈아크로비스타〉〈아크로리버〉〈리첸시아〉〈위브포세이돈〉〈트라팰리스〉〈메가트리움〉〈하이페리온〉〈트럼프월드〉〈쉐르빌〉〈러더스뷰〉〈미켈란쉐르빌〉〈아데나루체〉〈갤러리아팰리스〉 등 많고 많은데 과연 이런 이름들이 무엇을 상징하는지는 알 길이 없다. 이름들이 무조건 외국어 일색이고 고졸하며 서양적이고 호사스럽고 매우 아름답다는 데는 이론이 없지만 말이다.

이 현상은 물론 요즘 한국을 휩쓸고 있는 영어교육의 바람을 탔다고 볼 수도 있지만 아무래도 제정신을 잃어버리기나 한 것처럼 지나칠 정도다. 집장사들의 이런 새 아파트 상표들은 집을 장만하려는 집 없는 사람들을 현혹시키는 몽환적 효과를 노리고 지어진 것이 분명하다. 허위의식이 강한 시대일수록 환상적이고 자극적인 낱말이 위력을 발휘한다는 것이다. 부동산 붐을 타고 일어난 건설경기가 아파트 수요자들을 다시 한번 꿈의 나락으로 떨어뜨리는 것은 아닌지 두렵기만 하다.

아파트 이름 이야기가 나오니까 갑자기 생각이 나는 이야기가 있다. 어떤 고등학교 학생이 미국의 유명대학에 입학원서를 내었다가 용케도 합격이 되었다고 한다. 그러나 집안 형편이 어려웠던 이 학생은 대학 당국의 학비를 보조받고 싶어서 담당 교수에게 장학금을 신청했다고 한다. 그런데 얼마 뒤 미국에서 온 교수의 답장을 받아보니까 핵심적인 내용이 "로열아파트에 사는 부유한 학생이 왜 장학금을 신청했느냐"는 꾸짖음 일색이더라는 것이다.

학생이 살고 있는 작은 평수의 서민아파트 이름이 얄궂게도 '로열'이었던 것이다. 한국과 달리 미국은 가난한 사람이 로열이라는 이름의 아파트에 살지 않기 때문에 잘 사는 집 자녀가 무엇 때문에 장학금을 신청했느냐는 것이 그 교수의 의문이었던 것이다. 한국과 미국의 문화 차이이자 한국 건설회사들의 외래어 남용에서 온 한 폐단이 일으킨 사단이 분명하다.

외래어의 남용은 아파트 이름에서 뿐만이 아니다. 특히 영어의 남용은 일찍부터 방송언어가 선두주자라고 볼 수 있다. 방송사 자체가 밖에서 들어온 말을 즐겨 쓰기 때문에 전파를 타는 방송의 확산효과는 생각 밖으로 엄청날 수밖에 없는 게 현실이다.

우선 매일 신문에 실리는 방송프로그램 가운데 외국에서 들어온 말로 된 제목만 훑어봐도 참으로 징그럽게 많다. 〈뉴스데스크〉에서 〈뉴스라인〉 〈뉴스네트워크〉 〈뉴스타임〉 〈뉴스 투 나잇〉 〈 뉴스파노라마〉 〈모닝와이드〉 〈투데이〉 〈스타 골든 벨〉 〈스페셜〉 〈스포츠뉴스〉 〈뉴스나이트〉 〈이슈 포커스〉 〈뉴스퍼레이드〉 〈라이트라인〉 〈뉴스 룸〉 등이 눈에 익은 낱말들이고 이 밖에도 영어로 된 방송 제목들이 엄청나게 더 있다.

우리말은 쓰기 쉽고 말하기 쉬운데 왜 들어온 말을 그토록 좋아하는 것인지 알 수가 없다. 공영미디어 매체인 방송이나 신문은 자기 나라 말과 글을 쓰는 것이 기본자세일 것이다. 그런데도 글로벌이니 지구촌시대라는 입막음을 앞세워 방송언어에서조차 우리말보다 들어온 말을 더 많이 쓰고 있으니 이것은 겨레의 수치고 자존심의 훼손이며 정체성의 혼돈이 아닐 수 없다.

또 방송에 출연하는 각계 전문가들이 쓰는 말 가운데도 쓰지 말아야 할 외국어 낱말들이 참으로 많이 발견된다. 특히 연예프로나 스포츠 시간에는 들어온 말의 남용이 참으로 많다. 듣고 있노라면 가슴이 좀 메스껍기도 하고 꺼림칙한 기분이 들 정도다. 나와서 말하는 사람은 스스로 좀 안다는 척을 하고 유식하고 세련된 모습을 보이느라고 쓰는 말인지 모르겠지만 보는 사람이나 듣는 사람들이 받아들이는 기분은 실망 그 자체일 수도 있다.

그러나 출연자의 발언은 사전에 검색할 수도, 제어할 수도 없는 일이다. 따라서 선뜻 좋은 방법이 떠오르지는 않는다. 녹화했다가 방송하는 프로는 편집과정에서 지우거나 늘리고 줄일 수가 있지만 실황을 곧바로 내보내는 생방송의 경우에는 오직 출연자의 교양이나 양식에 기대할 뿐이니까 말이다.

유럽의 지식인들로부터 미국의 식민지나 다름없다는 부끄러운 비아냥을 들어온 한국은 해방 이후부터 미국 문화를 정신없이 받아들여서 온통 미국 사람을 흉내 내면서 살아왔다. 게다가 요즘 들어서는 정부가 아예 국제화 시대라는 이름을 내세워서 미국식 영어교육을 시대의 목표로까지 지정해 놨다. 시민 누구나가 세계 공용어인 영어를 배워야 세상을 살아갈 수 있고 그것이 절대적으로 필요한 시대를 만들어 놨기 때문이다.

그러나 같은 시민 같은 겨레들이 시청하는 공중파방송에서까지 익숙한 우리말을 마다하고 굳이 생소한 영어와 들어온 말을 기준이상으로 남용한다는 것은 시민들의 의식수준과 정체성을 혼동시킬 뿐 아니라 겨레의 긍지를 팔아먹는 짓거리나 다름없다. 참으로 심각한 일이 아닐 수 없지만 누구도 이것의 파장을 전혀 느끼지 못하고 있는 것이다.

'황금성'이라고 풀이되는 아파트의 이름을 〈캐슬 골드〉라고 명명했다는 것은 건설사의 상업성을 집약적으로 상징하는 행위이다. 집을 장만하려는 사람들을 상대하는 장삿속을 틈타고 건설업체가 들어온 말 일변도의 아파트 상표를 내거는 것도 상도의 측면에서 준엄하게 비판을 받아야 마땅하다.

상표는 모든 상품의 얼굴이다. 그 물건을 한마디로 상징하는 간결한 상표라면 풍성한 수확을 거둘 수가 있을 것이다. 그러나 제품과 빗나가거나 모자라는 생판 엉뚱한 상표를 만든다면 혼란만 일으킬 것이므로 결코 만들어서는 안 될 일이다. 그 상표는 바로 속임수 자체이기 때문이다. 더구나 언어와 문자는 그 겨레의 얼이다. 얼이 살아있는 겨레들이 혼이 빠진 상표를 만든다는 것은 참으로 지탄받을 일이다.

우리는 팔십년대 이후부터 미국의 신자유주의를 받아들이면서 경제개발이라는 흥분에 빠져서 본래의 바탕도 잃은 채 오로지 개발과 수출이라는 이분법적 생각으로 살아왔었다. 인간의 삶이 오직 돈으로만 계산되는 아주 삭막한 흔들림 속에서 살아왔던 것이 숨길 수 없는 사실이다.

우리 앞에 다가선 영어전용에 심술이 나기 때문이 아니다. 본성을 잃고 한쪽으로 너무 기우는 것이 싫어서이다. 정처 없이 경도되는 것이 못마땅하다. 필요할 때에는 영어를 써야 함은 물론이고 그 밖에 중국어도 또 독일어도 프랑스어도 심지어 일본어도 필요할 때는 써야만 한다. 우리가 세계인들과 손을 잡고 살아가는 세상이기 때문이다.

나는 한글을 전용하자고 주장하지는 않는다. 중국의 한문을 우리가 우리의 글과 말인 것처럼 받아들여서 살아 온 지 참으로 오래되어서 한글만 가지고는 생활하기가 힘들기 때문이다. 한문을 떼어놓고서는 한순간도 살아갈 수 없을 만큼 우리들 생활에 밀착돼 있다. 우리에게 익숙해진 외래어는 생활에 불편하지 않도록 섞어서 쓰면 유익하기 때문이다.

다만 어문교육을 맡은 정부부처인 교육부와 각 시도 교육청이 주간하여 시민들의 생활용어로 굳어진 쉬운 한자로 된 낱말들은 되도록 한글로 쓰고 우리말로 말하도록 초 중 고등학교의 교과서 개편과정에서 가르치도록 조치했으면 좋을 것 같다는 생각이 드는 것이다. 누구나 다 알고 있는 일이지만 세종대왕 같은 어른이 한글을 만들었기 때문에 우리가 중화민족의 오랜 문화예속에서 천천히 벗어나게 되었고 우리만의 독특한 문화예술을 가꿔가고 있는 것이다. 그것이 우리가 새로운 역사를 만들어 가는 길인 것이다.

우리가 한때 악랄한 일본 제국주의자들에게 침략을 당해서 그들의 식민통치를 받았었지만 참으로 독창적인 우리말과 우리글을 가지고 있었기 때문에 우리 겨레가 일본의 마수와 예속에서 벗어나 오늘과 같은 경제발전과 문예 융성의 풍요로운 시대를 누리게 되었는지도 모를 일이다.

(2006.12.30)

아호

아호란 무엇인가? 이름에 곁들여 부르는 또 다른 이름이다. 옛날 선비들이나 무인들 이른바 '양반'으로 불리던 두 갈래 보수 세력들은 평생토록 이름 말고도 자와 호를 가지고 살았다. 자는 대개 어릴 때 부모들이 자녀들에게 쉽게 지어서 불렀던 것이고, 아호나 별호는 자라난 뒤에 스승이나 부모나 친구가 지어 주었다. 자나 아호나 모두가 골을 굴리고 살아왔고 먹물임을 은근하게 자랑삼는 보수기득권 세력들의 호기가 아니고 무엇일까.

삼국시대 이후에도 이름을 날렸던 많은 정치인들이나 양반들이라면 거의 아호 한두 개씩을 가지고 살았다. 신라 때의 학자 최치원의 아호는 고운이고 고려 때 시문으로 이름을 떨친 박인량의 아호는 소화이다. 또 『삼국사기』를 지은 김부식의 호는 뇌천이고 문인 이인로의 호는 쌍명재이고 『동국이상국집』을 지은 이규보의 아호는 백운거사이다.

또 고려와 조선왕조 시대를 살다간 정치인 정몽주의 아호는 포은이고 같은 시대의 학자 이색의 아호는 목은이며 학자 길재의 아호는 야은이다. 그래서 세상 사람들은 이 세 사람을 '삼은'이라고 불렀다. 조선 시대 초기 문신 가운데 한 사람인 하위지의 아호는 단계이고 사육신 성삼문의 아호는 매죽헌이고 신소설 『금오신화』를 쓴 김시습의 아호는 매월당이다.

또 조선시대에 문신이었던 정철의 아호는 송강이고 『징비록』을 쓴 문신 유성룡은 아호가 서애이다. 석봉이란 아호로 널리 알려진 명필 한석봉의 본명은 외자인 호 이며 '사명당'이란 아호로 알려진 스님의 법명은 유정이고 이순신 장군의 아호는 백호이다. 또 『홍길동전』이란 소설을 쓴 허균의 아호는 교산이고 '오우가'로 유명한 윤선도 시인의 호는 고산이며 조선 중기의 학자 송시열의 아호는 우암이었다.

또 명필 김정희의 아호는 널리 알려진 대로 추사이지만 이 밖에도 완당 등 수많은 아호를 지니고 살았고 김삿갓으로 알려진 김병연의 아호는 난고이고 야록을 써놓고 자결한 재야학자 황현의 아호는 매천이다. 고려 때 시조 시인이었던 우탁의 아호는 역동이고 조선 초기에 왕자의 난을 일으켜 왕위에 올랐던 태종의 본명은 이방원이다. 또 폐위된 단종대왕을 영월로 압송했던 금부도사의 이름은 왕방연이고 조선 성종 때의 문신인 조광조의 아호는 정암이고 명종 때의 문신인 이항복의 아호는 백사였다.

조선왕조 시대에 이름을 날렸을 뿐 아니라 지금까지 거명되고 있는 인사들은 모두 아호가 있었다. 대학자 퇴계 이황이나 율곡 이이 남명 조식 선생, 그리고 한말에 선비의병을 일으켰던 의암 유인석 면암 최익현 선생 그리고 기미년 삼일민족혁명운동 때 민족대표였던 의암 손

병회 선생과 승려이자 시인이었던 만해 한용운 선생 등 헤아리기 어려울 만큼 많다.

해방 이후에 나타났던 정치인들의 아호들을 한번 살펴보자. 초대 대통령을 지낸 이승만을 비롯하여 민주당이 집권했을 때 간선 대통령을 지낸 윤보선이나 오일륙 군사반란을 일으켜 제이공화국의 헌정을 찬탈했던 박정희, 십이륙 사태가 일어난 뒤에 체육관 선거로 대통령을 지낸 전두환을 비롯하여 노태우, 김영삼, 김대중, 노무현 등 역대 대통령을 지낸 정치지도자들도 모두 아호들이 있었을 것이지만 나는 잘 모르고 있다.

독립투사 중에서는 도산 안창호 남강 이승훈 선생, 국회의장을 지낸 해공 신익희 선생이 각기 아호를 가졌었고 이승만 밑에서 국무총리를 지낸 이범석 씨는 아호가 철기였으며 민주당의 대통령 후보였던 조병옥 박사는 유석이며 민족지도자 송진우 선생은 고하이고 여운형 선생은 몽양이 아호였고 김규식 선생은 우사였고 조봉암 선생의 아호는 죽산이었다. 이 밖에도 정치를 한다는 사람들이면 유식하든 무식하든 누구나 그럴듯한 아호를 만들어서 썼다. 권세를 쥔 양반이라는 체를 하고 싶고 유식한 선비입네 하는 자처이자 그 시대의 유행이었다.

그러니 글쟁이들의 세상인 문단에는 당연히 아호가 창궐하다시피 했다. 신문학 초창기의 문인들을 살펴보자. 소설가 이광수는 춘원이고 방인근은 춘해이며 현진건은 빙허이고 박종화는 월탄이며 시인 조지훈의 본명은 동탁이니 지훈은 아호인 셈이다. 『삼대』라는 소설을 쓴 염상섭은 횡보이고 시인 김억의 아호는 안서이고 그의 제자인 김소월의 본명은 김정식이니 소월은 아호인 셈이다. 또 시인 홍사용의

아호는 노작이었고 시인 오상순은 아호가 공초였고 시인 변영로의 호
는 수주였다.

공초 오상순 선생은 이른바 줄담배였다. 하루에 대 여섯 갑의 담배
를 피웠다는 것이니 잠잘 때를 빼고는 거의 담배를 입에 물고 살았다
는 이야기다. 하도 담배를 많이 피우니까 주위 사람들이 꽁초꽁초 하
고 놀렸다는 것이다. "꽁초, 그래 내가 담배를 워낙 많이 피우니까 꽁
초라고 부를 만하지"라며 아호를 아예 공초라고 스스로 지어서 불렀
다고 전해진다. 꽁초라는 낱말에다가 자기식의 한문을 덧붙여서 빌
공자 넘을 초자를 붙여서 〈공초〉라고 불렀다는 것이니 나름대로 재
미있는 이야기이다.

소설가 김동리는 시종이라는 본명이 따로 있는데도 평생을 아호인
동리를 사용했다. 부산에서 태어나 부산에서만 살았을 뿐 아니라 낙
동강 지킴이로 알려진 소설가 김정한의 아호는 요산이다. 낙산이라고
부르지 말고 요산이라고 불러야 한다. 자신이 평생 낙동강을 무대로
소설을 썼지만 산을 좋아한다는 뜻이었다. 또 같은 부산 출신의 소설
가이자 아동문학가인 이주홍의 호는 향파이고 전라도 고창의 어떤 갑
부 집 마름의 후손인 서정주 시인의 아호는 말당이 아니라 미당이다.

또 국문학자이자 영문학자였던 양주동의 아호는 무애였고 소설가
심훈의 본명은 대섭이니 훈은 아호인 셈이다. 시인 박용철의 아호는
용아였으며 「모란이 피기까지는」으로 유명한 김영랑 시인의 본명은
윤식이니 영랑은 아호이다. 「성북동 비둘기」란 시로 이름을 드높였
던 김광섭 시인의 아호는 이산이며 「광야」로 알려진 이육사 시인의
본명은 원록이다. 또 「서시」로 널리 알려진 윤동주 시인의 아호는 알

려진 바가 없다.

아는 이는 다 아는 사실이지만 미당 서정주 시인의 아호에 얽힌 이야기는 참으로 재미있다. 천구백팔십년 서울의 봄 때의 일이다. 군사반란을 일으켜서 권력을 찬탈한 전두환이 어떤 저명인사와 이야기를 나누면서 지껄인 말이라고 한다. 문단의 이런저런 인사들을 거론하다가 "거 말당 서정주라는 시인이 있지 않소?"라고 말이다. 아닐 미 자를 끝 말자로 알고 말당이라고 말했다는 것이다. 실제로 그가 미 자와 말 자를 구분 못 해서 그렇게 말을 했었는지, 다른 사람들이 그를 깎아내리려고 그렇게 말을 만들어 냈는지 그것은 지금에 와서 명확하게 밝혀낼 수가 없다. 어찌 됐든 미당이라는 아호가 빚어낸 이야기임에는 틀림없다.

소설가이자 평론가인 김기진의 아호 팔봉은 자기 고향인 충청북도 청원군 팔봉면에서 따왔고 삼성그룹 총수였던 큰 부자 이병철의 호는 호암이며 현대그룹 총수였던 정주영의 아호는 아산인데 그 아산이란 바로 자기가 자라난 강원도 통천군의 고향마을의 이름을 딴 것이라고 한다. 또 조선왕조의 건국 공신인 정도전의 아호는 삼봉이다. 삼봉이란 아호도 출생지로 알려진 충청북도 단양군 매포면에 있는 명승지 '도담삼봉'을 본뜬 것이라 전해지지만 사실 여부는 장담하기 어렵다.

작고한 지 육십 년이 지난 오늘날까지 온 겨레의 추앙을 받고 있는 백범 김구 선생의 아호는 참으로 감탄스럽다. 그 어른은 당시의 사회적 신분으로 따진다면 어정쩡한 중인이었다고 한다. 글자 그대로 양반도 아니고 상인도 아닌 어중간한, 말하자면 개천에서 태어난 범상치 않은 인물이었다.

그 어른은 같은 마을의 양반들로부터 많은 핍박을 받으면서 자라났는데 그 여한이 뼈에 사무칠 정도였다는 것이 자서전인 백범일지에도 어렴풋이 비친다. 과연 양반과 상인은 무엇이 다르단 말일까? 무엇 때문에 차별을 받아야 하는가? 백범 어른은 어릴 때부터 이런 번민에 싸였었다고 전한다. 물론 그 번민이 마침내 겨레와 나라를 위하는 길로 내딛게 했지만 말이다.

백범이란 아호는 누구든지 이해가 쉽고 부르기 좋은 아호이다. 풀이한다면 "나는 평범한 사람입니다"라는 고백일 터이다. 더 깊숙이 들여다보면 나는 "중인의 자식입니다"라는 말로도 어림 되고 또 "가장 밑바닥 사람입니다"라는 풀이도 가능하다. 어쨌건 백범은 이 세상에서 자신을 가장 천하다고 낮추어 보인 거인이다. 그릇이 큼지막한 어른이었기 때문에 자신을 가장 미천하게 자처했다고 어림할 수 있는 것이다.

내가 양평으로 이사를 하니까 신문사에서 같이 일했던 동료들이 집 구경을 한다는 핑계로 어느 날 우르르 몰려왔었다. 그때 그들이 당대의 고명한 어떤 서예가에게 부탁하여 선물로 써 들고 온 것이 '유월재'라는 한문 액자였다. 내가 나름대로 풀이하니까 '청풍명월이 사는 집'이라는 뜻이었다. 그러니까 충청북도 제천이 고향인 내가 사는 집의 이른바 〈택호〉를 자기들 나름대로 지어가지고 온 것이다. 그러나 한글이 아닌 한문으로 써왔기 때문에 오래도록 내 사랑을 받지 못하고 버려지고 말았다.

나는 지금껏 아호가 없다. 애초에 짓지를 않았다. 아호 자체를 싫어하기 때문이다. 멀쩡한 이름을 놔두고 아호를 지어 부르는 것이 도통

비위에 안 맞았던 것이다. 군이 옛날의 문벌로 따진다면 나도 남에게 뒤지고 싶지는 않다. 대대로 문한가의 전통을 가진 선비 집안이었고 증조부가 진사였었고 의암의 제자였던 조부는 한말 제천에서 기의 됐던 유인석 의병부대에 들어가서 의병으로 나섰었던 시골선비이셨다.

물론 그 할아버지의 아호는 취석이고 아버지의 아호는 소석이었다. 작고하시기 얼마 전이다. 선친은 내게 아호를 지어주시겠다고 말씀했지만 나는 "아호가 당최 권위로 보이기 때문에 싫습니다. 용서하십시오"라며 사양했었다. 그 뒤로 아버지는 내 아호를 지어주는 일에 대해서 두 번 다시 말씀하지 않았다. 자식의 뜻을 짐짓 읽었던 것으로 어림된다.

사오십 대 시절에도 가까이 지내던 문인들과 만나면 더러 아호 이야기를 나눴다. 형님 아우하고 지내는 시인 신경림 선생의 본명은 응식이었다. 그러니까 평생 이름으로 쓰고 있는 경림은 따져서 아호인 셈이다. 만인보라는 야릇한 시집을 썼고 군산 출신으로 한때 승려 생활을 했던 시인 고은의 본병은 고은태다. 또 할아버지가 충남 보령 향교의 전교였었고 한산이씨 문한가의 자손임을 늘 자랑삼으면서 명천이란 아호를 가졌던 소설가 이문구도 내게 아호를 가지라고 꽤나 권유했었지만 나는 같은 뜻에서 단호하게 거절했었다.

팔십년대에 전두환 군사정권으로부터 많은 핍박과 고통을 받았던 노동자 시인 박노해의 본명은 박기평이다. 또 젊은 시절에 아호에 대해서 나와 비슷한 생각을 가진 사람이 소설가 박태순이었는데 그가 나이를 많이 먹은 지금까지도 아호 없이 살아가는지는 잘 모를 일이다.

어찌 됐든 나는 세상의 모든 명문거족들이나 명현열사와 양반들 같은 돈과 힘을 가지고 세상을 사는, 그 잘난 사람들이 즐겨 쓰고 자랑삼는 아호가 웬일인지 지겹게도 싫다.

(2006.9.29)

쌀값

우리가 살아오는 동안의 모든 생활물가는 언제나 쌀값이 앞질러서 이끌어 왔다. 그러니까 쌀값이 모든 물산 가치의 길잡이이자 바탕이었다는 말이다. 그러나 이제는 달라졌다. 쌀값으로 물건의 값을 가늠하던 세상이 지나간 것이다. 바탕 먹을거리이던 쌀이 남아돌면서 쌀값이 들쭉날쭉 종잡을 수 없기 때문이다.

요즘 시장에서 팔리는 우리나라에서 재배한 흰쌀 이십킬로짜리 한 부대의 값은 사만오천 원에서 사만칠천 원 사이이다. 물론 농사지은 곳과 쌀 이름에 따라서 몇천 원쯤 오름내림이 있기는 하지만 대충 그 값에 사고 팔린다. 이렇게 볼 때 우리 땅에서 난 쌀 팔십킬로 한 가마의 값은 짐짓 십오만 원에서 이십만 원 사이라고 보면 크게 틀리지 않을 것이다.

올해 비정규직 노동자의 밑바닥 임금은 일백만 원 앞뒤라고 한다. 그러니까 한 달 삼십일 가운데서 주말과 공휴일을 빼고 대충 이십 사오 일을 일한다고 했을 때 아랫추리 노동자들이 받을 수 있는 임금이 팔십만 원에서 구십만 원 안팎에 이른다는 셈이고 몸으로 때우는 막노동 일꾼들은 그보다 더 적은 품삯을 받으니까 여기서는 계산 밖으로 칠 수밖에 없다.

그렇다면 육체노동자가 하루 여덟 시간을 일해서 번 돈으로 이십 킬로들이 쌀 한 부대를 너끈히 사고도 남는 세상이 된 것이다. 옛날에 비해서 엄청난 변화가 아닐 수 없다. 그러나 쌀이 귀하고 쌀값이 비싸던 그 옛날인 오십년대에서 칠십년대의 가난한 시대를 살아보지 못한 요즘 세대들에게는 그 말이 무슨 이야기인가 꽤나 궁금할 것이다.

천구백오륙십년대에는 노동자가 하루 일해서 번 돈으로 입쌀 한 되를 사기가 힘들었다. 하루 품삯이 얼마였었는지 쌀 한 말의 값이 얼마를 했는지 정확하게 떠올리기는 어렵다. 어쨌건 쌀 한 말을 사려면 젊은이가 며칠 동안 힘든 노동일을 해야 됐었다. 따라서 힘센 젊은 장정들이 한 달 동안 줄곧 막일을 하더라도 집에다 쌀 한두 가마니를 사들여놓기가 퍽이나 힘들었다는 것이 그때를 살아온 사람들의 기억력이다.

왜 그랬는지 궁금할 것이다. 쌀을 재배하는 논의 경작면적이 좁은 데다가 정부나 지방자치단체가 권장하던 볍씨들이 다수확 품종이 아니었기 때문이었다. 그러니까 지금처럼 농사를 전공시키는 대학이나 농촌진흥청 같은 곳에서 다수확 품종을 만들어내지 않았던 것도 한 이유이기도 하고 영농방법이 전근대적이어서 수확량이 기준 이하로 적었던 것이다.

게다가 모든 인구가 아침 점심 저녁 등 하루 세 때의 끼니를 모두 밥으로 먹었으므로 한 해 동안 나라 안에서 생산되는 쌀이 시민들이 먹어대는 절대소요량의 이십 프로에도 이르지 못했으므로 언제나 쌀이 모자랐었다. 쌀값이 금값처럼 비쌀 수밖에 없었던 이유이다.

그러니까 지금은 그때와 비교해서 하늘과 땅 만큼의 차이가 나는 세상이다. 쌀이 남아돌아서 골머리가 아픈 시대에 살고 있으니 말이다. 쌀이 남아돌다니… 그렇다면 쌀을 거둬들이는 논의 넓이가 갑자기 늘어났다는 말인가? 틀린 말씀이다. 쌀을 생산할 논의 면적은 천구백육십년대에 비해서 오히려 절반 이하로 줄어들었다. 그럼 벼의 다수확 품종이 개발됐기 때문인가? 그것도 아니다. 이것도 저것도 아니라면 왜 쌀이 남아돌아 정부가 쌀 때문에 골치를 썩이고 있는 것일까.

칠십년대 초반에 벼의 다수확 품종인 통일벼가 개발되면서 천구백칠십칠년에만 육백만 톤의 쌀이 생산되면서 이른바 보릿고개가 사라졌다. 이때의 생산성은 현미 기준으로 일 년에 일 헥타르의 논에서 오점 삼일 톤으로 세계 일위였으며 쌀의 자급률은 일백십삼 퍼센트였다. 그야말로 생각지 못했던 녹색혁명이 일어났던 것이다. 가난하던 농촌에 일시적이나마 즐거운 격양가가 울려 퍼졌던 것이다.

그렇게 통일벼의 재배가 시작되면서 한때 주곡인 쌀의 생산량이 꽤나 늘어났던 것은 사실이지만 그것 때문에 식량이 자급자족되고 남아돌게 된 것은 아니었다. 쌀이 남아돌게 된 바탕은 녹색혁명과는 아무런 관계가 없다. 국가 경제력이 높아지면서 시민들의 주된 식생활이 분식과 육식으로 천천히 옮겨갔기 때문이다. 그게 쌀이 남아돌게 된 바탕이었다.

따라서 인구는 계속 늘어나 남한만도 무려 오천만 명을 넘보고 있지만 주곡의 자급률은 반비례로 낮아진 것이다. 더구나 팔십년대에서 구십년대로 넘어오면서부터는 밥맛이 떨어지는 통일벼 같은 다수확 품종은 시민들도 모르는 사이에 스멀스멀 사라졌고 수확량은 조금 쯤 떨어지지만 오히려 밥맛이 좋아 한국의 중상류층들이 선호한다는 자포니카 계열의 쌀인 아키바레 같은 쌀들을 모든 농가에서 재배하게 되었던 것이다.

그러니까 공산품의 수출증대로 국민총생산이 올라가 정부의 비축금이 늘어나자 시민들은 육류를 비롯하여 달걀, 우유, 빵, 과일 푸성귀 그리고 밀가루 음식과 가까운 바다에서 잡히는 싱싱한 바닷고기를 비롯한 수입한 여러 가지 수산물 등 높은 칼로리의 영양가 음식을 따져서 먹는 서양식 식생활이 새롭게 자리를 잡아갔던 것이다.

식생활 교육 시민 네트워크 집계에 따르면 단백질이 풍부한 육류의 소비량이 점차 늘어나면서 시민 일 인당 육류 소비량은 천구백칠십년의 오점 이 그램에서 지금은 사십칠 점 육그램으로 무려 아홉 배 정도 늘어났다는 것이다. 따라서 단백질의 주공급원인 육류소비량이 늘어난 만큼 탄수화물을 제공하는 쌀의 소비가 감소하는 것은 당연한 일이었다.

천구백구십년대 중반이 되면서 재래로 농업을 일삼아온 한국은 신흥공업국의 반열에 오르게 되었다. 따라서 첨단 공산품을 세계 여러 나라로 수출해서 벌어들인 많은 외화로 우리나라에서 나지 않는 여러 가지 농수산물을 수입해 먹는 소비국가로 탈바꿈했다. 미국과 중국 태국 베트남을 비롯한 아시아 그리고 호주 뉴질랜드 그리고 중미 남미와 유럽의 농업국들이 한국에다 쌀과 쇠고기, 돼지고기, 수산물, 김치를 비롯한 여러 가지 농, 축, 수산물을 팔아먹지 못해 안달을 부리는 야릇한 세상이 된 것이다.

 게다가 미국 중국을 비롯한 쌀 생산국들의 수입개방 압력을 견디지 못하고 한국정부는 수출 다변화 정책이라는 그럴듯한 이름 아래 해마다 우리의 쌀 생산량은 줄이면서 오히려 남의 나라 쌀을 수입하는 정책마저 쓰지 않을 수 없게 되었다. 우리가 생산한 공산품을 팔아먹기 위해서(솔직하게 지적하자면 공업을 키우기 위해서 농업을 희생시켰다) 중농정책을 포기했던 것이다. 따라서 한때 전체 인구의 팔십 퍼센트였던 농민이 삼사십 년 사이에 십 퍼센트 대 아래로 곤두박질치듯이 줄어들었는데도 가을이 되면 농가에서 수매한 벼를 쌓을 곳이 없게 되었던 것이다.

 쌀을 먹어 치우는 소비량이 빨리 줄어든 데다 다른 나라의 쌀을 사들이게 되었으니 양곡창고마다 쌀이 엄청나게 쌓일 수밖에 없었던 것이다. 마침내는 정부가 농민들로부터 사들이던 쌀의 수매량을 줄이는 한편 수매가격을 계속 올리지 않아 농민들의 아우성이 쏟아지는데도 못 들은 척 외면하는가 하더니 지난해부터는 아예 국내산 쌀을 사들이지 않는 벼랑 끝의 극약처방까지 쓰고 있는 것이다.

 참으로 격세지감을 느끼지 않을 수 없다. 사십 년 전만 해도 쌀 생산량이 모자라서 쌀을 많이 생산하는 나라들을 향해서 "우리에게 쌀을 팔라"고 애걸복걸하던 한국정부였다. 그런 나라가 이제는 쌀이 남아돌자 다른 나라에서 사들인 쌀을 가난한 아프리카에 나눠주는가 하면 북핵 문제를 해결한다는 이름 아래 나중에 되돌려 받는다는 조건으로 굶주리는 북한 동포들에게 연간 일백만 톤가량의 쌀을 꿔주고 있기도 하다.

지금의 이 모습은 참으로 잘못돼 가고 있는 것이다. 어떤 세상이 오더라도 먹을거리는 살아있는 국민들의 목숨 그 자체이다. 정부는 그 바탕을 모른 척하거나 내팽개쳐서는 안 될 것이다. 아무리 서양식으로 시민들의 식단이 바뀌고 있다고 해도 아직까지 한국인들의 주된 먹을거리는 밥이다. 밥을 지어 먹는 쌀은 어떤 세상이 오더라도 스스로 생산해서 먹어야만 한다. 주곡생산을 포기해서는 안 된다는 말이다. 쌀농사를 져버리고 있는 지금의 농업포기 정책은 앞으로 미국 중국을 비롯하여 쌀을 많이 생산하는 나라의 식량 무기화의 볼모가 되는 것은 아닌지 두렵기만 하다.

만에 하나, 우리에게 쌀과 밀 등 식량 작물을 팔아먹던 나라들에 흉년이 들어 세계적인 식량 위기가 닥친다면, 그리고 대규모로 농축산물을 생산하던 전문 농업국들이 느닷없이 곡물을 비롯하여 각종 농축산물들을 수출하지 않게 되는 뜻밖의 일이 일어난다면 어떻게 될 것인가 라는 걱정이 솟아난다. 지나온 역사를 훑어보면 세계의 강대국들은 충분히 식량을 전쟁 무기나 다름없이 무기로 삼고도 남을 것이기 때문이다.

좁은 땅덩어리를 가진 한국에서 쌀이 남아도는 현상은 참으로 야릇한 모습이다. 한국은 정말로 국토가 작은 나라다. 게다가 산업시설이 늘어나고 주거용지가 농지를 야금야금 먹어 들어가서 지금 농사를 짓는 경지면적을 헤아려보면 몇 해 전보다 또 엄청나게 줄어들었을 것이 분명하다. 그런데도 쌀값이 자꾸 떨어지면서 쌀이 천대를 받고 있으니 정상적인 상황이 아니다.

한국이 강대국들의 눈치를 볼 것 없이 쌀을 지배하는 중농정책을 다시 부활시켜야 할 것이다. 공산품 수출이 감소하더라도 쌀 생산정책을 유지하는 길이 국가도 존속 번영하고 민족도 행복하게 사는 길이 아닐까.

(2006.10.14)

권정생

지난 초여름이다. 그동안 고질인 폐결핵을 몸에 지닌 채 고향인 경상북도 안동 땅에 살아오면서 금싸라기 같은 동화만을 써오던 아동문학가 권정생 선생이 엊그제 칠십일 세의 아까운 나이로 세상을 떠났다.

권 선생은 천구백육십년대 후반 동화 「강아지 똥」이란 작품이 기독교계에서 발행하던 한 월간잡지에 발표되면서 우리나라 아동문단에 샛별처럼 나타났던 사람이다. 당시 강아지 똥을 당선시켰던 그 잡지는 "아동문단에 아무런 지연도 학연도 없는 신인이 작품 한 편을 써가지고 신선하게 나타났다"라고 썼을 만큼 그는 뜻밖의 신인이었다.

앞에서 살펴봤듯이 그는 살아있는 동안에도 신병에서 벗어나지 못하고 살아온 불행한 문인이었다. 때문인지는 몰라도 칠십 평생을 결혼도 하지 않고 홀몸으로 살았다. 또 올바르게 살기 위해서 가난을 스스로 겪으려고 몸소 그 가난 속에 살면서 굶주림과 궁핍을 몸으로 실행했던 보기 드문 사람이었다. 이 땅에 신문학이 들어온 이후에 가난을 삶으로 실천한 처음의 문인이 아니었던가 싶다.

말이 쉽지 문물이 풍요로운 현대 사회에서 사람이 어떻게 가난을 자초하고 평생을 그 가난 속에서 살아갈 수 있단 말인가? 신자유주의와 황금만능 사상이 어지럽게 나부끼는 세상에서 아무리 '가난이 문인들의 표상'이라는 옛말이 있기는 하지만 자신의 운명을 가난에 묶어놓고 살아간다는 것이 문인 누구나가 할 수 있는 행동은 아니기 때문이다.

그는 동화를 써서 당선된 뒤 사십여 년 동안 장·단편을 아울러서 수백 편의 동화를 썼고 수십 권의 책을 펴냈다고 전해진다. 따라서 요즘 몇 해 동안에는 한해에 수천만 원의 인세수입이 있었던 아주 높은 소득의 문인으로 뒤늦게 밝혀지기도 했다. 그렇지만 그는 자기가 살아가는 데 쓰이는 기본적인 바탕의 생활비도 아꼈을 뿐 아니라 나아가서는 자신의 몸에 덮치고 있는 질병을 치료하기 위해서도 전혀 한 푼의 돈도 쓰지 않았다고 주위 사람들은 안타까워했다.

권 선생에게서 생전에 유언장과 저금통장을 넘겨받았던 경북 봉화에 살고 있는 천주교 정호경 신부조차 "가난한 사람들을 돕는 것이나 헐벗고 굶주리는 북한의 어린이들을 위해서 돈을 쓰는 것도 보람 있는 일이지만 적어도 자신의 몸에 들어온 질병을 치료는 해야 될 것 아니냐? 모은 돈을 남을 위해 쓰려고 자기 몸조차 돌보지 않은 것도 따져본다면 색다른 인간의 욕심이 아닐까 생각한다"라고 안타까워했을 정도이다.

그러니까 권정생 선생은 자신의 죽음을 미리 알기라도 했던 것일까, 운명하기 몇 달 전쯤 정 신부에게 평소의 생각을 정리한 자신의 유서를 넘겼다는 것이다. 물론 애지중지 거머쥐고 있던 큰돈이 들어 있는 예금통장 몇 개와 함께. 그런데 정 신부는 권 선생이 넘겨준 예금통장 속 돈의 액수를 헤아려보다가 스스로도 모르게 깜짝 놀라고 말았다는 것이다. 돈이 무려 십억 원이 넘는 거액이었기 때문이다.

경상북도 안동시 일직면 조탑리 마을 안의 작은 도랑가의 임자 없는 땅에 헛간 비슷하게 지은 다섯 평짜리 오막살이에서 수십 년을 홀로 살아온 권 선생에게 이런 큰돈이 어떻게 생겨났을까? 미뤄 생각해보건대 그 돈은 모두가 사십여 년 동안 그가 동화를 비롯하여 여러 가지 글들을 써내서 잡지사와 출판사로부터 받아서 차곡차곡 모았던 원고료와 인세였을 것이 틀림없다.

평생 몸에 지병을 앓고 있었고 글 밖에 쓸 줄 몰랐던 권 선생이 달리 돈을 벌어들일 방법은 없었다. 오직 글을 써내서 자신의 수중에 들어온 돈을 허투루 쓰지 않고 꼬박꼬박 저축했던 것 같다. 정작 자신은 거지보다도 더 남루하게 살아가면서도 가난한 사람들을 위해 '일차적으로는 북한의 어린이들에게' 쓰려고 구두쇠처럼 돈을 모아왔었다니 권정생 선생은 그야말로 이 시대 대표적 희생의 화신이 아니고 무엇인가?

이 몸이 죽어가서 무엇이 될 고 하니
봉래산 제일봉에 낙락장송 되었다가
백설이 만 건곤 할 제 독야청청하리라
　　　　　　　　　　　　　　　　－성삼문, 조선 세조 때 학자－

그가 작고했다는 소식이 널리 퍼지자 안동의 조탑마을에는 전국에서 지역을 가리지 않고 수백 명의 조문객이 몰려왔다고 한다. 권 선생과 평소에 알고 지내던 사람들과 문인들은 물론이고 살아있을 때는 전혀 알고 지내지 않았던 사람들도 그의 아름답고 깨끗했던 생애를 슬퍼하기 위해서 안동의 구석진 산골동네로 모여들었었다고 한다. 안동 땅이 생긴 이래 처음으로 치러진 그야말로 엄청난 문인장례였었다는 것이다.

　이 모습을 바라보고 조탑리 마을 사람들은 세 번 놀랐다고 한다. 첫째는 자기 마을에 살던 병객이고 볼품없던 한 늙은이가 나라 안에서 그렇게 이름이 알려진 문인이었다는 것을 동네 사람들은 몰랐다는 사실이었고, 둘째로는 마을 개울가에 방 한 칸의 오막살이를 지어 가난의 본보기처럼 살아오던 그에게 무려 십억 원이 넘는 엄청난 큰돈의 예금이 있었다는 사실이 믿어지지 않았다는 것이다.

　그리고 마지막 세 번째로 놀란 것은 자신의 신병을 치료하는데도 쓰지 않고 알뜰하게 아껴 모았던 거액의 전 재산을 병마에 시달리고 있을 뿐 아니라 가난으로 굶주리고 있는 북한의 어린이들을 비롯하여 자기보다 더 불행하고 가난한 사람들을 위해 써달라는 아름다운 유언을 남겼다는 사실이다.

　이 같은 권정생 선생의 몸가짐을 되돌아보면서 우리가 느끼게 되는 감회는 무엇일까? 자기 낭탁도 할 줄 모르고 살았던 바보 천치라고 비웃어야 할까? 아니면 세기적으로 인류의 참다운 사랑을 실천한 숭고한 의인이라고 널리 널리 칭송해야 옳을까?

　칭송이나 비웃음을 말하기 전에 우리는 스스로 부끄러움에 얼굴을 들 수가 없다. 우리는 남을 의식하여, 남들 듣기 좋으라고 〈더불어 살아야 한다. 주변의 가난한 사람들을 돌아보자〉고 기회가 있을 때마다 다른 입을 가지고 한목소리로 떠벌이고 있다. 하지만 그 말을 제대로 옮겨 행하지는 못하고 시늉만 한 채 살아왔던 것이 또한 우리들의 삶이었기 때문이다.

어떤 때에 우리는 자신이 먹고 싶은 것을 안 먹고 참아가면서 배고픈 남에게 먹을 것을 베풀어 준 적이 있었는가? 나는 못 사 입은 비싼 입성을 헐벗은 이에게 사 입혀본 일이 있었는가? 하물며 평생 만지기 어려운 큰 뭉칫돈을 가난한 사람들을 위해서 선뜻 내놓거나 써본 일이 있는지 스스로에게 묻지 않을 수 없는 것이다.

이런 잣대로 가늠해 볼 때 권정생 선생은 성자나 다름없다. 예수가 환생한 인물이고 공자 석가모니가 다시 이 세상에 나타난 것이나 무엇이 다를까. 자기희생을 몸소 실천한 인물이 바로 아동문학가 권정생 선생이기 때문이다.

권 선생은 천구백팔십년대 이르러 경제발전이 꽃피면서 이내 자본주의와 배금주의 사상에 물들어버린 한국의 아동문단에서 순수와 정의를 작품 속에 투영시키면서 본래의 아동문학을 살려내려고 애써온 버팀목이었다. 그야말로 한국 아동문학의 역사를 새로 쓰게 하는 계기를 만들어낸 훌륭한 작가였다.

언제나 티 없이 해맑던 얼굴, 어떤 욕심도 근심도 전혀 드리우지 않았고 착하디착하고 순수하기만 했던 그 질박하면서도 천연스러운 표정, 그것은 바로 천사의 얼굴이었다. 이 세상에 잠시 다니러 왔었던, 하늘나라에나 산다는 천사의 얼굴 바로 그것이 아니고 무엇이었을까.

다만 천사나 다름없이 살다간 권정생 선생의 뜻이 과연 제대로 이어질 수 있을지 두렵다. 그가 남긴 많은 돈의 일부를 권 선생은 굶주리는 북한 어린이들을 위해서 쓰고 싶어 했고 써 달라고 정 신부에게 당부했었다. 그러나 권 선생의 뜻이 정부의 정책이나 방침을 벗어날 수 없다는 사실이다. 권 선생은 안 먹고 안 입고 안 써서 차곡차곡 모았던 돈을 북한 어린이들에게 쓰라고 말했었지만 미국정부의 허가와 승인을 받아야만 북쪽으로 보낼 수가 있기 때문이다.

그러나 지금은 남북정부 사이에 너나들이가 끊어져 있기 때문에 돈 주인의 뜻을 펼 기회마저 닫혀있는 것이다. 참으로 안타깝다. 누가 몹쓸 이데올로기의 장벽을 이 땅에다 심어놨는가?

(2007.11.2)

남궁억

　나라마다 정해진 나라꽃이 있다. 〈국화〉 말이다. 대한민국의 국화
는 무궁화다. 무궁화는 대한제국시대 때부터 우리의 나라꽃으로 정해
졌다. 그건 이미 역사이다. 우리가 모든 공공행사와 의식에서 언제나
부르는 애국가의 노랫말 속에도 무궁화는 굳건하게 자리 잡고 있다.

　개화기를 살다간 어떤 선각자 한 분은 우리나라 삼천리 금수강산
을 무궁화동산이라고 부르기도 했었다. 그 말은 우리 겨레가 오천 년
동안 살아온 한반도가 온통 무궁화꽃밭이라는 말이고 그런 자랑이기
도 하다.

　그런데 요즘은 이런 말들이 아주 민망하고 무색해졌다. 대부분 무
궁화를 나라꽃이라고 알고 있는 젊은이들도 드문 것 같고 실제로 무
궁화를 나라꽃으로 가꾸는 모습도 인색할 만큼 보기 힘들다. 하다 못
해서 지방 자치단체가 관리하는 꽃밭이나 공원의 꽃동산, 각급 학교의
꽃밭에서도 옛날처럼 무궁화꽃을 쉽사리 찾아볼 수가 없다.

　이런 모습을 안타깝게 여겨서 한때는 전국적으로 무궁화심기운동

을 벌이는 독지가들이나 사회단체가 있기도 했었다. 그렇지만 정부나 지방자치단체가 호응을 해주거나 지원을 안 하자 지금은 그 운동마저 시들해졌고 이런 분위기에 휩쓸렸기 때문인지 일반 시민들도 나라꽃인 무궁화에 별로 관심을 기울이지 않고 있다.

그러니까 이제는 나라꽃인 무궁화가 상징적으로만 남아 가고 있을 뿐이다. 무궁화가 이 땅의 정부나 시민들로부터 왜 이렇게 버림받다시피 하고 있는 것일까? 다른 꽃들에 비해서 향기가 적기 때문일까? 그게 아니면 모양이 덜 예쁜 탓일까? 그도 아니라면 요즘 들어 무궁화 꽃나무에서 흔하게 일고 있는 진딧물 같은 병충해 때문일까? 그 사연을 도무지 알 수가 없다.

봄철로 접어든 요즘은 모든 나무에 잎이 솟아나기 전이라 온 산야에 여러 가지 들꽃과 산꽃들이 지천으로 피어나고 있다. 이 가운데는 한해살이풀꽃도 많지만 나무에서 피는 여러해살이 나무꽃들도 적지 않다. 그 가운데서는 단연 목련꽃과 벚꽃이 쌍벽을 이룰 만큼 많이 피어난다. 언제부터인지는 모르지만 나라 안 어느 곳에 가더라도 이 두 가지 꽃들이 시샘이나 하듯이 흐드러지게 피어있으니까 말이다.

목련은 간혹 붉은 것도 있지만 거의가 흰색이다. 그래서 순결을 상징한다고 한다. 아이들 주먹 크기 만한 꽃봉오리가 꽤나 탐스럽다. 그 군더더기 없이 흰 빛깔에 누구나가 소박한 정감을 느낀다. 오래전에 어떤 권력자의 부인이 좋아한다고 알려지면서 도시와 농촌을 가릴 것 없이 너도나도 심기 시작한 데다 정부와 지방자치단체들이 은근히 부추겼기 때문이라 지금은 오나가나 온 천지가 목련밭이라고 부를 만큼 질펀하게 깔려 있다시피 하다.

또 그 목련을 억누를 만큼 많이 피는 꽃이 벚꽃이다. 엊그제는 우리 이웃에 사는 장터 사람들이 두 패거리로 나눠서 진해로 강릉으로 벚꽃 구경을 다녀왔다는 소식이 떠들썩했다. 봄나들이를 한다며 늘 가까운 동네의 야트막한 등성이만 올라다니던 시골사람들이 올봄에는 야릇하게도 엄청난 노잣돈을 들여가면서 남의 동네에 피어있는 벚꽃 구경을 다녀왔다는 것이다.

그러니까 이제 벚꽃은 골골이 동네마다 지천으로 피어있다. 어디를 가던 아침저녁으로 눈이 부시도록 실컷 보고 즐길 수가 있다. 그런데 왜 많은 돈을 들여서 버스를 대절하고 점심밥을 싸 짊어지고 자동차 여행에 부대끼면서 멀고 먼 남의 동네로 벚꽃 구경을 떠나가고 다녀오는 것인지 그 심사를 도무지 알 수가 없다.

아마도 벚꽃 구경은 핑계일 테고 난데 바람을 쐬려는 나들이가 빌미일 것이다. 봄바람에 들뜬 많은 사람들이 벚꽃 구경을 다닌다고 눈만 뜨면 텔레비전들이 떠들어대고 있으니 모르긴 몰라도 그걸 흉내 냈었음이 틀림없을 것 같다. 어쨌든 그 많은 사람들이 관광버스를 타고 남의 고장으로 벚꽃 구경을 나다니는 것을 헤아려보면 서민들의 살림살이가 옛날에 비해서는 퍽이나 실팍해졌기 때문이 아닌가 여겨진다.

지금 나라 안 여기저기에 엄청 많이 심어져 있는 벚꽃은 원래 우리 한국인보다는 일본인들이 더 즐기고 사랑하는 꽃이다. 이 벚꽃 종류 가운데서 가장 탐스러운 꽃은 제주도 한라산에서 자라기 시작했다는 왕벚나무라고 한다. 지금까지 나라 안의 임학자들 연구물에서 남아있다는 것이 확인된 이 제주도의 왕벚나무는 약 이백여 그루쯤 된다고 하는데 꽃술이 크고 탐스러워서 흔한 벚꽃과는 모습에서부터 다르다는 것이다.

그런데 이런 사실을 알게 된 일본 사람들이 그 왕벚나무의 자생지를 찾겠다고 일본 땅 구석구석을 뒤졌으나 실패하자 요즘 들어서는 일본과 한국에 각기 번식하고 있는 왕벚나무를 "일본의 왕벚나무를 한국 사람들이 교잡해서 만든 재배종"이라는 자기들 나름의 애매모호한 결론을 내려놓고 매스컴을 동원하여 강력하게 주장하고 있다는 것이다.

그러니까 한라산에 자생하는 우리나라의 왕벚나무를 원종으로 인정하기 싫은 일본 사람들이 자기들 땅에서 자생지를 찾으려고 애썼지만 끝내 찾아내지 못하게 되자 이제는 제주도를 비롯하여 우리나라 여러 고장에 자라고 있는 왕벚꽃나무를 일본에서 들여온 씨를 원종으로 만든 벚꽃나무가 틀림없다고 거짓말을 하고 있다는 것이다. 일본인들의 고약한 버르장머리다.

그러니까 한국에서 자생하는 왕벚나무와 일본에서 번식한 왕벚나무가 어느 나라의 자생종이던 그것은 별로 중요하지 않을 것이다. 더 학술조사를 해 보면 밝혀질지도 모르겠지만 한국과 일본에 나름대로 비슷한 모양의 왕벚나무가 있으니까 그냥 지금대로 자기 나라에서 자라는 벚꽃을 그대로 인정하면 될 것이다. 굳이 내 나라 것이 원종이라고 우겨댈 이유가 없는 것이다.

벚꽃이 지금 우리 한국인들, 특히 해방 이전 세대들에겐 벚꽃이라는 이름보다도 〈사꾸라〉라는 일본식 이름으로 귀에 익었다. 그때의 사람들은 일제 식민통치시대에 일본인들로부터 일본 국민가요와 창씨개명 일본 말을 배우도록 강요받았고 일본인들이 나라꽃 이상으로 즐기고 사랑하던 사꾸라꽃을 겨레의 꽃으로 바라봐야만 했던 씁쓸한 기억이 남아 있기 때문이다.

따라서 팔일오 해방이 되면서는 누가 시키지도 않았지만 한동안은 전국에 많이 심어졌던 벚꽃 나무를 송두리째 캐내고 베어내는 일이 벌어졌었다. 벚꽃이 일본의 나라꽃이라는 소문이 나돌았기도 하지만 그보다는 일본인이 사랑하던 벚꽃나무만 바라봐도 삼십육 년 동안의 식민시대 고통이 떠올랐기 때문이었는지도 모를 일이다.

그때는 온 나라 어디를 가던 입은 다르지만 똑같은 목소리로 "사꾸라나무를 남겨두지 말고 캐내야 한다"는 목소리가 드높았었다. 일본 제국주의자들의 악랄한 식민지 사슬에서 막 풀려난 당시의 조선 땅 백성들에게서 그런 이구동성의 한 서린 정서가 넘쳐났던 것은 어쩌면 당연한 일이기도 했었다.

그런데 전국적으로 벚꽃 나무를 캐내기 시작하고 얼마 되지 않아 이 벚꽃들이 모두 제주도가 자생지인 우리 꽃이라는 야릇한 이야기가 항간에 나돌기 시작하였고 우리 땅에서 자라고 있는 벚꽃나무인데 굳이 베어낼 필요가 있겠느냐는 반론이 슬슬 고개를 들면서 들불처럼 일어났던 "사꾸라나무 캐내기"가 소리도 없이 스멀스멀 사라지고 말았다.

그로부터 십수 년이 흐른 천구백육십오년에 오일육 군사반란의 주역이었던 김종필의 주도로 한일협정이 체결되고 오억 달러의 일본배상금이 들어오면서 일본에 대한 경계심은 눈 녹듯이 사라져갔다. 그리고 다시 얼마가 지난 칠십년대 초반부터 일부 지방자치단체장들이 식목일에 벚꽃나무 심기를 야금야금 시작하면서 벚꽃이 한국의 상징이나 정부의 권장 수목처럼 온 나라로 널리 퍼져나갔던 것이다.

독재자 박정희가 살해되고 전두환의 반란군정권이 들어서면서 이런 흐름은 더욱 빨라졌다. 일본의 경제발전 모델을 본받아야만 우리의 살길이 열리고 경제가 발전한다는 정치군인들의 지시가 하달되자 이를 추종하고 감싸는 종일 또는 친일 어용학자들의 발언이 뒤를 이었기 때문이었다. 과거에만 매달리지 말고 경제대국인 일본과 새로운 선린우호 관계를 맺어야 한국이 발전한다는 목소리가 느닷없이 힘을 얻었던 것이다.

그 이후부터 중앙정부는 물론이고 전국의 지방자치단체들도 누가 먼저라고 할 것도 없이 서로 뒤질세라 벚꽃나무를 많이 심으면서 벚꽃 길을 만들기에 온 힘을 기울였고 그 나무들이 자라나자 봄이면 다퉈서 벚꽃 잔치를 열기에 이르렀던 것이다. 그러니까 이승만 대통령에 의해서 해방 이후부터 친일파와 친일부역자들이 한국정부의 고위관리나 지방자치단체의 수장을 맡았으니 일본을 은연중 섬겼던 것은 불을 보듯 뻔한 노릇이었다.

따지고 보면 자유당 정권의 권장으로 진해에서 시작된 〈군항제〉란 이름의 벚꽃 잔치가 실은 '사꾸라' 이미지를 이 땅에 잔류시키기 위한 친일파들과 수구기득권 세력들의 짓거리가 틀림없었다. 그런데 이를 계기로 열리기 시작한 서울 여의도 뚝길의 벚꽃놀이를 비롯하여 남원, 군산, 경주, 강릉, 하동 등 헤아릴 수 없을 만큼 전국적으로 많이 늘어난 각 고장의 불꽃 튀는 벚꽃축제 겨룸에서 고유한 우리 민족의 연면한 꽃인 무궁화를 상징하는 민족성은 아예 찾아볼 수가 없게 되었다.

동창이 밝았느냐 노고지리 우지진다

소치는 아이는 상기 아니 일었느냐

재 너머 사래긴 밭을 언제 갈려 하느니

－남구만, 조선 숙종 때 문신－

벚꽃축제가 못마땅하다거나 '사꾸라' 꽃이 아름답지 않다는 뜻은
아니다. 많은 사람들이 벚꽃을 즐기는 것 못지않게 우리의 나라꽃인
무궁화도 지금보다 더 아끼고 사랑해야 한다는 한 가닥 미련이고 감
상일 뿐이다.

벚꽃나무에 비해서 무궁화가 꽃나무로서의 식물학적 단점이 있는
지는 모르겠다. 또 어떤 꽃이 향기나 모양이 더 좋은지도 잘라 말할
수는 없다. 기호는 사람에 따라서 다르기 때문이다. 다만 나라 사랑에
있어서는 시민들의 의식과 정서가 먼저이어야 할 것이다. 남의 것보
다 내 것을 아끼고 소중하게 여기려는 사랑이 앞서야 한다는 말이다.

강원도 홍천 읍내 입구에 들어서면 평생을 나라꽃 무궁화를 심고
가꿔오던 애국지사 한서 남궁억 선생을 기리는 송덕비를 발견하게 된
다. 그 어른은 일본제국주의자들의 식민통치하에서도 민족혼을 살리
고 불러일으키는 하나의 길로 삼천만 조선의 모든 백성들에게 나라꽃
인 〈무궁화〉를 심고 가꾸자고 말했던 무궁화 심기 운동에 앞선 어른
이었다.

그는 한말에 고종황제의 영어통역관과 강원도 양양군수를 역임한
관료이기도 했지만 나중에는 왕권적인 신분사회를 부정하고 주체
적 개화사상에 입각한 민권 자주 자강 운동을 지향하는 독립협회에 가

담하여 근대 민주주의적 애국사상을 세상 사람들에게 익히고 알리는 데 나름대로 힘을 기울였던 지사적인 인물이었다.

한 때는 황성신문 사장을 맡아 일제의 침략에 저항하는 자유 언론을 주도했으며 또 교육 사업을 펴 민족자강운동을 고취시키기도 했다. 이 밖에 시조와 가사 등도 많이 지어냈는데 천구백삼십삼년 〈무궁화동산〉이라는 노랫말을 스스로 지어서 학생들에게 가르치다가 일본 경찰에 발각되어서 한동안 옥고를 치르기도 했었던 분이다.

앞에서도 말했지만 지금 전국의 우리 산하에 심어져 있는 벚꽃은 거의가 일본산 벚꽃이다. 그야말로 일본사람들이 사랑하고 즐기는 그 벚꽃이다. 우리의 벚꽃인 제주도에 자생하던 왕벚꽃은 제주도를 벗어나면 눈을 씻고도 찾아보기가 힘들다.

나무를 심는 계절에 접어들면서 문득 무궁화와 사꾸라가 아울러 떠오른 것은 무엇 때문일까? 나무 한 그루 꽃 한 송이에서도 이제는 나라의 얼을 찾아보기가 힘들어진 분하고 아픈 마음이 솟구치기 때문이다. 오직 돈, 경제, 자본주의, 신자유주의 이런 것들이 설쳐대고 난무할 뿐이니 세상이 참으로 삭막하다. 어찌하여 자유, 민주, 정의 이런 드높은 인간 본연의 자유민주주의 정신과 겨레와 민족의 상징인 나라꽃을 사랑하자는 조용한 열기는 일어나지 않고 있는 것일까?

(2007.4.12)

어떤 문상

태평양에서 인도양으로 갈라지는 믈라카 해협 가까이에 작은 도시 국가인 싱가포르가 자리 잡고 있다. 이 싱가포르 정부를 무려 오십육 년 동안이나 카리스마로 통치해왔던 정치인 리콴유 총리가 지난 삼월 이십삼일 향년 구십일 세로 사망했다고 한국의 모든 매스컴들이 앞다퉈서 보도했다.

그는 중국의 한족으로 태어난 싱가포르 이민 사세라고 한다. 천구백오십구년 작은 섬 싱가포르가 영국의 식민통치에서 벗어나 주민자치권을 얻었을 때에 총리가 되어 육 년 동안이나 그 자리를 지켰고 육십오 년 싱가포르가 말레이시아에서 분리 독립하면서부터 정식으로 총리 자리에 올라간 뒤 천구백구십년까지 공식적으로는 삼십일 년 동안이나 싱가포르 권력의 정상 자리를 지켜왔었다.

그러나 리콴유는 장기집권에 대한 안팎의 여론이 들끓자 천구백구십년 헌법을 고쳐서 싱가포르를 이원집정제 국가로 만들어 놓고부터는 국무총리 자리를 자신이 길러낸 고척동이란 인물에게 형식적으로 물려준 뒤 자신을 총리 윗자리의 원로 장관이나 고문 장관으로 추대해 놓고서 싱가포르를 실권적으로 통치해온 독재자로 알려져 왔다.

그는 원로 장관 시절인 천구백구십사년 미국에서 발행되던 외교전문지 〈포린 어페어스〉의 기고문을 통해서 한국의 야당 정치인이었던 김대중과 한바탕 정치논쟁을 벌였었다. 리콴유가 "서구적 민주주의 개념은 아시아에 적용될 수 없다"라며 자신의 장기집권을 합리화하자 그에 대항하여 김대중은 "아니다. 아시아의 문화는 자유민주주의를 존중하는 뿌리 깊은 전통을 가지고 있다"고 맞받아쳐서 세계인들의 눈과 귀를 모으기도 했었다.

무서운 통치자로 이름이 높았던 리콴유는 총리로 재직하는 동안 길거리에서 침 뱉지 말기, 도심에서 껌 뱉지 말기, 승용차의 도심 진입 금지 같은 자질구레한 법규까지 만들어서 국민들의 일상생활에도 쓸데없이 끼어들었었다. 이런 규정들을 어기는 사람에게는 엄청난 벌과 금을 물리는가 하면 '볼기때리기'같은 옛날 왕조시대의 징벌제도를 재현함으로써 찬사와 비난을 한 몸에 받기도 했었다. 그때 영국의 파이낸셜타임즈는 그가 이끄는 싱가포르를 〈권위주의적 자본주의 국가〉라고 비난하기도 했다.

또 그는 자신이 총리로 있으면서 나이 어린 아들 리셴룽을 내각의 고위직에 임용하여 여러 부서의 장관을 역임시킴으로써 재야인사들로부터 세습국가를 만들기 위해서 아들에게 총리수업을 시킨다는 비판을 받아왔었는데 이천사년에는 사실상 자기가 앉혀놨던 고척동 총리를 물러나게 한 뒤 나라 안팎의 따가운 비판과 비난을 무릅쓰고 자신의 아들 리셴룽을 총리에 임명함으로써 기어이 세습체제를 이뤄낸 참으로 독하고 무서운 인물이었다.

가난한 사람이 많은 아시아는 물론이고 세계의 많은 나라 사람들은 시민소득이 오만 달러에 이를 정도로 잘살 뿐 아니라 도시 전체가 깨끗하며 신혼부부 누구에게나 임대주택을 나눠줘서 집 걱정을 덜게 하고 있다는 별난 작은 도시국가 싱가포르를 멋모르고 그리워했는데 과연 리콴유란 사람은 어떤 정책으로 싱가포르를 다스렸던 것일까 참으로 궁금하다.

싱가포르는 서울보다 조금 넓을 정도의 땅에서 사백만 명의 사람이 살고 있다. 겉으로는 민주주의를 실시한다고 내세우는 싱가포르는 정부가 수립된 직후부터 형식상으로 입법, 사법, 행정 등 삼권이 분립돼 있기는 하다. 최고 법원인 대법원도 마련돼 있고 국회도 구성돼 있으며 지금도 팔십사 명의 국회의원이 뽑혀 있으니까 말이다.

그렇지만 국회의 야당 의석은 고작 한두 석에 지나지 않고 나머지는 모두 집권여당인 인민행동당(피에이티) 소속 의원들뿐이라는 것이다. 심지어 정부가 세워진 뒤 지금까지 오십 년 동안 야당 국회의원은 고작 열두 석만 뽑혔을 만큼 리콴유 총리가 이끄는 집권당의 독주체제로 운영되고 있어서 나라 안팎으로부터 사실상 일당독재국가라는 비난을 받고 있는 것이다.

지난 이천오년에 출간된 『신화가 되어버린 싱가포르』란 책을 보면 싱가포르 정부는 장관급 이상의 국가 고위 요직을 부유한 가정에서 출생한 공무원들 가운데서만 뽑아내서 임명한다는 것이다. 이는 가난한 사람들을 높은 자리의 공무원으로 만들면 부정부패에 얽힐 걱정이 많기 때문이라는 리콴유 총리 나름의 주장이 법으로 만들어져 있기 때문이다.

이에 따라서 장관들은 물론이고 모든 아래 직급의 공무원들도 일반 기업체 노동자들보다 많은 연봉을 받고 있다고 한다. 때문에 싱가포르 공무원들의 연봉이 싱가포르 국내 총고소득자의 오 퍼센트 안에 든다는 것이다. 좋은 예로 장관과 대법관의 연봉은 일백만 싱가포르 달러(한화 약 칠억 원)이고 국무총리의 연봉은 그에 몇 배 더 많아서 칠백만 달러(한화 약 오십억 원)나 된다는 것이다.

제삼세계 사람들이 언뜻 생각할 때 공무원들에게 많은 봉급을 주는 싱가포르 정부의 정책은 꽤나 일리가 있는 것으로 보이기도 한다. 그러나 속내를 깊이 들여다보면 여기에는 부정부패보다 더 무서운 불법 비리가 연결돼 있다는 것이다. 공무원들에게 지급되는 두툼한 연봉의 밑절미는 시민들이 낸 세금이다. 그런데 공무원들은 리콴유 총리의 장기집권과 독재 체재에 전혀 저항하거나 비판하지 않고 꿀 먹은 벙어리가 돼 있으니까 〈고액연봉〉이란 그가 미리 던져주는 사실상의 뇌물이나 다름없다는 비난이 선진국 지식인들 사이에서 일어나고 있는 것이다.

이순미가 쓴 『유리벽 안에서 행복한 나라』라는 책에 따르면 싱가포르는 정부를 세운 뒤부터 소위 엘리트 교육을 줄 곧 실시하고 있다고 한다. 모든 싱가포르의 학교에서는 이미 초등학교 사학년 때부터 아이들을 세 등급으로 나눠 머리가 뛰어나고 모자라는 편 가름이 짜여 있으며 육학년 때 치르게 되는 졸업시험 성적에 따라서 상위 육십 퍼센트의 학생들만이 인문계 중 고등학교에 진학하게 된다는 것이다.

이 시험에서 떨어진 사십 퍼센트의 학생들은 일단 초등학교를 이

년 동안 더 다닌 뒤(모두 팔 년간을 배운다)에 다시 졸업시험을 치르는데 여기서 합격하는 이십 퍼센트의 학생은 뒤늦게나마 인문계 중 고교에 진학을 할 수 있지만 떨어진 나머지 이십 퍼센트 학생들은 정부가 운영하는 직업훈련원 산하의 기술학교에 보내져서 여러 해 동안 특수 교육을 받는다는 것이다.

'세상의 직업에는 귀천이 없다'거나 '기술을 배워서 나라에 이바지하자'라는 슬로건 아래 기능인으로서의 사명감을 고취시키고 자신의 현재 처지를 행복으로 받아들이도록 집중적으로 교육시킨다고 한다. 반면 인문계 고등학교로 진학한 학생들은 재학 중에 두 차례(고교와 대학)의 시험을 치르고 이 과정을 이겨낸 합격자들은 학생 때부터 자기 뜻과 관계없이 집권 인민행동당의 당원이 되어 특별 관리를 받는다는 것이다.

싱가포르의 모든 공무원들은 이 엘리트 학생들 가운데서 뽑는다고 한다. 고등학교 때 담당 교사와 대학교 때 담당 교수가 밀어서 뽑힌 학생들은 졸업과 아울러 모두 정부기관에 초급 공무원으로 발령을 받지만 본인의 노력과 윗사람이 매기는 근무평정 점수에 따라서 앞으로 지배계층으로 들어가거나 남보다 빨리 승진하는 출세 여부가 사실상 결정된다는 것이다.

때문에 싱가포르의 엘리트 교육은 정부에 필요한 우수인재를 기른다는 바람직한 쪽이 있다는 지지자들도 있지만 이런 엘리트 교육방식과 공무원 선출 법규가 마침내 세습가족국가를 운영하는 독재자 리콴유 총리의 핵심지지 세력을 키워내는 과두지배 양식에 지나지 않는다는 신랄한 비판도 받고 있다는 사실이다.

지난 삼월 이십구일 수구기득권 세력의 박근혜 대한민국 대통령은 싱가포르 국립대학에서 치러진 독재자 리콴유의 영결식에 예상을 깨고 이례적으로 참석했다. 지난해 서거했던 이 시대 평화의 상징이었던 만델라 전 남아공 대통령의 부음을 듣고는 못 들은 체 눈을 감았던 박근혜가 리콴유 장례식에는 대통령 전용기를 타고 달려가 몸소 조문을 했던 속뜻은 무엇이었을까? 수많은 한국 시민들이 한쪽으로 치우친 대통령의 행동을 어떻게 받아들였을까?

박근혜가 리콴유 총리의 장례식에 자기가 임명한 손아래의 국무총리나 장관 대사 같은 부하 조무래기들을 보내서 대신 조문시키지 않고 서둘러 달려갔던 것은 아마도 그의 아버지인 독재자 박정희가 대통령으로 장기집권하면서 시월유신을 선포하고 멋대로 철권을 휘두를 때 리콴유가 몇 차례 한국을 방문하여 유신독재에 들러리를 섰었기 때문은 아니었을까.

왕조의 제왕과 달리 대통령은 시민들의 투표로 뽑히기 때문에 임기를 끝내고 물러날 때까지 자기 나라의 시민들 편에 서서 일해야 할 것이다. 일단 당선이 된 뒤부터는 자기 마음대로 국정을 좌지우지해도 된다고 생각하는 것이 바로 독선이고 독재인 것이다. 지난 이천십이년 대통령 선거 때 새누리당의 후보자로 나섰던 박근혜는 육십오 세 이상의 노인들 모두에게 재산 유무를 따지지 않고 다달이 이십만 원씩의 노령연금을 지급하겠다고 공약했으며 세 살에서 다섯 살까지의 누리과정 어린이들 교육예산을 전액 국비로 지원하겠다고 약속했었다.

박근혜의 선거공약은 그것 말고도 백 가지나 된다. 그러나 후보 시절에 수없이 내걸었던 그 많은 공약들을 하나도 제대로 이행하지 않고 있다. 그렇다면 지금이라도 시민들을 향해서 선거 때의 여러 공약을 임기 중에 이행해 보도록 노력하겠으니 기다려달라고 정직하게 호소라도 해야 될 것이다. 하지만 박근혜는 일언반구 없이 유구무언으로 일관하고 있다.

대신 청와대의 비서관 같은 참모들이나 내각 안의 몇몇 장관들 그리고 새누리당의 대표나 원내대표 같은 측근 부하들이 엉터리 통계를 자료라고 내놓고 대통령 공약이 몇 퍼센트 쯤 이행이 되고 있다는 허무맹랑한 발표를 하고 있을 뿐이고 정권의 들러리가 된 공영인 케이비에스 엠비시를 비롯한 정부방송들은 그걸 사실인 양 대서특필로 보도하고 있다. 참으로 가소로운 일이 아닐 수 없다.

박근혜는 대통령으로 당선되고 이미 삼 년이라는 세월을 보냈다. 그동안 그가 주력한 일은 수많은 수행원들을 이끌고 전용 비행기를 이용하여 별로 긴급하지 않은 국사를 수행한다는 빌미를 내세워서 해외여행을 다니고 있다는 사실이다. 이 같은 박근혜의 그릇된 행보가 언제 끝날지 암담하기만 하다.

(2015.3.28)

편지

노형! 참으로 오랜만입니다. 그래 요즘은 어떻게 지내십니까. 건강을 지키는 일에는 별다른 탈이 없으시겠지요. 내가 시골로 삶의 터전을 옮긴 뒤에는 서울의 어느 상갓집에서 겨우 한 번쯤 만났던 기억이 있을 뿐입니다. 본래 강단이 있으시고 대살진 분이니까 노형께서는 옛날이나 다름없이 잘 지내가실 것이라고 지레짐작을 합니다.

나도 그런대로 잘 살아가고 있습니다. 몸도 잘 추스르고 있고요. 아시겠지만 몇 해 전에 큰 병원 신세를 진 일이 있었지만 그 뒤로는 별탈 없이 하릴없는 노년을 소일하고 살아갑니다. 저잣거리의 모든 인연들에 대해서 집착을 버리려고 애쓰면서 사니까 마음은 참으로 가볍습니다. 이런 삶이란 죽음을 기다리는 식물인간의 모습이나 다름없지 않으냐고 지청구 먹을 만도 하지만 어차피 생존경쟁의 싸움판을 벗어난 별 볼 일 없는 목숨들의 삶이란 모두가 그런 것 아니겠습니까?

그래서 눈을 감을 때까지의 소일이라 할 '이야기 만들기'마저 손 놓은 지가 오래됩니다. 그럼 글쓰기를 아예 그만뒀느냐구요? 그건 아닙니다. 조선왕조 끝 무렵에 전라도의 어떤 선비가 초야에 사는 앙칼진 눈으로 세상일을 낱낱이 적어놨었던 일이 있듯이 물러난 먹물도 일그러지고 달라지는 세상의 모습을 더러 쓰지 않고는 살아갈 수가 없지 않겠습니까?

그러니까 오랜만에 내 본래의 자리로 돌아온 셈입니다. 사실 노형이 아시다시피 내가 소설을 한때 열심히 써보려고 했었던 때는 시월유신, 그 뒤가 아니었습니까? 사회의 목탁으로서 힘 가진 사람을 누르고 힘없는 사람들을 도와야 할 신문기자들이 독재정권의 폭력에 의해서 사실 보도를 억제당하게 되니까 그 버금의 길로 〈소설〉이라는 픽션을 빌어서 그 시대를 나름대로 풍자하고 기록할 수밖에 없었던 것 아닙니까?

한 사람의 일생을 평가하는데 하나의 기준이 되는 것은 그 사람의 인생 속에 그가 살아온 시대가 얼마쯤 들어와 있느냐가 중요한 것 아니겠습니까? 그 시대를 올바르게 호흡하고 시대의 아픔에 함께하는 삶, 그 아픔을 외면하지 않는 삶 그것이 먹물인 우리가 살아야 할 삶이라고 믿습니다.

그런데 한 가지 분명한 일은 독재자 박정희가 영구집권을 위해서 일본인들의 명치유신을 본뜬 시월유신을 선포하지 않고 긴급조치시대를 만들지 않았더라면, 그리고 민주적인 자유 언론이 독재권력의 속박을 받지 않고 본래의 의지대로 창달되었더라면 한국문단에 나 같은 '벌제위명'의 부실한 글쟁이는 나타나지 않았을지도 모릅니다.

노형! 요사이는 부쩍 산다는 것 자체가 부질없다는 생각이 듭니다. 이곳에 와서 십 년이 다 되어 갑니다만 이 고장 토박이들과는 눈인사만 나눌 정도로 서먹서먹하게 지냅니다. 따라서 아는 이라고 내세울 만한 사람마저 없지요. 내가 원체로 너나들이를 잘 못 하는 주변머리라 사람들과 쉽사리 가슴을 열지 못하다 보니 이웃들의 됨됨이를 알 수가 없고 게다가 한두 마디 이야기를 주고받아보면 거의가 보수적이고 수구적이며 노예적인 생각과 〈잃어버린 십 년〉이라는 얼토당토않은 기득권의 향수에 젖어있는 사람들 뿐인지라 그런 무리들과는 더불어 이야기를 나누기조차 싫었던 것입니다.

나는 아주 보잘것없이 하루하루를 살아갑니다. 아내가 지어주는 세 끼의 밥을 먹고(가끔 밖에서 밥을 사 먹을 때도 있습니다만) 하루 한 차례 한 시간쯤의 강길 걷기를 하고(아내와 같이 걸을 때가 많습니다) 옛날에 사뒀던 책을 좀 읽거나 컴퓨터를 열고 자판을 얼마쯤 두드립니다. 그러다가 졸리면 낮잠을 좀 자기도 하고요. 기껏해야 한 삼사십 분쯤이지만 말입니다.

노형은 이 고장의 지리를 잘 모르시겠지만 양평은 마을 옆으로 남한강이 흘러갑니다. 강원도 태백에서 발원하여 영월, 평창, 단양과 내 고향 제천을 거치고 충주를 지나 크고 작은 골짜기들을 뭉뚱그리면서 큰 가람이 되어 여주, 이천, 양평을 훑고 지나가는 것입니다. 그 강가로 트인 널따란 강길이 하릴없이 살아가는 우리 같은 사람들이 걷기에는 아주 안성맞춤입니다.

이 같은 내 삶이 평범한 사람들의 눈으로 보면 참으로 답답할 수도 있습니다. 어제와 오늘, 나날이 거의 한결같으니까 말입니다. 그런데도 나는 잘도 견뎌내며 삽니다. 수십 년 동안 정신없이 사건 현장을 뛰어다니던 신문기자(실제로는 그 역할을 제대로 못 해냈지만)가 그 용솟음치던 기백을 용케도 숨죽인 채 말입니다. 그러고 보면 세월이 약이라는 말이 또한 맞는 것도 같습니다. 한 달이 지나고 한해가 지나고 다시 몇몇 해를 보내면서 이런 하루살이는 이제 내 삶으로 굳어졌으니까요.

노형! 그러니까 지금 나는 오랫동안 알고 지내오던 대부분의 서울 사람들과도 담을 쌓고 살아가고 있습니다. 잘 모르실 일이겠지만 나는 서울을 떠나면서 오랫동안 교분을 나누고 지내던 글 쓰는 동네의 여러 모임에서 스스로 물러났습니다. 신문사에 다니고 사회생활을 하면서 이렇게 저렇게 맺어졌던 여러 갈래의 인연들을 그대로 몸에 달고서 시골로 들어간다면 그 무거운 몸을 지탱하고 가누기가 참으로 힘들 것 같았기 때문입니다.

생활비를 벌어들이는 일터가 서울에 있었으므로 어쩔 수 없이 그곳에서 살아왔고 자식들을 기르고 가르치자니까 다른 길이 없어서 붙어살았던 서울이었습니다. 우리끼리고 숨길 것이 없어서 하는 말이지만 요즘의 서울이 어디 사람들이 살아갈 만한 곳입니까? 털끝만큼도 사람 살아갈 곳이 못되는 그 지긋지긋한 지옥 같은 큰 저잣거리를 떠나게 되었는데 무슨 알뜰한 미련이 남아있다고 그 끈들을 끊어버리지 않은 채 떠나오겠습니까?

노형! 나는 지금의 시골에서의 삶이 참으로 즐겁습니다. 살아가기 위해서는 어쩔 수 없이 다툴 수밖에 없는 무서운 싸움터를 벗어났다는 무한한 해방감! 걷고 싶으면 걷고 쉬고 싶으면 쉴 수 있는 내 맘대로의 자유를 누리는 지금이 더없이 좋고 행복합니다. 그리고 다만 몇 해로 끝날지는 알 수 없지만 어떤 것에도 묶이지 않고 내 뜻대로 내 마음과 몸을 움직이면서 거침없이 살아가는 오늘에 참으로 흡족합니다.

그러나 요즘 돌아가는 세상을 바라보면 때때로 가슴속에서 울화가 치밀기도 합니다. 그래도 뭔가 살아있다는 몫을 해야 될 것 아니냐, 늙었지만 거칠 것이 없음으로 앞에 나서서 세상을 향해 고함이라도 질러야 되지 않겠느냐는 안타까움이 때로는 밀려옵니다. 그러다가는 시나브로 분통을 가라앉히고 눈을 감은 채 마음을 가다듬습니다. 이제 나는 움직이는 세대가 아니라는 것을 문득 깨닫습니다. 그것은 찰나의 내 생각이 결코 어질거나 맑지 못했다는 끄덕임이 찾아들었기 때문입니다.

지금 세상을 이끌고 만드는 사람들은 우리네의 자식들과 비슷한 젊은이들입니다. 연부역강한 나이에다 힘이 넘치는 그네들이 세상의 왼쪽과 오른쪽을 살펴 가면서 잘들 적응을 하고 이끌어 나갈 것이기 때문입니다. 보수가 일어서든 진보가 주저 물러앉든 모두가 나라의 내일을 맡아 일하는 젊은 사람들의 열망과 지혜에 달린 과제들이 아니겠습니까?

또 역사가 뒷걸음질을 치든 경제가 땅 밑으로 꺼지든 모든 시작과 맺음의 맡겨진 몫은 그들 젊은이들의 어깨에 짐 지워져 있는 것입니다. 먼발치에서 우리는 소리 없이 바라보면서 긴 안목으로 참아내는 것이 알맞은 몸짓이 아닐까라는 생각이기도 합니다. 다만 늙었음이란 무엇일까 라는 대목에 이르면 못 듣고 못 본 체 살아가는 것이 마냥 늙은 사람들의 할 일은 아니라는 깨달음에 다다르기도 합니다.

한 손에 막대잡고 또 한 손에 가시 쥐고

늙는 길 가시로 막고 오는 백발 막대로 치렸더니
백발이 제 먼저 알고 지름길로 오더라

—우탁, 고려 때 문신—

노형! 역시 세상은 순리대로 살아가야 할 것 같습니다. 거스르면 정을 맞겠지요. 우리는 옛날부터 〈어른들을 본받아야 한다〉는 가르침을 들어왔습니다. 그렇다면 모범이 되어야 할 어른들은 어떻게 살아가야 되겠습니까? 젊은이들의 본보기가 되는 어른들의 몸짓은 진정 어떤 것입니까. 쉽게 드러내기가 어렵습니다. 한번 생각하고 한번 움직일 때마다 깊이 떠올리고 골을 굴려야만 젊은이들로부터 대접은 못 받더라도 손가락질은 받지 않을 수 있지 않을까요.

머리칼이 새하얀 칠팔십 먹은 늙은이가 젊은이처럼 머리칼에 검정 물감을 들이고 비싼 입성을 차려입고 모양을 낸다면 먼저 그 몸짓이 전혀 어른스러울 수가 없을 것입니다. 또 오라는 말도 없었는데 젊은이들이 모이는 곳에 불쑥불쑥 나타나고 파고들어 가서 실없이 너나들이를 해서는 안 될 것 같습니다. 그리고 내가 옳다고 내 입담만 앞세우지 말고 남의 말을 귀담아 들어주는 열린 귀를 가져야 하지 않겠습니까?

뿐만 아닙니다. 받을 생각만 하지 말고 있는 것을 먼저 남에게 주고 나누고 베풀어야 할 것 같습니다. 그리고는 알맞게 먹고 대충 듣고 가까운 곳의 보이는 것들만 바라보고 살아야 할 것 같습니다. 노인이 되면 귀도 어정쩡해지고 이빨도 빠지고 그리고 눈마저 침침해지는 것이니 이것은 전혀 두려워할 일이 아니라는 것 아니겠습니까?

이런 몇 가지 금도를 잃어버리지 말아야만 어느 자리에 가든 어른이나 늙은이로 대접을 받을 것 같습니다. 그리고 곁들여 〈본받을 만한 어른〉이라는 덕담의 말을 듣게 될 것입니다. 그러니까 늙은 먹물들에게 만절을 지키는 일이 결코 쉽지 않다는 생각입니다. 그게 얼마나 어렵습니까? 그래서 요즘 세상에는 모든 젊은이들로부터 추켜세움을 받는 원로 같은 어른, 본받고 대접받을 만한 어른이 별로 없다는 부끄럽고 창피한 말들이 떠다니고 있는 것입니다.

노형! 외골수로 살다 보니 쓸모없는 넋두리가 많아졌습니다. 나는 소신껏 살아간다고 당당하게 말했던 젊은 시절을 자주 돌아보면서 '시절'처럼 살아온 삶에 부끄러움을 느낄 때가 많습니다. 잘한 것보다는 잘못한 것이 많고 얻은 것보다는 잃은 것이 많은 바보 같은 일생이었지만 모두를 스스로의 업보로 받아들이고 있습니다. 이제 와서나마 돌이켜 반성할 수 있으니 그나마 다행이라고 다짐합니다.

인간은 늙으면 외로울 수밖에 없는 것 같습니다. 때문에 거기서 벗어나겠다고 발버둥치지는 말아야 한다는 생각입니다. 세월이 흐르면서 몸과 마음이 함께 늙어버렸는데 몸만 젊어지겠다고 아우성을 친다던가, 외롭게는 절대로 못 살겠다고 아등바등한다면 그것이야말로 지나친 집착이 아니겠습니까?

노형! 요즘 세상의 겉모습은 조용하지만 속내는 으스스하고 차갑습니다. 한해 전까지 광화문광장에서 잉걸불처럼 타올랐던 민초들의 목소리인 촛불시위마저 스멀스멀 사라진지 이미 오래입니다. 국가의 서릿발 같은 폭력이 거리에 나타나면서 세상은 다시 얼어붙고 있습니다. 시민들의 뜻을 억누르겠다는 검찰의 폭력적인 제압과 경찰의 마구잡이 검거 열풍은 이 땅을 다시 독재정치 시대로 되돌리고 있는 것입니다. 육십 항쟁으로 되찾은 민주주의가 다시 빛을 잃는 것은 아닌지 두렵습니다. 그때 민주주의와 평화와 자유를 부르짖으면서 분연히 직접민주주의에 참여하던 젊은 세대들의 발랄하고 질서정연하던 모습이 자꾸 눈에 어른거립니다.

그동안 우린 얼마나 많은 역사의 도전을 받았습니까. 팔십칠년의 육십 항쟁이 승리하고 국민의 정부 참여정부가 들어서고부터는 한때 관권이 힘을 잃은 것으로 보였습니다. 실제로 그 무렵의 정부기관들은 시민들의 비위를 맞춰주고 눈치를 살폈습니다. 그래서 가난하고 힘없는 시민들은 자유로웠고 희망찼고 기뻤었습니다.

비수처럼 날 선 관권보다 중요한 것은 살아 움직이는 시민의 힘이 있었고 직접민주주의를 지키자는 너그러움이 시민들 마음속에 자리를 잡아갔으니까요. 정부는 법과 원칙보다는 시민들의 소중한 뜻을 따랐습니다. 통제를 버리고 소통을 택했었으니까요. 지금 와서 뒤돌아보니 그때가 참으로 좋은 세월이고 살만한 세상이었습니다.

역사를 뒤돌아 살펴보면 독재자와 권력자들은 시민들을 〈법〉이 다스리도록 하기보다 〈법〉으로 다스리고 싶은 유혹을 느낀다고 합니다. 법을 만드는 곳이 행정부 아닌 〈국회〉라 하여 통치의 주체로서 법의 위상이 저절로 보장되는 것은 아닙니다. 행정부가 만들더라도 대통령 자신이 지키면 법이 통치의 주체가 되지만 국회가 만들더라도 국회 스스로 법을 잘 지키지 않으면 통치의 주체가 되지 못하는 논리와 비슷하겠지요.

사마천은 『혹리열전』의 서문에서 정과 형으로 시민을 다스리면 이

틀을 빠져나가는 사람들이 부끄러움을 모르게 되므로 덕과 예로 다스려야 한다고 말했습니다. 물리적 규제보다 심리적인 감화가 다중을 다스리는 질서유지의 중요한 원천임을 지적하면서 법치의 한계를 말했던 것입니다.

요즘 보수 기득권 세력 사람들은 걸핏하면 〈법적 대응〉을 들고나오고 있고 그 행동대장인 이명박 정부는 집권 이후 실제로 경찰국가로 되돌아가는 느낌을 주는 공포의 정치를 펴고 있습니다. 시민들과 소통을 기피하면서 사사건건 검찰과 경찰력을 동원하여 대응하고 있는데 그런 법적 대응이 당면한 문제와 의혹을 푸는 정치력도 아니고 방법도 아닐 것입니다. 오히려 서서히 자리를 잡아가려는 이 나라 정치의 사회 지도적 기능을 찬탈하는 퇴행일 뿐입니다.

중국의 한무제가 집권하고 있을 때 혹리들은 법치의 명분으로 공포정치를 도입해서 한때 무제의 통치력을 높여주었습니다. 그렇지만 어떻게 되었습니까? 그 졸개들은 귀감이었던 한나라의 정치적 수준을 엄청나게 추락시켰을 뿐 아니라 나라도 망치고 자기 패거리들의 가문과 신세도 망쳤다는 후세 사람들의 가혹한 평가를 받습니다.

참여정부가 들어서고는 한때 관료사회의 질서가 엉망이었습니다. 툭하면 직급 낮은 공무원들이 대통령에게 욕지거리를 일삼고 비아냥댔는가 하면 상명하복의 상징인 검찰 권력이 공개된 자리에서 대통령의 말에 불복했습니다. 그런데도 최고 권력자인 대통령은 그들을 잡아 가두거나 주리를 틀거나 옷을 벗겨 내쫓지 않았습니다. 위와 아래가 더불어 소통하는 것을 뿌리로 삼았기 때문입니다. 심지어 지각없는 시민들이 술에 만취하여 파출소를 때려 부수고 경찰관에게 손찌검

하는 어리석은 짓을 저질렀어도 치안의 방망이들은 시민들의 머슴답게 주인들을 따듯하게 감싸기만 했었습니다.

그렇다면 지금의 국가폭력 앞에 쥐 죽은 듯이 고요한 숨죽임은 무엇을 상징합니까? 시민들이 정부를 향해서 잘못했다고 엎드려서 비는 사죄입니까? 아니면 그렇게 다스려 달라는 노예들의 항복인가요? 한국인은 강한 쪽에 약하고 약한 쪽에 강하다는 어떤 미국 관리의 비웃음이 생각납니다. 그자는 심지어 한국인들이란 들쥐 떼의 버릇을 가졌다고 버르장머리 없게 말했었지요. 참으로 마음이 언짢았고 가슴 아렸던 남음입니다.

아니겠지요. 아닐 겁니다. 일본 제국주의자들에게서 풀려난 뒤 육십년 동안이나 자유 평화 독립을 줄기차게 배우고 익혀왔는데 그것이 하루아침에 옛날처럼 되돌려지기야 하겠습니까? 이 땅에다 민주주의의 씨를 뿌리고 싹을 키우려고 얼마나 많은 선열들이 민주제단위에 피를 흘리고 스러져 갔습니까? 그분들이 흘린 피가 아직 굳지도 않았음을 모두가 잘 알고 있을 것입니다. 지금은 하도 엄청나서 잠깐 동안 분통을 삭이고 생각을 가다듬으면서 다음의 행동을 준비하고 있을 것입니다. 저들의 고약한 속내를 살피는 정중동일 것이라고 생각합니다.

노형! 어떤 경우에도 나는 우리 시민들이 들쥐의 속내를 가졌다거나 생각이 얕고 더러운 노예의 습성에 길들여져 있다고 생각하지는 않습니다. 언제가 될지 딱 잘라 말하기는 어려우나 마침내는 우리들 모두의 가슴마다에 응어리진 자유와 민주의 함성을 힘차게 외치면서 무서운 핏기를 조용하게 뿜어내게 될 것이라고 믿어서 의심하지 않습니다.

그때가 언제일까요? 다만 그날이 기다려지면서도 무척이나 두렵습니다. 움직임이 느리고 더딜수록 바탕으로 되돌아가는 시간은 더욱 오래 걸릴 것이고 따라서 치러지는 희생의 값어치 또한 엄청나게 크고 늘어날 수밖에 없을 것이니까 말입니다. 그것 또한 이 땅에 살고 있는 시민들이 치러야 할 머나먼 민주장정의 빚이 틀림없으니까 말입니다.

경인년 새해에도 건강하십시오.

(2009.12.25)

교종과 교황

몇 해 전 천주교의 요한 바오로 이세 교종이 선종했을 때 한국의 언론들은 그 호칭을 놓고 서로 엇갈리는 주장을 내세웠었다. '선종'으로 보도한 매체가 있었는가 하면 '서거'라고 보도한 매체도 많았으니 어처구니가 없는 싸움이었다. 천주교회의 수장인 교종이 사망했으므로 선종으로 불러야 맞는다는 주장과 지구촌의 천주교를 대표하는 드높은 권위의 교황이므로 당연히 서거라고 존칭하는 것이 옳다는 주장이었다.

천주교 교종의 죽음을 놓고 선종이니 서거니 하여 한국의 언론들이 온통 한판의 도토리 키 재기 같은 다툼을 벌였던 것은 참으로 낯뜨거운 일이었다. 한국 천주교회의 용어집에는 교황을 외래어로〈포프〉라고 적어놓고 있다고 한다. 이를 풀이하면 교황 또는 교종이 된다고 하는데 두 부름 가운데서 어느 것으로도 불러도 틀리지 않다는 것이 지금 한국천주교주교회의 의장인 강우일 주교(천주교 제주교구장)의 말이다.

그러니까 사백여 년 전 천주교가 아시아권으로 들어올 때는 로마 교황청이 유럽대륙에서 제국의 정치적인 권력을 실제로 행사하고 있었으므로 순박하고 미개한 동양인들과 조선인들이 교종을 곧바로 대국으로 불리던 중국의 '천자'나 되는 듯이 높이 받들자는 뜻에서 임금 황자를 붙여서 교황이란 용어를 선뜻 쓰게 되었을 것으로 미뤄 짐작할 수가 있다.

그러나 천주교회가 천구백육십삼년부터 육십오년까지 진행했었던 제이차 바티칸공의회에서 새로운 교회관을 받아들이고 엄청난 쇄신 작업을 진행하면서 황제의 인상을 떼어내자는 뜻에서 교종이라는 낱말도 곁들여서 쓸 수 있도록 했다는 것이다. 그러나 한국을 비롯하여 수많은 후진국과 유럽의 천주교회들은 지금도 교종보다는 교황이라는 낱말을 많이들 쓰고 있다.

그런 바탕에서 보면 한국의 언론들이 요한 바오로 이세의 죽음을 놓고 선종이냐 서거냐 라는 다툼을 벌였던 일은 아마도 지난 왕정시대에 길들여진 노예적 관습과 일본제국주의자들의 침략을 받아서 삼십육년이란 긴 세월 동안을 일본인들의 식민지가 되어서 피압박 민족으로 살아왔었던 남모르는 뼈아픈 찌꺼기가 남아있기 때문이 아닌가 하는 생각이 든다.

며칠 뒤면 교종인 프란치스코가 대전에서 열리는 아시아 천주교청년회의를 주재하기 위해서 한국을 찾아온다고 온 세상이 난리들이다. 얼마 전부터는 모든 언론들이 프란치스코 교종에 대한 기사를 연일 특집으로 게재하는가 하면 시중의 서점에는 교종에 관련된 책들이 수십 종이나 발간돼 나오는 등 온 세상이 교종을 맞는 환영 행사 준비에 그야말로 들떠있다는 것이다.

그러나 우리 모두 가슴에 손을 얹고 한 번쯤 생각해 보자. 특정 종교의 최고지도자가 우리나라를 찾아오는데 천주교회의 신도도 아닌 일반 시민들이 구세주가 나타나기라도 하듯이 홍분하고 들뜨는 바탕이 무릇 어디에 있는 것일까? 그것은 두말 필요 없이 우리 사회와 지금의 국내 정치가 숨을 쉴 수 없을 만큼 소통의 부재 상황에 막혀있기 때문이고 거금 사백오십여 년 지속된 유럽의 근대문명을 받아들였던 이 땅의 프런티어들의 가난한 생각 때문이 아닐까 하는 것이다.

지난 사월 승객 오백여 명과 무거운 짐을 싣고 제주도로 가던 여객선 세월호가 진도 앞바다에서 느닷없이 침몰했다. 이 와중에서 능히 살려낼 수 있었던 승객 삼백여 명의 목숨을 정부기관과 공무원들의 대처 부실로 수장시키고 말았던 참극이 발생했었다. 더구나 여객선이 침몰한 초기에 정부는 승객 거의를 구조했다고 공식 발표했다가 다시 몇 시간이 지나지 않아 그 발표가 잘못이라고 정정하는 등 오락가락하면서 온 시민들이 과연 우리에게 신뢰할만한 정부와 공직자들이 있는가, 라는 장탄식을 쏟아내게 했던 것이다.

그것은 오로지 정권을 잡고 있는 박근혜 대통령과 집권한 수구기득권 세력들인 새누리당의 시민기만정책 때문이라고 볼 수밖에 없다. 박 대통령은 세월호가 침몰했을 때 티브이에 나와서 눈물을 흘려가며 사고로 인한 죽음을 애통해했고 원인을 밝혀내서 책임자들을 처벌하겠다고 약속했었다. 그러나 시간이 지나자 시민들과 야당, 유가족들이 요구하는 진상규명과 특별법제정이 집권 새누리당의 떼거리들에 의해서 발목이 잡혀 있는데도 대통령인 박근혜는 모르쇠로 일관하고 있는 것이다.

또 군부대 안에서 관심병사가 총기를 난사하여 전우들을 살해하고 선임 병사가 후임 병사를 폭행하여 살해하는 등의 군기문란 사고가 잇달아 발생하면서 병영사고를 근원적으로 방지할 조치가 요구되고 있는데도 이 정부와 대통령이 미온적으로 대처하고 있어 앞으로 자식들을 군대에 보내야 할 세상의 모든 아버지와 어머니들이 전전긍긍 불안에 떨고 있는 것이다.

이런 시국에 천주교도도 아닌 일반 시민들이 프란치스코 교종의 방한에 전에 없이 열렬하게 기대하고 있는 것은 이같이 헛돌고 있는 국내정치 문제가 그의 방한을 계기로 혹 풀어지지 않을까 하는 어떤 기대가 섞여 있는지 모를 일이다. 그러나 경제적으로 이미 선진국 문턱에 다가섰고 시민소득이 이만 달러를 넘어선 한국에서 일어나고 있는 이같이 야릇한 식민지적 현상은 참으로 민망하고 부끄러운 일이 아닐 수 없다.

지난 이천십삼년 전임 교종의 느닷없는 은퇴에 따라 전격적으로 선출된 새로운 교종 프란치스코는 그해 말 미국의 시사주간지 타임이 〈올해의 인물〉로 선정했고 경제지 포천이 〈세계에서 가장 영향력 있는 지도자〉로 뽑을 만큼 개혁적으로 상징이 된 인물이다. 그는 한껏 추켜지고 부풀려졌던 교종의 높은 권위를 마다하고 스스로 낮은 곳으로 내려와 가난하고 병든 사람들에게 자비와 사랑을 실천하기 시작했다.

그가 들고나온 새로운 계명은 참으로 신선하다. 그는 돈을 신으로 모시는 세상은 바뀌어야 한다고 말한다. 그리고 우리가 먼저 부패의 사슬을 끊고 침묵의 묵계를 깨자고 말한다. 또 폭력에 굴복해서는 안

되며, 교회가 불평등과 억압의 타파에 나서야 하고, 강자가 정의가 되어서는 안 된다고 주장한다. 민중과 성직자 사이의 담을 허물라고 말하고, 가난한 자를 우선시 하라는 것은 교회의 명령이라고 주문한다. 이 밖에 예수처럼 고통받는 사람들을 찾아가라고 권하고 인간은 누구도 홀로 살 수 없다고 외치고 있다.

천주교인이 되기 이전의 이름이 호르헤 마리오 베르골리오인 프란치스코 교종은 천구백삼십육년 십이월 십칠일 아르헨티나의 수도 부에노스아이레스에서 태어났다. 그의 부모는 이탈리아에서 이민 온 철도노동자였다. 그는 천구백오십육년 부에노스아이레스 신학교에 입학하지만 늦은 나이인 서른세 살이 된 천구백오십구년에 와서야 사제 서품을 받는다.

천구백오십팔년에 예수회 회원이 됐고 칠십삼년부터 팔십년까지 예수회 아르헨티나의 관구장을 맡았으며 오십육 세이던 천구백구십이년에 아르헨티나 교구의 주교가 되었다가 이천일년에는 아르헨티나의 추기경에 서임되었고 이천십삼년 삼월 십삼일에 사임하고 뒤로 물러난 전임 교종 베네딕도 십육 세의 뒤를 이어서 바티칸 시티의 교종에 선출되었다.

천주교가 조선 땅에 들어온 것은 까마득한 이백여 년 전이다. 그때 중국에 와있던 서양태생의 주문모 신부를 통해서 서학 또는 천주학이란 이름으로 이 나라에 처음으로 받아들여서 널리 편 사람은 이승훈이란 선비였지만 그 뒤 교도들 속에는 이벽과 정약용, 정약종 형제 같은 남인 계열의 소수 관료들과 양반들이 섞여 있었지만 대다수는 양반집의 종, 백정 같은 불학무식한 천민이나 노예 같은 하층민들이 목숨을 걸고 받아들였었다.

그들은 천주학 속에 새로운 세상이 있다는 희망적인 교리를 믿고 죽음을 무릅쓰고 그 세상을 향해서 나아갔던 민중이었다. 그런데 이 가운데 실학자인 정약용은 관청에 잡혀가서 호되게 신문을 받게 되자 "내가 천주학에 입문한 것은 새로운 지식을 얻기 위함이었지 신앙 때문은 아니었다"라고 말함으로써 권력에 유약한 전형적인 선비의 모습을 드러냈었다고 당시의 야사들은 전하고 있다.

그런 한국의 천주교회가 지금은 어떻게 달라졌는가? 주축을 이루던 가난하고 무식한 교인들은 발언권이 묵살된 채 교회 한쪽으로 밀려나 있는가 하면 돈 많고 권력을 가진 수구기득권 세력들이 천주교회에 들어가 교회 권력을 주도하고 있는 특별한 성역이 되어있는 것이다. 때문에 혁신의 상징이자 개혁의 교종이라 불리는 프란치스코가 선출된 지 얼마 지나지 않아서 이렇게 변모한 한국이라는 나라에 어떻게 오게 되었으며 또 와서는 과연 무엇을 보고 무엇을 어떻게 느끼고 돌아갈까 자못 궁금하기만 하다.

교종 프란치스코는 첫 번째 권고문 〈복음의 기쁨〉에서 정치와 경제를 망라하고 정의롭지 못한 소수 권력의 부도덕을 개혁해야 된다고 공언했으며 동서진영의 냉전이 사라지면서 공산주의가 무너진 뒤 새로운 해악으로 떠오른 서구의 신자유주의와 시장만능주의 그리고 경제 불평등을 새로운 독재로 규정하면서 물리쳐야 할 으뜸의 과제로 꼽았다.

그는 천이백팔십이년 만에 유럽이 아닌 변방의 나라에서 뽑힌 첫 번째의 교종이다. 이에 걸맞게 그는 전통적인 교종전용의 호화로운 저택을 마다하고 작은 게스트 하우스에서 살면서 차를 몰아주는 기사 없이 스스로 작은 자동차를 몰고 다닌다고 한다. 이 밖에도 프란치스코 교종은 때로 버스, 택시, 지하철 같은 대중교통 수단을 이용하기도 하는데 이는 더 많은 사람들과 소통하는 걸 즐기기 때문이라고 한다.

이런 소탈한 그를 가톨릭 교계 일각의 보수적인 사람들은 "프란치스코 교종이 해방신학에 기울어져 있다"고 불만을 터뜨리는가 하면 미국의 맹렬한 보수주의자이고 극우 논객인 러시림보는 티브이 방송에 나와서 "새 교종 프란치스코는 완전한 마르크스주의자"라고 비난하기도 했다는 것이다.

그렇다고 프란치스코가 가난하고 버림받는 세상의 모든 사람들의 구원자가 될 수는 없는 것은 너무도 명확하다. 하지만 그는 반사회적인 문제가 발생할 때마다 정의로운 비판으로 대응하면서 지구촌의 모든 인류가 사랑과 자비를 실천하라고 호소하고 있다. 따라서 삶을 포기한 채 신음하는 지구촌의 수많은 불행한 사람들이 용기를 갖고 다시 삶의 현장으로 나아가게 하는 뒷심이 돼주고 있는 것만은 분명하다.

교종 프란치스코가 사제가 되면서부터 자비의 상징이 된 것은 아니었다고 한다. 아르헨티나 정부가 한때 군부 독재자에게 점유됐을 시기에 공교롭게도 그는 침묵으로 일관했었다고 한다. 그는 젊었던 시절에는 꽉 막힌 보수주의자였다고도 전해진다. 그런 그가 예수회 관구장이 되면서부터는 독재를 묵인하면서 독재자들에게 너그러웠던 자신의 과거 잘못을 깊이 참회했고 추기경에 서임되면서는 군부독재 정권 시절에 암살된 아르헨티나 천주교 사제들의 성인추대에 발 벗고 나섰다고 한다.

천주교 신도들이 프란치스코 교종을 본받을 만한 점은 이런 과감한 변화라고 할 수 있다. 그는 교종 무오류설 이란 갑옷을 벗어던지고 이 세상에 태어나서 실수하지 않는 사람이 있느냐며 고해 사제 앞에 나아가 자신의 죄를 고백하기도 했다. 스물두 살 때 예수회 회원이 되었던 그는 교종에 선출되자마자 호르헤 마리오 베르골리오란 본명을 버리고 섬김의 상징으로 알려져 있는 프란치스코 수도회의 창립자 이름을 빌려서 자신을 프란치스코라고 개명했는데 이것은 남다른 그의 깊은 뜻이 담겨져 있다는 것이다.

그 프란치스코 교종이 팔월 십오일부터 사박 오일 동안 바람을 몰고 한국에 왔다가 조용하게 바티칸으로 돌아갔다. 이제 그의 방한을 결산을 해 보자. 교종은 방문기간 내내 한국인 삼백여 명이 수장된 여객선 세월호 참사를 기억하기 위해서 노란 리본을 처음부터 끝까지 가슴에 달고 다녔으며 천주교 신도가 되겠다는 일부 세월호 유가족에게 영세를 주었던 일과 그 밖의 슬픔에 잠겨있던 세월호 유가족들을 만나서 격려했던 것은 특별히 기억할 만한 일이었다.

그러나 장애인들이 살고 있는 충북 음성의 꽃동네를 방문한 것을 두고는 일부 신도들과 시민들로부터는 비판을 받았었다. 한때 거지들의 대부라고 불리던 오웅진 신부가 운영하는 꽃동네에는 장애인 노숙인 등 수천 명이 살고 있는 국내 최대의 복지시설이다. 그런데 그곳으로 들어가는 입구에는 〈얻어먹을 수 있는 힘만 있어도 그것은 주님의 은총〉 이라는 비인간적이고 모욕적인 글귀를 자랑스럽게 비석에다 새겨 놓았다는 것이다.

이 시설에는 해마다 삼백억 원이 넘는 시민의 세금을 정부가 지원해주고 있는데도 설립자는 팔십만 명에 이르는 국내외 후원자들로부터 다달이 액수를 알아낼 수 없을 만큼의 엄청난 후원금을 받아서 장애인 시설에 직접적으로 필요하지 않은 '꽃동네대학교'까지 설립해서 운영하고 있다.

때문에 정의구현사제단 등 천주교의 한쪽 조직에서는 프란치스코 교종이 나라 안에 있는 불우한 사람들이 살고 수많은 장애인시설을 놔두고 꽃동네를 선택적으로 방문한다는 계획이 한국천주교 중앙회를 통해서 발표되자 받아들이기 어려운 일정이라고 반대 성명을 내놓기도 했었다.

프란치스코 교종의 실책은 한국천주교 사제 가운데서 지극히 보수적 사제인 대주교 염수정(서울 대교구장)을 자신의 방한 두 달 전에 한국의 새 추기경으로 전격 임명하면서 절정에 이르렀다. 선임인 정진석 추기경이 제왕적이고 보수적인 인물이므로 추기경 한 사람이 추가될 경우 보다 진보적 성향의 사제가 임명되기를 한국의 천주교도들은 은근히 기대했었기 때문이다.

물론 남미 아르헨티나에서 출생했고 이른바 변방 지역에서 선출된 프란치스코 교종이 취임한 지 얼마 안 되어 첫 번째로 시행한 추기경들의 서임인사에서 한국교회에 추기경 한 사람을 추가로 서임해준 것까지는 좋았지만 보수적인 추기경이 전권을 휘두르고 있는 상황에서 또다시 보수적 사제를 추기경으로 임명함으로써 한국 천주교회의 또다른 한 축을 이루고 있는 진보적인 신도들에게 큰 실망을 안겨주고 말았던 것이다.

이렇듯 한국 천주교회 내부의 정황마저 제대로 파악하지 못하고 있는 프란치스코 교종이 그 많은 아시아 국가 가운데서 취임 첫 번째로 한국을 찾아온 바탕은 과연 무엇이었을까? 누구의 영향을 받았고 누구의 강력한 초청을 받았던 것일까? 무엇이 취임 초기인 프란치스코 교종의 발길을 한국으로 돌리게 만들었던 것일까? 한국 천주교 교도들의 영원한 숙제로 남았다.

(2014.8.10)

사람의 값

남한의 인구가 오천만 명에 가까워 온다고 한다. 해방이 되던 천구백사십오년에는 남쪽과 북쪽을 통틀어서 삼천만 명이 못되었던 조선 반도의 인구가 육십여 년이 지나간 지금 그 절반의 땅인 남한에서만 무려 오천만 명을 헤아리게 된 것이다. 생각할수록 참으로 아찔한 일이다.

해방이 되고 오 년이 지나간 천구백오십년 유월에 한반도에서 동족상잔의 남북전쟁이 터지고 휴전이 되기까지 삼 년 동안의 싸움에서 군인 민간인 등 수백만 명의 인명이 살상되었다. 이런 전쟁 뒤의 뒤숭숭한 세상살이에도 남한 땅의 출산율은 계속 늘어나 한 집에서 평균 네다섯 명의 자녀들을 낳으면서 천구백육십년대 중반에 이미 사천만 명을 넘어섰었던 것이다.

땅은 좁아터지고 가지고 있거나 묻혀있는 자원도 별로 많지 않은 남한에서 이렇듯 인구가 기하급수적으로 늘어나자 정부는 한동안 〈산아제한〉이라는 극약처방을 썼었다. 모든 행정기관을 움직여서 인구 억제시책을 널리 홍보하고 시행했다. 기차 정거장 앞마당이나 공용버스 정류장 같은 사람들이 많이 모이는 곳에는 매 오초마다 인구가 열 명씩 늘어난다는 것을 숫자로 보여주는 〈지구는 만원이다〉라는 전광판을 세우기까지 했었다.

연로하신 노인들은 생각이 날 것이다. 도시의 길가나 골목 안에 세워진 광고판이나 농촌마을 들머리의 알림판에다 산아제한을 권장하는 〈덮어놓고 낳다 보면 거지꼴을 못 면한다〉〈아들딸 구별 말고 둘만 낳아 잘 기르자〉는 표어와 포스터를 덕지덕지 붙여 놓기도 했었으니까 말이다.

이렇던 산아제한의 문구가 팔십년대 중반으로 접어들어서는 〈아들딸 구별 말고 하나만 낳아서 잘 기르자〉로 한층 강화되었다. 그러니까 두 명만 낳으라던 권장 문구가 한 명으로 다시 줄어들었던 것이다. 남한의 인구가 사천오백만 명을 넘어서고 곧 오천만 명으로 좁혀들자 정부당국이 무서움을 느끼면서 인구 억제 정책을 행정의 가장 앞자리에 올려놓고 계속 밀어붙이지 않을 수 없었던 이유이다.

그렇게 이어지던 정부의 인구 억제책이 구십년대 초반을 지나면서는 한동안 그대로 머물러 있는가 싶더니 이천년대 들어서면서는 산아제한이라는 낱말이 느닷없이 꼬리를 감추면서 뜬금없이 〈출산권장〉이라는 정책으로 백팔십도 바뀌는 야릇한 일이 벌어지고 말았다. 국책연구기관의 통계자료를 바탕삼아서 라디오와 티브이 신문 등 각종 언론매체들이 한목소리로 정부의 새로운 인구장려정책을 떠들어대기 시작한 것이다.

정부와 지방자치단체들이 어제까지의 인구 억제정책에서 느닷없이 발을 빼면서 노인들의 장수와 인구의 고령화 같은 두 가지 문제를 맨 먼저 극복해야 할 사회문제로 이끌어내면서 인구를 늘리겠다는 정책, 즉 〈출산장려〉라는 뜻밖의 새 카드를 내놓을 수밖에 없었던 것이다.

이때부터 세상의 모든 매스컴들은 잊을 만하면 인구의 노령화와 노인들의 장수 현상을 큰 사회문제로 띄워 올렸다. 이런 추세로 신생아의 출산이 줄어들고 인구의 노령화가 계속되다보면 십 년 후에는 국민건강보험의 재원이 바닥날 것이라고 경고하는가 하면 십오 년이 지나간 몇 년도에는 출산율의 급감으로 젊은 사람 한 명이 노인 두 명을 먹여 살려야 된다는 정확한 숫자까지 들이대면서 인구의 노령화를 심각한 〈사회문제〉로 내세웠던 것이다.

정부의 이 같은 언론 플레이가 계속되면서 집권여당과 지방자치단체들이 들고나온 장기적인 인구정책은 하나같이 나라의 재앙을 막고 장래를 기약하기 위해서는 출산율을 높이는 것만이 살길이라는 천편일률적인 내용이었다. 그러니까 아이를 출산 할 수 있는 젊은 가임여성들을 향해서 무조건 인구증가 정책에 호응하고 또 이바지하라고 호통을 쳤던 것이다.

인구를 늘리는 것이 국가의 장래를 위해서는 필요할지도 모른다. 그러나 출산율을 높여야 한다는 근본 취지를 살펴보면 가임여성들이 걱정하지 않고 아이를 낳을 수 있는 근본적인 환경과 조건, 즉 사람들이 행복하게 살아갈 수 있는 여건을 만들어 주겠다는 구체적인 정책이 아니라 지금 살아있는 어른들의 생명을 유지하는데 필요한 것이 인구증가이고 그 목적을 이루는 바탕이 신생아의 출산이라는 요지로만 축소 압박되고 있는 것이다.

다시 말해서 북쪽 공산주의의 침략을 막아내자는 안보전략 때문에, 국가의 산업동력을 움직이는 양질의 노동력을 확보하자는 뜻에서, 또 젊은 노동자들에게서 징수하게 되는 세금이 엄청나게 많기 때문에, 장수하는 노령인구의 부양을 위하고 내수시장 침체로 인한 경제력 저하를 막는 등 여러 가지 정부정책을 추진하기 위해서 무조건 정부의 출산율을 높여야 한다는 일방적 주장인 것이다.

그러니까 정부가 가임여성들에게 아이를 낳아야 한다고 윽박지르면서도 태어날 신생아들이 살아갈 세상, 즉 자녀들의 양육과 주거 교육문제에 대해서는 획기적인 대책을 내놓지 못하고 있다는 것이 모순 중의 모순이 아닐 수 없다. 정책을 세우는 당국자들의 생각은 국가의 경제력이 향상되고 과학문명이 발달했으며 문화예술이 화려하게 꽃피우고 있는 세상이니까 이 땅에 태어나는 자체가 행복이므로 부모나 자녀들이 자기들의 장래에 대해서는 전혀 걱정이나 근심을 할 필요가 없다는 낙관론으로밖에 풀이할 길이 없다.

봄은 갔건만 꽃은 아직 남아 있고
하늘은 개었어도 골짜기는 침침하네
두견이가 대낮에도 구슬피 우니
깊은 산에 사는 걸 비로소 깨닫겠네

－이인로, 고려 때 문신－

이런 정부의 막무가내식 인구권장 정책은 시민들의 실소와 분노를 자아내기에 십상이다. 정부의 지시에 따른 것이겠지만 대개의 지방자치단체에서는 아이 한 명을 낳으면 백만 원, 둘을 낳으면 삼백만 원, 셋을 낳으면 오백만 원을 준다고 홍보하고 있으니 치졸하기가 이를 데없는 대책이 아닐 수 없다. 이는 귀중한 인간의 생명을 고작 몇 푼의 돈으로 저울질하겠다는 경박한 발상이나 다름없는 것이다.

아무리 신자유주와 황금만능의 자본주의 시대라고는 하지만 아이를 낳는 그 숫자에 따라서 돈을 얼마씩 더 주겠다는 제안은 시장의 복권 장사들이나 써먹는 일시적 꼬임이나 다름없다. 받게 될 돈을 생각해서 아이들을 많이 낳아달라는 그 어불성설의 셈법에는 부끄럽게도 인간을 개나 소 돼지 같은 짐승으로 어림하는 흉측한 생각이 깃들어 있는 것 같아서 섬뜩하다.

지금같이 살기가 편리한 세상임에도 가임여성들이 출산을 기피하는 이유는 두말 필요 없이 아이를 낳아서 기르기가 힘든데 있는 것이다. 직장여성이 임신에서 출산까지 겪게 되는 임산부의 직장유지 여부에서부터 출산휴가, 출산비 등도 무시할 수 없는 일이지만 출산 이후 아이의 양육문제, 그리고 유치원과 초등학교, 그리고 중 고등학교 과정과 대학 사 년 동안의 공교육과 사교육에 소요되는 천문학적인 학비조달 문제를 고려하면서 선뜻 자녀를 낳아야겠다는 결정을 내리지 못하는 것이 젊은이들이 봉착한 오늘의 현실이다.

이런 근본적인 문제를 풀어낼 길이 없어서 삼십 대 노처녀와 노총각들이 결혼을 실행하지 못하고 있는 것이다. 또 자녀의 출산과 양육, 교육, 그리고 내 집 마련 등을 생각하면서 그들은 결혼을 주저하거나 기피할 수밖에 없다는 것이다. 이 밖에 이미 결혼한 젊은 부부들도 이런 환경과 조건에서 자녀를 출산해야 하느냐 말아야 하느냐로 고민하고 주저하는 것이다.

유치원에서 대학을 졸업할 때까지의 공교육과 사교육비를 개인과 국가가 어떤 형태로든 나눠서 부담하고 신혼부부의 주택문제를 어떤 방법으로 풀어나가겠다는 정부의 근본적인 청사진은 아직까지 나오지 않고 있다. 기껏 한다는 짓이 지방자치단체장을 내세워 돈 몇백만 원을 미끼로 하는 출산장려책을 내놓고 있을 정도이니 이런 발상은 눈 가리고 아웅! 하는 임시변통시책이 아닐 수 없다.

중국의 춘추전국시대 때 양나라에 혜왕이라는 욕심 많은 임금이 있었다. 그는 부강한 나라를 만들고 싶었지만 인구가 좀체 늘어나지 않아 고민이었다. 인구가 많이 늘어나야 국방도 튼튼히 하면서 이웃나라의 땅을 빼앗을 전쟁도 할 수 있고 농사도 더 많이 지어 많은 곡식을 거둘 수 있을 것인데 백성들이 임금의 그런 깊은 뜻을 잠자코 따라주지 않았던 모양이다.

제후의 나라들을 순례하다가 양혜왕으로 부터 그런 고민을 들은 맹자는 대뜸 "백성들이 인구증가에 기여하지 않는 이유는 군주가 백성을 정치의 도구로 이용하기 때문"이라고 일갈했다. 사람들이 살기 좋은 세상을 만들어주면 인구는 자연히 증가할 것이다. 그러니까 임금이 사람을 사람으로 대접하지 않고 국방력이나 노동력으로만 보는 잘못된 시각이 인구가 늘어나지 않는 근본원인이라고 맹자는 갈파했던 것이다.

옛날이나 지금이나 인간이 가지고 태어난 기본 권리를 누리면서 평화롭고 자유롭게 인간적인 삶을 누릴 수 있는 원만한 세상이 이룩

된다면 결혼 적령기에 다다른 젊은 남녀들이 왜 결혼을 주저할 것이며 또 결혼생활을 하고 있는 가임여성들이 출산을 주저하거나 마다할 이유가 없을 것이다. 아무리 황금만능의 세상이라고는 하지만 사람을 오직 돈으로만 계산하는 오늘날의 세태가 너무도 가증스럽고 슬프기만 하다.

(2006.9.5)

나눔

많은 사람들이 잘 알다시피 다산 정약용 선생은 조선 중기를 살았던 이름 높은 실학자이다. 그는 이미 이백 년 전에 "백성들의 머슴인 공직자들이 깨끗하게 일을 하지 않으면 그 나라는 끝내 망할 수밖에 없다"고 자신이 지은 책『목민심서』에다 누누이 적어놨었다.

목민심서라는 책은 그때 다산 선생이 썩어 문드러진 세상을 바로잡으려고 몸과 마음을 기울여서 써낸 실학서적이다. 조선의 공직사회에 만연했던 비리와 이것과 끈을 맺고 있었던 일반사회의 부정부패를 유형별로 열거하면서 그 폐해를 막기 위해서는 백성들과 공복(공직자)들이 어떤 몸가짐과 생각을 하고 살아야 하는지를 올바르게 적어 놓은 처방전이나 다름없다.

그런데 여기서 우리가 무겁게 받아들여야 할 대목은 이백 년 전의 그때나 많은 세월이 흘러간 지금이나 세상만 달라졌을 뿐 인간사회의 비리와 부정은 오히려 더 늘어났다는 사실이다. 규모나 숫자에서 부정과 부패가 전혀 줄어들지 않았을 뿐 아니라 사례로 봐서는 오히려 더욱 영악스러워졌을 뿐 아니라 늘어났다는 사실이다.

　이십일 세기로 들어선 지금 한국의 국력은 엄청나게 향상되고 융성해졌다. 겉으로만 따져 보더라도 조선왕조 시대의 끝 무렵과는 비유할 수 없을 정도로 국가 경제가 확대되고 발전했으며 백성들의 삶이 부유해졌다. 이천육년을 기준으로 대한민국의 무역 규모는 세계에서 열두 번째를 헤아릴 만큼 아시아의 신흥경제국가가 되었다. 어림잡아 수출 삼천오백억 달러 수입 이천칠백억 달러로 연간 무역 규모가 육천억 달러를 넘어섰으니까 말이다.

　뿐만 아니다. 올해를 기준으로 우리나라 시민 일인당 지엔피(국민총생산)가 이만 달러를 기록하게 될 것이라고 국제경제기구는 예상하고 있다. 참으로 엄청난 변화이다. 다산이 가난을 근심하고 비리를 걱정하던 이백 년 전에는 동아시아에서 가장 못살던 나라 가운데 하나였는데 이제는 전체 아시아는 고사하고 세계 이백여 개 국가 가운데 열두 번째 순번의 경제대국이 되었다는 말이니 참으로 곧이들리지 않는 일이다.

　그런데 이상한 일이 있다. 대한민국이 이만큼 잘 살고 부자가 되었는데도 이 나라의 시민들은 스스로 선진 경제국가의 시민이라는 자부심을 갖지 못하고 있을 뿐 아니라 수많은 외국 사람들도 한국이 경제적으로 성장한 나라이기는 하지만 한국인들을 문명된 국가의 사람이나 문화인으로는 여기지 않는다는 사실이다. 그 이유는 무엇 때문일까? 한국의 시민들이 왜 지금의 부에 만족하지 못할 뿐 아니라 문명국의 긍지를 스스로 갖지 못하며 외국인들에게서 왜 문명인의 대우를 못 받는 것일까?

그것은 우리 사회가 도덕성 그리고 청렴성을 갖추지 못했기 때문이라고 선진국의 지식인들은 분석한다. 짧은 기간에 경제성장에만 매달리다 보니 문명선진국의 도덕성과 가치관은 제대로 받아들이지 못했다는 말이다. 잘 살기만 하고 돈만 많다고 하루아침에 문명적인 선진국이 될 수 없는 모양이다. 곧바로 말해서 한국 시민들의 수준이 모든 세계인들로부터 문명국이나 문명인으로 대접받기에는 아직 미흡하고 부족한 점이 많다는 말이다.

바꿔 말해서 지금의 한국 사회는 대단한 부정과 비리로 얼룩져있기 때문이다. 먼저 청렴의 기준인 청빈한 공직자들이 전혀 눈에 띄지를 않는다. 높고 낮음을 가리지 않고 공무원들의 비리와 부정이 하루가 멀다고 매스컴을 휩쓸고 있으며 정치인들의 비리는 물론이고 경제인들의 위법 탈법과 부도덕성이 극치를 이루고 있다. 이와 연루된 일반사회도 전혀 도덕적이거나 깨끗하지 못하다는 평가다. 쉽게 말해서 지식을 가진 사람들 모두가 도둑놈들뿐이라는 말이나 다름없다.

더구나 고도성장으로 이룩한 막대한 경제력이 일부 지배층과 수구기득권 세력들에게 몰려있는 부의 편중과 독식이 심각한 상태에 이르러 있기 때문에 이것이 극복해야 할 큰 난제로 떠오르고 있다. 전체인구의 고작 삼 프로밖에 안 되는 지배계층이 국부의 팔십 퍼센트를 소유하고 있기 때문이다. 그러니까 전반적으로 국가 경제는 성장했지만 소득의 분배 정의가 제대로 이뤄지지 않아 〈부익부 빈익빈〉 현상이 옛날보다 더욱 두터워졌다는 결론에 이르는 것이다.

지금 다른 나라에 비해서 한국의 부자들은 물질적으로 엄청난 풍요를 누린다는 평가이다. 탈법과 위법을 저질러서 떼돈을 벌면서도 세금은 선진국에 비해서 쥐꼬리만큼 적게 낸다는 것이다. 외국인들이 한국을 선진국으로 인정하지 않고 한국인들을 문명인으로 대접하지 않는 주된 이유는 지배층과 부유층이 납세, 병역, 교육 등 시민의 기본의무를 불성실하게 이행하고 있으며 축적한 부를 사회에 환원하는데도 인색하기 때문이라고 한다.

또 다른 하나는 무엇일까? 의외의 진단이다. 무식하고 가난하던 일부 하층민들이 경제성장 과정을 거치면서 정치권력과 손잡아 하루아침에 졸부가 되었거나 소유한 전답이나 건물 같은 부동산들이 국토개발에 따른 부동산 경기를 타고 금값으로 치솟으면서 갑자기 부자가 되어 사치와 낭비에 빠진 채 주변을 전혀 의식도 하지 않고 돌아보지도 않기 때문이라는 것이다.

그렇다면 지금 한국인들에게 시급히 요망되는 덕목은 무엇이며 경제대국에 진입한 한국이 지금부터 지향해 나가야 할 점은 과연 무엇일까? 바로 청렴한 도덕성의 함양이라고 국내외 사상가들은 지적한다. 이웃을 외면한 채 나만 잘살면 그만이라는 탐욕적인 삶에서 벗어나 못가지고 가난한 사람들과 더불어 살아가는 분배와 기부 그리고 사랑과 봉사의 박애정신을 실천해 나가야 한다는 것이다.

오늘날 다산의 가르침이 새삼 요구되는 소이는 바로 여기에 있는 것이다. 목민심서는 우리 사회를 맑게 정화하자는 하나의 지침서나 다름없다. 따라서 이 책은 백성들의 머슴인 공직자들이 반드시 읽어야 할 규범이나 다름없다. 이 책을 통해서 다산은 이백 년 전의 부패했던 사회상을 통렬하게 고발하면서 그런 고질적인 병폐를 치유해야만 나라가 온전하게 보전할 수 있다고 설파했던 것이다.

그 처방은 무엇일까? 첫째 덕목이 청렴이다. 공직자들은 국가에서 받는 봉급 이외 그 어떤 이름의 금품에도 손을 대지 말아야 한다는 것이다. 그러니까 나라의 머슴인 공무원들이 정치인과 경제를 주무르는 상공인들, 그리고 이와 연루된 사법기관 사람들이 아무리 당근과 채찍을 써서 부패와 부정을 조장하거나 회유하더라도 이들의 속임수에 넘어가거나 타협하지 않으면 사회 비리와 부조리는 원천적으로 발생할 수 없다고 다산은 믿었던 것이다.

가마귀 검다하고 백로야 웃지 마라
겉이 검은들 속조차 검을 소냐
아마도 겉 희고 속 검을 슨 너뿐인가 하노라

─이직, 고려 때 문신─

선진 문명국 사람들은 항상 소유욕과 집착에서 벗어나려고 애쓴다고 한다. 나만 잘살겠다는 생각에서 벗어나 더불어 잘사는 길을 찾으려고 노력한다는 것이다. 자기가 덜 쓰고 덜 먹고 아껴서 가난하고 못 살고 힘들게 살아가는 이웃을 돌보고 그들에게 베푼다고 한다. 그리고도 남는 것이 있을 때는 공익사회를 위해 아낌없이 모두 내놓는다고 한다. 사랑, 봉사, 헌신은 인류가 구현해야 할 아름다운 덕목들이기 때문이다.

자자손손 대를 이어서 양지에서만 살아온 수구기득권 세력들이 그 자리에서 물러나지 않겠다고 완강하게 버티고 있는 한국 사회, 많이 배운 사람들이 명문의식에만 사로잡혀서 겸손을 모른채 안하무인의 자세를 취하고 있는 한국 사회, 이런 우리 사회가 언제쯤 더불어 살아가는 아름다운 나라로 바뀔까? 지하에서 외치는 다산 선생의 꾸지람이 들리는 것 같다.

(2007.12.3)

떠도는 말

　말이란 그때의 거울이라고 한다. 사람들이 쓰는 말속에는 세상의 모든 것들이 걸러지지 않고 고스란히 담겨지기 때문이다. 따라서 사람들이 쓰고 있는 말들을 천천히 헤아리고 살펴보면 참으로 흥미롭고도 재미가 넘친다. 빠르게 달라지는 세상의 참모습이 그 속에 잘 나타나 있는 것이다.

　요즘 티브이 프로그램에 나오는 수많은 연예인들이 쓰는 말들을 듣고 있노라면 서운함을 넘어서 아예 언짢아진다. 이들이 가장 많이 쓰는 낱말 가운데 방송에서 쓰는 말로 어울리지 않는 낱말이 엄청나게 많다. 〈쉽게 얘기해서…〉〈사실은…〉〈개인적으로 말해서…〉〈같은 것 같다〉〈끝내 줍니다〉〈죽여줍니다〉〈너무너무 좋다〉〈장난이 아니다〉같이 헤아리기조차 어려울 만큼 파다하게 많다.

　〈쉽게 얘기해서…〉의 실마리는 이럴 것이다. 마이크를 잡은 사람이 집에서 티브이를 보는 사람이나 방송 녹화하는 걸 구경하는 사람들 앞에서 힘껏 지껄여 놓고서 제 말을 정말로 옳게 알아들었을까 몰랐을까, 라는 아쉬움에서 두세 차례 되풀이하는 제 나름의 상투적인 낱말이다. 그러니까 제 말속에 어렵고 낯선 낱말들이 별로 없어서 듣는 사람들이 말의 뜻을 넉넉히 알아들었을 텐데도 입버릇처럼 "쉽게 얘기해서"라고 덧붙이는 것이다. 언제부터인지 모르게 꽤나 굳어진 버릇이다.

이런 군더더기 버릇은 참으로 나쁘다. 방송 프로그램에 나오는 연예인들이 너도 쓰고 나도 쓰고 모두 모두 쉬울세라 쓰니까 그 낱말이 덩달아 써도 좋은 흐름 말이나 되는 줄 알고 많은 사람들이 아무런 거리낌 없이 따라서 쓴다. 그런데도 그런 모습을 보고도 어문정책을 맡고 있는 정부기관이나 어떤 한글학자들도 세상 사람들에게 잘못 쓰는 말이라고 바로 잡아주지 않으니까 버릇으로 굳어진 것이다. 참으로 안타깝다.

〈사실은…〉은 남자들보다 여자들이 더 많이 쓰는 것 같다. 이 낱말은 제 말속에 이야기 줄거리와 어긋나는 군더더기가 들어가서 듣는 이가 혹시 못 알아들었을까 봐 제 말을 되풀이할 때 힘줘서 쓰는 것 같다. 그런데 이 낱말 또한 뜻이 어렵지 않아서 전혀 잘못 전해지거나 받아들여지지 않았는데도 주저 없이 "사실은 이렇고 저렇고" 하면서 자기가 쏟아냈던 말을 얼버무리는데 들러리 말로 쓰고 있는 것이다.

이 밖에 〈개인적으로 말해서…〉도 참으로 많이 듣게 되는 낱말이다. 이 말도 듣기가 내내 거북스럽다. 방송에 나온 어떤 연예인이 제 이야기를 지루하게 실컷 늘어놓고 나서 겨우 한다는 말이 "개인적으로"라고 말한다. 참으로 어처구니가 없다. 자기 자신은 틀림없이 개인 자격으로 방송에 나왔으므로 〈개인적으로 말해서〉라는 덧붙임은 그야말로 뱀의 다리 격이다.

대화를 이끌어 내는 사회자는 틀림없이 말을 주고받고 있는 상대방의 뜻을 물었던 것이므로 굳이 개인적이라는 낱말을 덧붙일 이유가 없다. 어떤 모임의 우두머리나 대표자로서의 생각을 말하라는 것이 아니므로 "개인적"이라는 말은 전혀 알맞지 않은 군더더기 말이다.

몇 해 전부터 여성들 사이에서 부쩍 많이 쓰이는 〈…같은 것 같다〉 〈그런 것 같다〉는 등 "같다"라는 쓰임 말에 대해서도 살펴보자. 이 말들도 들을 때마다 어지럼증을 느낀다. 젊은이들은 왜 이런 어려운 낱말 쓰기를 좋아할까? 맛이 좋은 음식을 먹었으면 으레 "이 음식 정말 맛있다"라고 잘라 말하면 된다.

그런데 열에 여덟이나 아홉은 "맛있는 것 같다"라고 말하는 것이다. 이것은 믿음이 안 가는 말이다. 남의 말을 다른 이에게 옮기는 말로 들리거나 말이 나온 곳을 알 수 없다는 말로 여겨지는 것이다. 제가 말하면서 속내는 남의 얘기를 전하듯이 어정쩡하게 얼버무리는 것이니 참으로 얄궂다.

이 밖에도 〈끝내줍니다〉라든가 〈죽여줍니다〉라는 말도 많이 쓰이는데 꽤나 종산이가 없는 말이다. 음식을 먹고 난 뒤 엄지를 치켜들면서 "죽여주게 맛있다"거나 "맛이 끝내 준다"라고 호들갑을 떠는 것이다. 젊은이들만 그렇게 말하는 게 아니다. 중년 이상 심지어 노인들까지도 젊은 사람들을 흉내 내고 아직도 젊다는 것을 내보이기라도 하듯이 그런 말들을 흔히들 쓰고 있다. 말하는 사람들이야 남들을 흉내 내고 자랑삼아서 생각 없이 하는 말이겠지만 듣는 사람들은 참으로 언짢은 것이다.

"끝내 준다"는 말은 〈더는 없다〉고 힘주어 말하는 부정어이자 반복어이고 끝이 없다, 라는 뜻이다. "끝내 준다"는 말은 센 힘을 다시 덧붙이는 말이니 어떤 몸짓이나 어떤 음식의 맛이 더 이상 따라올 수 없을 만큼 으뜸이고 좋다는 말로 풀이 할 수 있다. 그러나 속절없는 비속어 조의 만든 말 같다. 언제나 쓰는 말로는 알맞지 않을 것 같다.

또 요즘 들어서는 〈장난이 아니다〉 라는 말을 젊은이들은 많이 쓴다. 땀을 뻘뻘 흘려가면서 힘든 일을 하면서도 입으로는 "장난이 아닌데"라고 지껄인다. 지금 자기가 하는 일이 틀림없이 목적을 가지고 하는 힘을 쏟는 일인데도 입으로는 장난이 아니라고 지껄이는 것이다. 꽤나 안타깝다. 남이 쓰니까 자신도 그냥 쓰고 싶어 속절없이 내뱉는 것으로 보일 뿐이다.

나온 곳을 전혀 알 수 없는 줄임말도 그렇다. 어른들과 헤어질 때, 사람들과 인사를 할 때는 "안녕히 계십시오"라든가 "다음에 또 뵙겠습니다"라고 말해야 옳은데 잘 계십시오, 편하게 지내십시오, 라는 앞쪽의 말은 잘라버린 채 그냥 "계세요"라고만 말한다. "안녕히 가십시오." 또한 안녕히는 빼고 그냥 "가세요"이다. 또 어른들이 몸이 아파서 자리에 누웠을 때엔 "편찮으십니까?"라고 말하는 것이 우리가 배워온 말인데 "어디 아프세요?" "아프지 마세요" 같은 평교간의 말을 쓴다. 요즘 젊은이들은 "편치 않으십니까?"라는 높임말을 부모에게서나 학교에서 아예 배우지 않은 모양이다. 이는 존경심이 빠진 싸라기 반토막 말이다.

또 이십 대 밑의 학생들이나 청소년들 사이에서 많이 쓰이는 너무 짧은 줄임말도 받아들이기 힘들다. "훨씬 좋다" "훨씬 가깝다"라는 말을 하면서 "쌘"자는 줄이고 "휄"만 쓴다. 지나친 줄임이다. 이 말을 사오십 대 이후의 나이 먹은 사람들이 쓰니까 십 대 아이들보다 더 부자연스럽고 못마땅한 것은 어쩐 일일까?

이 밖에 요즘 젊은이들, 특히 젊은 여성들 사이에서 〈너무 너무 좋다〉〈너무 너무 맛있다〉 같은 너무 너무라는 낱말을 써야 할 곳 쓰지 말아야 할 곳을 가리지 않고 마구 쓰고 있다. 우리 더불어 살펴보자, 음식이 정말 맛이 좋다면 "음식 맛이 참 좋습니다." 또는 "맛이 이렇듯이 좋을 수가 있습니까?"라고 말해야 될 텐데도 엉뚱하게 너무 너무 맛있다 거나, 너무 너무 좋다, 라고 마구 중얼댄다. 뜻도 이어지지 않는 어정쩡한 낱말을 멋대로 지껄이고 있는 것이다.

이런 마구다지 줄임 말들을 꺼내 들자면 끝이 없다. 거의가 인터넷의 댓글이나 손전화의 글자 메시지가 꽃피듯 너풀거리면서 봇물처럼 몰려다니고 있다고 볼 수밖에 없다. 우리가 쓰는 말이 이미 무서울 만큼 더러움에 깊이 말려들었고 젖어있는 것이다. 말은 시대의 거울이라고 하지만 아무리 헤아려봐도 이 시대의 젊은 사람들이 쓰는 갑작스런 시쳇말의 달라짐이 무섭고 두렵기만 하다.

우리의 말 쓰임이 왜 이렇게 나쁘게 바뀌는 것일까? 세상이 어지럽게 얽히고 약아빠진 탓일까? 외국에서 불어 닥친 끝간데 모를 새로운 문명의 물결 때문일까? 그게 아니라면 나름대로의 두드러짐이 사라지고 있는 시대를 되돌리는 그림자인지도 모를 일이다. 어찌 됐든 옳고 바른쪽을 따라야 되는데 제 바탕이 허약하니까 남의 눈치를 보면서 이쪽저쪽으로 두 다리를 걸치겠다는 약삭빠른 몸짓인지도 모른다.

싫다 좋다, 그러냐 아니냐 라는 스스로의 생각이 어김없이 드러나는 말을 쓰는 것이 바람직하다. 사람들이 물에 물 탄 듯, 술에 술 탄 듯 뜨뜻미지근하게 살아가니까 세상에는 믿음이 사라지고 거짓말과 욕이 섞인 낱말이 마구 넘실거리는지도 모른다. 어른들만 어리둥절해지는 것이 아니다. 자라나는 아이들은 더욱 나아갈 바를 모르게 된다. 별것 아닌 것 같지만 큰일이 아닐 수 없다. 어른들의 눈치나 살살 훔쳐보는 잔꾀만 남은 어린아이들의 모습은 아예 보지 않은 것만 못하니까 말이다.

지금 팔구십 안팎의 노인들이 쓰고 있는 말에도 일본말의 찌꺼기가 꽤나 남아있다. 일본제국주의자들 밑에서 서른여섯 해 동안이나 노예 같은 삶을 살면서 일본인들로부터 일본글과 일본말을 쓰도록 주먹질을 당했기 때문이다. 연합국에 의한 〈해방〉이 몇십 년 더 지나간 뒤에 왔더라면 우리 겨레의 말 씀씀이가 어떻게 달라졌을까 생각만 해도 살갗에 소름이 끼친다.

그런데 더 잘못된 일은 해방 뒤 우리가 일본풍속과 일본 말을 미워하고 물리치려는 바람 속에서 우리도 모르는 사이에 섣부른 영어와 미국의 밑바닥 지아이문화가 우리 겨레의 말버릇에 너무 깊숙이 스며들었다는 사실이다. 우리가 미처 살피지 못하는 사이에 나쁜 하나를 버린다고 하면서 또 다른 나쁜 새것을 멋모른 채 받아들이고 말았던 것이다.

그뿐 아니다, 요즘은 영어를 배워야 지구촌 세상을 살아갈 수 있다고 야단을 치면서 정부가 뭉칫돈을 들여서 영어만 쓰는 〈영어마을〉까지 만들었다. 영어는 다른 나라를 상대할 때 그리고 나라 밖으로 나가서 장사를 하거나 활동하는 사람들이 배우면 좋을 일이지 오천만 모두에게 영어를 가르쳐서 어떤 나라를 만들겠다는 것인지 짐작이 안 간다. 어설프게 불어닥친 영어바람이 오천 년 동안 뻗어 내려온 우리 말과 버릇에 엄청난 끼침을 주고 있다는 말은 이제 애당초 꺼낼 수도 없게 되었다.

그렇다고 시민들의 어문교육을 맡은 당국이나 학자들의 몫이 사라 졌다고 믿으면 안 될 것이다. 세상이 여러 갈래로 얽혀질수록 겨레의 본딧말과 내려오는 풍속은 잘 가꾸고 지키도록 이끌어야 된다. 나라 의 어문정책은 이럴수록 흔들리지 말아야 한다. 새로운 물결이 밀려 올 때를 맞아서 겨레가 쭉쭉 뻗어 나갈 수 있는 말과 글, 그리고 이어 지는 문화예술을 얼마나 잘 가꾸고 지켜나가느냐에 겨레의 앞날이 달 려있다고 봐도 지나친 말이 아니기 때문이다.

그런데 언제나 내가 못마땅해하는 것은 이른바 표준어와 사투리를 나눠놓은 과거 정부의 잘못된 어문정책이다. 옛날의 서울 사람들이 썼다는 서울지방의 말(사투리)을 한국의 표준어로 삼은 것은 참으로 잘못된 일 가운데서 으뜸에 이를 것이다. 해방 바로 뒤 정부가 세워지 면서 서울 토박이 사람들이 써오던 〈서울말〉에 표준어라는 이름을 붙 여놓은 것인데 그 밑절미에는 관청은 높고 시민은 낮다는 〈관존민비〉 나 서울은 개화되었고 시골은 미개하다는 수도우위 같은 잘못된 개념 들이 은연중에 깔려 있었을 것으로 어림하지 않을 수 없다.

서울은 옛날이나 지금이나 온 나라 인구의 이십 퍼센트쯤이 사는 큼지막한 고장일 뿐이다. 그런 도시이기에 정부 청사가 있고 정치, 경 제, 문화, 예술 등 모든 것들이 몰려 있기는 하다. 그러나 아득한 옛날 과 달리 교통이 참으로 발달한 지금에는 안타깝게도 서울토박이는 적은 숫자일 뿐이고 인구의 칠팔십 퍼센트가 나라 안 이곳저곳에서 모여든 사람들이라는 사실에 주목해야 된다. 그러니까 서울에서 옛날부터 뿌리를 박고 살아가는 이른바 〈토착민〉은 서울 사람 일천 만 명 가운데 겨우 이십 퍼센트에도 이르지 못한다는 사실을 유념해야 될 것이다.

이런 것을 에둘러 볼 때 정부는 하루속히 서울말이 한국의 〈표준어〉라는 분별없는 고집을 내려놔야 할 것이다. 그래도 꼭 쓰려면 표준어라는 말보다는 서울에 살아온 사람들이 오랫동안 써온 말이라는 뜻에서 마땅히 〈서울말〉이라고 부르면 될 일이다. 그리고 한때는 나라 안 여러 고장의 말을 한데 묶어서 〈사투리〉라고 우습게 봤었지만 경상도와 전라도 사람들이 나라의 정권을 휘어잡았기 때문에 이제는 시골 사투리에 대한 옹색한 생각은 많이 사라졌다고 볼 수 있다.

한마디 덧붙인다면 나라의 상머슴인 대통령을 비롯하여 그 아래의 모든 공직자들은 시민들을 주인으로 정성껏 섬겨야만 한다. 자유민주주의 국가에서는 시민이 주인이고 공직자는 머슴인 것이다. 시민들이 낸 세금을 보수로 받아서 먹고 살아가는 공직자들이 시민을 주인으로 섬기기 싫고 시민들이 시키는 대로 일하기가 싫으면 공직자의 길에서 물러나면 될 것이다.

(2006.7.16)

문단 선거

요즘 들어서 집으로 배달되는 우편물의 숫자가 부쩍 늘었다. 그것도 편지보다는 서책들이 많아졌다. 평소에는 별로 작품집을 보내지 않던 문인들이 느닷없이 새로 낸 시집이나 소설책이나 산문집들을 보내오기 때문이다. 받아보면 친근하기는커녕 면식 자체가 없을 뿐 아니라 이름조차 생소할 만큼 서먹서먹한 문인들이 거지반이다. 가끔 문단의 행사장이나 문인 모임에서 겨우 옷깃을 스치거나 눈인사 정도나 할까 말까 하는 사이인 것이다.

그런 사람들이 연말을 앞두고 자기의 저작물들을 뿌리기라도 하듯이 무작정 우편물로 보내는 데는 까닭이 있는 것이다. 몇 해에 한 번씩 있는 문단 선거를 겨냥한 운동성 선심들이나 다름없다. 명색으로 문인이라는 이름이 붙여진 뒤에 오랫동안 문단 선거를 지켜보니까 그렇다는 말이다. 그런 사람들은 모든 문인들에게 자신의 이름이 적힌 책을 수신거부의 수모를 불사하고 일단 뿌리는 것으로 자신의 선거 운동을 시작하는 모양이다.

문인이라는 이름이 붙은 사람이 아는 문인에게 자신의 작품집을 보낸다는 것은 문인들 사이의 품앗이이자 예의인 것이다. 따라서 가깝게 지내지 않는 사람에게 아무런 귀띔도 없이 불쑥 책을 보낸다는 것은 실례일 뿐만 아니라 자기 광고와 선전이고 과시임과 더불어 선거를 겨냥한 운동이기 때문이다. 무작정 자기의 책을 보냈다고 하여 그것이 자신에게 표로 돌아올 것으로 여긴다면 큰 착각이 아니겠는가.

하지만 세상 사람들은 자기들 나름의 생각으로 살아가는 모양이다. 문단 선거를 앞두고 책을 보내는 풍속은 이미 오래된 습관인데도 전혀 고쳐지지를 않고 있으니까 말이다. 문인 모임의 우두머리가 되려는 사람들은 자신의 저작물을 뿌리는 것을 비롯하여 정치인들을 흉내낸 여러 가지 방식으로 선거운동을 한다. 친하게 지내는 문인들을 찾아가서 술과 음식물을 대접하는 경우도 있다는 것이고 문단 안의 여러 모임을 비집고 들어가서는 넉살 좋게 얼굴을 내놓고 이번 선거에서 자기를 밀어달라고 당당하게 직간접으로 호소하기도 한다는 것이다.

예나 지금이나 문인 모임의 수장자리는 이름만 화려하게 보일 뿐 돈이 생기지 않는 그야말로 명예뿐인 자리다. 모두가 알다시피 일정하게 봉급이나 수당을 받는 자리도 아니고 사업체를 경영하는 비즈니스 책임자도 아닐뿐더러 정치권과 너나들이를 할 수 있는 벼슬자리도 아니기 때문이다. 지나간 유신시대나 군사독재 시절에는 통치자에게 빌붙어서 전국구 국회의원 같은 기한부 벼슬자리나마 한자리 얻으려고 넉살을 뺀 문인들이 숱하게 있었지만 언제나 문인의 우두머리는 돈이나 권력과는 먼 것으로 상징돼 왔었다.

그런 줄 너무도 잘 아는 문인들이 왜 문단 선거철만 되면 그 우두머리 자리를 차지해보려고 기를 쓰며 안달을 부릴까. 무엇 때문에 상당한 선거자금과 정력을 기울여서 정치꾼들 못지않게 치열한 선거운동을 하면서 굳이 문인단체의 수장자리를 거머쥐거나 그 자리에 앉아보려고 눈알을 까뒤집고 목을 빼가면서 죽기 아니면 살기 식으로 야단들을 치고 있는 것일까?

이것은 자기성취와 명예욕에 눈이 먼 사이비 문인들의 신분 상승을 겨냥한 더럽고 치사하고 보기 싫은 모습들이다. 문학을 사랑하고 문학을 평생의 반려로 삼는 순수한 문학인들은 그런 창작 이외의 활동에는 전혀 관심이 없을 것이다. 그럴 시간이 있다면 몸가짐에 자양이 되는 선인들의 책을 한 줄이라도 더 읽거나 자기 분야의 습작을 한 편이라도 더 쓸 것이니까 말이다.

문제의 밑절미는 해방 이후 몇십 년 동안 한국문단을 주름잡으며 제왕처럼 군림했던 몇몇 사람의 이름 있는 문인들이 남긴 잘못된 발자취 때문이다. 그때까지는 일본을 닮아서 문인 지망생들이 문단에 진출하는 길이 단 두 관문뿐이었다. 서울에서 나오는 종합일간 신문들이 한 해에 한 번씩 시행하는 〈신춘문예〉에서 뽑히는 것과 몇 개의 문학잡지가 다달이 또는 계절별로 뽑는 〈신인추천제〉 또는 〈신인작품상〉에서 원로 문인의 추천을 받아서 신인 작가로 뽑히는 길이 그것이었다.

전국 규모의 문인단체장 자리와 문학전문대학의 창작학과 교수라는 몇 가지 직분을 곁들여서 짊어졌었던 유명한 문인 몇 사람들은 오십년대에서 팔십년대 후반까지 서울의 각 신문사가 모집하는 신춘문예작품의 붙박이 심사위원으로 활동했었고 또 스스로 문학잡지를 경영하면서 문학잡지의 추천작가나 신인상추천위원장 같은 이루 열거하기 어려울 정도의 수많은 감투를 쓰거나 맡아가지고 있었기 때문에 사실상 한국문단을 쥐락펴락하는 제왕적 위치를 차지하고 있었다.

따라서 그 시대에 그 문인들이 출강하는 몇몇 대학에서 공부한 제자가 아닌 사람들은 일간신문이나 문학잡지에 작품을 응모했더라도 그들에게서 추천을 받거나 뽑히기 어려웠다. 따라서 그런 문학 지망생들은 거의 문단에 등단하지 못하고 스러져갔었다. 따라서 그때 문단에 신인으로 얼굴을 내민 사람들 거의는 그 유력한 문인들에게서 문학 강의를 들었던 대학의 제자들이거나 그들이 운영하거나 심사하는 문학지와 신문의 신춘문예에 당선된 경우가 많았던 것이다. 이렇게 굴절된 한국문단의 사례는 아시아 여러 나라 가운데서 일본을 빼고는 아마도 유례가 없던 일이 아니었던가, 어림이 된다.

지금 문단의 우두머리가 되겠다고 선거전에 나서고 있는 육칠십 대 문인들은 거의가 그 문인들의 제자이거나 그들의 추천을 받아서 문단에 나온 뒤에 그들로부터 직간접적으로·문단에서 뿌리를 내려서 출세하고 군림하는 방법 등 〈일본식 문단정치〉를 배우고 이어받은 사람들이다. 따라서 그 유명한 문인들의 전근대적인 스타일과 방식으로 선거운동을 본받고 있는 것은 어쩔 수 없는 일이긴 하지만 참으로 불행한 일이 아닐 수 없다.

팔십년대 후반이 되고 문단에도 개혁적이고 진보적인 바람이 불어오면서 〈어용문인〉이라는 비난을 받았던 그 유명한 문인들이 하나둘 타계하고 은퇴하면서 문단의 선거풍토는 자연스럽게 변했다. 따라서 문인단체장을 하겠다고 기염을 토하고 나선 입후보자들은 자신의 업적이 부풀려진 저작물을 대량으로 살포하거나 아는 사람들을 통해서 가난한 문인들의 밀린 〈문인단체 회비〉를 대신 수납해주는 정도의 치졸한 방법으로 선거운동을 할 수밖에 없었다.

지극히 보수적인 문인들이 문인단체의 우두머리 자리를 차지하려는 궁극적 목적은 〈문인이라는 이름을 빌려서 정권에 빌붙어 갖은 영화와 복록을 누려보고 싶은 욕망〉 때문이라고 봐야 할 것이다. 그리고 세월이 흐른 뒤에는 자신을 따르고 추앙하는 보수적인 문인들에게 문인단체장 자리를 자연스럽게 대물림시킴으로써 한국문단을 영원히 자기 패거리 문인들이 차지하겠다는 계략으로 볼 수밖에 없는 것이다.

인지가 발달하면 문화예술도 발전한다는 것이 세상의 이치이지만 한국 사회에서는 이것이 늘 어긋났었다. 경제 규모가 커지고 사회 구성원의 의식구조가 서구화하면서 문화예술 자체는 서양식으로 문명화 전문화했는지 모르나 수구 보수적인 문인들의 경우 몰려오는 세기적인 물결과 새로운 사조는 전혀 받아들이지 못했거나 적응하지 못한 것 같다. 문단의 선거풍토가 수십 년 전과 크게 변하지 않고 맴돌고 있으니까 말이다.

이른바 문단 안에도 글도 잘 쓰고 의식도 진보적이고 새로워서 문인단체장으로 추대된다면 모임을 꽤나 바람직하게 이끌어 나갈만한 문인들이 찾아보면 주변에 많이 있을 것이다. 그렇지만 보수 기득권 문인들로부터 이미 끈 줄을 튼튼하게 부여잡고 있는 주류의 어용문인단체 사람들은 전혀 다른 의식의 문인들을 찾아내서 천거하거나 옹립할 생각이 없는 것이다.

곰곰 따져보면 세상의 모든 우두머리란 대체로 머리 아프고 힘든 자리일 것이다. 하물며 명예뿐인 문인단체의 수장임에야 일러서 무엇하겠는가. 당선되면서부터 임기가 끝날 때까지 바르게 말해서 사타구니에 불이 날 만큼 동서남북으로 뛰어다녀야 하는 오직 문인들의 심부름꾼일 뿐이다. 줄기차게 문인들의 친목을 도모하고 권익을 보호하도록 활동해야 하는가 하면 궁극적으로는 문학인들이 생활인으로 정립할 수 있게 원고료와 인세를 올리고 문인복지사업 만드는 일들을 앞장서서 추진해야 되는 자리이기 때문이다.

그런 일을 맡아 하자면 자기의 삶은 온데간데없이 빼앗겨질 수밖에 없다. 자신의 글은 임기 내내 단 한 꼭지도 쓰기가 어려울 것이다. 그러니까 문인으로서 얻어지는 과일은 거의 없다고 봐야 할 것이다. 따져보면 얻는 것보다는 아예 잃는 것뿐이다. 이런 실상을 너무도 잘 알면서 돈과 시간을 들여서 문인단체의 우두머리가 되려고 선거철이 되면 변함없이 야단법석을 부리는 모습을 보노라면 쓸쓸한 비웃음이 저절로 나올 수밖에 없는 것이다.

며칠 전에는 자기 책을 한 아름이나 보냈던 그런 부류의 문인 한 사람이 뻔뻔스럽게도 문인단체장 선거전에 나섰으니 자기를 밀어달라고 전화까지 해왔다. 글을 쓰는 것밖에는 문단 일을 모른 채로 살아오는 이름뿐인 문인에게다 한 표를 부탁하는 것이다. 그런 사이비 문인들의 눈에는 문인명단에 이름이 올라 있는 모든 문인이 오직 〈표〉로만 보이는 모양이다. 상대방의 문인이 평소에 어떤 몸가짐으로 살아가는지를 전혀 살펴보지도 않았다는 말이다. 오직 자기밖에 모르는 참으로 어리석은 작자들이다.

올바른 생각을 가진 사람들은 지금같이 어지러운 세상에는 스스로 나서지를 않을 것이다. 사회 모든 곳이 썩어 문드러졌기 때문에 세상에 나가더라도 올바른 말을 할 수가 없고 올바르게 몸짓하기가 어렵기 때문이다. 아무리 많은 사람들이 손뼉을 쳐서 불러내고 우두머리 자리에 앉히려고 하더라도 정직한 사람들은 절대로 받아들이지 않고 돌아보지 않을 것이다.

평생토록 글쓰기에만 힘쓰고 살아가는 문인에게 주위 사람들이 문인단체의 우두머리가 되어달라고 말한다면 모르긴 몰라도 열에 아홉은 "그럴 시간이 있으면 훌륭한 선인들의 책을 한 줄이라도 읽거나 내 글을 한 편이라도 쓰겠다"고 말할 것이다. 흘려보내는 시간이 아깝고 버리는 노력이 안타까워서 말이다.

(2006.12.12)

빗나간 인류애

지난 삼월 십일일 진도 구점 영의 지진해일이 일본의 동북 지역을 휩쓸고 지나가는 바람에 많은 사람이 죽거나 사라졌고 엄청난 규모의 재산피해가 일어났다고 국내의 모든 매스컴들이 온통 난리를 피우고 있다. 이번의 지진 해일은 그동안 일본 땅에서 빈번하게 일어났었던 비슷한 종류의 지진 가운데서 가장 크고 무서운 것이었다고 한다.

그날의 참사 모습을 비춰주는 티브이 화면을 바라보니 지진에 뒤따라 일어나는 해일이 더욱 무서운 재앙이라는 생각이 들었다. 먼바다에서 밀려온 산봉우리 같은 물결이 갑자기 바닷가 마을을 덮쳤으므로 모든 재난에 대비해서 어느 나라보다도 재해 대책의 매뉴얼이 잘 짜여 있다는 일본정부나 매사에 능숙한 대처능력을 가졌다는 일본 사람들도 아무런 효과를 나타내지는 못할 수밖에 없었던 것이다.

유달리 후쿠시마와 센다이를 비롯한 일본 동북쪽 바닷가의 여러 고장을 휩쓸어간 이번의 지진해일로 작은 고장 몇 곳을 비롯하여 수많은 마을들이 쑥대밭이 되었으며 그곳에 살던 많은 주민들이 해일에 휩쓸려서 죽거나 사라졌다고 한다. 그러니까 지진이 일어난 곳으로 이어진 도로와 통신이 끊어지면서 재해지역은 그야말로 현대과학 문명의 손이 미치지 못하는 아비규환의 폐허로 변했던 것이다.

뿐만이 아니라 지진해일이 스쳐간 뒤 진앙지에서 가까운 후쿠시마 핵발전소에서 수소가 터지면서 많은 방사능이 흘러넘치는 사고마저 일어났다. 이 여파로 플루토늄이 들어 있는 원자로가 터질지도 모른다는 공포감이 한동안 이 지역은 물론이고 수도권인 도쿄지방을 흔들기까지 했었다. 이것은 인간이 개발한 문명이 스스로 저지른 또 다른 재앙이 아닐 수 없었다.

그런데 이런 일본의 지진해일을 알리는 한국 매스컴들의 여러 모습이 참으로 발 빠르고도 전폭적이어서 아주 인상이 깊었다. 모든 일간신문들이 매일 모든 지면의 절반 이상을 쪼개서 집중보도하는가 하면 국영티브이인 케이비에스와 공영방송인 엠비시를 비롯하여 몇몇 종합편성 채널티브이 방송은 굵직한 국내의 사건사고들을 단신이나 자막으로 가볍게 다루면서 이웃나라 일본의 지진피해 상황은 이십사 시간 속보체제로 보도하는 아주 남다른 모습을 보였었던 것이다.

이는 아무리 생각해 봐도 전혀 납득이 안 되고 이해하기 어려웠다. 지난 이천팔년, 중국의 쓰촨성에서 대지진이 일어나서 칠만여 명이라는 많은 주민들이 죽고 수십만 명의 이재민이 생겼을 때 한국의 일간신문들은 발생일로부터 고작 하루 이틀 정도만 북경에 상주하는 자기네 신문사 특파원이나 외국 통신망들이 전송해온 현장 사진을 곁들여서 간략한 속보로 다뤘을 뿐이고 지진 발생 이틀 뒤부터는 외신 면을 평소보다 조금 넓혀서 보도하는 정도의 대수롭지 않은 비중으로밖에 다루지 않았었다.

물론 티브이와 라디오 등 방송매체들도 비슷한 비중으로 중국의 대지진 상황을 다뤘었다. 중국 베이징에 머물고 있는 자사특파원들이 시시티브이 등 중국 국영방송매체가 내보낸 화면을 따서 소극적인 보도를 하는가 하면 이따금 중국의 쓰촨성 지방티브이 방송이 내보낸 현장르포 영상들을 인용하는 아주 미지근한 보도 자세를 보임으로써 한국이 과연 중국과 가까운 이웃나라였던가 하는 의문을 낳게 했었던 것이다.

그러니까 이번 일본의 지진재해를 다루는 신문 방송 등 한국 매스컴들의 보도 태도와 재해인식은 중국에 비해서 거의 하늘과 땅 차이라고 할 만큼 일본에 기울어져 있었다. 각 언론사들이 도쿄에 특파원들을 파견하고 있음에도 많은 비용을 추가로 들여가면서 임시특파원들을 일본의 재해지역으로 재빨리 보내 땜질 취재를 펴는 등 엄청난 뉴스 시샘까지 벌였으니까 말이다.

따라서 요즘 한국의 모든 매스컴들이 내보내는 뉴스들이란 거의 일본의 지진해일 피해와 잇닿은 기사들이 그야말로 쓰나미를 이루고 있다고 해도 지나친 말이 아니다. 때문에 어지간한 국내에서 발생한 크고 작은 소식들은 거의가 다뤄지지 않거나 빠졌으며 심지어는 짧막한 소식으로 줄여서 눈에 띄지 않게 내보내기 일쑤였었다.

일본과 중국은 지리적으로 한국과 가까운 나라다. 특히 중국은 우리와 비슷한 시기에 일본으로부터 무력침략을 받았고 오랫동안 일본의 식민지가 되어 압박을 받았던 나라로써 한국과 동병상련의 아픔을 가지고 있기도 하다. 그럼에도 삼십육년 동안이나 일본의 식민지로 살아온 한국이 중국의 지진재해 보도는 비교적 소홀히 다루고 일본의 지진피해에만 이상할 만큼 대대적으로 정성을 기울이는 것은 아무리 생각해 봐도 선뜻 받아들이기 힘든 수수께끼가 아닐 수 없다.

그런데 이런 한국 매스컴들의 보도 자세가 곧바로 전국적으로 일어난 일본의 지진재해민 돕기 모금운동으로 이어지고 있어서 한국의 정체성을 가진 진보적인 지식인들이 놀라지 않을 수 없는 것이다. 이명박 대통령이 특별지시를 내리면서 정부기관은 물론이고 정부기업체 각급 언론사와 사회단체들이 일제히 일본의 지진피해모금운동에 들어갔기 때문이다. 특히 공영방송인 케이비에스는 일본 지진재해민 돕기 특별모금방송을 가장 먼저 생중계하는 웃지 못할 극성을 떨기까지 했었다.

그뿐 아니다. 누구의 지시였는지 모르나 나라 안의 모든 일간신문들도 일면에다 〈일본지진피해민돕기〉 공고를 내고 성금을 모으기 시작했으며 정부단체인 사회복지공동모금회마저 성금 걷기에 나섰다. 또 나라 안의 재해에는 큰 관심이 없었던 여러 재벌 그룹과 금융계 모두가 천문학적인 거액의 재해성금을 내놓으면서 내 피붙이나 동포들이 지진재해를 입기나 한 것처럼 불쌍해서 어쩔 줄 모르고 있는 것이다.

그뿐 아니다. 줄곧 일본에서 연예 활동을 해왔다는 어떤 유명한 톱 탤런트는 거금 십억 원을 냈다는 것이고 또 다른 탤런트는 칠억 원을 성금으로 내놨다는 보도이다. 그 밖에 한류 스타란 이름으로 일본에서 꾸준하게 연예 활동을 하고 있다는 여러 명의 남녀 연예인들이 억대 이상의 큰돈을 성금으로 내놓는 등 깜짝 놀랄만한 모습들을 보여주고 있다. 아무리 일본에서 돈을 벌고 활동하고 있는 연예인들이라고 해도 정말로 믿어지지 않을 만큼 쓸개와 얼이 빠진 행동들이 아닐수 없다.

이런 일이 중국의 지진재해뿐 아니라 다른 나라들이 천재지변을 당했을 때는 거의 나타나지 않았거나 찾아볼 수가 없었기 때문에 우리를 우울하게 만들고 있는 것이다. 그러니까 한국인들은 참으로 야릇한 마음씨를 가지고 있는 것 같다. 미국과 미국인도 정처 없이 좋아하지만 일본과 일본인을 좋아하지 못해 안달을 벌이고 있으니 그들의 속내를 알 수가 없다. 바다 건너 이웃나라 일본의 재앙을 내 땅의 일이나내 동족의 불행처럼 받아들이고 있으니까 말이다.

이것은 어디서 솟아난 박애사상일까? 국가와 민족을 따지지 않고베풀어졌던 넉넉한 인류애는 지금까지 노블레스 오블리주로 불린 유럽을 비롯한 선진문명국 사람들의 봉사정신이었다. 그런데 어느새 한국인들이 그 뜻을 몽땅 이어받은 것 같다는 생각이 든다. 자신들만 잘먹고 잘살겠다는 것이 아니라 우리보다 더 잘사는 이웃나라 일본의 불행에도 더불어 아파하고 나눌 줄 아는 성숙하게 깨달은 민족으로 행동반경이 아예 바뀐 것이 아닌가 하는 생각이 들기도 한다.

어쨌든 못마땅하다. 우리 민족들이 정말 언제부터 그런 폭넓은 사랑과 인류애를 베풀어 왔었는가 하는 것이다. 우리는 가까운 수백 년동안에 일본의 침략을 여러 차례나 받아왔으며 그때마다 나라와 겨레가 엄청난 질곡의 수모와 아픔을 겪었다. 그래서 민족 모두가 지금까지도 씻을 수 없고 아물지 않는 상처를 간직하고 있는 것이다.

다시 말해서 일본의 조선 침략은 우리에게 치욕의 역사 그 자체이다. 옛날은 그만두고 가까운 이십 세기로 들어와서만도 우리는 일본의 침략을 받아서 나라가 일본에 강제로 병탄 되었고 삼십육년 동안이나 노예나 다름없는 식민지 백성으로 살아왔다. 그러니까 일본제국주의자들의 〈내선일체〉라는 미명아래 성과 이름을 일본인처럼 바꾸는 〈창씨〉개명까지 강요당하면서 우리 민족은 강제로 일본의 더부살이가 되었었던 것이다.

이 식민지 기간에 우리가 간직해 오던 오천 년의 남다른 전통문화와 아름다운 풍속은 모두 찢겨지고 사라졌다. 일본이 일으켰던 대동아전쟁(부분적으로는 제이차세계대전)이 만일 천구백사십오년에 미국, 소련, 영국 등 연합국의 승리로 끝나지 않았다면 지금쯤 유구한 역사의 우리나라와 조선민족은 일본에 병탄된 이름 없는 소수민족이 되어서 이 지구상에서 아예 사라졌을지도 모르는 일이라는 사실이다.

또 조선이 해방된 뒤에 일본은 어떻게 행동했던가? 제이차세계대전이 끝나자 독일은 히틀러 나치당이 저질렀던 홀로코스트 전쟁범죄를 국제사회에 깊이 사죄하면서 용서를 구했고 모든 세계인들을 향한 사죄는 칠십 년이 된 지금까지도 이어지고 있다. 그러나 똑같이 전쟁을 일으켰다가 패전한 일본은 전승국인 미국의 핵우산 엄호 아래 들어가 안주하면서 악랄하게 자행했던 전쟁범죄를 부인하고 은폐하고 소멸시켰다. 그리고 피해를 입혔던 세계 인류와 특히 한국, 중국, 대만을 비롯한 동남아시아의 여러 나라 민족들을 향해서는 지금까지 아무런 용서를 빌거나 사과하지 않고 있는 참으로 악독한 섬나라 민족인 것이다.

더구나 가장 참혹한 만행을 저지르고 극심한 피해를 입혔던 우리 민족에게는 죄과를 사과하기는커녕 전쟁이 끝나고 육십 년이 넘도록 엉뚱한 헛소리만을 지껄이고 있는 것이다. 일본의 왕이라는 자는 밑도 끝도 없이 식민통치를 〈유감〉이라고 말한 것이 전부이고, 일본의 총리를 지낸 녀석들도 조선식민통치 기간의 잘못을 〈과거사〉라고 엉뚱하게 둘러댔을 뿐 "일본이 크게 잘못했습니다. 용서해 주십시오"라고 한 차례도 올바르게 고개를 숙여서 깊이 사죄를 한 적이 없었던 것이다.

그뿐 아니다. 옛날부터 우리의 땅으로 세계에 알려져 있는 동해 끝자락 먼바다에 떠있는 〈독도〉를 일본은 자기들 땅이라고 생트집하고 있으며 최근 들어서는 그 독도를 〈다케시마〉라고 이름까지 지어서 우겨댈 뿐 아니라 그곳에다가 호적을 옮기기까지 한 간악한 일본인들마저 있다는 것이다. 이는 분명하게 말해서 국제적 강도나 다름없는 악랄한 행동이 아닐 수 없다.

일본이 이런 날강도 같은 못된 짓을 벌이고 있지만 해방 이후부터 지금까지의 역대 한국정부의 대통령이나 국무총리 같은 정부의 대표자들은 일본을 향해서 독도가 "옛날부터 명백한 한국의 땅인데 너희들이 지금 무슨 짓거리를 하고 있느냐"고 제대로 호통을 치거나 항의하지 못한 채 슬금슬금 일본인과 일본정부의 눈치만 살피는 부끄러운 모습을 보이고 있는 것이다.

너구나 한나라당 출신이고 토건회사 사장을 하다가 대통령이 된 이명박은 이천팔년 칠월 동경으로 건너가서 한일정상회담을 할 때 후쿠다 야스오 일본 총리가 독도를 "다케시마"로 표기하겠다고 말하자 "지금은 내 입장이 곤란하니 좀 기다려 달라"고 말했다는 것이 일본의 우익세력의 대변지인 요미우리신문의 보도였었다. 참으로 부끄러운 일이 아닐 수 없었다.

이명박의 일본 발언이 요미우리의 보도로 전 세계는 물론이고 국내에 알려져 시민들이 벌떼같이 일어나자 청와대는 짤막하게 〈오보〉라고 변명을 했지만 요미우리신문 쪽은 즉시 무슨 소리냐면서 〈우리의 보도는 정확하다〉라고 맞섰다. 정말로 이명박이가 안 한 말을 일본 신문이 잘못 쓴 게 틀림없다면 한국정부가 외교적으로 강력하게 대응해야 마땅하지만 청와대는 우물쭈물 그냥 넘어가고 말았다. 아무리 일본 땅 오사카에서 태어났고 일본을 좋아하는 사람이라고 해도 자신이 어느 나라 대통령인데 그런 말을 지껄였는지 이명박의 정체성을 도통 알다가도 모를 일이다.

이 밖에 정치인이나 사회지도층 지식인들 가운데서도 누구 하나 계속되고 있는 일본정부와 정치인들의 망령된 행태를 올바로 꾸짖거나 비판하지 못 하고 있을 뿐 아니라 일본정부를 향해서 사과하라는 요구도 못 하고 있다. 이것이 과연 무엇 때문일까? 한국인들이 일본인들보다 수준 높은 문명인이기 때문일까? 아니면 한국 사회에 불어 닥치고 있는 그 알량한 박애정신과 인류애는 과연 어디서 온 것일까? 억장이 무너지는 일이다.

천구백오십년, 미국의 앞잡이가 되어있던 일본은 한반도에서 육이오 전쟁이 일어나자 미국의 주선으로 한국전쟁에 참전한 연합군들이 쓰는 군수물자를 생산하고 납품하는 많은 전쟁특수 덕택으로 엄청난 돈을 벌고 경제 호황을 누리게 되었다. 이 뜻밖의 횡재로 일본은 오십년대 중반에 이미 패전국의 상처를 깨끗이 씻어내고 세계 경제대국으로 떠올랐었다.

　그 일본이 이제는 세계에 자랑하는 그 경제력을 앞세워서 선진국으로 군림하면서 패전 직후 마지못해 선언했었던 〈평화헌법〉을 찢어버리고 다시 남의 나라를 침범할 수 있는 침략헌법으로 개정하겠다는 책동을 미국의 흑인 대통령인 오바마와 모의하고 있는 것이다. 일본은 모름지기 지구상에서 사라져야만 할 악랄한 국가인지도 모를 일이다.

　그것도 모르고 지금 한국인들은 자신들의 피붙이가 죽거나 죽을 지경이 되기나 한 것처럼 온 나라와 국민 모두가 정신을 못 가눌 정도로 일본 지진피해 돕기에 빠져있다. 더구나 일부 수구기득권 세력들 사이에서는 일본의 지진피해를 돕는 데 동참하지 않거나 지난날 일본의 조선 침략역사를 들먹여서 지진피해민 돕기에 딴죽을 거는 사람들을 인류애의 배반자나 반정부 인물로 매도하려는 무서운 분위기마저 만들어내고 있는 것이다.

　이 모든 것의 뿌리는 영원히 일본의 후견인으로 군림하고 있는 미국의 끈질긴 사주와 책동에서 비롯된 것으로 볼 수밖에 없다. 미국은 해방 이후 육십 년이 넘도록 〈공산주의는 악하고 민주주의는 착하다〉는 이분법적 이념을 남한 사람들에게 주입시켜왔으며 그것은 이미 우리에게 이데올로기의 굴레가 되어있는 것이다. 때문에 우리 한국인들은 우리의 마음으로도 우리의 정체성을 올바르게 살피지 못하는 미욱한 어리석음에 빠져있는 것이다.

　허리가 잘린 한반도에서 지금 먼저 풀어야 할 것은 북한주민들의 굶주림이라고 세계의 지식인들은 말하고 있다. 그러나 핵개발 문제로 미국의 경제제재 조치를 받고 있는 북한으로서는 이웃 나라인 중국에 의존하는 것 말고는 달리 식량난을 풀어볼 길이 없다. 그러나 같은 핏줄의 한국정부이지만 수구기득권 세력이 정권을 잡고 있기 때문에 남아도는 쌀을 창고에 보관하는데만도 한 해에 수천억 원의 돈을 들이면서도 북한 주민들에게는 한 톨의 쌀도 보내주지 않고 있는 것이다.

이런 모습을 보면서도 진보적인 지식인들마저 북한에 쌀을 보내자고 정부에 말을 못 하고 있다. 무서운 국가보안법을 굴레로 의식해서 입도 뻥긋 못 하는 것이다. 그러니까 한국인들은 같은 겨레인 북한 주민들의 굶주림은 나 몰라라 돌아보지 않으면서 세계경제대국인 일본의 지진피해를 돕는데만 벌떼처럼 몰려서 철 지난 인류애를 부르짖고 있는 것이다. 이것이 정말로 올바른 인류애의 구현이란 말인가.

이명박 정권은 권력을 거머쥐자마자 국민의 정부 때부터 시행에 들어가서 노무현 정부 때까지 지속해 오던 북한과의 교류협력을 중단하면서 제일 먼저 도와주던 쌀을 끊었다. 쌀을 보내면 북한의 인민군들이 먹기 때문이라는 것이 내세운 이유였다. 이런 이명박 정권의 굳어진 논리는 어디서 나온 것일까? 단순한 국내 수구기득권 세력들의 주장일까, 아니면 고약한 미국정부의 입김이 스몄기 때문일까 도무지 그 속내를 알 수가 없다.

그렇다면 지금 횃불처럼 번지고 있는 일본의 지진피해를 돕자는 거국적인 캠페인은 누가 먼저 주장하고 선도한 것일까? 단순히 인류애적 차원에서 자연스럽게 일어나는 현상이라고 봐야 할까? 참으로 아리송한 일이기만 하다. 우리 땅으로 쳐들어와서 삼천만 우리 민족을 노예로 삼고 못살게 굴었던 철천지원수인 일본의 지진피해 돕기를 거국적으로 벌이고 있는 이명박 정권의 이상한 속내를 오천만 시민들은

진실로 모르고 있는 것일까, 알면서도 모르는 척하는 것일까, 정말로
알 길이 없다.

(2011.3.15)

주인의식

　자유민주주의가 어떤 것이냐고 한마디로 설명하는 데는 어려운 강론이나 높은 학식이 필요치 않을 것이다. 오직 가난하고 힘없는 시민들이 법률과 제도를 통해서 억울함과 고통을 해결할 수 있고 자유와 평등 평화를 누구나가 기본적으로 누릴 수 있는 정치제도가 진정한 자유민주주의이기 때문이다.

　그러므로 자유민주주의를 이룩하는데 가장 먼저 확보해야 할 요제는 모든 시민들이 중앙정부와 지방자치단체를 운영해 나가는데 필요한 협의와 절차에 직접적이고 능동적으로 참여하면서 민주주의 제도를 성숙시키고 정착해 나가는 주인이자 감시자의 역할을 충실히 이행해 나가는 일일 것이다.

　그러나 지금 우리나라를 비롯하여 미국식 민주주의 정치제도를 받아들여서 실행하고 있는 자유우방의 여러 나라들과 일부 미개발국가의 정치적 현실을 살펴보면 정말 오늘의 〈대의제 민주주의〉가 평범한 시민들의 권리와 희망을 제대로 수렴해서 정치와 행정에 반영하는 적절한 징검다리 구실을 하고 있는지 깊은 의문을 제기하지 않을 수 없다.

해방이 된 뒤 정부를 수립하면서부터 미국식 대의제 민주주의를 선택하여 시행하고 있는 우리나라는 그동안 독재정권, 유신정권, 군사반란정권 등이 잇달아 등장하면서 꽤나 오랫동안 밑바닥의 민의가 제대로 수렴되지 못하는 갈등과 시련을 겪으면서도 육십 년이 넘는 지금까지 자유민주주의의 큰 골격은 허울로나마 유지하고 있다. 시민들은 대통령을 비롯하여 국회의원 그리고 광역 및 기초지방자치단체장과 그들을 지원하고 견제하는 각급 지방의회의원들을 선출할 수 있는 피선거권과 선거권을 가지고 있으니까 말이다.

그러나 선거로 뽑힌 모든 선량들이 재임하는 과정에서 시민들의 뜻과는 다르게 부정을 저지르거나 자행한 비리를 직접적으로 고발하거나 탄핵할 수 있는 〈주민소환제〉 같은 시민들의 직접적인 정치참여 장치는 형식으로만 존재하고 있는데 이것은 다시 말해서 "정치는 직업정치인들에게 맡기고 일반 시민들은 선출된 공직자들이 하는 대로 따르기만 하라"는 제도나 다름없다고 볼 수밖에 없는 것이다.

유독 한국에서만 대의민주주의 제도가 이렇듯 허술하게 실행되는 것은 아니다. 아메리카와 아프리카, 아시아대륙 등 지구촌의 거대한 프런티어 곳곳에서 서구식 대의제 민주주의 제도를 시행하고 있는 수많은 약소국가들, 특히 영국, 프랑스, 독일, 스페인 등 과거의 서구열강이었던 강대국들의 식민지로 오랫동안 살아왔던 수많은 약소국가들은 거의가 비슷한 경우에 놓여 있다고 봐야 할 것이다.

한국은 제이차세계대전에서 미·소·영연합국들이 승리하면서 오랜 일본의 식민지에서 풀려났었지만 또한 미·소 양국의 농간으로 땅덩어리가 남북으로 분단되는 비운을 맞고 말았다. 북쪽은 소련이 후원하는 공산주의 사회가 되었고 남쪽은 미국의 후원으로 대의민주주의 정치제도를 도입한 정부를 세웠다. 그러나 미처 삼 년이 지나지 않았을 무렵 갑작스런 북쪽 공산주의자들의 남침으로 발생한 한국전쟁이 삼 년 동안이나 지속됐었다.

그런데 이 남북전쟁을 치르는 과정에서 미국을 비롯한 자유우방 십육 개국의 군인들이 전쟁에 참여하는 도움을 받았으므로 남한의 주민 대다수는 지금의 미국식 민주주의가 인류 보편의 마지막 보루이고 자유민주주의의 최상의 원전으로만 알고 있는 것이다.

천구백사십오년 한반도가 해방되면서 식민통치를 해왔던 일본제국주의자들이 물러가고 겨레들이 새로 세우는 독립정부였으므로 당연히 항일투쟁에 나섰던 애국지사들이나 민족주의자들이 주축이 됐어야 마땅할 일이었다. 그러나 남한의 경우에는 미국의 지원으로 친미주의자인 이승만이 주도하여 정부를 수립하게 되었기 때문에 일제의 식민통치 시기에 그들의 앞잡이가 되었던 친일파들이나 점령군으로 상륙한 미군들에게 빌붙은 신생 종미 친미 세력들, 그리고 조선왕조시대부터 권력에 빌붙어 살아온 양반이라는 수구기득권 세력들이 권력을 거머쥐게 되었던 것이다.

해방 공간 삼 년 동안에 남조선을 통치했던 미군사령관 하지 중장은 "남조선 과도정부에서 함께 일할 항일독립투사들이나 민족주의자들을 찾아봤지만 별로 눈에 띄는 인물이 없었고 스스로 지도자가 되겠다고 대중 앞에 나서는 인물들은 거의가 빨갱이 사상을 가진 사람들이었다"고 일방적으로 폄훼했었다. 하지 중장의 이런 발언은 민족주의 세력들을 등용하지 않았다는 한국인들의 비난을 의식한 교묘한 발뺌이었다.

따라서 하지의 군사정부가 끝나고 출범한 남한정부의 행정, 입법, 사법 등 삼부의 중책을 차지한 사람들은 거의가 일본제국주의 식민통치 때 관료를 지냈거나 일본정부 밑에서 군인경찰의 고위직을 지낸 친일경력의 민족부역자들이었다. 따라서 그들이 만들어 놓은 헌법을 기초로 삼아서 제정한 모든 정부를 운영하는 법령들은 자연히 공무원과 선출된 공직자들이 중대한 비리를 저질렀더라도 처벌할 수 없을 뿐 아니라 아예 탈법이 가능한 샛길을 은연중에 만들어 놨었다는 사실이다.

어찌 됐든 우리 남한도 정부를 수립한지 육십 년을 넘겼다. 이제는 대의민주주의 정치를 시행하는 과정에서 드러난 여러 가지 잘못된 부문과 허술한 곳을 잘 살펴서 반성하고 도려내야 할 때에 이르렀다는 것이 헌법학자들의 주장이고 생각이다. 그렇다면 우리는 첫 번째로 근년에 제정되어 시행에 들어갔지만 실제로는 빈껍데기나 다름없는 선출직 공직자들에 대한 〈주민소환제〉 같은 법률만이라도 국회에서 실질적인 효과를 얻을 수 있는 살아있는 법령으로 개정해야 옳을 것이다.

얼마 전에는 제주도에서 주민들이 도지사를 상대로 제기했던 〈주민소환투표〉가 기대 밖으로 허망하게 무산된 경우가 있었다. 몇 해 전 이 법률이 제정되고 처음으로 실시되었던 경기도 하남시장에 대한 주민소환 투표가 투표정족수 미달로 폐기된 뒤 국내에서 두 번째로 시행된 제주도의 주민소환투표도 또다시 정부와 지방자치단체장들의 집요한 방해 공작과 주민들의 인식부족에 따른 참여 미달로 막상 투표행위에 들어가지도 못한 채 유야무야되었다는 사실은 무엇을 말하고 있는가?

두말할 필요 없이 이 〈주민소환투표법〉을 시급히 개정하라는 경고가 아닐 수 없다. 이번의 제주도주민소환투표 시행과정에서 드러난 놀라운 사실은 소환을 당한 도지사 측이 〈옳다〉에 대한 찬성운동만 할 수 있었는데도 도민들을 상대로 불법적이고 대대적인 '투표 불참' 운동까지 벌였다는 사실이다. 그런데도 이를 제지하거나 고발해야 할 경찰이나 검찰, 그리고 제주도선거관리위원회 같은 공권력이 '법 조항의 미비' 때문이라는 부당하고 석연찮은 핑계를 대면서 아예 손을 놓고 불구경하듯 방관했다는 사실이다.

그때 소환을 당했던 김태환 제주도지사 측은 시, 군, 읍, 면, 동, 리 같은 산하의 모든 행정기관과 도청 안에서 일하는 공무원 단체원 등 수많은 종사원들을 시켜서 주민들에게 "투표장에 가지 말라." "투표율이 오 퍼센트가 넘는 마을에는 불이익이 있을 것이다"라는 협박성 유언비어를 공공연하게 퍼뜨렸지만 제주 도내의 모든 사법당국은 '눈 감고 아웅' 하듯이 전혀 제지하거나 단속하지 않았던 것이다. 관권이 부당하게 작용하는 분위기 속에서 어떻게 순수한 주민들의 자유로운 참여와 투표가 이뤄질 수가 있었겠는가.

이번에 주민소환투표가 제기됐던 이유는 제주도지사가 도민들의 생존과 관련이 깊은 대규모 국책사업을 계획 추진하면서 도민들에게 구체적인 사업설명의 기회도 전혀 마련하지 않았기 때문이다. 김태환 도지사가 도민들의 사전 동의를 얻지도 않은 채 정부차원의 국책사업이라는 이름을 앞세워서 막무가내식으로 밀어붙이려 하자 일부 깨어난 도민들과 시민단체들이 들고 일어나서 저항하고 반대했었던 것이다.

따라서 이번 제주도의 도지사소환투표는 승패 여부를 떠나서 〈투표실시〉를 제기한 도민과 시민단체들의 그 올바른 시민의식 하나만으로도 큰 역할을 수행했다고 볼 수 있다. 또 인구 백만 명이 채 안 되는 작은 섬나라 제주도에서 비록 일부 도민들이긴 하지만 중앙과 지방정부의 관권이 악랄하게 작용하는 여건 속에서도 직접민주주의의 실현을 위해서 하나의 시금석을 쌓았던 감탄할 만한 민주주의 실행 행위로 볼 수가 있는 것이다.

김태환 도지사는 도민들의 투표로 당선된 사람이니까 엄격히 말해서 도민의 심부름꾼이다. 그런데 그는 아름다운 자연의 섬인 제주도 안에다 어마어마한 해군기지와 영리목적의 종합병원 그리고 제주도 자연경관의 상징인 한라산에 케이블카를 설치하려는 등 몇 가지 큰 개발계획을 추진하면서 해당 지역의 주민들은 물론이고 전체 도민들의 반대가 끊임없이 제기되었는데도 섬의 주체이고 주인인 유권자들을 상대로는 사업설명회는 물론이고 기초적인 찬반의사조차 전혀 묻지 않았다는 것이다.

김태환 지사는 집권자인 이명박 대통령의 지시에 따라서 정부 쪽과만 비밀리에 합의하고 국책사업이라는 명분을 내세워 불도저식으로 시행에 들어갔다는 것이 시민단체의 소환투표 제기 이유이다. 이런 독선적인 행위는 민선도지사의 행동으로 볼 수 없는 것이다. 이는 독재정권의 무법행정이나 일본제국주의자들의 식민통치를 방불케 하는 폭거이며 도민이 지방자치법에 따라서 사 년 동안 도지사에게 한시적으로 위임한 전체 도민의 권력을 넘어서는 것이고 전횡적인 행동이라는 것이다.

이런 상황에서 일부 깨어있는 도민들이 나서서 주민들의 기본권을 찾아야 되겠다고 추진했던 도지사 소환제청은 높은 민주의식의 발로이고 민주시민의 당당한 권리이행이었다. 도민들이 정부의 노예가 아니고 지자체의 더부살이가 아님이 분명한데도 이런 심각한 민주주의 기본질서를 파괴하는 주권 유린 사태에 직면하여 도민들이 반발하고 봉기하는 것은 지극히 기본이고 본분이기 때문이다.

그러나 힘겨운 주민 서명을 받아서 가까스로 실시에 들어갔던 주민소환투표는 투표자 수가 정족수를 돌파하지 못함으로써 실패로 끝나고 말았다. 이 주민소환투표가 부결되자 집권당인 한나라당을 비롯한 국내의 모든 수구기득권 세력들은 이번 소환투표제기가 정부의 국책사업 추진을 무조건 반대하는 일부 좌파시민단체의 책동 때문이었다고 주장하면서 이번 기회에 아예 주민소환청구 사유를 제한하는 새로운 주민소환법률개정을 추진하겠다고 으름장까지 내놓았다는 것이다.

그런데 놀랍고 간과할 수 없는 일은 공포 속에서 치른 이번 김태환 제주도지사에 대한 주민소환투표에서 투표율이 무려 십일 프로에 이르렀다는 사실이다. 투표를 무산시키기 위해 동원된 중앙과 지방의 각종 행정 권력과 김태환 도지사의 지시에 따라서 도청 산하 공무원들의 집요하면서도 무서울 정도로 자행된 〈투표 불참 운동〉, 그리고 경찰과 검찰 등 사법 공안기관들의 수수방관과 온갖 발거리를 감안해 볼 때 제주도 내 유권자의 십일 프로가 소환운동에 참여했다는 것은 결코 만만찮은 비율이며 그 속에는 위임권력의 전횡을 절대로 용납할 수 없다는 강력한 도민들의 의지와 에너지가 살아 담겨져 있다고 풀이되는 것이다.

이는 직접민주주의에 대한 한국인의 희망, 그 자체로 해석될 수 있다. 지금 한나라당의 이명박 정권은 대운하 사업이 시민 대다수의 반대에 부딪혀 추진이 어렵게 되자 〈사대강 살리기〉라는 교활한 명목을 다시 내세워 국토 훼손에 나섰으면서도 시민들에게는 엉뚱한 궤변으로 얼버무리기만 할 뿐 소통을 향한 정직한 보고와 진실한 설명의 책임은 애써 기피하고 있다.

이는 모두가 명백한 위임권력의 독주이다. 시민들의 이름으로 다스려져야 할 위임업무의 전횡이다. 지금 중요한 것은 독선적인 행정을 밀어붙이는 한두 지방과 지역의 기초 또는 광역단체장의 소환 여부가 아니다. 대통령과 국회의원을 비롯한 모든 선출직 권력자들이 주인이자 선출 주체인 시민들의 뜻을 따르지 않고 권력의 폭주를 자행할 경우 임기 중 언제라도 그 자리를 물러나게 할 수 있다는 엄중한 선례를 재빨리 만들어나가야 한다는 것이다.

'주권재민'이란 말은 권리가 시민에게 있다는 말이다. 헌법에 명시된 이 권력을 위임받은 대행자가 전횡을 일삼을 때는 위임을 취소해야 마땅하다는 것이 법의 취지이다. 주인의 뜻을 거스르는 머슴을 방치할 수는 없는 일이기 때문이다. 이것은 법전이나 법률의 문제 이전에 민주주의적 기본 상식이다. 시민은 주인이다. 주인의 뜻과는 다르게 멋대로 행동하는 머슴을 그대로 방관할 수는 없다. 응징하거나 축출할 수밖에 없다. 이것은 순리다.

진정한 주권재민이란 모든 시민들이 헌법과 민주주의 원칙을 과감하게 수호해야만 주어질 것이다. 〈모든 권력은 시민에게 있고 시민으로부터 나온다〉는 우리나라의 헌법정신을 우리는 지금부터라도 차근차근 되새겨야 할 것이다.

(2009.9.7)

리영희

이 시대의 생각하는 어른이며 우리 시대의 정신이라 할 리영희 선생이 최근 어떤 신문과의 대담에서 "그동안 쏟아 놓았던 내 주장이 이제 상식이 되었으므로 한국 사회에서의 나의 소임은 모두 끝난 것 같다. 지금부터 모든 지적 활동을 접으려 한다"고 밝혔다.

그동안 보고 들어오던 세상의 이야기 가운데서 가장 상큼한 귀띔이면서 한쪽으로는 큰 울림이 아닐 수 없다. 그러니까 앞으로는 이 시대가 보듬어 안았다가 풀어내야 하는 여러 가지 어려운 일들에 대해서 리영희 선생 자신은 전혀 나서지 않고 그냥 지켜보겠다는 뜻으로 풀이된다.

지금은 '고약한 돈이 착한 돈을 밀어내는' 시대이고 거짓이 참을 몰아내는 세상이다. 그렇게 옳고 그름이 너무 뒤죽박죽 얽혀서 무엇이 참말로 옳은 것인가를 가려내기가 힘들다. 너도나도 입만 열면 저 만이 올바르고 참되다는 말막음이니 아예 곧고 올바른 잣대가 부러져 사라진 것 같아서 참됨을 가려낼 저울추가 그리워진다.

그 첫째는 우리가 사는 세상에 참다운 어른이 사라졌기 때문이다. 나이를 많이 먹은 노인들은 엄청나게 많아졌지만 젊은 사람들에게 본보기가 될만한 어른은 보이지 않는다는 말이다. 스스로 내노라하며 어른이라고 떠벌리는 지성인과 지식인들은 수없이 많다. 그러나 배움과 몸의 움직임에서 시대를 가늠하고 뒷세상 사람들이 우러러볼 만큼 늦깎이로 몸가짐을 추스르는 어른들은 눈을 씻고도 찾아보기가 어렵다는 말이다.

물질문명이 열리면서 돈이 있어야 살아갈 수 있다는 마음들이 북돋아 나기 때문인지 올바르게 살아야 할 나이 많은 늙은이들마저 온갖 욕망과 집착에 사로잡혀 사는 것 같다. 스스로 이룩한 엄청나게 많은 재물들에 얽힌 미련과 세상을 지배할 만큼 크게 힘셌던 지나간 권력의 헛된 환상에 홀려서 늙은이들이 지켜야 할 바탕마저 잃어가고 있는 것이다.

삼동에 베옷입고 암혈에 눈비 맞아
구름 낀 볕 뉘도 쬔 적이 없건마는
서산에 해지다 하니 눈물겨워 하노라

—조식, 조선 선조 때 선비—

그 모습들이 참으로 불쌍해 보이기도 하고 안타깝기도 하고 그야말로 꼴도 보기가 싫다. 지나간 젊었을 때에 세상을 위해서 힘 기울여서 일하면서 아주 맑고 밝고 앙칼지고 날카롭던 눈대중과 몸가짐은 어디론가 사라지고 없다. 스스로 잘 먹고 잘 입으면서 자기 패거리들과 어울리는 짓거리밖에 모르는 오직 헛됨으로 가득 찬 허우대들만 남아있을 뿐이다.

리영희 선생은 "자기가 할 수 있는 일의 경계를 깨달을 때 이성적 인간이라고 할 수 있으며 하늘이 준 이 절호의 기회를 겸손하게 받아들이고자 한다"고 말했다. 리영희 선생의 이 말은 이 세상에 깨어있지 않고 깨달을 줄 모르는 노인들에게 던지는 가장 무서운 채찍이 아닐 수 없다.

사람들이 살아가는 세상이 많이도 젊어졌다. 일흔이나 여든이 넘은 나이의 늙은이들이 아직도 진흙탕 같은 세파에 발을 담근 채 살아가고 있다. 그들은 권력이라는 정치는 물론이고 사회, 문화, 학술, 예술, 언론 등 여러 쪽에서 노인이라는 낱말이 안타까울 만큼 힘을 쓰며 살아가고 있다. 그러나 언짢게도 그들 거의가 자기 나름의 목소리는 전혀 내지 못한 채 젊은이들에게 빌붙어서 들러리를 서거나 이름을 팔아서 더부살이로 살아가고 있는 것이다.

세상 사람들이 살아가는 대로 치자면 사회활동을 마무리하는 알맞은 나이가 이르면 예순다섯 살이고 늦어도 일흔 살까지일 터이다. 우리나라가 남의 나라에 비해서 발 빠르게 경제성장을 한 탓으로 노인들의 건강수명이 조금쯤 늘어나기는 했지만 사람이 그 나이에 이르면 나무로 가름해서 가지에 돋아났던 잎사귀가 떨어지는 무렵이고 줄기에 올랐던 물기가 내리는 해질녘일 터이다.

그러니까 그때가 되면 아무리 악다구니를 부려도 나이가 젊은 젊은이들보다 건강에서 뒤지고 마음으로도 달리지 않을 수 없다. 세상살이를 접으라는 말은 맡겨졌던 일을 거둬들인다는 귀뜸이다. 물러나

숨는다는 것은 인간의 질서이고 세상을 새롭게 바꾸는 일이다. 늙은 이들이 지고 왔던 짐을 힘 있는 젊은이들에게 군말 없이 넘겨주는 세대교체란 인간 세상의 어김없는 순서이기 때문이다.

노인들이 아쉬움에 빠져서는 안 된다. 조금도 노여워하거나 서운해하지 말아야 한다. 젊은이들이 누구인가, 우리의 뒷사람들이고 따지고 보면 내 자식들이 틀림없다. 어버이가 자식을 믿어서 꾀와 배움을 넘겨주고 앞 무리가 뒤 무리에게 재주와 터전을 물려줘야만 뒤 무리들은 우러름을 가지고 앞 무리들의 교훈을 새겨들을 것이다. 그렇게 아름다운 대물림이 이뤄져야만 사랑과 우러름이 오고 가는 살맛 나는 세상이 만들어지는 것 아니겠는가.

그런데 지금 우리 세상은 그와는 아주 다른 모습이다. 일흔이나 여든이 넘어서 아흔 줄에 든 노인들이 젊은이들 못지않게 살아가는 것까지는 좋지만 자기들이 없으면 세상이 없어지기라도 할 듯이 자기주장을 고집하고 자랑삼기만 하는 것이다. 참으로 고약한 심보이고 얽매임이다. 이런 엉터리 세상이 자유민주주의를 시행한다는 지금의 대한민국 속의 우리들 참모습이다.

리영희 선생의 발뺌도 조금 늦었다고 어림된다. 일흔 살 막 들어서였으면 더더욱 좋았을 것이다. 어떤 사람들은 리영희 선생을 진보진영의 마지막 언덕이라고 말하기도 하지만 그건 짧은 걱정이다. 지금 나타나지는 않았지만 선생의 뒤를 이어갈 만한 재목들이 숱하게 자라나고 있을 것이다. 그게 사람 사는 세상이다. 〈그가 아니면 앞으로 그런 일들을 맡아 할 사람이 없으니 내일이 큰일이다〉라고 말하는 것이야말로 쓸데없는 걱정일지도 모른다.

이제는 우리 세상을 젊은 겨레들이 들불 같이 일어나서 이끌어가야 한다. 따라서 우뚝하게 이끄는 사람을 기다리거나 지혜와 담력과 용맹이 뛰어난 영웅이 갈무리하는 시대는 어떤 일로도 받아들이지 말아야 한다. 앞으로도 이어서 풀뿌리 겨레들의 세상을 지켜가겠다면 말이다. 올바른 겨레들의 세상이란 잘나지도 못나지도 않은 모래알 같은 사람들의 뜻을 한곳으로 모아서 겨레들에게 이바지하는 틀이기 때문이다.

제 몫을 나름대로 다하는 어리석지 않은 사람들, 깨어있는 사람들이 많아야 겨레들의 세상이 앞으로 나아가는 것이지 왜 명문거족 출신만을 반기고 우쭐하게 뛰어난 영웅호걸들이 이끄는 세상을 기다리는가 말이다. 그들이 쥐락펴락하는 세상이란 전제가 득실거리고 독재가 주름잡고 있다. 수많은 사람들이 한 사람의 움직임과 목소리를 기다리고 따르는 그런 맥 빠지고 서글픈 세상이 다시 우리 앞에 나타나서는 참으로 안 될 것이다.

그런데 신문방송들을 보노라면 지금도 많은 숫자의 어리석은 노인들이 그런 시대를 기다리고 있는 눈치들이다. 그들은 영웅들이 사라진 세상을 몹시도 안타까워한다. 아마도 그들은 지난 언제인가처럼 몸에 피멍이 들도록 고약스럽게 다스려져 보고 싶어서일까? 그게 바람인 모양이다. 세상에 주어진 만큼 제 맘대로 할 수 있는 세상을 마다하고 그런 엉뚱한 생각을 하는 노인들이 많다는 것은 얼마나 안쓰럽고 비극적인 일인가?

풀뿌리 민주주의는 다툼을 먹고 자라는 나무라고 한다. 그런데 한국의 겨레들은 그것을 제대로 배우지 못하고 서양으로부터 껍데기만 넘겨받았던 것이다. 팔일오 해방과 더불어 전리품처럼 덥석 안겨진 민주주의라는 것이 자유를 단 한 차례도 제대로 배우거나 실행하지 못하고 살아온 한국인민들에게는 몸에 맞지 않는 옷이었고 발에 맞지 않는 신발이나 다름없었다.

일본 사람들이 바다를 건너 쳐들어와서 우리를 식민지 백성으로 다스릴 때 서양으로 유학을 떠나가서 새로운 문물을 배우고 익혀서 돌아왔던 일본의 앞잡이 부자들과 왕조시대 때부터 이미 힘을 손에 거머쥔 권세 가진 무리들이 있었지만 그들은 그 무렵의 구십오 퍼센트가 넘었던 풀잎 같은 겨레들을 감싸주거나 이끌어주는 대신 배우지를 못해서 세상사를 모른다고 윽박지르고 노예처럼 부리기만 했었다. 모든 걸 가르쳐서 이끌고 깨닫도록 했어야만 옳았는데도 말이다.

그때 잘살았던 사람들의 자식들이 오늘날 우리가 살아가고 있는 세상을 좌지우지 이끄는 사람들이다. 그들은 일본인들이 이 땅에서 물러가자 재빨리 자기들과 자기들 패거리의 이익을 챙기기에만 바빴으며 새 섬김의 주인으로 나타난 미국인들에게 빌붙어서 자기 주머니만 채웠다. 새나라가 세워지면서는 고관대작으로 권력자가 되었고 쫓겨간 일본인들이 벌여놓았던 기업체와 공장들을 송두리째 헐값으로 넘겨받아서 자기들 것으로 만들었다.

북쪽 땅에 태를 버리고 서울에 와서 공부하다가 해방을 맞은 〈영원한 기자〉 리영희 선생은 천구백오십년 한국전쟁이 일어나자 칠 년 동안 국군에 들어가서 복무했으며 군대에서 나온 뒤에는 합동통신 기자가 되었고 육십사년에는 조선일보 정치부기자가 되었지만 한국군을 베트남 전쟁에 보내는 것이 못마땅하다는 정치적인 기사를 쓴 것이 빌미가 되어 조선일보에서 강제로 쫓겨났었다.

그 뒤 이 년 남짓한 동안에는 먹고 살기 위해서 아는 사람들을 찾아 이곳저곳을 누비면서 책 외판원 생활로 어렵게 살아가다가 칠십년에 합동통신사의 외신부장으로 언론사에 돌아왔었지만 그 이듬해 군부독재 학원탄압반대 〈육십사인 지식인 선언〉에 얽혀서 다시 억지로 신문기자 직에서 쫓겨났었고, 칠십이년에는 언론 현장을 떠나 한양대학교 신문방송학과 교수로 학문의 길을 찾았었지만 대학생들을 가르치기 시작한 지 겨우 사 년 만인 천구백칠십육년에 박정희 유신정권이 만든 〈교수재임용법〉에 걸려서 다시 교수 자리에서 쫓겨났었다.

그 이듬해인 칠십칠년 리영희 선생은 『우상과 이성』 『팔억인과의 대화』 등 영원히 썩지 않을 책들을 써내고서는 반공법위반혐의로 잡혀들어 갔으며 그 사년 뒤인 팔십년, 서울의 봄이 되어 사 년 동안의 감옥살이를 끝내고 한양대학 교수로 돌아왔었다. 그런데 팔십구년에는 한겨레신문 객원논설위원 자격으로 북한에 가서 취재할 어림을 세웠다는 입질로 다시 잡혀서 감옥에 들어갔다. 그 뒤 구십오년에 복직한 한양대학교 교수 자리에서 예순다섯 살 정년으로 물러난 뒤에는 오직 집에서 글만을 써왔었다.

리영희 선생은 언론인으로 학자로서 뒷사람들에게 오로지 참됨과 올곧음만을 가르쳤으며 쟁쟁한 목탁으로서 세상을 떠도는 거짓의 허깨비를 깨부수고 벗겨내고자 애썼다. 그는 또 중화인민공화국이 〈죽의 장막〉으로 가려져 있던 칠십년대부터 중국과 베트남의 공산주의 〈문제〉를 모아서 연구해 왔으며 『팔억인과의 대화』 『십억인의 나라』 『중국백서』 『전환시대의 논리』 같은 한국의 유신독재시대에 많은 대학생들과 진보적 인사들에게 읽혀져서 민주화운동의 이음새가 되기도 했었던 많은 저술을 남겼다.

리영희 선생이 머리를 굴리는 모든 일을 끝낸다고 밝혔으므로 그 어른의 뜻을 본받아온 많은 사람들은 이제 그 어른이 오랫동안 써냈던 글을 읽는 것만으로 아쉬움을 달래야 할 것 같다. 언제나 힘찬 이끌음과 올바른 몸가짐을 몸소 보여주던 선생의 그 카랑카랑한 말씀도 직접 들을 수 없게 됐다는 것이 못내 안타까운 일이다. 그러나 우리는 이를 차갑게 받아들이지 않을 수 없다. 영원한 기자이자 우리 시대의 지성인 리영희 선생의 건강과 행운을 빌 뿐이다.

나는 이천육년 구월 십구일에 리영희 선생에 얽힌 이 짧은 글을 썼었다. 그런데 그로부터 사 년 뒤인 이천십년 십이월 오일 선생은 몸에 들어온 병을 이겨내지 못하고 여든한 살의 나이로 잠들고 말았다. 참으로 안타까운 일이다. 남겨진 사람으로는 부인 윤영자 씨와 아들 둘과 딸 하나가 있다.

리영희 선생의 장례는 십이월 팔일 민주 사회장으로 치러졌으며 남긴 몸은 선생의 말씀에 따라서 전라남도 광주 땅에 있는 오일팔 국립민주묘지에 묻혔다.

(2010.12.25)

노무현

대선에서 승리하자마자 자신이 이끌어 갈 정부를 '참여정부'라고 선언했던 노무현 대통령은 민주당의 초라한 대권후보였었다. 후보 경선 과정부터 그는 당내에서 참으로 생소한 인물이었다. 따라서 그가 경선후보자인 이인제, 한화갑, 정동영 등을 물리치고 느닷없이 대통령 후보로 선출되었던 것은 새천년민주당의 당원들마저도 전혀 생각지 못했던 일종의 사건이나 다름없었다.

새천년민주당은 호남에 뿌리를 둔 정당이나 다름없었는데 영남 출신의 평당원이어서 전혀 당권을 휘두를 수 없었고 지명도 또한 가장 미약했을 뿐 아니라 당의 실세가 못 되는 사람이 느닷없이 당의 대통령 후보로 선출되면서부터 새천년민주당 안에서는 균열과 갈등이 나타나기 시작했다.

전라도 쪽의 당원들은 "호남에 뿌리를 둔 정당에서 영남 출신의 당원이 어떻게 대통령 후보로 선출되었는가?"라며 뜬금없다고 반발했으며, 비호남인 경기 충청 강원 등 수도권지역의 당원들은 "호남 출신

당원이 현직 대통령이므로 당연히 다른 지역사람이 대통령 후보로 나와야 정권의 재창출이 가능하다"는 논리로 생소한 얼굴의 노무현 후보를 감쌌었다.

그러나 한나라당을 비롯한 수구기득권 세력들은 은근히 노무현 후보의 선출을 즐기고 반겼다. 서울의 명문대학 출신으로 대법관과 감사원장 그리고 국무총리까지 지낸 화려한 이력의 이회창 후보가 새천년민주당의 노무현 후보를 물리치고 무난히 대통령에 당선될 수 있으리라 믿었기 때문이었다. 친미 친일 수구기득권 세력 일색인 한나라당 사람들에게 그것은 움직일 수 없는 세상의 여론이었고 기정사실이었으며 떼어 놓은 당상이나 다름없었다.

주류신문들을 비롯한 도하의 모든 보수언론 보도도 대한민국이 이제는 오 년 만에 다시 한나라당 세상이 될 것이라고 야단법석이었다. 심지어 한나라당 당원들 사이에서는 "이회창 대통령의 취임식 절차만 남아있다"면서 섣부른 축배를 들기까지 했었다는 말이 나돌았으며 누가 국무총리가 되고 누가 어느 장관 자리에 앉게 되는지 조각마저 끝냈었다는 풍문이 떠돌았었다.

그런데 세상일은 참으로 야릇했다. 투표가 끝나고 한나라당이 완승하리라던 대선에서 개표 결과 그야말로 천지개벽 같은 사달이 벌어졌던 것이다. 정치 이력이 짧고 학력도 보잘것없는데다 호남 사람도 아니고 영남 출신이었던 새천년민주당의 노무현 후보가 근소한 표차이긴 하지만 이회창 후보를 누르고 대통령에 당선되었으니까 말이다. 한국의 수구기득권 세력들에게는 그야말로 까무러칠만한 큰 사건이었다. 한나라당은 물론이고 한패거리인 일부 새천년민주당 사람들마저 예상 못 했던 일이니 지각변동이 아닐 수 없었다.

이렇게 세상이 변해 버리자 대통령 자리를 새천년민주당에 빼앗긴 수구기득권 세력과 한나라당이 합세하여 노무현 정부를 향한 집중 공격을 시작했다. 그들은 헌법재판소 재판관들 가운데 한나라당 편이거나 수구세력 지지자가 다수임을 기화로 새천년민주당의 일부 반노무현 세력들과 합세하여 국민들의 투표에 의해서 합법적으로 선출된 민의의 대통령을 청와대에서 쫓아내기 위한 탄핵소추 안건을 제기하기에 이르렀던 것이다.

탄핵소추를 주도한 인물들은 미국을 종주국으로 받들어 모시는 한국판 네오콘 같은 수구기득권의 종미세력들이었다. 그들은 입만 열면 진보와 개혁인사들을 좌익과 빨갱이와 종북세력으로 만들었거나 몰아붙이는 사람들이었다. 그들은 자신들이 축적한 권력과 재산을 자자손손 대물림하는 데 걸림돌이라고 생각되는 진보적이고 건전한 이 땅의 지식인들과 정치세력을 무조건 섬멸하고 타도해야 한다는 무소불위의 행동파들이었다.

현대 한국 사회에서 여론을 조작하고 활용하는데 주류매스컴의 역할은 거의 제왕이나 다름없다. 노무현 대통령을 탄핵하기 위해 선봉에 나섰던 집단이 바로 주류로 분류되는 수구언론이었다. 조선일보, 동아일보, 중앙일보 등 '조중동'이라 불리는 종합일간 신문들과 티브이, 라디오 등 방송매체, 그리고 그 수구기득권 세력의 그늘에서 기생하는 대다수의 유사한 사이비 언론매체들이 모두 노무현 대통령 죽이기 세력으로 나서기 시작했던 것이다.

그들의 주장은 언필칭 구국이었고 섬뜩한 살기가 느껴질 만큼 무서웠다. 모두가 알다시피 한국 사회에서 '조중동'이라 불리는 세 주류신문의 위력은 막강하다. 또 민관영 모든 방송매체들과 주류신문이 매일같이 쏟아내는 참여정부를 헐뜯고 비판하는 기사, 그리고 정치 이력이 짧은 노무현 대통령의 무능을 조롱하고 비하하는 폭로성 기사에 수천만의 독자와 시청자들은 속절없이 농락될 수밖에 없었다.

흰색을 빨강색이라고 우기면 처음에는 누구나가 고개를 저으며 "그게 말이 되느냐"고 흥분하게 된다. 그러나 같은 주장이 열 번 되풀이되고 열흘 이상 계속되고 달을 넘기고 해를 넘기면서도 변함없이 지속되다 보면 누구의 눈으로 봐도 흰색이 어느새 빨강색으로 변해 보이기 마련이다. 그 억지는 기초적인 산수였다. 한나라당과 수구기득권 종일 종미세력들은 그 셈법을 참으로 잘도 이용했던 것이다.

그런데 참여정부의 대응은 산발적인 방어에 머물다가 시간이 지나자 아예 지리멸렬이었다. 처음에는 노무현 대통령 혼자서 수구언론들과 공정보도 논쟁을 벌였고 법에 판결을 호소도 했었다. 참으로 순진했고 지극히 민주적인 모습이었다. 그는 중과부적이란 법칙을 전혀 몰랐다. 대통령 한 사람이 벌떼처럼 달려드는 수구언론의 집중 공세를 막아낼 방법은 없었다. 더구나 노무현 대통령은 정치를 시작한 팔십년대 중반부터 조선일보를 비롯한 주류언론들과는 지극히 불편한 관계가 아니었던가?

정당정치의 기본틀 한 축에서 바라본다면 여당에서 대통령이 선출되고 야당이 국회 의석을 장악하는 여소야대의 현상이 벌어졌더라도 적절한 타협이 이뤄지면 국정을 조화롭게 이끌어 나갈 수도 있었다. 그것이 민주주의 국가의 정당정치일 것이다. 그러나 한국은 참으로 미묘한 나라였고 한국인들은 별종들이었다. 자기네 정당이 다수당이 되면 으레 대통령도 자기네 당 사람이 선출돼야만 직성이 풀렸다. 그런데 이 등식이 깨졌을 때는 지금과 같이 정직해야 할 정치윤리가 일시에 깽판으로 변해버리는 것이다.

착하고 정의로운 노무현 대통령이 일시적으로 탄핵소추 되었던 사건을 다시 살펴보자. 이천사년 삼월 십이일 대한민국 국회는 제이백 사십육회 임시회의를 열고 유용태 홍사덕 의원을 비롯한 백오십칠 명이 발의한 대통령 노무현에 대한 탄핵소추안을 상정하였고 재적의원 이백칠십일 명 가운데 일백구십삼 명이 찬성하여 이 결의안은 가결되었다.

이에 따라 탄핵 소추위원이자 국회법제 사법위원장이었던 한나라당 소속의 김기춘 의원이 헌법재판소에 이 결의안을 제출함으로써 탄핵 심판이 시작되었으며 헌법재판소가 대통령의 탄핵 여부를 결정한 이천사년 오월 십사일까지 참여정부 노무현 대통령의 권한이 일시적으로 정지되었으며 국무총리인 고건이 대통령의 권한을 대행하였다.

한나라당을 비롯하여 일부 야당의원들이 노무현 대통령을 탄핵한 사유는 다음과 같다. 대통령이 국법 질서를 문란시켰으며 언론사 등과의 인터뷰에서 특정정당을 지지했고 헌법기관인 국회를 무시했다는 점과 권력형 부정부패에 연루된 혐의와 국정 파탄의 책임 등을 들었다. 그러나 이를 심의한 헌법재판소는 법률위반은 일부가 인정되지만 대통령직에서 물러나야 할 만큼 중대한 사유는 아니라고 판시, 탄핵을 인정하지 않고 기각하였다.

노무현 대통령이 탄핵당하였던 바탕에는 여당인 새천년민주당의 국회 의석이 야당인 한나라당보다 소수인 데다 노무현 대통령을 실질적으로 지지하고 따르는 여당의 국회의원마저 몇 사람이 없었던 것이 큰 몫을 차지했었다. 그것은 호남기반의 새천년민주당이 전임 대통령 시절에 이미 짜놓았던 정치판 위에 영남 출신인 대통령이 올라가서 혼자 원맨쇼를 할 수밖에 없었기 때문이라고 분석할 수도 있었다.

대통령을 만들어낸 그 새천년민주당 사람들만이라도 대통령을 적극적으로 보좌하고 응원하면서 지지했다면 탄핵소추 정국까지는 치닫지 않았을 것이라는 분석이 지배적이다. 그런데 새천년민주당 당원의 신분을 달고 내각이나 국정의 무대 위에 올라간 사람들 거의가 대통령의 의중과는 무관하게 자기 멋대로 행동하거나 엉뚱한 몸짓으로 정치판에 대응하면서 노무현 대통령에게 무슨 일이 일어나던 나와는 무관하다고 적당하게 외면했기 때문이었다.

이것은 분명하게 말해서 새천년민주당의 당권패밀리들조차 노무현 씨를 대통령으로 인정하지 않았다는 말이다. 그들은 자기들이 희망하지 않은 노무현 씨가 느닷없이 후보로 뽑혔다가 끝내 대통령으로까지 당선되었으므로 그의 뜻을 제대로 수렴하거나 수행하지 않았다고 볼 수밖에 없고 그의 정책을 따르거나 이행하지도 않았다고 풀이할 수밖에 없다.

한국의 대통령은 장관급에 해당하는 약 삼사백 개 국가기관의 고위 공직자들을 임면할 수가 있다고 한다. 제왕적 대통령의 고유권한이라고 한다. 그러나 참여정부의 고위공직자 인사원안인 소위 〈기본바둑판〉을 짰던 사람은 노무현 대통령 자신도 또 그의 지근한 측근도 아니고 불행하게도 전임 국민의 정부에서 일했던 새천년민주당의 당권패

밀리들이라는 사실이었다.

그러니까 노무현 대통령이 청와대에 들어간 이후 실질적인 대통령의 심복들이 내각이나 국영기업체와 청와대의 고위보좌관에 임명된 케이스가 별로 많지 않았다는 것이 정가와 관가의 중론이다. 이것은 측근 세력이 없고 집권여당 안에서 완벽한 지지를 못 받거나 당을 장악하지 못하면 대통령에 당선이 되더라도 자기 소신대로 정치를 펼 수 없다는 논리나 다름없었다.

노무현 대통령의 경우 취임 직후는 새천년민주당이 짜놓은 인사원안대로 필요한 사람들을 정부 요직에 등용했으나 탄핵소추에 휘말린 뒤부터, 그리고 열린우리당을 창당해서 새천년민주당과 결별하면서는 모든 것이 뒤죽박죽되었다는 것이다. 대통령으로서 국정은 수행해야 되니까 어쩔 수 없이 새천년민주당이 짜놓았던 기본 바둑판의 원안을 아쉬운 대로 전용할 수밖에 없었을 것이다. 따라서 대통령과 사전에 교류나 면식이 없어서 전혀 생소한 의중 밖의 인물을 국가 요직에 등용시키는 경우가 많았다는 것이다. 따라서 불행하게도 노무현 대통령의 인사권은 전혀 배려되지도 존중되지 않았던 것이다.

그다음의 문제는 탈권위주의이다. 노무현 대통령은 권위주의를 타파하자는 카드를 너무 일찍 들고나왔다. 그동안 제왕이나 다름없이 추앙되었던 대한민국 대통령의 권위를 일시에 축소 펌하시킴으로써 기존의 정치 문화를 바꿔보겠다는 의도는 좋았고 찬성할 일이었지만 시기가 너무 빨랐다는 것이 일반론이다. 큰 실책이었다. 오 년의 임기 가운데 초기 일이 년 정도는 대통령으로서의 품위와 자세를 잡으면서 집권자로서 입지를 굳힌 연후에 과거 대통령들이 마구 〈농단〉했었던 권위주의를 하나씩 하나씩 파기해 나가는 점진적인 단안을 내렸어야 옳았다는 것이 정치학자들의 중론이었다.

한나라당과 수구언론들이 탄핵소추가 불발로 끝난 뒤에도 노무현 씨를 대통령으로 인정할 수 없다면서 사사건건 극렬하게 시비를 벌이고 있는 판국에 노무현 대통령이 탈권위주의 정치를 제창하면서 연합정치를 제의하고 나섰는데 이것은 노무현 대통령 스스로 박근혜를 비롯한 한나라당과 수구기득권 세력들에게 대통령의 권위를 자진해서 헌납하겠다고 선언한 것이나 다름없다고 말할 수도 있다.

그렇다면 노무현 대통령은 왜 〈탈권위주의〉라는 자승자박의 족쇄를 빨리 들고나왔던 것일까? 당시의 여러 현안들을 정면으로 돌파한다는 자기 나름의 고집이자 역습으로 볼 수도 있을 것이다. 그러나 결과적으로는 고립무원의 자격지심을 풀기 위해서 정적인 한나라당에 무릎을 꿇은 것이라는 정치평론가들의 혹평 받을 수밖에 없었다.

영남 출신의 일부 진보적 재야인사들까지 입을 모아 노무현 대통령의 저자세와 비굴함 그리고 독주를 아울러 비난했다. 그는 경상도 출신으로서 호남의 〈양자〉가 되는가 싶더니 이제는 재벌들의 앞잡이가 되어서 미국의 신자유주의 정책을 이어받아 경제성장을 치정의 일 순위로 올려놓는 등 사사건건 기득권과 수구세력들의 모습을 닮아갈 뿐 아니라 아예 그들의 심부름꾼 노릇만 한다고 비난하고 있는 것이다.

특히 거대 재벌그룹에서 일했던 법조인들을 정부 요직에 등용하는가 하면 퇴직 후 삼성그룹에서 봉직했던 고위 법관을 파격적으로 대법원장에 임명한 것은 참여정부가 한국 최대 재벌에게 항복을 선언한 것이라는 비판과 함께 이제는 헌법에 명시된 시민들의 권력이 재벌들의 수중으로 완벽하게 넘어갔으므로 앞으로는 노동자, 농민들이 압박받는 수난의 시대가 다가올 수밖에 없다고 우려하고 있는 것이다.

또 호남에 뿌리를 둔 정당의 후보로서 대통령에 당선되었더라도 취임 이후에는 대승적인 위치에서 직무를 수행하고 자기 소신대로 정치를 펴나가야 국민들의 지지를 받을 것인데 왜 재벌들과 특정 세력들의 전략대로 정치를 펴느냐는 비난인 것이다. 그래서 그가 대통령으로 재임하는 동안에는 그의 정책을 밀어줄 수도 없고 그가 소속한 정당을 지지할 수도 없다는 것이다.

그렇다면 노무현 대통령이 열린우리당을 창당해 나오면서 준여당이 된 새천년민주당의 속사정은 어떨까? 국민의 정부와 정권을 인계인수하는 어정쩡한 정국 속에서 권력의 혜택을 몽땅 누렸으면서도 일부 당권패밀리들은 영남사람들 못잖게 노무현 대통령을 비난하는데 앞장을 서고 있다. 새천년민주당이 대통령을 시켜줬으므로 완벽한 호남의 머슴이 돼야 하는데 노무현 씨는 엉뚱하게도 열린우리당을 만들어서 딴살림을 차려 나갔으니 대통령을 시켜준 사람들에게 등을 돌린 배신자라는 것이다.

간밤에 불던 바람 눈서리가 치단 말가
낙락장송이 다 기울어 가노매라
하물며 못다 핀 꽃이야 일러 무삼하리요
　　　　　　　　　　　　　　－유응부, 조선 세조 때 무신－

그러니까 노무현 대통령은 어느 한쪽에서도 지지나 환영을 못 받고 있다. 사고무친 외톨이나 다름없다. 이번 지방선거에서 열린우리당이 전국적으로 참패한 사실은 다소 이해가 가고도 남는 일이지만 당의 뿌리 격인 호남에서까지 홀대를 받았다는 사실은 이를 묵시적으로 증명하고도 남는 일이다.

탄핵소추 사건은 지나갔지만 수구언론들의 국정파괴를 목표로 한 융단 폭격은 계속되고 있다. 이런 살벌한 시기에 제 삼의 새로운 인물들과 접촉이 되더라도 그들이 노무현 대통령의 구원투수가 되어 정국을 조정하러 나서기도 어렵겠지만 설혹 그럴만한 인물이 있어서 국무총리나 장관 몇 사람을 새 사람으로 바꾸면서 내각의 모습을 일신해도 한나라당의 국정 협조를 받기는 어려울 것이기 때문이다.

그러니까 지금은 국민의 정부와 참여정부 주변과 새천년민주당 쪽에 잔류해온, 한두 번 등용됐던 진보적인 색채를 띠고 있지만 보수적인 때가 묻은 사람들이 횡재를 만난 세상이다. 함량 미달의 인물들이 장차관으로 내각에 기용되는가 하면 큰 경륜도 없는 인물들이 청와대 보좌진으로 들어가 풍년가를 외치고 있다. 노무현 대통령의 임기에 맞춰서 적당하게 자리지킴이나 하면서 국가의 복록도 받고 개인적인 경륜도 쌓겠다는 것으로 봐도 크게 틀리지 않을 것이다.

그러므로 수구언론과 한나라당은 이제부터라도 참여정부의 국정 수행에 협조해줘야 한다. 잃어버린 정권을 되찾겠다고 권토중래의 시기를 기다리는 사람들이니까 말이다. 지금처럼 무차별한 국정파괴의 정치공세를 지속한다면 자신들이 집권하게 되는 멀잖은 장래에 그 업보가 무서운 부메랑으로 한나라당에 되돌아오고야 말지도 모를 일이기 때문이다.

(2006.6.5)

양키

대동아공영권을 꿈꾸면서 제이차세계대전을 일으켰던 일본 땅에
원자폭탄을 던져 항복을 받아내면서 동경에 머무르고 있던 주일태평
양지역미군사령관 더글러스 맥아더는 천구백사십오년 구월 구일, 삼
십육 년 동안이나 일본의 식민지에서 신음하다 해방이 된 약소국가인
조선 땅에 점령군으로 진주하여 군정통치를 펴고 있는 직속 부하인 하
지 중장을 격려하기 위해서 남한 땅으로 상륙했다.

그런데 조선을 일본의 식민지 압박에서 풀어준 미국의 군인 맥아더
가 조선에 상륙하면서 내놓은 상륙 제 일성은 조선의 인민들 정서와
는 색다른 내용이었다. "조선의 미군정 통치는 전쟁에서 패했지만 아
직 경성에 잔류하고 있는 일본의 조선총독부를 통해서만 실시하게 될
것이며 조선의 인민들은 이와 같은 본관의 명령에 절대로 복종해야
한다. 만일 점령군인 미군의 이런 통치에게 반항하는 조선 인민이 있
다면 지위고하를 막론하고 모두 엄벌에 처할 것이다"라는 것이었다.

그뿐 아니었다. 이에 조금 앞서서 미국 대통령 프랭클린 루스벨트

는 중국 땅을 전전하면서 사십여 년 동안이나 어렵게 독립투쟁을 지속해온 대한민국임시정부가 유엔에 정식으로 가입할 것을 간절하게 희망했지만 일언지하에 저지시켰는가 하면 긴 세월 동안 일제의 식민지 쇠사슬에 묶여 있다가 막 벗어난 조선을 가난하고 미개한 국가이기 때문에 미국, 소련, 영국 등 선진강대국들에 의해서 앞으로 "이십 년" 정도의 식탁통치를 실시한 뒤에야 독립시켜야 된다는 망언을 늘어놓기도 했었다.

이 밖에 해방 직후 남조선을 점령해서 삼 년 동안이나 군정 총책임자로 일했던 주둔군 사령관 하지 중장은 취임 일성으로 "조선은 일본의 일부였기 때문에 우리의 적국이었다. 따라서 점령군인 우리 미군은 군정을 실시하는 동안에 일본의 통치기구였던 조선총독부만을 남조선에서의 유일한 합법 정부로 인정한다"고 어처구니없는 담화를 발표하기도 했다. 그러니까 맥아더와 하지 같은 미군 장성과 대통령인 루스벨트의 잇따른 발언은 유구한 오천 년 역사를 가진 조선민족을 얕잡아 본 어이없는 행동이었지만 그때 누구도 이들의 망언을 비판하거나 제지할 수는 없었다.

이뿐 아니었다. 하지 중장의 보좌관인 마크 케인은 "우리는 해방군이 아니라 패전국인 조선의 점령군으로 왔다. 그러므로 우리는 삼천만 조선 인민을 적으로 대할 수밖에 없다. 모든 미군들은 조선 인민에게는 아무것도 주지도 말고 어떤 약속도 하지 말라. 미군들 앞에서 죄인처럼 쩔쩔매도록 만들어야 한다"라고 상륙한 미군 장병들에게 지시했었다. 해방정국을 틈타고 남조선에 점령군으로 들어와서 무려 삼 년 동안이나 무소불위의 군정통치를 실시했던 미군 장교들의 횡포는 이토록 잔인하고 야만적이고 악랄했었다.

〈양키〉는 미국인들의 애칭이다. 양키란 뉴잉글랜드 원주민의 별칭이었고 미국의 남북전쟁 때 남군들이 북군들을 조롱 삼아 부르던 말이었다. 천구백사십오년 조선이 일본제국주의의 식민통치에서 해방되자 몸에서는 노랑 냄새가 나고 코가 큰 양키라고 불리는 미군들이 점령군으로 남조선에 진주하면서 우리와는 뗄레야 뗄 수 없는 끈질긴 인연이 맺어지게 되었다.

일본이 제이차세계대전에서 패망하면서 조선은 일본의 식민지에서 해방이 되었지만 곧바로 미국과 소련에 의해서 북위삼십팔도선을 경계로 국토의 허리가 남쪽과 북쪽으로 잘리고 말았다. 조선반도를 두 쪽으로 갈라놓은 원한의 장본인은 당시 미국의 대통령인 루스벨트였다. 물론 마샬 국방부 장관과 그의 보좌관인 링컨 준장, 그리고 링컨의 부관으로 근무하던 서른다섯 살의 찰스 본스틸과 딘 러스크 등 두 명의 육군 대령이 실질적인 한반도 분단의 주역들이었다.

대통령인 루스벨트가 "미군은 점령군으로 조선반도에 상륙하여 잔류하고 있는 일본군의 무장을 해제시킴과 동시에 항복을 받아내고 소련군이 삼십팔도선 이남으로 내려오지 못하도록 하한선을 획정하라"고 지시하자 러스크와 본스틸 두 대령은 곧바로 경성(지금의 서울)에서 북쪽으로 사십 킬로 지점을 분단의 〈북위삼십팔도선〉으로 제시했으며 마샬 국방부 장관의 승인과 함께 미국 측이 내놓은 이 삼십팔도 경계선 합의안을 북조선에 진주한 소련군 대표가 순순히 받아들임으로써 조선반도 분단은 결정되었던 것이다.

따라서 삼십팔도선 북쪽은 승전연합국의 일원이었던 소련군이 점령하면서 그들의 영향력 아래 들어갔고 남쪽은 미군이 점령하면서 삼년이 넘는 군정을 베풀었었다. 거듭 말하지만 미군이 히로시마와 나가사키에 투하한 원자탄을 맞고 일본이 무조건 항복하면서 세계제이차대전이 끝나자 일본의 식민지였던 금싸라기 같은 조선 땅을 승전국의 일원이었던 미국과 소련은 자기들 멋대로 둘로 쪼개 나눠서 차지했던 것이다.

그로부터 삼 년 뒤인 천구백사십팔년에 남쪽과 북쪽은 분단된 땅에서 각기 미국과 소련을 따르는 세력들이 모여서 정부를 세운다. 남쪽은 미국의 영향 아래 민주주의 공화국 체제를 도입한 이승만이 주도하여 상해임시정부의 법통을 이어받은 대한민국이란 정부를 세웠고 삼팔선 이북은 레닌의 사상에 따라 소련을 종주국으로 받드는 항일빨치산 출신인 김일성 주도의 조선민주주의인민공화국이 수립되었다.

우리의 비극은 그로부터 시작됐다. 그렇게 조선민족의 소망을 외면하고 남북에서 정부가 수립된지 겨우 이태가 지난 천구백오십년 유월, 소련군의 무력지원을 받은 북한 인민군의 기습적인 남침으로 한반도에서 남북전쟁이 일어났다. 그 뒤 전쟁을 멈추자는 협정이 체결된 천구백오십삼년 칠월까지 삼 년이 넘게 남쪽의 연합군과 북쪽의 공산군 사이의 공방이 계속되었던 이 한국전쟁에서는 남쪽과 북쪽의 군인과 비무장 민간인 등 수백만 명이 죽고 다치고 엄청난 재산이 불타는 재해를 입게 되었다.

개성 남쪽의 판문점에서 연합군을 대표한 미군과 북쪽 공산군과 중공군 사이에 전쟁을 멈추자는 협정이 체결되고 일백오십오 마일의 모든 전선에서 포성이 멎은 뒤 북한 인민군을 지원하려고 한국전쟁에 참전했던 소련의 군사고문단과 중화인민공화국의 인민해방군은 곧바로 북쪽 땅에서 철수하여 자기들 나라로 돌아갔다. 또 남한 정부를 도우려고 참전했던 자유 우방의 열다섯 개 나라의 연합군들도 휴전 뒤 몇 해를 사이로 모두들 자기 나라로 돌아갔다.

그러나 미군들만은 한국정부와 맺은 한미방위조약을 구실삼아서 남쪽 땅에 유일하게 잔류했고 그로부터 무려 육십 년이 지나간 지금까지도 미군병력 삼만여 명이 유엔군이란 이름으로 한국 땅 이곳저곳에 군사기지를 설치하여 주둔하면서 북한이 남침을 강행할지도 모르는 전쟁에 대비한다는 구실 아래 육십만 한국군의 전시작전통제권까지 거머쥐고 있는 것이다.

한국전쟁에 참전했던 모든 외국군대가 자기 나라로 돌아갔는데도 유난히 미군만이 남아있는 원인은 대한민국정부가 수립된 이후 계속해서 정권을 잡고 있는 친미 친일의 수구기득권 세력들의 강력한 요구와 비호 때문이다. 그들은 "북한 인민군이 호시탐탐 남침을 노리고 있기 때문에 미군이 남한을 떠나지 말고 철통같이 방위해 줘야만 우리가 편안하게 살아갈 수 있다"고 미국정부의 관리들과 미군 장교들에게 절박하고 간절하게 매달리고 있기 때문이다.

한국은 천구백육십일년 육군 소장 박정희가 군사반란을 일으켜 제이공화국 정부의 헌정을 중단시키고 집권한 뒤부터 이천년대 초반까지 수십 년 동안에 전체 국민들로부터 정확한 액수를 헤아릴 수 없을 만큼의 천문학적인 〈방위세〉를 징수했고 그 엄청난 돈으로 미국이 제조한 각종 재래식 무기는 물론이고 핵을 탑재한 신형무기를 사들여서 한국군을 현대화했다.

장검을 빼어 들고 백두산에 올라 보니

대명 천지에 성진이 잠겼세라

언제나 남북 풍진을 헤쳐 볼까 하노라

―남이, 조선 세종 때 무신―

그렇게 미국산 무기로 무장을 현대화한 한국군의 '군사력'은 지금 세계 십위권 내에 있다는 것이 국제 군사 평론가들의 분석이다. 지금 북한보다 월등하게 잘살고 있는 남한은 경제력도 북한보다 몇십 배나 우위에 있다. 그런데도 최근 들어 이명박 정권은 노무현 전 대통령이 이천십이년을 기한으로 미군에게서 넘겨받기로 합의했던 한국군의 〈전시작전통제권〉을 삼 년 반 뒤인 이천십오년으로 일차 연장시켰다. 물론 국민들의 대의기관인 국회와는 일언반구 상의도 하지 않고 말이다.

한국의 보수수구기득권 세력들은 미국이 우리의 가장 가까운 우방이라고 내세우면서 이것을 아주 자랑스러워한다. 그렇다면 미국은 진정으로 우리의 친구이고 우방일까? 지나간 한국과 미국의 관계를 대충 살펴보자. 미국과 미군은 해방 직후부터 〈친구〉라는 말을 내뱉을 수 없을 만큼 한국의 국민들을 식민지 국가의 씨종처럼 부리고 괴롭혀 왔었다. 남한이 혹독한 전쟁을 치른 뒤 수십 년 동안 피땀을 흘려가며 경제성장까지 이룩한 독립된 국가이지만 우리 뜻대로 정부를 운영하도록 그냥 내버려 두지를 않았다.

북한의 전쟁 도발을 앞세워서 계속 남한 땅에 주둔하고 있는 미군은 한국군이 미국에서 생산한 신무기만 구입하도록 협박하는 것은 물론이고 미국이 벌인 인도차이나(베트남)전쟁, 중동의 이라크 전쟁 등 우리와 아무 관련이 없는 미국이 벌여놓은 전쟁터에 한국군을 용병으로 파병시켜서 미군의 들러리를 서도록 강요했고 미국의 헐리우드 영화만 수입해서 보도록 했을 뿐 아니라 미국 사람들이 키웠지만 미국 사람들은 안 먹는 미국산 늙은 쇠고기만 수입해서 먹으라고 종주먹을 둘러대 왔었다.

미국은 북한이 자국을 방어한다는 구실로 핵무기 개발에 들어가자 이를 저지한다는 구실로 미국, 일본, 중국, 러시아 그리고 북한과 한국 등 여섯 개 나라를 불러 모아서 이른바 〈육자회담〉을 만들었다. 그리고 이 육자회담을 통해서 북한의 핵무기를 제거하는 조건 아래 저준위 경수로핵발전소를 지어주도록 결정했었다. 그런데 기초공사를 끝내고 주탑 공사까지 완성했던 그 경수로핵발전소는 육자회담이 결렬되면서 곧바로 파괴되었고 미국이 한국정부에게 부담시켰던 건설비용 수억 달러만 허공에 날리고 말았다.

그것뿐 아니라 미국정부는 한국정치 전반에 대해서 사사건건 시비하고 브레이크를 걸고 있다. 꼭 식민지를 다루듯 자기들 멋대로 간섭하고 있다. 이 때문에 진보진영 정치인들과 지식인들은 언제가 될지 모르지만 미군이 한국에서 완전히 철수하여 자기 나라로 돌아간 뒤에야 한반도의 통일문제가 남북한의 민족합의 속에서 본격적으로 제기될 수 있을 것이라고 조심스럽게 전망하고 있다.

특히 중국이 경제성장을 이룩하고 미국과 대등한 국력을 배양하여 세계의 강대국으로 떠오르면서 남한 땅 안에서 중국을 군사적으로 견제하려는 미국정부의 정책은 노골적으로 강력해지고 있다. 주한 미군들을 향해서 "너희들" 나라로 돌아가라는 한국인들의 자성적인 목소리가 국내 이곳저곳에서 터져 나오고 있는데도 미군은 오히려 한국을 북한의 전쟁 위협으로부터 방위한다는 빌미를 내세워서 국내 여러 곳의 미군기지를 한곳으로 통합하는 대규모의 새로운 군사기지 건설공사를 대한민국 정부의 돈으로 남한정부가 실시하도록 열을 올리고 있다.

지금 한미 양국이 공동으로 추진하고 있는 경기도 평택의 미군기지가 바로 그 실체이다. 그 미군기지는 한국방위보다는 바다 건너의 중국을 견제하는데 더 큰 목적이 있다는 것이 국제사회의 여론이다. 그러니까 미국이 한국정부를 시켜서 국내 여러 곳에 널려있는 모든 미군의 군사기지를 평택으로 통합하는 공사를 벌이고 있는 것은 한국의 시민단체들의 끈질긴 미군 철수요구를 적당히 회피하면서 미국 나름의 새로운 동북아시아 방위정책을 실행하는 것으로 풀이되고 있다.

그러니까 남한 땅에는 영원히 미군의 군사기지가 존재할 것이고 미국은 남한을 언제나 우방으로 돌봐줄 것이라는 전망이 현재 집권하고 있는 친미 종미기득권세력들의 막연한 예상이다. 왜 독립된 국가이고 경제자립에 성공한 대한민국이 육십만 명의 군사력을 보유하고 있으면서 우방인 미군에게 국방을 위임하고 군사기지를 계속하여 제공하는 미국의 속국이나 다름없는 서글픈 신세로 전락하고 있는지 묻지 않을 수 없다.

그런데 평택에 이어 요즘 시민들의 관심이 부쩍 쏠리고 있는 또 다른 지역이 바로 빼어난 자연과 풍광을 자랑하는 섬나라 제주도이다.

지금 정부는 아름답고 평화로운 제주도에다 새 군사기지를 건설하기 시작했다. 정부는 한국의 해군기지를 건설하고 있다고 발표하고 있지만 시민단체와 제주 도민들은 사전에 주민들과 아무런 상의도 없이 일방적으로 부지를 선정하여 공사를 강행하고 있다는 점을 들어서 이 군사기지의 건설을 반대하는 투쟁을 벌이고 있다.

제주 해군기지의 일차 확정 규모는 서귀포시 강정포구 동쪽 오십이만 평방미터(공유수면매립 이십만 평방미터 포함) 부지에 총사업비 일조칠십일억 원을 들여서 해군 부두와 크루즈 선박용 방파제 부두 등을 만드는 것인데 여기에는 함정 이십여 척과 십오만 톤급 크루즈 선박 두 척이 동시에 닻을 내릴 수 있는 꽤 큰 규모의 군사기지가 조성된다고 한다. 이와 아울러 해군과 그 가족 칠천오백여 명이 안락하게 살아갈 수 있는 작은 군사 전문 도시까지도 만들어진다고 한다.

지금 미군들의 〈치외법권 지대〉로 불리는 서울 용산구 삼각지 일대의 넓은 미군기지는 한일병탄으로 조선이 일본의 식민지가 되면서 조선 주둔 일본군사령부가 들어섰던 곳이다. 그러나 팔일오 해방이 되고 일본군들이 본국으로 철수하면서 용산의 일본군사령부 기지는 명목상 일단 식민지의 질곡에서 벗어났지만 그렇다고 한국인들의 손으로 넘어오지 못한 채 다시 점령군으로 진주한 미군들에게 장악되었고 그들의 터전이 되었던 것이다.

그로부터 용산의 미군기지는 지금까지 육십여 년 동안 한국의 땅이면서도 한국인들의 힘이 전혀 미치지 못하는 그야말로 한국인들이 어떻게 할 수 없는 이른바 남의 땅이 되었고 미군들에게 '공여'라는 야릇한 이름으로 점령돼서 그들이 그 속에서 무슨 짓거리를 하고 있는

지를 한국인들은 전혀 알 수도 없고 알지도 못한 채 수수방관할 수밖에 없는 것이다.

지금 이 용산 미팔군 기지에 주둔하고 있는 미군들이 오는 이천십일년까지 평택에 건설되는 새로운 미군기지로 통합 이전하게 되어있다. 어림으로도 무려 백여 년 만에야 일본군과 미군이 잇달아 점유했었던 수도 서울 한복판의 금싸라기 같은 한국의 땅이 명실상부하게 한국의 영토로 귀속이 된다고 한다. 그러나 정말로 미군들이 수도 서울에 있는 용산기지를 한국정부에게 틀림없이 넘겨주고 평택기지로 떠날지는 아무래도 그때가 돼봐야 분명히 알 수 있을 것이다. 지금 한미 양국 정부가 벌이고 있는 꿍꿍이속 같은 꼬락서니로 볼 때 두 나라가 약속한 시기에 미군이 용산기지를 스스로 한국인에게 넘겨줄 것 같지는 않다는 것이 많은 한국인들의 우려인 것이다.

참으로 기쁘면서도 서글프다. 외국의 군대가 우리 땅에서 아주 떠나는 것이 아니라 우리가 다른 지역의 우리 땅을 다시 내줘서 겨우 기지를 옮겨가게 하는 것이다. 더구나 새로 만든다는 평택의 미군기지를 조성하는 공사에만 몇조 원이라는 천문학적인 우리 국민의 혈세가 들어갈 뿐만 아니라 평택기지가 준공된 뒤에 전국에 산재한 미군들의 군사기지를 평택으로 이전하는 비용 또한 우리 한국정부가 감당한다니까 말이다.

이제 추잉검과 초콜릿과 버터를 몰고 상륙했던 〈양키〉들의 서양 냄새는 그야말로 진절머리가 날 지경이다. 물론 자연인으로서의 미국인은 때로 착하기도 하고 꽤 정직하고 도덕적이기도 해서 친구로도 손색이 없다. 그러나 뿌리가 지독한 앵글로 색슨의 영국 인종이 세운 이민국가로서의 제국주의 미국은 지금껏 멋모르는 세계인들로부터는 선망의 대상이었지만 비록 가난하더라도 자긍심 하나를 가지고 살아가는 지구촌의 약소민족들에게는 지독한 저주의 대상이 되어있는 것이다.

거듭 말하지만 한반도에서도 미국은 사실상 육이오라는 한국전쟁을 유발시킨 장본인이나 다름없다. 한반도를 분단시킨 두 강대국 가운데 한쪽이니까 말이다. 만에 하나 해방 직후에 한반도를 남북으로 분단시키지 않고 죽이 되든 밥이 되든 우리 민족끼리 살아가도록 그대로 놔뒀다면 국토분단도 한국전쟁도 터지지 않았을 것이고 한반도를 미국의 각종 신무기 실험장으로 만들지 않아도 됐을 일이 아니던가.

단 일 년이라도 전쟁을 하지 않고는 최강대국의 명성을 지키기 어려운 패권 국가가 미국이라는 것이 세계 반전 연구가들의 지적이다. 그와 아울러 전쟁에 재미를 붙이고 살생을 즐기는 나라인지도 모른다. 따라서 미국 대통령 자리를 아버지에 이어서 두 번씩이나 해 먹었던 조지 부시가 즐겨서 썼던 말 그대로 미국 스스로가 악의 축이고 악령의 국가인지도 모를 일이다.

전쟁은 인명의 살상을 전제로 한다. 전쟁이 일어나면 힘없고 가난한 사람들만이 죽고 다치고 재화가 불타버린다. 힘이 있거나 권력을 가진 사람들은 절대로 전쟁에 직접 참가하지 않기 때문이다. 그것은 세계적인 역사이다. 그렇게 무서운 전쟁이 왜 일어나겠는가? 가난한 사람들이 주린 허기를 메우려고 그 무서운 전쟁을 일으키지는 못한다. 가난한 나라가 부자나라가 되려고 전쟁을 일으킬 수도 없다. 전쟁은 강력한 힘을 가진 나라, 돈 많은 제국주의 국가를 자처하는 패권

국가의 전쟁미치광이들이 더 큰 욕심을 채우려고 힘없고 가난하고 약한 나라를 침략하기 때문에 발생하는 것이다. 옛날이나 지금이나 그게 전쟁인 것이다.

우리 한민족이 국제사회에서 자주자립 평화를 구가하면서 자유롭게 살아가자면 야누스의 얼굴을 가진 양키들의 손아귀에서 벗어나야만 한다. 이것은 단순한 진영과 이념의 문제가 아니고 겨레의 자존심이다. 그다음으로는 호시탐탐 침략야욕을 버리지 않고 있는 섬나라 일본을 극복해야만 한국이 자주국으로 성장할 수 있을 것이다. 즉 미국의 식민지 욕망과 일본의 침략야욕의 그늘에서 벗어나야만 한국은 주체적 자유국가로 그리고 명실상부한 자립국의 자주국민으로 행복하게 살아갈 수가 있을 것이다.

물론 그 이전에 남한과 북한에 흩어져 살아가는 한민족이 화해와 협력을 이뤄서 사람과 물산이 전폭적으로 교류하는 사실상의 남북통합이 이뤄지는 것이 전제조건일 것이다. 지금까지 우리는 통일이라는 낱말을 뜻도 모른 채 허투루 써왔다. 친일 친미정부가 정치적으로 써왔던 것을 일반 시민들이 멋모른 채 되풀이 써왔던 것은 큰 잘못이다. 앞으로는 '통일'이라는 낱말을 입에 담는 것을 신중하게 고려해야 될 것이다.

이미 남쪽과 북쪽의 정부가 당당히 유엔의 회원국으로 가입해 있는 자주국가인 이상 지금 우리 한민족에게 절실히 필요한 것은 남북 정부 사이의 전면적인 교류이고 왕래이다. 지금 남북의 정부 당국자들과 정치인들은 툭하면 통일이라는 낱말을 입에 올려서 분단에 찌들고 목말라 있는 시민들을 흥분시키고 있는데 이것은 구두선이나 다름없이 허무맹랑한 말이다. 따라서 일반 시민들은 정부 각료나 정치인들이 떠벌이는 통일이란 낱말에 절대로 현혹돼서는 안 될 일이다.

남쪽과 북쪽이 서로 국력을 기르고 경제를 교류하고 발전시켜서 대등한 수준에 이르는 것이 그에 앞서서 해야 할 일이다. 그리고 그때 가서야 남북의 시민들이 서로 가슴을 열고 민족통일과 국토통일에 관해서 이야기를 나눠도 전혀 늦거나 손해 볼 일이 없을 것이고 한탄할 일도 아니다. 정말로 통일에 대해서 우리는 깊이 생각해서 말하고 행동해야 할 것이다.

양키, 조선반도가 일본제국주의자들의 식민통치에서 벗어난 팔일오 해방 이후부터 우리 한국인들에게는 어떤 이유로도 잊혀지지 않는 이름이고 잊혀질 수 없는 이름이다. 그러나 한민족은 불안해도 안타까워도 그들의 손아귀에서 벗어나야만 민족이 자립 자생할 수 있을 것이다. 우리가 팔십년대 이후 이룩한 경제성장의 발자취를 더듬어 보면 우리는 분명히 위대한 민족인 것이 틀림없기 때문이다.

벗어나야 한다! 칠십여 년 동안이나 계속된 양키들의 영향력에서 벗어나지 못한다면 우리는 영원히 민족의 자립을 이룩하기 어려울 것이다.

(2009.7.20)

항거와 종속

미국 시간으로 지난 오월 일일 새벽 오바마 미국 대통령은 구일일 테러혐의 주범으로 미국이 전 세계를 통해서 수배하고 있었던 알카에다의 최고지도자 오사마 빈 라덴을 파키스탄의 수도 이슬라마바드 가까운 아보타바드의 한 공동주택에서 미군 특수부대원들이 사살했다고 발표했다.

이 소식은 미국정부의 발표 직후부터 한국의 신문, 방송, 통신 등 여러 보도매체를 통해 매시간 톱뉴스로 보도되고 있다. 그런데 보도의 초점이 한결같이 강대국인 미국의 패권주의적 프레임에 갇혀 있다는 점이 참으로 이채롭고 이상해서 건전한 국민들의 비판을 피하기 어렵다.

뉴스들이 다루고 있는 초점은 지난 이천일년, 뉴욕상공을 비행하던 미국의 민간항공기 몇 대가 느닷없이 세계무역센터를 들이받아 건물을 폭파시키고 수많은 인명을 살상시키는 등의 엄청난 테러사건이 발생했었다. 그런데 그 테러를 일으키게 조종한 범인이자 배후 인물인 오사마 빈 라덴이 드디어 미군들에 의해서 사살되었으므로 이제부터는 전 세계인들이 알카에다의 불안한 테러위험에서 벗어나게 되었다는 내용이었다.

아주 틀린 보도라고 볼 수는 없다. 주범으로 몰리던 빈 라덴이 사라졌으므로 그런 똑같은 테러가 당장은 일어나지 않을지도 모른다는 점에서 안도의 숨을 쉬게 되었다는 것은 이해가 간다. 그러나 빈 라덴이 미국을 비롯한 선진 강대국들에게는 무서운 적이고 눈엣가시였는지 모를 일이지만 그 뉴스를 듣는 한국인들의 상당수는 테러범이라는 그가 과연 누구의 적이었었는지 잠시나마 혼동을 일으킬 수밖에 없는 것이다.

한국이나 한국인은 알카에다나 이슬람 테러조직과 지정학적이나 정치적 그리고 현실적으로 아무런 연관이 없다. 또 우리나라가 그 이슬람 국가들과 적대적인 관계가 아니어서 그들로부터 직접 또는 간접적으로 위해를 느끼거나 협박을 받았던 일도 없었다. 그럼에도 한국의 매스컴들이 패권국가인 미국의 대변자라도 된 듯이 미국정부의 발표문을 자구를 수정하거나 가감도 하지 않은 외신기사를 입전 그대로 인용보도하고 있는 것은 전혀 요령부득의 일이고 매스컴으로서의 기본자세를 잃은 행동이라는 생각이 든다.

따라서 한국인들은 뉴욕의 '구일일' 테러사건의 배경과 연유를 먼저 살펴볼 필요가 있다. 지난 천구백구십일년, 미국의 부시 대통령은 자기들과 직접적으로 아무런 관련이 없는데도 쿠웨이트를 침공한 이라크를 공격해서 속칭 걸프전이란 전쟁을 벌였었다. 이때 빈 라덴은 미국의 이라크 공격이 전체 이슬람 사회에 대한 공격이나 다름없다고 미국을 비난했다. 이 소용돌이 속에서 미국의 정치적 압력을 견디지 못한 대표적 이슬람 국가인 사우디아라비아가 자기 영토 안에다 외국 군의 군사기지를 만들도록 허용하면서 미군의 주둔을 전격적으로 받아들였다.

이 사실에 분노한 빈 라덴이 미군에 군사기지를 제공한 무슬림 국가인 사우디아라비아 왕가를 비난하게 되면서 가까웠던 미국과 사우디아라비아 왕가와는 다시 불편한 관계가 되었다. 그 뒤 미국이 수사망을 풀어서 빈 라덴을 체포하려 하자 그는 아프리카의 수단으로 달아났다가 다시 아프가니스탄으로 쫓기는 등 국제적인 방랑자의 신세가 되었는데 그가 얼마 뒤에는 아프간에 정착하였고 마침내 본격적인 무슬림 운동을 벌이게 되었다.

그 뒤 알카에다의 조직과 접선하면서 빈 라덴이 미국을 향해서 테러 전쟁을 선포한 천구백구십팔년 팔월 칠일, 케냐와 탄자니아 주재 미국대사관에서 동시에 폭탄이 터져서 무려 이백오십 명이 죽고 오천오백여 명이 부상을 당하는 대규모 테러사건이 일어난다. 이에 뿔이 난 미국정부는 아프간 소재 빈 라덴의 테러리스트 훈련캠프로 보이는 지역에다 미사일 공격을 퍼붓게 되었고 이에 격분한 빈 라덴이 뉴욕의 구일일 테러사건을 벌이게 됐다는 것이 오사마 빈 라덴 사살에 관련된 미국정부의 발표문 전문이다.

오사마 빈 라덴은 천구백오십칠년 사우디아라비아에서 출생했다. 빈 라덴은 지구촌에 널리 알려진 것처럼 사우디아라비아 왕족이 아니었다. 무하마드라는 이름을 가진 평범한 한 건설업자의 아들일 뿐이었다. 중동 건설업의 호황으로 거부가 됐던 빈 라덴의 아버지는 그가 열 살 때 비행기 사고로 죽었다. 빈 라덴은 천구백팔십일 년 항구도시 제다에 있는 킹 압둘 아지즈 대학을 졸업했고 소련이 아프가니스탄을 침공하자 그때부터 무자헤딘을 지원하기 시작했다고 알려져 있다.

우리가 모두 알고 있듯이 미국은 금세기 들어 이라크에서 두 번의 전쟁을 벌였다. 그러나 독재자 후세인 밑에서 핍박받는 이라크 사람들을 해방시키기 위한 것도 아니었고 생화학 살상 무기를 찾는다는 명분도 얻지 못했으며 세계평화에 직접적으로 기여하는 전쟁도 아니었다. 결과적으로 자기 나라에 필요한 석유 자원을 확보하기 위해서 만만한 약소국들을 멋대로 유린하고 살상한다는 세계 지성들의 비난만 받고 말았다. 그러니까 패권국가인 미국의 추악한 자원전쟁이었음이 백일하에 드러났던 것이다.

그런 부도덕한 미국이 빈 라덴을 검거하기 위해 십 년 동안이나 시아이에이를 동원하여 추적하면서 마침내 파키스탄 국내로까지 쳐들어갔고 우수한 무기로 소탕 작전을 벌였으며 아무런 무기를 갖고 있지 않아서 충분히 사로잡을 수도 있었던 오사마 빈 라덴을 잔인하게 현장에서 사살했던 것이다. 이 사건 역시 "빈대를 잡으려고 초가삼간을 태운 것이 아닌가?"라는 전 세계 반전 인사들의 비난을 받고 있다.

솔직히 말해서 지금 이 지구상에 존재하는 국가나 조직 가운데서 기고만장한 대제국주의 패권국가인 미국의 비위를 누가 감히 건드릴 수 있으며 미국이라는 강대국에게 대항하여 싸울 수가 있겠는가? 일찍부터 달러와 힘으로 유엔을 장악하고 있는 미국은 그 국제기구의 명패를 앞세워서 약소국들에게 당근과 채찍을 아울러 행사해온 잔인무도하고 무서운 국가이다. 그래서 '양의 탈을 쓴 이리'라는 세계 지성인들과 약소국 민중들의 아우성이 쏟아지고 있는 것이다.

분명하게 말해서 미국은 세계 이백여 개가 넘는 국가가 모인 유엔의 일개 회원국가일 뿐이다. 그러나 창설을 주도했던 미국은 그 이후 막강한 국력으로 그 유엔을 완벽하게 장악하고 있다. 유엔에는 명목상 의장 국가가 있지만 그것은 순번제로 돌려서 맡는 허수아비 직책이고 사실상 유엔을 움직이는 수장은 사무총장이다. 그러나 그 막강한 권한을 가진 사무총장은 지금까지 미국의 영향력이 미치는 약소국가, 엄밀히 말해서 미국의 식민지 비슷한 국가에서만 선출되었기 때문에 사무총장은 사실상 미국정부의 심부름꾼이나 수족처럼 움직였었다. 그것은 유엔이 발족한 뒤 칠십 년 가까운 긴 역사를 들여다봐도 역연하게 드러나 있는 것이다.

그뿐 아니다. 미국은 세계 이차대전이 끝난 뒤부터 개발이 안 된 미개한 제삼세계 국가의 젊은 지식인들을 미국으로 불러들여서 공부를 시켰다. 장학금이란 명목의 달러를 쥐여줘서 몇 해 동안을 재우고 먹이고 입히면서 미국식 교육을 시켜 반쯤 미국인으로 만든 뒤에 자기들 고국으로 돌려보냈던 것이다. 미국정부로부터 음양의 지원을 받아서 성장한 그들은 자기 조국인 약소국가에 돌아가서 자기 나라의 지도자급 인물로 성장했고 미국은 그들을 통해서 손쉽게 거대한 프런티어인 제삼세계의 저개발국가와 약소국가들을 정치 경제 문화적으로 사실상 식민지배하고 있는 것이다.

또 잘 알려진 사실이지만 미국은 핵을 탑재한 신무기를 자기들 마음대로 만들어 팔아서 막대한 이득을 취하고 있다. 또 아프리카와 아시아 지역에 번갈아 가며 전쟁판을 만들어서 수백만 명의 무고한 인명을 살상하면서 재래식 전쟁 무기를 만들어서 계속 비싼 값으로 팔아서 막대한 이득까지 취하고 있다. 이것은 명백한 유엔평화와 인권헌장의 위반이다.

그러나 그런 나쁜 짓거리를 제지할 나라가 유엔회원국은 물론 지구상 어디에도 없다. 선진강대국이라는 독일, 영국, 프랑스, 러시아, 중국 등이 안전보장이사회 상임이사국이지만 그들도 미국과 비슷하게 주변의 약소국들을 착취하고 살아가는 사실상의 패권국가들이자 제국주의자들이라 동업자의식 때문에 유엔이라는 기구를 통해서 미국을 제지하는 공통적인 행동에는 절대로 참여하지도 않고 나설 수도 없는 것이다.

때문에 유엔의 헌장을 거역하고 약소국이 핵무기를 만들거나 전쟁무기를 제조 판매할 기미를 입수하게 되면 미국은 유엔이라는 국제기구의 명분을 동원하고 내세워서 즉시 타도하고 척결해 버린다. 절대로 방관하거나 용납하지 않는다. 강대국이자 제국주의 국가인 미국은 무슨 짓이든 다 할 수 있지만 다른 나라, 즉 약소국가들은 절대로 자기들 뜻대로 행동해서는 안 된다는 것이 유엔헌장을 앞세운 초강대국인 미국의 논리이다.

그동안 미국의 이런 독선적 정책에 반기를 들고 저항하는 약소국가가 더러 있기는 있었다. 쿠바와 북한이 그렇고 이란과 베네수엘라의 차베스 대통령 그리고 리비아의 국가원수였던 카다피라는 인물이 한때 그랬었다. 그렇지만 그들은 종래 어떻게 되었던가? 네 나라 모두 미국과 그 추종국들의 연합된 경제제재 조치로 국가 경제가 붕괴했거나 붕괴 위기에 직면해 있고 카다피는 미국 시아이에이의 조종을 받은 내부 반대파에 의해서 무참하게 살해되었다. 특히 사회주의 국가인 북한과 쿠바와 이란이 지금 어떤 위기 상황에 빠져있는지는 오늘의 국제정세를 들여다보면 자세히 알 수가 있는 것이다.

그것이 이십 세기 초반부터 자행되고 있는 지구촌의 초강대패권국가인 미국의 국가시책이고 대외정책이다. 이것은 엄밀하게 말해서 제국주의적 테러리즘이다. 오늘날 세계에서 가장 무서운 테러리즘은 바로 미국이라는 강대국이 힘없고 가난한 제삼세계의 약소국가를 상대로 행사하고 있는, 주는 척하면서 뺏는 정책이라고 봐야 할지도 모르는 일이다.

그런 의미인지 모르나 비명에 갔지만 오사마 빈 라덴은 지구촌의 한쪽 사람들로부터 역사적으로 세기말에 나타난 신선한 평화주의자라는 호평을 받고 있다고 한다. 그는 상속받은 아버지의 재산 모두를 강대국들로부터 핍박을 받고 있는 이슬람권의 가난하고 힘없는 약소국들과 그 나라의 인민들이 미국을 상대로 벌이는 테러 전쟁에 쓰도록 내놨으며 무슬림 세력들을 돕고 살려내는 데 아낌없이 썼다고 알려졌기 때문이다.

그는 처음부터 사치와 낭비를 멀리해온 사람이었으며 항상 민중들과 더불어 살아왔다고 전해진다. 대학 시절의 은사였던 압둘라 아잠으로부터 많은 영향을 받았던 빈 라덴은 아버지에게서 물려받은 유산을 본인 자신이나 가족들의 호의호식을 영위하는 데는 전혀 쓰지 않았다는 것으로 알려졌다. 그러니까 오직 이슬람 사회의 평화와 번영을 위해서만 투자했다는 사실이 알려지면서 많은 무슬림들로부터 존경을 받고 있다는 것이다.

마천루라 불리는 뉴욕의 세계무역센터 건물과 몇 대의 미국 민간 여객기, 그리고 삼천여 명의 무고한 미국인들이 〈구일일〉이라는 테러 때문에 희생됐던 사건도 인류사에서는 성토돼야 하고 또 당연히 추모받아야 할 큰 비극임에는 틀림없다. 그러나 그보다는 알카에다라는 무슬림 단체원들과 오사마 빈 라덴이 왜 구일일이라는 무서운 테러를 감행하게 되었는지 그 뿌리부터 밝혀내는 것이 순서일 것이다. 자신들의 나라인 미국의 이익을 위해서 힘없는 약소국가를 악의 세력으로 몰아서 못살게 위협하고 살상하고 있는 초강대국인 미국의 더럽고 치사하고 잔악한 전쟁행위가 더 먼저 지탄받고 타도돼야 할 일은 아닐까.

잘못은 미국이 먼저 저질렀다. 걸프전을 일으켜 이슬람권을 살상했기 때문에 미국이 빈 라데의 구일일 공격을 받았다면 미국은 응분의 대가를 치른 셈이라고 볼 수도 있는 것이다. 구일일로 미국의 재산과 많은 수의 무고한 인명이 살상되었지만 그것은 분명히 미국이라는 국가가 저지른 죄악 때문에 받을 수밖에 없었던 일종의 응분의 징벌인지도 모르는 일이기 때문이다.

그리스 신화에서 네메시스는 원래 분배의 여신이었다고 한다. 네메시스는 공동체에서 생산한 산물을 사람들에게 골고루 나눠주던 착한 신이었다. 그런데 사람들이 만족을 모르고 탐욕을 부려 불평등이 확산되자 네메시스의 직분이 변해서 일한 만큼 분배받지 못한 사람들보다 〈지나치게 많은 재산을 가진 욕심꾸러기들에게 복수를 가하는 신〉이 되었다는 것이다.

이십 세기가 진행하는 동안 지구상의 강대국들이 저지른 각종 전쟁을 통해서 가난하고 헐벗은 수백 수천만 명의 미개국과 약소국가 국민들이 얼마나 무참하게 살상되었으며 초강대국 미국의 주도 아래 그런 비극과 시련이 지금도 세계 도처에서 지속되고 있다는 점에서 이것은 경제 정치적으로 그리고 군사 문화적으로 악랄하게 착취를 일삼아온 미국에 대한 〈네메시스〉적 보복인지도 모르는 일이다.

세상에 태어난 목숨은 모두가 소중하다. 미국 땅에서 태어난 미국인들의 생명만 귀중할 수는 없다. 왜 가난한 나라와 발전이 더디고 개발되지 않은 나라의 시민들 목숨만 짐승처럼 취급돼야 하는가? 목숨에는 값어치가 매겨질 수가 없다. 살아있는 목숨은 똑같다. 태어나서 살아있는 사람의 목숨은 어느 나라 어느 인종이든 모두가 소중하고 숭고하다. 모두가 보호되고 존중받아야 마땅하다.

미국정부의 발표대로라면 오사마 빈 라덴은 자기 신념에 따라 행동했던 인물이다. 강요된 굴종과 종속을 거부하고 미국에 저항했던 위대한 무슬림이었다. 그가 미국의 입장에서는 천인공노할 테러리스트일지 모르지만 이슬람권과 제삼세계 약소민족들에게는 통쾌한 보복의 화신이었고 치열한 인류의 지도자로 자리매김되었을지도 모르는 일이 아닌가.

(2011.5.3)

영원한 경쟁자

한국의 현대 정치사에서 김영삼과 김대중은 큰 무게를 가졌던 정치인이다. 두 사람 모두 천구백오십년대에 정치를 시작했다는 것이 같고 둘 다 오랫동안 야당 정치인이었다는 것이 같으며 만년에는 앞서거니 뒤서거니 하면서 모두가 소망하던 대통령 자리에 올랐다는 것 또한 묘하게도 같으며 두 사람이 모두 육지가 아닌 바닷속 섬에서 태어났다는 것 또한 똑같다.

다만 다른 점을 말한다면 김영삼은 "정치를 세력이다"라고 말했던 반면 김대중은 "정치는 생물이다"라고 주장했다는 사실이다.

주민등록에 올라있는 나이로 보면 김대중이 두 살 손위다. 김대중은 천구백이십오년 생이고 김영삼은 천구백이십칠년 생이니까 말이다. 김영삼은 우리나라에서 두 번째로 큰 섬인 경상남도 거제도 출생이고 김대중은 전라남도 신안군 하의도에서 태어났다. 김영삼은 부산에서 중고등학교를 다닌 뒤 서울에 올라와서 대학교를 다닌 뒤에 곧바로 정치권에 들어왔다. 그러나 김대중은 고향을 떠나 목포에서 상업학교를 다닌 뒤에 그곳에서 이런저런 사업을 하다가 정치를 시작한 점이 다르다.

김영삼은 자유당 소속의 정치인이던 장택상의 비서로 정계에 입문한 뒤 한국민주당과 민주당, 신한민주당 등 전통 야당에서 잔뼈가 굵었으며 민주당에서 최연소 원내총무와 총재를 지냈다. 김대중은 같은 민주당 등 야당에서 성장한 정치인이지만 명문대학과는 학연이 없어서 이끌어 주는 정치 선배가 뚜렷이 없었다. 그에게 자수성가형 정치인이라는 이름이 붙었던 것은 이 때문인 것은 아닐까.

김영삼은 스물여섯 살에 국회의원이 되어서 모두 아홉 번이나 국회의원에 당선돼 의회정치의 달인이었다는 평을 받았다. 그에 비해서 김대중은 불우하게 정치를 시작했다. 천구백육십년 서른다섯 살의 늦은 나이로 강원도 인제군의 국회의원 보궐선거에서 당선된 기쁨을 안고 의사당에 들어가 막 의원선서를 하려던 날에 오일육 군사반란이 일어나면서 금배지도 달아보지 못한 채 구정치인으로 몰렸기 때문이다.

박정희가 육대 대통령으로 재선하고도 다시 삼선개헌의 조짐을 보이자 야당에서는 김영삼과 김대중, 이철승이 사십 대 기수론을 들고 나와서 대통령 후보 경쟁을 벌였는데 일차투표에서 과반을 넘긴 사람이 없어서 이차 투표까지 가는 격전을 치르고 김대중이 전격적으로 대통령 후보로 선출되었다.

김대중은 야당의 대통령 후보가 되어 천구백칠십일년 사월 이십칠일 실시된 제칠대 대통령 선거 유세를 위해 전국을 누비면서 국민들의 인기를 한 몸에 받고 선전했지만 막대한 정치자금을 살포하고 거대한 정당조직을 동원한 현직 대통령이던 박정희 후보를 물리치지를 못한 채 팔 퍼센트(득표율 사십 오점 이 퍼센트) 차이로 낙선했다.

그러나 김대중은 이 선거 과정에서 미국, 소련, 중국, 일본 등 한반도 주변을 에워싼 사대 강국의 평화보장을 이끌어내서 장차 평화통일을 이룩하겠다는 〈사대국 전쟁 억제보장〉이라는 새로운 정책과 남북의 정부가 공존공영하는 이른바 〈고려연방제〉와 〈향토예비군 폐지〉 같은 당시로써는 조금은 무서운 공약을 제시해서 유권자들로부터 열렬한 지지를 받았었다.

그러나 미국과 일본을 오가면서 〈한민통〉이라는 반한단체를 만들어 박정희 정권의 비정을 폭로 비판하는 정치활동을 펴기 시작했던 김대중은 칠십삼년 팔월 팔일, 잠시 머물고 있던 일본 동경의 그랜드 팰리스 호텔에서 한국의 중앙정보부원들에 의해서 납치되어 서울 동교동의 자택으로 돌아온다.

한편 김영삼은 신민당 전당대회에서 총재로 선출되지만 중앙정보부의 조정에 의해서 총재직 가처분신청이 법원에 의해 받아들여져서 총재직과 국회의원직을 박탈된다. 그러나 칠십구년 시월 이십육일 삽교천 방조제 준공식에 참석하고 돌아온 대통령 박정희가 청와대 앞 궁정동 별장에서 트로트 가수를 불러놓고 술을 마시다가 현직 중앙정보부장이던 김재규의 총에 맞아 살해되면서 세상은 발칵 뒤집히게 된다.

그러나 십이륙 사건을 수사하던 보안사령관 전두환이 칠십구년 십이월 십이일 박정희에 이어 한국 역사상 두 번째로 군사반란을 일으켜 국권을 찬탈한 뒤 서울에만 내려져 있던 비상계엄령을 전국으로 확대하고 자택에 연금시켰던 김대중을 광주민중항쟁의 배후자로 몰아 긴

급히 군법회의에 회부해 사형을 언도한다.

이 같은 한국의 정치상황을 바라본 미국과 서방의 진보적인 정치인과 지식인들이 김대중에게 내려진 군사재판의 사형 언도가 부당함을 지적하면서 즉각 석방할 것을 요구하는 압력을 가해왔고 국민들 사이에서도 사형이 부당하다는 여론이 들끓자 전두환 정권은 형집행정지 처분으로 석방했고 감옥에서 풀려난 김대중은 곧바로 미국으로 망명을 떠난다.

국내정치가 이렇듯이 지리멸렬 힘을 잃은 사이에 신군부 세력과 민주공화당 잔존세력들이 합류해서 민주자유당과 준여당인 민주한국당을 창당하자 침잠하고 있던 재야인사들과 김영삼의 상도동파 그리고 김대중의 동교동계 정치인들이 참여하여 〈민주화추진협의회〉라는 정치단체를 결성하면서 야당의 재건도 급속도로 진행이 된다.

천구백팔십오년, 국내 정치가 허용되면서 야당인 신민당이 새로 창당이 되고 김영삼이 총재로 선출되자 미국에서 구명도생으로 망명 생활을 하던 김대중도 죽음의 위험을 무릅쓰고 급거 귀국 신민당에 합세하면서 김대중과 김영삼 두 사람의 정치투쟁은 다시 시작된다. 앞으로 대통령 직선제가 시행될 경우를 대비해 대권을 누가 먼저 잡느냐는 사실상의 물밑싸움이었다.

김영삼은 이미 야당 총재를 지냈던 힘으로 신민당의 당권을 쉽게 장악했지만 망명에서 돌아온 김대중은 그런 힘이 없었다. 동경에서 납치되어 죽음 직전에서 살아났던 후유증과 그리고 광주민중항쟁의 배후자로 몰려서 사형 언도를 받았다가 미국으로 망명을 떠나갔었던 터라 김영삼에 비해서 상대적으로 자기 세력이 미약할 수밖에 없었다.

천구백팔십칠년의 〈유월항쟁〉이 승리하면서 드디어 오 년 단임제의 대통령 직선제 헌법이 시행되면서 야당에서 김영삼과 김대중의 대권후보 각축전이 벌어졌다. 김영삼과 그 계열에서는 마땅히 이번에는 김영삼이 후보가 돼야 한다고 주장했다. 그러나 김대중에게도 상당한 반론이 있었다. 칠십일년의 대통령선거에서는 총재를 맡았던 유진산이 대통령 후보로 선출된 김대중을 전폭적으로 지원하지 않아서 패배했기 때문에 야당의 대선후보가 다시 되어 민주공화당과 정당한 대결을 펼쳐야 한다는 것이었다.

이런 두 쪽의 주장이 거세지자 양심적인 진보와 재야세력들은 야당의 승리를 위해서 무조건 한 사람으로 단일화가 이뤄져야 한다며 김대중과 김영삼을 설득했지만 시간이 흘러도 두 진영에서는 양보하지 않아서 결국 팔십팔년의 대통령선거에서 단일 후보를 내지 못한 야권은 예상대로 비참하게 패배하고 전두환의 육사 동기생이자 그 밑에서 체육부 장관을 역임했던 민주자유당의 노태우 후보가 대통령에 당선되었다.

그 노태우 정권의 오 년이 끝나가고 있을 때 야당인 민주당의 총재였던 김영삼이 전격적으로 〈삼당합당〉이라는 묘수를 두었다. 집권여당인 민주자유당과 야당인 김영삼의 민주당, 그리고 오일륙 쿠데타의 숨은 주역이었던 김종필의 신민주공화당이 손을 마주 잡고 합당을 결의했던 것이다.

손오공도 이런 분신술을 쓰지 못했을 것이고 코페르니쿠스도 이런 전환을 꿈꾸지 못했을 것이다. 어제까지도 현직 대통령인 노태우를 향해서 군사독재자라고 맹공을 퍼붓던 민주당의 김영삼 총재가 삼당합당을 선언한 그날 밤 티브이 뉴스 화면에서 노태우 대통령 옆에 부동자세로 서 있는 모습은 참으로 가관이었다.

오랜 야당 정치인의 껍질을 벗고 삼당합당을 이룬 김영삼의 행동도 행동이지만 참으로 놀라웠던 일은 뚜렷한 선명성을 내세우며 집권 민주자유당에 맞서서 투쟁하던 민주당 소속의 야당 국회의원들 수십 명이 김영삼의 말 한마디로 일사불란하게 전통 야당을 헌신짝 같이 버리고 집권여당으로 배지를 바꿔 달았다는 사실은 참으로 믿어지지 않는 일이었다.

그리고 얼마가 지나지 않아 실시된 십사대 대통령 선거에서 여당인 민주자유당의 후보 김영삼은 새로 만들어진 평화민주당의 후보로 출마했던 김대중을 누르고 승리를 거머쥐었다. 대선에서 다시 참패한 김대중은 선거가 끝난 다음 날 초췌한 표정으로 정계은퇴 성명을 발표하고 이번에는 영국으로 두 번째 망명의 길을 떠난다.

천구백구십삼년 봄, 김영삼은 중학생 때부터 책상 앞에다 써 붙였었다는 〈대통령〉에 당선되어서 청와대로 입성한다. 그런데 취임하고 보름도 안 됐던 삼월 초순 육군사관학교 졸업식에서 축사를 하던 김영삼은 묘한 뉘앙스의 연설을 한다. "올바른 군인의 길을 걸어온 대다수 군인들에게 응당 돌아가야 할 자랑스러운 명예가 한때 상처를 입었던 불행한 시절이 있었습니다. 나는 이 잘못된 것들을 제자리에 돌려놓아야 한다고 생각합니다." 참으로 엉뚱한 발언이 축사 속에 숨어 있었다.

그 발언이 있은 지 닷새 뒤에 김영삼은 임기가 남아있던 육군참모총장과 기무사령관의 군복을 벗겨 예비역에 편입시킨다. 김영삼은 전두환의 직속 인맥인 육군참모총장을 단칼에 갈아치운 다음 날 아침 수석비서관 회의를 주재하면서 특유의 경상도 사투리로 "놀랬재?"라고 말했다는 것이다. 그러나 정작 놀란 것은 전두환과 노태우를 잇달아 대통령으로 만들어 놓고 입신출세 대열에 올랐었던 장군들이었다.

그 뒤 두 달 동안 계속된 김영삼의 군부 숙정으로 땅에 떨어진 별들의 숫자가 무려 마흔두 개나 되었는데 이 통에 박살이 난 것은 육군 내부 사조직인 〈하나회〉였다. 정규육군사관학교 일 기생인 전두환이 정점이었던 하나회는 그때 조직원이 삼십육 기까지 길게 뻗어 있었다. 앞에서 끌어주고 뒤에서 밀어주던 하나회는 그해 봄 끝장이 났고 일반인들의 머릿속에서 사라져 갔다.

김영삼의 깜짝 정치 쇼는 계속 이어졌다. 누구의 권유를 받았는지 모르지만 북한 당국이 송환을 끈질기게 요구해온 비전향 장기수 이인모 씨를 판문점을 통해서 선뜻 북쪽으로 보냈는가 하면 정부가 이미 마련해 놓고도 오랫동안 책상 서랍 속에 집어넣은 채 꾸물대던 〈금융실명제〉라는 엄청난 충격의 경제조치를 하루아침에 발표했다.

그런데 금융실명제 발표보다 더 놀라운 사실은 이 제도를 본격적으로 시행하는 과정에서 전직 대통령인 전두환과 노태우가 시민들 모르게 숨겨뒀던 몇천억이나 되는 어마어마한 정치자금이 야당 국회의원인 박계동에 의해서 세상에 들통났던 것이다. 이 사실이 매스컴을 통해서 큼지막하게 보도되자 시민들의 분노는 하늘을 찌를 듯이 높아질 수밖에 없었다.

그때 시민사회는 광주민중항쟁 폭력진압의 책임을 물어 전두환과 노태우 전직 두 대통령을 처벌해달라 고발한 상태였고 대다수의 일반 시민들의 여론도 처벌하는 것이 마땅하다는 쪽이었지만 당시 검찰총장은 "성공한 쿠데타는 처벌할 수 없다"면서 도리질을 하고 있었다.

그런 검찰의 태도에 공감하여 "책임자 처벌을 역사에 맡기자"고 한 발을 뺐었던 대통령 김영삼은 구십오년 십일월 들어서면서 또 깜짝 쇼를 연출하게 된다. 누구의 진언을 받아들였는지 〈역사바로세우기〉라는 이름 아래 민주자유당의 사무총장이 야당과 협의하여 국회가 시급하게 오일팔 특별법을 제정하라고 지시했던 것이다.

"쿠데타를 일으켜 시민들에게 고통과 슬픔을 안겨준 주모자들을 처벌하기 위해서"라는 것이 특별법의 주된 내용이었다. 법이 제정되자 대통령의 시녀처럼 움직여온 검찰총장은 불과 넉 달 전의 "성공한 쿠데타는 처벌할 수 없다"던 자신의 선언을 뒤집고 재수사에 돌입할 수밖에 없었다.

전두환은 합천에서 검찰에 연행돼 서울로 올라오면서 "내가 내란의 수괴라면 내란 세력과 야합한 김영삼 대통령도 응분의 책임을 지는 게 순리"라고 앙탈을 부리기까지 했었다. 전직 대통령이라는 뚝심으로 그렇게 버티다가 끝내는 팔짱을 끼고 검찰에 끌려 나오던 전직 대통령 전두환의 굳은 표정이 많은 시간이 흘러갔지만 지금도 눈에 선하다.

김영삼은 넓은 광화문 거리를 가로막고 있던 옛 조선총독부 건물을 일거에 헐어버렸다. 그 건물은 팔일오 해방 뒤부터 그냥 놔두느냐 헐어버리느냐로 먹물들 사이에서 갑론을박이 많았다. 이 건물은 일본제국주의자들이 조선 침략을 상징하려고 광화문을 헐어낸 자리에 대리석으로 지은 웅장한 돔 모양의 유럽식 석조건물이었다.

또 김영삼은 대통령 퇴임을 두 달 앞둔 천구백구십칠년 십이월 이십이일 광주민주화운동 특별법 위반으로 구속돼 사형을 언도받았다가 무기징역으로 감형돼 교도소에 수감 중이던 전직 대통령 전두환과 노태우를 특별사면으로 석방함과 동시에 복권까지 단행했다.

김영삼은 이 두 전직 대통령의 특사에 반대하는 시민들의 여론이 높았음에도 불구하고 결자해지의 차원에서 자기가 결행했던 매듭을 자기가 풀어냈는데 이것은 자기의 단독으로 결정한 것이 아니라 차기 대통령으로 선출되어 청와대 입성을 앞두고 있던 김대중 새천년민주당의 총재와 긴밀한 협의를 거쳐서 실행했던 일임이 뒤에 매스컴의 보도로 알려졌었다.

많은 세월이 흘러간 오늘에 와서 그때를 돌이켜보면 김영삼이 재임 막바지에 단행한 〈화해와 용서〉라는 이름으로 전두환과 노태우를 풀어준 조치들은 결과적으로 팔십칠년 시민들의 〈육십 민주항쟁〉이 성공하면서 진로를 잃고 이합집산을 거듭하고 있던 이 땅의 수구기득권 세력과 친미 친일의 군부세력들이 흐트러졌던 전열을 재정비하여 재도약하고 재집권 할 수 있는 정치적 기회를 만들어 준 셈이었다.

그렇게 보면 정치인 김영삼의 이런 화해 행보는 민주당이 민주자유당, 신민주공화당과 합당할 때 이미 영남을 주축으로 하는 수구기득권 세력과의 야합이 비밀리에 이뤄졌던 것으로 추측할 수밖에 없다. 겉으로 보기에 김영삼은 꽤나 즉흥적으로 행동하는 사람으로 보이지만 속내를 자세히 들여다보면 아주 계획적이고 치밀한 행동을 해온 사람이 틀림없다.

청산은 어찌하여 만고에 푸르르며

유수는 어찌하여 주야에 긋지 아니는고

우리도 그치지 말아 만고 상청하리라

—이황, 조선 선조 때 문신—

김영삼이 그렇게 오 년 동안의 대통령 자리를 지키는 동안 경쟁자인 김대중은 영국으로 건너가 지인들의 후원으로 런던의 템스 강변에서 망명 생활을 하다가 김영삼의 대통령 재임 삼 년 차가 끝나 갈 무렵에 느닷없이 영국의 망명 생활을 접고 돌연 서울로 돌아온다. 그리고 뒤이어 용감하게도 삼 년 전의 정계은퇴를 뒤엎고 정계복귀를 선언한 뒤에 호남 세력을 주축으로 새로운 이름의 야당을 창당한다.

"행동하지 않는 양심은 양심이 아니다"라고 설파했던 김대중은 천구백구십팔년에 실시된 제십오대 대통령 선거에서 새천년민주당 후보로 출마하여 집권여당인 이회창 민주자유당 후보를 근소한 표 차로 누르고 대망의 대통령에 당선된다. 칠십일년과 팔십팔년에 이어 대통령 도전 삼수 만에 이룬 대망이었다.

그런데 김대중은 대통령이 되자마자 〈오일육〉 군사반란을 일으켜서 헌정을 중단시키고 국권을 찬탈한 뒤 무려 십팔 년 동안 유신독재 정치와 장기집권을 자행해 이 땅의 자유민주주의 싹을 송두리째 멸실시켰던 독재자인 박정희를 정치적으로 용서하고 첫 번째로 그의 기념관 신축을 적극적으로 지원하기 시작했다. 참으로 어이없는 일이었다.

김대중이 대통령에 취임하면서 새천년민주당 정부가 첫 번째로 떠안을 수밖에 없었던 엄청난 업보는 경술국치 이래 최대의 수치라고 전해지는 국제통화기금의 신탁통치를 이행하는 일이었다. 김대중은 대통령의 자리에서 어떤 사람보다도 잘 해내고 싶었으므로 자신이 취임하기 이전에 발생했던 외환위기를 대통령의 자리를 걸고 극복하지 않을 수 없었다.

이 과정에서 김대중은 나름대로 열심히 일했지만 참으로 이 땅의 주인답지 못했다는 것이 당시 시민들의 여론이었다. 미국인들이 만들어낸 신자유주의와 시장만능주의라는 생소한 경제이념을 거부감 없이 받아들여서 한국 사회에 실용했을 뿐 아니라 대한민국 정부를 국제통화기금이 이끄는 대로 움직이게 했던 것이다.

이때 서민들은 정부가 떠안은 달러 빚을 갚기 위해서 장롱 안에 들어있던 금붙이를 은행에 헐값에 판매하는 등으로 국가 경제를 살리는 데 나섰지만 수많은 민족기업이 도산하거나 외국인들에게 팔리는 수난을 겪을 수밖에 없었다. 하지만 그 과정에서 기업들을 살려야 한다는 재벌들의 요구를 받아들여서 〈파견노동자〉와 〈비정규직〉이라는 새로운 직종을 만들어 낼 수밖에 없었던 기막힌 사실들이다.

그러면 김대중이 대통령에 재임하면서 이룩했던 아주 잘한 일들은 무엇들일까. 차례로 열거한다면 첫 번째가 처음으로 남북정상회담을 개최했다는 것과 희망하던 자유민주주의의 확장, 비하되었던 여성들의 권익향상, 지방자치제도의 확대실시, 국민기초생활 보장제 착수, 전국교직원노동조합의 합법화 등이 손에 꼽을 수 있는 업적이었다.

그러나 보다 큰 업적이라면 한반도 분단사상 처음으로 남북정상회담을 성사시켰다는 사실이다. 남쪽은 해방 뒤 칠십 년 가운데 야당이 집권했던 십 년을 빼고 육십 년 동안은 반공수구 종미 종일의 기득권 세력들이 정권을 잡아 지속적으로 권력과 금력을 주고받았고 북쪽도 소련과 중국을 추종하는 김일성의 사회주의 정권이 들어선 뒤 지금까지 그의 아들과 손자가 대를 이어서 족벌체제로 정권을 이어가고 있었는데 남쪽에 본격적인 민주정부가 들어서면서 새로운 분위기에서 정상의 교류가 시작됐었던 것이다.

그러나 김대중 대통령이 재임할 때 어렵게 성사되었던 공식적인 남북정상회담도 그의 뜻을 이었던 노무현 대통령 때까지 겨우 두 번이 열렸을 뿐 다음에 들어선 이명박 정부 때부터 끊어지면서 지금은 비정치적인 민간차원의 너나들이마저 흐지부지되고 있다.

정치적 경쟁자로 살아온 김영삼과 김대중. 한국의 국민들이 그 두 사람의 이름을 잊지 못하는 또 다른 이유는 그들이 앞서거니 뒤서거니 하면서 대한민국의 대통령을 역임했었다는 사실 뿐 아니라 그들은 정치를 시작하면서부터 끝낼 때까지 언필칭 겨레와 서민을 위하고 자유민주주의를 사랑한다고 외쳐댔었기 때문이다.

대중은 두렵고 불안하지만 용기가 없어서 저항하지 못할 때 적대세력과 싸워줄 것으로 기대했던 우리가 뽑았던 머슴들은 무력하거나 적들과 공범이었다. 이럴 때 정치인인 김대중과 김영삼은 시민과 함께 자유민주주의를 위해서 싸우고 독재를 물리치려고 투쟁했기 때문에 시민들은 그들을 지도자로 떠받들었던 것이다.

양 김 시대의 한 축이었던 김영삼은 이제 구십을 바라보는 노인이 돼 있다. 언제나 청년처럼 행동하면서 평생 단련한 체력을 자랑삼았다고 하지만 노약해진 요즘엔 여러 가지 질병으로 병원을 자주 찾는다는 소식이다. 서울대 병원에서 심장병으로 수술을 받았다는 소문도

들리고 치매를 앓고 있다는 풍문도 들리니 "병마에는 장사가 없다"는 옛말이 되새겨지기만 한다.

지난 이천구년이었다. 김대중 전 대통령이 죽음을 앞두고 연세대 세브란스병원에 누워있을 때 김영삼 전 대통령이 느닷없이 문병을 갔었다. 주변 사람들이 깜짝 놀랄 일이었다. 와이에스가 한동안 디제이의 병실에서 머물다가 침통한 얼굴이 되어 밖으로 나오자 기자들이 "오늘의 문병을 두 분의 화해로 봐도 되겠느냐"고 물었고 김영삼이 닫았던 입을 열어서 "그렇게 봐도 좋다. 이제 그럴 때가 되지 않았느냐"고 대답했다고 한다.

말할 때 전혀 주저하지 않는 김영삼 전 대통령, 그는 민주화의 동지이자 영원한 경쟁자였던 김대중 전 대통령을 먼저 저세상으로 보내 놓고 앞으로 더 얼마나 장수를 누릴까.

(2014.8.18)

강대국과 약소국

지난 삼월 십구일부터 시작되었던 서구열강들의 리비아 침략전쟁이 시월에 접어들면서 드디어 막을 내렸다. 프랑스, 영국, 이탈리아, 스웨덴, 덴마크 등 유럽 강대국들과 초강대국인 미국이 공동으로 수행한 리비아 내전 소탕 작전은 리비아의 실권자였던 무하마드 카다피 국가원수가 반군 세력들에게 붙잡혀 살해된 참혹한 모습이 공개되는 것으로 일곱 달 만에 끝났다.

그런데 어쩐지 뒷맛이 개운하지 않고 좀 찝찝하다. 무소불위의 독재자를 몰아내고 정의와 민주주의를 외치던 리비아 반군세력이 승리를 거뒀는데도 이를 지켜본 세계인들에게 마냥 흡족한 뒷맛을 남기지 않는 이유는 무엇 때문일까? 아무래도 이번의 리비아 내전이 자유와 평화를 갈구하는 그 나라 인민들에 의해서 자발적으로 일어났고 그들의 순수한 힘으로 독재를 일삼던 권력자를 타도하고 몰아낸 아래로부터의 순수한 민주화 혁명이 아니었다는 점 때문은 아닌지 모를 일이다.

미국을 비롯한 서구 열강들은 리비아의 내전에 나선 반군세력을 지원하기 직전 국가원수인 카다피가 그동안 자행했다는 여러 가지 학정 사례를 온 지구촌을 향해서 공표했었다. 카다피가 권좌에 오른 뒤 사십 년 동안 철권통치를 자행하면서 반정부인사 등 많은 자국의 인민들을 살해했으며 질병과 가난으로 고통받는 절대빈곤층을 외면한 채 낭비와 사치로 호화로운 생활을 즐겼을 뿐 아니라 막대한 국가재산을 해외로 도피시켜서 사유화하는 등 수많은 악행과 비정을 저질렀다는 것을 중요한 죄목으로 나열했었다.

나이가 올해 일흔 살로 알려진 무하마드 카다피는 육군 상사시절이던 천구백칠십일년에 군사 쿠데타를 일으켜서 왕정을 폐지하고 실권을 장악한 뒤 민주주의를 시행하겠다면서 스스로 국가지도자의 자리에 올라 무려 사십 년 동안이나 무소불위의 철권통치로 리비아를 다스렸던 사람이다.

그는 재임 기간에 자신의 독재정치를 미화하려는 명분 아래 국토개발에 힘을 쏟았다고 한다. 가령 사막지대로 쓸모없이 버려져 있던 국토의 일부를 삶의 터전이 되는 녹색의 정원으로 바꿔놓기 위해서 〈인간이 만든 위대한 강〉이라고 스스로 이름 지은 거대한 대수로 공사를 오랫동안에 걸쳐서 완공시켰다는 것이다.

리비아의 남부 누비안 샌드 스톤이라는 지하대수층에서 거대한 펌프로 퍼 올린 땅속의 물을 무려 사천 킬로, 우리식 표현으로는 일만 리나 떨어진 국토의 북쪽 인구 밀집 지역으로 보내는 웅장하고 거대한 수로사업의 완공으로 리비아 인구의 칠십 퍼센트가 생활 공업 농업용수의 공급 혜택을 입게 되면서 지난날보다 향상된 일상생활을 누리게 되었다고 과거의 리비아 정부는 발표했었다.

그러나 야당과 반군세력들은 수십 년 동안 이 공사에 들어간 돈이 무려 삼백삼십억 달러나 되었다고 발표했지만 이 액수는 실제로 공사에 들어간 사업비가 아니라 국가원수인 카다피가 정부의 재산을 개인적으로 빼돌리기 위해서 벌였던 눈요깃감의 토목공사였으며 그것마저도 실패한 사업이나 다름없다고 주장하고 있다.

그러나 카다피가 몰락 제거된 얼마 뒤 아프리카 카메룬의 작가 장 폴 푸칼라와 엘렌 브라운 등 두 사람이 이천십일년 사월 사일과 이십일일, 아시아타임스 온라인판에 쓴 긴 글을 읽어보면 〈리비아 내전〉이 서구열강들과 깊은 이해가 얽혀있음을 발견하게 된다. 그들이 주장하는 몇 가지 사례를 차례로 들여다보자.

그 첫 번째가 아프리카의 위성통신기구인 〈알에이에스씨오엠〉과 관련된 짙은 의혹이다. 유럽연합 소유의 이 아프리카 위성통신기구는 서아프리카 마흔다섯 개 국가 모든 지역을 전화, 티브이, 라디오 전송, 의료 원격학습지도 같은 것을 기술적으로 연결시켜주는 국제위성 장치로 그 사용료가 한해에 무려 사억 달러나 되어서 가난한 아프리카 국가들이 부담하기에는 엄청나게 많은 거액이었다는 것이다.

때문에 카다피를 비롯한 서아프리카 여러 나라의 정치지도자들은 이 통신위성의 사용료가 너무 비싸다는데 뜻을 모으고 유럽연합 측에 사용료를 내려달라고 여러 차례나 진정했었다고 한다. 그러나 이들의 호소가 전혀 받아들여지지 않자 자신들의 독자적인 통신위성을 보유하기로 결의하고 천구백구십이년 세계은행에다 그 설치비용으로 쓸 사억 달러를 장기 저리로 융자해 줄 것을 요청했었다는 것이다.

그런데 세계은행은 이 융자요청을 받아놓고 가부 간의 결정을 미룬 채 십 년 가까이나 질질 끌다가 끝내는 들어주지 않고 반려했다는 것이다. 이것은 세계은행이 사억 달러를 융자해 줘서 서아프리카 국가들이 자기들만의 통신위성을 갖게 된다면 유럽연합이 지금까지 이들에게 임대해 왔었던 통신위성이 쓸모없게 될 뿐 아니라 해마다 딸기를 따듯이 거둬들이던 사억 달러의 사용료를 못 받게 되기 때문이라는 것이었다.

세계은행이 융자를 거부하자 서아프리카 사십오 개 국가원수들은 다시 통신위성 신설을 위한 비상대책회의를 열고 설치비용이 모두 사억 달러로 산출된 새로운 통신위성을 제작하기로 합의하였다. 설치예산 가운데 칠십 퍼센트인 삼억 달러를 리비아 정부가 부담하였고 나머지 부족액은 아프리카 개발은행이 오천만 달러, 서부아프리카 은행이 이천오백만 달러를 보태도록 결정했다는 것이다. 물론 이 사업을 주도한 사람은 리비아의 국가원수 무하마드 카다피였다는 것이다.

드디어 지난 이천칠년 십이월 이십육일, 서아프리카 사십오 개국은 오랜 유럽연합의 지배와 간섭에서 벗어나 갈망하던 독자적인 통신위성을 띄우게 되었다. 그러니까 서아프리카 국가들은 일 년 사용료와 똑같은 사억 달러의 시설비를 들여서 자신들 소유의 통신위성을 보유하게 되었는데 이것은 비싼 사용료를 안 내게 된 경제적인 이득보다도 사실상 유럽연합의 문화통신 노예 상태에서 벗어났다는데 큰 뜻이 있는 일이었다.

장폴 푸칼라와 엘렌 브라운 등 카메룬의 이 두 작가들 주장에 따르면 그 다음으로 서아프리카 지도자들이 몸과 마음을 기울여 추진했던 프로젝트가 〈아프리카 통화기금〉과 〈아프리카 중앙은행〉 그리고 〈아프리카 투자은행〉을 잇달아 설립하는 일이었다. 모두 사백이십억 달러의 자본금이 들어가는 이 사업들은 알제리가 일백육십억 달러, 리비아가 일백억 달러, 나이지리아 남아프리카 등 기타 국가들이 삼십억 달러를 투자해서 리비아의 시르테에는 아프리카 투자은행을 그리고 야오운데에는 아프리카 통화기금을 나이지리아 아부자에는 아프리카 중앙은행을 각각 설립할 계획이었다는 것이다.

태산이 높다하되 하늘 아래 뫼이로다
오르고 또 오르면 못 오를리 없건마는
사람이 제 아니 오르고 뫼만 높다 하더라
　　　　　　　　　　　　　　　－양사언, 조선 중종 때 문신－

그러나 이 세 가지 계획은 착수도 하기 전에 와해되고 말았다. 사전에 이 계획을 입수한 서구열강들이 화들짝 놀라서 곧바로 대응책을 세웠기 때문이다. 서아프리카 사십오 개 국가들이 합동으로 추진하려는 이 프로젝트를 그대로 방치했다가는 자신들이 경제적으로 엄청난 손실을 입게 됨은 물론이고 서아프리카를 사실상 식민통치하는 데 큰 걸림돌이 된다고 판단한 유럽연합과 서구열강들은 즉각 이 사업을 주도적으로 추진하고 있는 리비아의 국가지도자 카다피의 제거 작전에 들어갔다는 것이다.

먼저 세계 최강대국인 미국 대통령 오바마는 이천십일년 삼월 중순 미 중앙정보국에 리비아 침공 작전을 은밀히 지시한데 이어 세계 각국의 은행에 예치돼 있었던 리비아 중앙은행 소유의 예금 삼백억 달러를 긴급하게 동결시켰고 그와 동시에 리비아의 정권교체를 위한 내전비용으로 이천오백만 달러를 리비아의 반군세력들에게 지원했다는 것이다. 또 프랑스, 영국, 이탈리아는 리비아 반군세력을 돕기 위해서 각종 전쟁 무기를 제공하고 군사 전문가를 파견하는 한편 북대서양 조약기구인 나토는 리비아 반군세력과 합세하여 리비아 국토에 대한 전면적인 폭격에 나섰던 것이다.

그러니까 미국 대통령 오바마가 동결시킨 리비아 돈 삼백억 달러는 카다피가 서아프리카 공동체를 위해서 추진하려던 세 개 프로젝트의 밑돈으로 책정되었던 자금이었다. 이 돈으로 그가 계획했던 세 개의 큼직한 사업이 차질 없이 추진되고 완성이 되었다면 가난한 사십오 개 서아프리카 국가들이 종주국이나 다름없는 서구열강과 유럽연합의 경제종속인 식민지에서 풀려나는 하나의 시발점이 됐을지도 모르는 일이었다.

그것은 가난한 서아프리카 사십오 개 국가들이 유럽연합의 정치적 경제적 종속에서 벗어나 스스로 자립하는 계기가 됐을지언정 서구열강들이 두려워하는 아프리카연방이 수립되는 것은 아니었을 것이다. 가난한 서아프리카 사십오 개 국가가 유럽연합의 굴레에서 벗어나는 것은 인류사적인 측면에서나 세계평화를 위해서도 바람직하고 환영할 일이었다.

첫째로 아프리카 중앙은행이 설립되고 아프리카만의 단일통화를 찍어내기 시작한다면 그것은 지금 프랑스 재무부의 보증으로 프랑스 중앙은행이 찍어내서 서부 및 중앙아프리카 전체국가에서 통용시키고 있는 식민지 화폐 〈씨에프에이〉 프랑의 죽음을 의미하게 될지도 모르는 일이었다. 씨에프에이 프랑을 통해서 서아프리카를 경제적으로 오십 년 동안이나 지배하고 있는 프랑스, 겉으로 평화와 인권을 외치는 그 프랑스의 대통령인 사르코지가 리비아의 카다피 정부를 붕괴시키기 위해 미국 대통령 오바마와 손을 잡고 내전 세력들과 함께 리비아 정부군 소탕 작전에 앞장섰던 것은 이것 하나만으로도 이해하기 어렵지 않은 일이었다.

또 아프리카 통화기금이 설립된다면 지금까지 국제통화기금이 추진해 왔었던 서아프리카에서의 금융 활동을 전면적으로 대체할 것으로 제삼세계의 지식인들은 추측했었다. 그동안 국제통화기금은 겨우 이백오십억 달러밖에 안 되는 운영자금을 가지고 서아프리카 대륙의 사십오 개 국가 전체를 쥐락펴락했을 뿐만 아니라 민영화라는 이름을 내세워서 서아프리카 지역 여러 나라 공공자산의 사적 소유를 강요해 왔었기 때문이다.

미묘한 비유이긴 하지만 리비아의 실권자인 카다피를 몰락시키는 데 앞장섰었던 서구열강들은 하나같이 파산 직전의 채무국이라는 공통점이 있었다는 것이다. 먼저 세계의 최강대국이라는 미국은 일본과 중국 등 몇 개 나라에 현재 무려 〈십사조〉 달러라는 큰 부채를 걸머지고 있는 세계 최대 채무국이며 프랑스, 영국, 이탈리아도 각기 〈이조 달러〉 이상의 공공부채를 갖고 있다. 이런 천문학적인 액수의 국가 부채는 서아프리카 전체 사십오 개 국가의 공공부문 부채를 모두 합친 〈사천억〉 달러에 비해서도 너무 대조적이고 대규모라는 것이다.

그다음 카다피가 계획했던 아랍과 서아프리카 공동체를 위한 큰 프로젝트는 가위 환상적이라고 평가되는 〈골드 디나르〉의 제창이었다. 국제통화기금의 발표에 따르면 리비아 중앙은행은 지난 봄까지도 일백사십사 톤의 순금을 지하 금고에 보유하고 있었다고 한다. 카다피는 이런 자국통화의 건전성을 바탕으로 미국의 달러화와 유럽의 유로화를 전면적으로 거부하고 아랍과 서아프리카 사람들이 사용할 단일통화 안을 제창하였던 것이다.

엄청난 순금을 가진 리비아가 속 빈 강정이고 허울뿐인 국제통화기금의 금융감독을 받아야 할 이유가 없을 뿐 아니라 더구나 비아이에스라는 선진국들이 멋대로 작정한 국제금융 기준을 적용받아야 할 필요가 없었을 것이다. 만일 〈골드 디나르〉라고 이름 붙였던 아랍과 서아프리카가 사용할 단일 통화가 계획대로 성공을 거두었다면 유럽연합과 서아프리카의 관계는 어떻게 되었을까 상상만 해도 현기증이 일어날 만큼 아찔하다.

서아프리카 사람들 일부에게 카다피는 '장기 집권하는 독재자 또는 철권통치자'로 인식되었는가 하면 또 다른 일부 사람들에게는 '관대한 사람 휴머니스트 그리고 남아프리카 인종주의 정권에 대항하여 싸우는 사람들을 아낌없이 지원해온 훌륭한 지도자이자 위대한 인물'로 알려져 있었다는 것이다. 만일 그가 인기에 영합하는 자기중심적 인물이었다면 남아프리카 공화국의 에이엔씨를 군사적 경제적으로 지원함으로써 서구열강으로부터 증오와 제거의 대상이 되지는 않았을 것이라고 카메룬의 두 작가들은 단호하게 평가하고 있다.

지난 천구백구십칠년, 이십칠 년 동안의 감옥생활에서 풀려난 남아프리카 공화국의 민권지도자 넬슨 만델라는 유엔과의 엠바고를 깨고 카다피를 만나러 리비아 여행을 단행했었다. 이 소식을 들은 클린턴 미국 대통령이 "환영할 수 없는 여행"이라고 비난하자, 만델라는 "어떤 나라도 세계의 경찰로 행세할 권리가 없고 어떤 국가도 다른 나라에 대해서 지시를 내릴 수 없다"면서 "어제 우리의 적의 친구였던 자들이 오늘 몰염치하게도 나에게 나의 형제인 카다피를 만나지 말라고 한다. 그들은 우리에게 옛 친구의 은혜를 잊어버리라고 협박하고 있다"고 점잖게 꾸짖었다는 것이다.

지난 삼월 십구일 프랑스 대통령 사르코지는 〈리비아의 민주주의를 위해서〉라는 엉뚱한 기치를 내걸고 리비아 전 국토에 대한 융단폭격을 시작했다. 미국 대통령 조지 부시가 민주주의를 명분으로 이라크를 공습하여 초토화시킨지 정확하게 팔 년이 되는 날이었다. 노벨평화상을 받았던 미국 대통령 오바마는 리비아 앞바다를 떠도는 자국의 잠수함에서 리비아를 폭격할 크루즈 미사일을 발사시키면서 이것이 리비아의 독재자를 추방하고 리비아의 민주주의를 살리려는 평화의 사도인 미국의 단호한 조치라고 말했지만 세계인권연맹은 "그것은 명백한 궤변"이라고 비난했다.

리비아는 부족적 충성 시스템에 기반을 둔 국가라고 전해지고 있다. 그것은 원칙상 작은 그룹 속에서 사람들이 더불어 사는 구조를 말함이라고 한다. 민주적 정신은 규모가 큰 국가보다도 부족이나 작은 마을 속에 더 많이 존재한다는 것이다. 거기에서는 사람들이 서로를 잘 알고 공통적인 삶의 리듬을 나누면서 오순도순 살아가기 때문이다.

가난한 서아프리카 사람들을 유럽연합과 서구열강의 정치적 경제

적 식민지에서 벗어나게 하려던 리비아의 국가원수 카다피는 서구열
강들의 강력한 경제적 군사적 지원을 입은 리비아 반군세력들에 의해
서 몰락해 사라졌다. 이라크의 후세인 대통령이 강대국인 미국에게
밉보여서 비참한 최후를 마치고 두 번째이다. 이제는 지구상에서 강
대국들의 비위를 맞추지 않거나 강대국들의 눈 밖에 난 국가나 지도
자들이 어떤 식으로 잔인하게 궤멸돼 가는지를 지구인들은 두 눈으로
똑똑히 바라보게 되었다.

여기서 우리가 고개를 갸우뚱하게 되는 것은 민주화 투쟁의 정통성
과 정의의 잣대가 어떤 기준으로 적용돼야 옳은가 하는 점이다. 카다
피의 경우 리비아를 사십 년 동안이나 철권으로 통치한 독재자인 것은
부인할 수 없는 사실이다. 그 과정에서 많은 리비아 인민들이 굶주림
에 시달렸고 박해를 입었고 학살당했다는 반군세력들의 주장도 같은
세계인인 우리가 전면적으로 부인하거나 외면할 수는 없다.

그러나 그 나라의 독재자는 되도록이면 그 나라 민중들의 손으로
단죄되고 제거되는 것이 기본이고 순서일 것이다. 그 바탕이 어려울
특별한 경우에는 자유우방이나 외부의 도움에 의존할 수도 있을 것이
다. 그러나 이번 리비아의 경우는 전혀 예외라 아니할 수 없다. 서아프
리카를 지금까지 지배하고 있는 유럽연합이나 프랑스와 미국이 리비
아의 민주주의 운운하면서 내전에 개입하여 리비아 국토를 초토화시
키고 카다피를 제거하는데 앞장섰었던 것은 서아프리카를 영구히 식
민지배하겠다는 유럽연합과 강대국들의 지나친 욕심에서 비롯된 것
임을 누구도 부인할 수 없는 일이기 때문이다.

이제 민주주의는 인간이 이르고자 노력하는 〈이상〉이 아니라 타인

들보다 목청이 큰 정치인들과 전쟁광들에 의해서 이용되는 〈라벨〉이나 〈구호〉로 전락한 것도 같다. 자유를 사랑하는 사람들은 인간의 신성한 인권을 말살하는 독재자도 용납할 수 없지만 그렇다고 자유민주주의와 평화라는 이름을 앞세우고 약소국가를 침략하여 무고한 인민들을 말살하는 약육강식의 논리에 취해있는 서구열강도 절대로 용납할 수 없기 때문이다.

여기서 우리 한국인이 잠시도 소홀히 할 수 없는 대목은 우리 한반도의 내일이 과연 앞으로 어떻게 전개될 것인가 하는 점이다. 한반도는 이십 세기 초반부터 일백 년 이상 미국, 일본, 중국, 소련 등 강대국들의 정치적 흥정의 대상이 되어왔다. 더구나 천구백사십오년 이차대전이 끝나면서 조선이 일본의 식민지에서 삼십육 년 만에 해방이 되었지만 조선반도는 미국과 소련에 의해서 국토가 분단되는 비극에 휩싸이고 말았던 것이다.

그 뒤 남북한의 정부는 삼 년 동안의 한국전쟁을 치렀고 정전협정이 체결된 이후부터 휴전선에서 육십 년 넘도록 총성은 멈추고 있지만 한반도를 노략질하려는 미국, 일본, 중국, 러시아의 책동은 한순간도 사라지지 않고 있다. 지금도 미국의 핵무기 위협과 경제적 고립정책에서 벗어나려는 북한은 핵무기 개발을 계속하겠다는 것이고 미국을 비롯한 사대 강국은 이를 용납할 수 없다면서 육자회담을 만들어 한반도의 긴장을 고조시키고 있는 것이다.

경제성장으로 세계 십대 경제대국 반열에 올랐다고 호언장담하는 한국정부지만 미국과 일본의 정치지도자들 앞에서는 할 말을 제대로 못 하는 원인은 어디에 있는 것일까? 그런데도 한국이 약소국에서 벗어났다고 말할 수 있을까? 더구나 육십만 대군을 거느린 대한민국의 대통령이 자국의 국군통수권을 한국에 주둔하고 있는 미군사령관에게 넘겨주고 있는 이 안타깝고 불행한 사태는 무엇을 말하고 있는 것인가?

아프리카의 크고도 작은 나라인 리비아의 지도자였던 무하마드 카다피의 몰락사태가 세계인들에게 주는 교훈은 참으로 다양하다.

(2010.10.5)

잃어버린 십 년

어제 치러진 십칠대 대통령 선거에서 한나라당의 이명박 후보가 전체 투표자의 절반 가까운 절대적인 지지를 얻어서 통합신당의 정동영 후보를 누르고 당선이 확정됐다. 이 후보의 승리는 이미 예측된 것이었다. 지난해부터 어떤 형태의 여론조사에서건 지지율이 다른 후보자에 비해서 월등히 앞서왔었으니까 말이다.

한나라당원들과 친미 친일 수구기득권 세력들은 지난 오 년 동안 노무현 대통령의 참여정부의 통치행태가 구미에 맞지 않는다고 사사건건 줄기차게 공격했었다. 경제를 살리지 못했고 양극화가 심화됐으며 비정규직 양산과 청년들의 일자리를 만들지 못했다고 비난해왔었는데 그것이 이번 선거에서 득표로 반영된 것이라고 친미 친일 수구 세력들은 희희낙락 흥분들이다.

그러나 수구기득권 세력들의 그런 주장이 수치로는 전혀 설득력이 없다. 참여정부가 출범한 이천삼년 이후 경제성장률은 매년 오륙 퍼센트를 유지했고 물가도 연 삼 퍼센트에서 억제되었으며 증권시장도 호황을 이뤄 주가가 무려 이천 선을 넘어섰었다는 통계이다. 이런 괄목할만한 실적은 오이시디 국가 중에서도 결코 낮은 수준이 아니라고 한다.

또 아이엠에프 구제금융 사태 직후 일 인당 칠천 달러로 곤두박질 쳤던 지엔피도 서서히 올라가다가 이천칠년에는 대망의 이만 달러로 상승했다. 외형으로만 따진다면 그 어느 때보다도 착실하게 경제발전을 이룩한 정부였었다. 이런 엄연한 성장지표를 부인하고 노무현 대통령의 참여정부를 〈실패한 정권〉이라고 몰아붙이는 비난은 시민들의 공감을 얻을 수가 없을 것이다.

알려진 대로 김대중 국민의 정부는 김영삼 문민정부가 발생시킨 아이엠에프 사태를 수습하려고 막대한 공적자금을 투입해서 도산 위기에 있던 대기업들을 우선적으로 회생시켰다. 이는 기왕의 경제토대의 와해와 추락을 막는 한편으로 수백만 명에 이르는 산업노동자들의 일자리를 안정시키려는 고육지책이었던 것이다.

또 구십년대 후반으로 접어들면서 한국의 젊은이들이 소위 힘들고 위험하고 보수가 적다는 〈삼디업종〉의 취업을 기피한 것은 잘 알려진 사실이다. 이런 현상이 산업사회에 만연되면서 국내에 제조업 현장을 가지고 있었던 수많은 중소기업들이 임금이 헐하고 값싼 인력을 손쉽게 얻을 수 있는 중국과 베트남 등 동남아시아의 후진국으로 공장을 통째로 옮겨갔었다.

따라서 국내의 일자리가 상대적으로 줄어들었고 그나마 가동 중이던 국내 중소기업들도 자연히 후진국에서 들어온 값싼 임금의 외국인 노동자들로 채워지기 시작했다. 관광비자로 입국한 외국인 노동들이 자기들 나라로 돌아가지 않고 잠적하여 유명무명의 중소기업에 위장 취업했고 정부의 산업연수생 자격으로 떳떳하게 들어왔던 외국의 인력들도 연수기간이 종료된 뒤에 자국으로 돌아가지 않고 국내 중소기업에 재취업했던 것이다.

그러나 한나라당은 이런 현실을 외면하고 참여정부를 출범 초기부터 분쇄 해체시키려고만 획책했었다. 당시 과반수를 넘어서는 막강한 의석으로 국회를 장악하고 있었기 때문에 정부가 추진하려던 굵직한 정책적인 사업을 사사건건 헐뜯고 공격하는 것이 손쉬웠다. 심지어 대통령이 자기와 손발이 맞는 사람을 장관으로 쓰려고 하면 코드인사라고 비판하면서 인사청문회에 가기도 전에 시비를 벌여서 낙마시켰다.

이 과정을 지켜본 유권자들은 이천사년에 실시된 십칠대 총선에서 참여정부에 힘을 실어주었다. 그러니까 새로 출범한 노무현 대통령이 창당한 열린우리당에다 국회 의석의 과반이 넘는 일백오십여 석을 밀어줘서 한나라당을 제치고 실질적으로 집권여당의 구실을 할 수 있게 만들어 줬는데 이것은 시민들이 노무현 대통령 정부에 일을 하도록 힘을 실어준 것이었다.

정치지형이 이렇게 변했지만 한나라당은 수구언론 및 주류언론과 손잡고 참여정부가 집권한 오 년 내내 사소한 문제마다 트집을 잡아 물고 늘어졌다. 보수언론들은 참여정부가 시행하는 모든 정책을 전면적으로 비판하면서 파상적인 공격을 가했다. 사설과 칼럼 같은 논설들만이 아니었다. 전체 지면을 할애하여 노무현의 참여정부를 집중 폭격했었다.

열린우리당을 북한 공산당의 이중대 또는 좌파좌경세력이라는 등 불손 불온한 낱말을 모조리 동원해 마구 공격했다. 한두 달이나 일 년 이년이 아니었다. 이런 살벌하고 무서운 상황에서는 어떤 정부도 어떤 자연인도 거대한 주류언론들의 침소봉대되고 조작된 보도 공세에 살아남기 어려웠다.

이런 원인을 분석해 보면 사실 한나라당의 중심세력은 해방 이후부터 줄곧 양지에서만 살아온 한국의 수구세력이고 민족배반자들이자 지배세력들이었다. 그들은 해방 직후 이승만 독재정권에 빌붙어서 십이 년 동안이나 장기집권할 때부터 온갖 이득을 챙겼던 세력들이지만 자유당이 부정선거로 멸망하고 야당이던 민주당이 집권하면서 한때 권력의 전면에서 사라지는 듯이 보였었다.

그러나 육군 소장 박정희가 일으킨 오일륙 군사반란 이후 경제부흥이라는 군홧발의 기치 아래서 소리 없이 회생 부활했고 칠십년대의 긴급조치와 시월유신 시절에는 유신정권의 앞잡이가 되어 기생하면서 기득권유지에 바빴으며 〈십이륙〉 사태를 틈타고 팔십년대 초에 등장한 전두환의 신군부반란과는 뼈대가 같아 은연중 또다시 영합하여 승승장구했었다.

이후 노태우 정권을 거쳐 김영삼 정부에 이르기까지 계속 집권 세력으로 건재하게 살아남으면서 장장 사십여 년이라는 긴 세월 동안 이 나라의 통치세력이자 지배세력으로서 온갖 특혜와 영화를 완벽하게 누리면서 엄청난 재화를 거머쥐었고 권력을 휘둘러온 화려한 이력의 집단이었다.

그런데도 왜 대다수 서민들마저 이런 반민주적 지배세력인 한나라당을 전폭적으로 지지하고 그 당의 후보를 대통령으로 만드는데 앞장 섰을까? 더구나 투표 전날 전격적으로 밝혀진 〈비비케이〉 사건의 동영상에서 이명박 후보의 주장이 명백한 거짓말로 드러났는데도 그 부정직한 후보를 오히려 열성적으로 지지했던 소이는 어떻게 풀어야만 할까?

그것은 유권자 대다수가 참여정부를 무조건 싫어한다는 주류언론들의 줄기찬 거짓선전과 왜곡 보도의 영향 때문일 것이다. 그들은 노무현 대통령이 싫다는 주류언론의 논조에 현혹됐고 상업고등학교 출신에다 외고집이며 말이 많고 장차 한나라당이 차지할 대통령의 〈권위〉마저 폄훼시켰기 때문에 그가 창당했던 통합신당의 정동영 후보를 당선시켜서는 안 된다는데 은연중 동조했기 때문이라고 분석할 수가 있다.

그러니까 한나라당은 김영삼 정권의 실정으로 권력을 잃은 이후 십 년 동안 절치부심하고 권토중래의 기회를 노려왔다. 수십 년 동안 국력을 거머쥐고 좌지우지 양지에서만 살아왔던 수구기득권 세력들이 정권을 잃고 십 년 동안 와신상담하면서 뒤안길에 숨어서 손에 거머쥔 신문방송 등 주류언론들을 최대한 활용하면서 어금니를 씹어왔다고 봐야 할 것이다.

따라서 이번 선거를 깊숙이 분석해 보면 백제와 신라의 싸움으로 소급된 것이 아닌가 하는 느낌을 지울 수가 없다. 물론 지금이 삼국시대는 아니다. 시공의 격차도 있고 내 걸었던 정치행태와 구호도 명백히 달랐다. 그러나 영남을 기반으로 삼는 한나라당과 호남을 뿌리로 하는 민주당 등 두 세력이 각축하는 밑바탕에는 천 년 전 신라와 백제가 앙숙으로 대치하면서 호시탐탐 기회를 엿보던 그 시대의 한 서린 웅어리가 고스란히 남아있는 것은 아니었을까?

까마귀 싸우는 곳에 백로야 가지마라
성낸 까마귀 흰 빛을 새오나니
청파에 좋이 씻은 몸을 더럽힐까 하노라

　　　　　　　　　　　　 -고려 때 정치인 정몽주의 어머니-

영악스런 정치학자들이 이런 현상을 모르거나 계산 못 할 이유가 없다. 숙명적으로 골이 깊은 동과 서의 지역감정을 감안하여 애써 이번 선거가 〈동서 또는 영호남 대결이었다〉라고 에둘러 진단하고 있다. 다만 "참여정부의 실정과 노무현 대통령에 대한 혐오감을 가진 유권자들이 무조건 한나라당 후보를 찍었을 것이다"라는 그럴듯한 궤변을 대통령선거의 분석이랍시고 내놓고 있을 뿐이다.

이번 선거에서 영남 세력인 한나라당과 수구기득권 세력들이 승리한데는 서울 시민이 된 시골 출신들과 충청도, 경기도, 강원도에 살고 있는 상당수의 중도성향 유권자들의 합세가 결정적으로 역할했음이 득표로 나타났다. 즉 오십 대 이상의 일부 수구기득권 세력과 정치에 무관심한 중산층과 서민들이 앞뒤를 살피지 않고 순간적 충동과 무모한 정치적인 열기에 휩쓸려서 무조건 한나라당을 지지했기 때문이라고 풀이할 수가 있는 것이다.

지금 서울시민의 약 팔십 퍼센트는 수도권이 아닌 시골에서 상경한 사람들이다. 한국전쟁이 멎은 뒤 공부를 하고 취직을 하려고 올라왔던 사람들과 출세를 하겠다고 고향을 떠났던 사람들이 서울에서 자리를 잡고 수십 년이 흘러가면서 그들은 명백한 서울의 주류시민이 되었다. 때문에 그들은 자기가 일으킨 재산을 지키기 위해서 노무현 대통령이 추진하려던 〈수도〉 이전에도 반대했고 그의 뒤를 잇는 정당과 정치인도 받아들일 수 없었던 것이다.

또 조선 시대 왕조정치의 입김이 미치던 땅이라는 뜻의 왕기 지방의 백성들 가운데는 양반과 권력자들의 눈치를 보고 살아왔던 중인과 상인들이 많았다. 그들은 이차세계대전이 끝나 팔일오 해방이 되고 정부가 수립되면서 조상 대대로 경작해온 소작 농지들이 기상천외하게도 자기 이름으로 분배가 되면서 출생 이후 처음으로 자기 땅을 소유하게 되었을 뿐 아니라 먹고사는 빵 문제가 해결되었던 소작농들이었다.

그렇게 내 땅이 되었던 분배농지가 국가의 산업화과정에서 고속도로와 공장부지 또는 아파트단지로 개발되거나 신도시 지역으로 편입되면서 땅값이 천정부지로 상승하였고 거액의 토지보상금을 받아 하루아침에 부자가 되었다. 지체가 낮았고 배우지 못해서 불학무식했던 사람들의 수중에 갑자기 엄청난 천문학적의 거액이 쥐어졌으니 그들이 천민자본주의에 몰입되는 것은 너무도 당연한 일이었다.

자신들도 모르는 사이에 졸부들이 된 그들은 자기 고장의 유지가 되고 싶었고 사회지도층에 끼어서 신분 상승을 이루는 것이 희망이었다. 오랫동안 관리와 양반들에게 지배만 받아왔으니까 이제는 거머쥔 돈을 앞세워서 지배세력 대열에 끼이고 싶었을 것이다. 목덜미에 힘을 주면서 남을 호령하는 축이 되고 싶었고 할 수만 있다면 자신의 무식함과 불우했던 과거까지도 묻어버리고 싶었을 것이었다. 그것은 서울을 비롯한 대도시로 떠나가서 학교공부를 하고 직장생활로 돈을 벌고 있는 출세한 자식들의 앞날을 위해서도 당면한 희망사항이었던 것이다.

그런데 승리감에 도취한 그 한나라당 사람들의 입에서 튀어나온 첫마디가 〈잃어버린 십 년을 되찾았다〉는 것이었다. 참으로 말해서는 안 될 망발이 아닐 수 없다. 그들의 주장대로라면 대한민국의 국권은 옛날부터 또는 본래부터 재물과 권력을 거머쥔 친일 친미 수구기득권 세력인 한나라당 사람들의 것이었다는 말이 아닌가? 참으로 어리둥절할 수밖에 없다.

그렇다면 이 나라에서는 그들이 주인이고 그 이외의 정당이나 시민들은 이민족이나 곁붙이라는 말이 아닌가? 참으로 억설이고 어불성설이다. 삼일운동 이후에 발족한 상해임시정부가 제창했고 해방 이후에 정식으로 건국된 민주주의 국가인 대한민국의 정치권력이 원래부터, 그리고 영구히 자기들 것이라니 참으로 어처구니가 없다. 오천만 대한민국 시민들에 대한 큰 모독이 아닐 수 없는 망발이다.

한나라당 사람들이 지금 취해야 할 자세는 은인자중이다. 과거 자기네 수구기득권 세력들이 집권했던 기간에 이 땅의 시민들에게 저질렀던 과오를 반성하고 앞으로 어떻게 환골탈태하여 새로운 정치를 펴나갈 것인가를 도모해야 할 참이다. 승리의 기쁨에 들떠서 중구난방으로 떠들어대고 희희낙락할 때가 아니다. 한나라당 안에도 진중하고 양심적인 당원들이 존재할 것이므로 지금까지의 경거망동한 행동거지를 깊이 살펴봐야 할 것이다.

선거가 끝난 뒤 한나라당 사람들이 입을 모아 부르짖었다는 〈잃어버린 십 년을 되찾았다〉는 말은 어떤 경우에도 용납될 수가 없다. 지난 팔십칠년 민주화투쟁으로 자유민주주의를 쟁취했고 참된 민주주의를 이룩해 나가는 오천만 대한민국 시민을 멸시함이고 한나라당 스스로가 과거와 같은 독재세력임을 자인하는 오만불손함의 극치이기 때문이다.

(2007.12.20)

극단적 애국주의

지난 유월 십이일부터 남아프리카 공화국에서 열리고 있는 이천십년 월드컵 본선에 진출한 한국축구대표팀이 비조 예선 첫 경기에서 유럽의 그리스팀을 이대 영으로 완파하면서 원정 첫 승리를 기록했다.

한국은 지난 이천이년 〈월드컵〉을 서울과 도쿄에서 일본과 공동주최하면서 준결승까지 진출했던 전력이 있기는 하지만 유로이천사 챔피언이고 〈피파〉 랭킹이 한국보다 상위에 랭크돼 있는 그리스 대표 팀과의 대전에서 이날 예상 밖으로 잘 싸움으로써 십육강 진출의 교두보를 만든 것이다.

이 경기가 열리던 시각 전국에서는 무려 일백만 명 이상의 축구팬들이 길거리로 몰려나와 대한민국! 을 소리 높이 외치면서 대대적인 응원을 펼쳤다는 것이 매스컴들의 보도다. 이는 팔 년 전 한일 월드컵 때 약 한 달 가까이나 붉은 티셔츠를 입고 한국인들이 보여준 "오! 필승 코리아"라는 응원 열기에 버금가는 것이었다.

그런데 첫 경기가 끝나고 닷새 만에 치러진 남미의 강호 아르헨티나팀과의 두 번째 경기에서는 한국 선수들이 투지와 끈기를 발휘하면서 전후반 구십 분을 올라운드 플레이로 뛰었지만 현격한 기량의 차이를 극복하지 못하고 사대 일이라는 큰 스코어 차로 아깝게 패배하고 말았다.

그러니까 아르헨티나와의 경기가 열린 지난 십칠일에도 그리스와의 경기 때보다 훨씬 더 많은 일백오십만 명의 축구팬들이 전국 도심의 길거리에 나와서 한국 팀의 승리를 기원하면서 밤늦도록 응원을 펼쳤다. 더군다나 이날은 장마철의 한중간이라 전국적으로 국지성 소나기가 쏟아지는 곳이 많았는데도 축구팬들은 이를 아랑곳하지 않았던 것이다.

이처럼 요즘 한국에서는 직장과 학교와 가정은 물론이고 사람이 모이는 곳이면 어디를 가릴 것 없이 온통 월드컵축구로 난리법석이다. 만나는 사람들의 화제들도 대부분이 월드컵축구이다. 티브이 등 모든 매스컴이 온통 월드컵축구 보도에 주력하고 있으니까 시민들이 축구 열기에 정신을 못 차리는 것은 어쩌면 당연한 일인지도 모를 일이다.

국내 매스컴들이 이런 일방적인 스포츠 보도를 공세적으로 펼치기 시작한 것은 전두환 반란군정권이 등장한 팔십년대 초반부터이다. 우민정책의 최우선은 스포츠레저를 시민들에게 보급시키는 것이라고 판단한 그들은 민주회복을 갈망하는 시민들의 자유 의식을 음성적으로 억제시키기 위해서 여건도 불충분하던 국내 스포츠계에 프로야구와 프로축구를 전광석화처럼 도입해서 철 이른 레저스포츠시대를 열었던 것이다.

그 뒤 세월이 흘러 구십년대로 넘어오고 시민소득이 향상되면서 스포츠와 레저는 자연스럽게 시민들 속으로 파고들었고 생활의 한 부분으로 자리를 잡았다. 삼십여 년이 흘러간 지금 누구도 스포츠와 레저생활을 외면하거나 거부할 수가 없게 되었다. 이명박 정권이 집권하자마자 모든 매스컴의 장악을 첫 번째 집권목표로 잡았던 소이도 바로 이런 점 때문일 것이다.

두 개의 공영방송과 한 개의 민간방송 등 공중파 방송 세 개와 다섯 개의 종합편성채널 그리고 수구기득권 세력들이 경영하는 막강한 주류신문 등을 장악하고 있는 보수수구세력으로서는 스포츠와 연예오락을 활용해서 시민을 우민화시키는 정책이 정권을 가장 빠르고 완벽하게 반석 위에 올려놓는 첩경이라는 것을 그간의 집권 경험을 통해서 터득했기 때문일 것이다.

살펴보자. 세종특별시 설치를 위한 원안 수정, 사대강사업졸속추진, 광우병 쇠고기 수입 등 이명박 정권의 소통 부재를 규탄하는 시민들의 여론이 육이 지방선거를 통해 강력하게 제기됐지만 도하의 모든 매스컴들은 이 같은 중요한 선거 민심을 전혀 이슈화하지 않았다. 흘려버리고 말 단신 정도로 취급하거나 아예 묵살했던 것이다.

뿐만 아니다. 참여연대가 '천안함' 사건 조사결과에 대한 다른 의견을 유엔안전보장이사회에 제기하자 이명박에 의해서 국무총리가 된 전 서울대학교 총장 정운찬이는 "이것이 어느 나라 사람들의 행동이냐"라고 매도했고 수구세력들과 주류신문을 비롯한 관영매스컴들은 참여연대를 좌경세력으로 몰아 연일 대서특필하면서 시민들과의 이간질을 책동했다.

알다시피 참여연대는 엔지오 단체이다. 이런 비정부기구는 항상 정부의 정책을 비판하고 충고할 임무를 가지고 있다. 시민사회단체가 정부의 지시대로 움직이거나 정권의 홍보역할이나 한다면 설립 목적과 존재 이유가 없는 것이다. 이런 참여연대의 기본활동을 이적행위로 몰아붙이고 있는 무식하고 야비한 국무총리의 비이성적 작태야말로 경거망동이 아닐 수 없다.

지금 정권홍보의 나팔수로 전락한 공영방송과 주류신문 등 모든 친정부 매체들은 체육면의 상당 부문을 월드컵축구경기 위주로 편성 보도하고 있다. 또 객관성도 결여된 천안함 침몰 사건의 정부 측 조사결과를 타당하고 완벽한 조사라고 연일 대서특필로 보도하면서 이 땅에 공안위협과 전쟁 분위기를 조성하고 있는 것이다.

지금 서울을 비롯하여 전국에서 벌어지고 있는 이 시민의 눈과 귀를 가리는 매스컴들의 광란한 모습을 가리켜 어떤 역사학자는 〈징고이즘〉 현상이라고 진단했다. 징고이즘이란 낱말은 우리에게 아주 생소하다. 옥스퍼드 영어사전에 '공격적 대외정책의 형태를 띠는 극단적 애국주의'라고 풀이돼 있는 것이 징고이즘이라는 것이다.

이를 조금 간추리면 '호전적 국수주의' 정도로 번역된다는 것이다. 호전적 국수주의란 옳고 그름을 판단하기 이전에 모든 정책적 사안을 극단적 국가주의에 기준하여 무조건 밀어붙이는 천구백오십년대 혼란하던 미국 의회에 잠시 나타났다가 사라졌던 '네오콘' 같은 수구기득권 세력들의 행동을 지칭하는 말이다.

이명박 정권의 이 징고이즘 현상은 이천팔년 촛불문화제파동 이후부터 시작되었으며 서해에서 천안함 사건이 터지면서 몇 갑절 증폭되었는데 시민들의 입과 귀를 틀어막고 독선적인 정치를 자행하기 위해서 월드컵을 접목시켰다고 볼 수밖에 없다. 지금 우리나라의 모든 매스컴들은 천안함을 침몰시킨 북한을 매도하고 월드컵축구를 즐기기만 하면 무조건 한국의 국가품격이 높아지고 경제가 발전하는 것으로 시민들을 부추기고 있는데 그것이 다름 아닌 징고이즘의 한 현상이라는 것이다.

지나간 육이 지방선거에서 군소야당과 선거연합을 이뤘던 민주당과 무소속후보들이 예상외로 압승한 것은 시민들이 이명박 정권과 여당인 한나라당을 중간 심판한 것이라고 정치평론가들은 진단했다. 선거가 참패로 끝나자 이명박 대통령은 "지방선거에 나타난 국민들의 뜻을 겸허히 수렴하겠다"고 마지못해 수긍하는 척했었지만 그 뒤 한나라당이나 이명박 정부에서 민의를 수렴하겠다던 후속조치는 전혀 나오지 않고 있다.

모든 매스컴을 총동원하여 세상을 뒤덮을 만큼 월드컵축구 열기를 불어넣은 다음 시민들의 건망증을 틈타서 중대한 정치 현안은 적당히 넘겨버릴 속셈이 틀림없다. 건전한 스포츠나 레저는 시민들에게 여가이고 취미생활이다. 그러나 정부가 그 순수한 열기를 정치적으로 이용한다면 참으로 간사하고 교활하다고 아니할 수 없다.

이런 현상은 모든 관영매스컴이 한나라당 대선 캠프의 언론특보들에게 논공행상으로 장악되면서부터 예견된 일이었다. 그 세력들에게 접수된 공익언론사들이 본래의 존재 목적인 정당한 비판기능은 제거한 채 이명박 정권의 홍보수단으로 전락한데 이어 이제는 모든 시민들에게 '호전적 국수주의'를 강제로 주입시키는 미증유의 선전도구가 되고 있는 것이다.

축구경기야말로 서방 제국주의자들의 약소국침략전쟁의 무기나 다름없는 마약 같은 놀이다. 승리를 위해서는 어떤 대가를 치르는 것도 두려워하지 않는 점이 그렇다. 선수들에게 값비싼 장비를 갖추게 하는 것은 물론이고 다른 나라에 승리하기 위해서 축구 강국인 유럽이나 서구의 유명감독이나 코치들을 끌어들이는 짓거리와 상대팀의 골대 안에다 볼을 차 넣음으로써 승리를 쟁취한다는 과정이 지나칠 만큼 전쟁과 닮아있는 것이다.

유럽의 축구제국은 제이차세계대전 이후 이 축구경기를 이용하여 다시 전 세계를 스포츠로 함락하고 제패한지 이미 오래다. 사년마다 월드컵 대회에 출전하는 축구팀을 지역적으로 선발하는 규정과 오대양 육대주에다 출전 팀의 숫자를 배정하는 방식, 그리고 천문학적인 월드컵 티브이 중계료에 얽힌 지나친 상업주의 등에서 유럽의 축구 강국들은 전 세계 후진국과 개발도상국들을 스포츠 식민지로 다스리고 있다.

지금 축구제국을 섬기는 변방의 약소국가들은 불쌍하게도 스위스에 자리 잡고 있는 국제축구연맹에 실낱같은 목줄을 걸고 그들의 노예 노릇을 자임하고 있다. 천문학적인 보수를 지불하고 축구제국의 유명감독들을 모셔다가 자기 나라의 축구 수준을 높이는 일에 정신이 팔려있는데 이천이년 한국 축구 대표 팀의 감독을 제수받아서 활동했던 네덜란드 출신의 거스 히딩크의 경우가 상징적이고 아주 좋은 본보기라 할 수 있다.

어떻게 해서든 어떤 방법을 동원해서든 그쪽 유럽의 축구제국들과 인연을 맺음으로써 월드컵경기 출전이 가능해지지 않을까 하는 실낱

같은 희망, 그것이 바로 아프리카와 라틴아메리카 그리고 아시아 변두리에 산재한 거대한 프런티어인 가난하고 힘없는 약소국가들이 서구열강을 향해서 뿜어내는 서글픈 노예의 식민근성이라고 볼 수밖에 없는 것이다.

그러니까 유럽의 강대국들은 축구 용병들 블랙홀로서의 축구제국이기도 하다. 언제부터인가 아시아 아프리카 중남미 아메리카에서는 뛰어난 자기 나라 축구선수들이 유럽의 프리미어리그에 발탁되기를 학수고대하고 있는 것이다. 그것이 출세하고 돈 버는 지렛대이자 소원이기 때문이다. 독일 축구리그에서 뛰었던 한국의 차범근 선수가 그런 꿈을 이룬 경우이며 적절하고 실질적인 선례가 될 것이다.

지금 맨체스터 유나이티드팀 소속인 박지성 선수가 받고 있는 연봉은 대략 육칠십억 원으로 알려지고 있다. 그런데 박 선수가 몸담고 있는 '맨유'의 감독은 한국 축구팬들의 열망처럼 박 선수를 경기마다 매번 기용하지도 투입하지도 않는다. 그것은 박 선수처럼 외국에서 데려온 현대판 글래디에이터(검투사)들이 수없이 많기 때문이라는 것이다. 감독이 그 선수 모두를 적절하게 경기에 안배하고 출전시켜야 하는 고민이 있다는 사실을 일반 축구팬이나 시청자들은 전연 모를 것이다.

지금 온 나라를 휩쓸고 있는 이 월드컵 쓰나미를 어떻게 밀어내야 될 것인가? 민주주의와 공산주의 등 이데올로기 함정에 빠져서 뭘 잘 분간 못하는 한국의 평범한 시민들은 국내 전체 매스컴들이 벌이는 이 '호전적 애국주의' 물결에 휩쓸려서 국가의 중대한 일들을 깜빡 잊었거나 전혀 모른 채 아랑곳하지 않고 있는 것이다.

따져보면 월드컵축구가 우리 한국이나 한국인에게는 실제로 아무런 이득이 없다. 우리 시민들은 그냥 한때 즐기고 마는 스포츠이지만 월드컵이라는 축구잔치는 유럽 강대국들의 어마어마한 돈벌이 수단이다. 따라서 우리가 축구를 경기로 즐기면서 그들의 돈벌이에 들러리를 서는 것까지는 어쩔 수 없는 일이겠지만 그렇다고 겨레의 정체성을 포기한 채 정신까지는 잃지는 말아야 할 것이다.

한민족은 일백여 년 전에 일본제국주의자들의 침략을 받아 무참하게 일본의 식민지가 되어서 삼십육 년 동안을 간악한 일본의 식민지로 질곡 속에서 살아왔다. 다행히도 세계 제이차대전에서 일본과 나치독일의 반대편에 섰었던 연합국들이 승리를 거두게 되면서 우리는 덤으로 일제의 쇠사슬에서 풀려났었다.

한국은 팔십년대 이후에 젊은 과학자들과 젊은 노동자들이 이룩한 경제발전으로 지금은 대를 걸쳐가며 물려받았던 가난의 때를 벗고 오이시디 가맹국가로 졸지에 부상했다. 이제는 돈을 벌었고 굶주림에서 벗어났으니 본래의 정체성을 찾아서 제대로 된 자유민주주의 국가를 이룩해 나가는데 모든 힘을 쏟았으면 좋겠다.

이제부터라도 모든 시민들은 크게 깨달아야만 하고 정체성을 되찾아야만 한다. 나라를 잃고 강대국들에게 끌려만 다니던 지난날의 가난하고 미개하던 시절처럼 자기 정체성을 잃어서는 안 된다. 항상 강대국들의 식민지처럼 살지 말고, 남의 다리만 긁지 말 것이며 독립된 민주국가의 시민으로서의 위상을 되찾아서 좀 똘똘하게 살아갔으면 좋을 것 같다.

(2010.6.20)

경제발전

대부분의 선진국 사람들은 개척되지 않은 산지나 황무지 같은 평야가 남아있다면 그 나라의 경제발전은 아직 시작되지 않았다고 생각하고 있는 것 같다. 또 아직 자연 상태의 연근해 개펄이 옛날 그대로 보존돼 있으면 그 나라의 경제개발은 이제부터 시작돼야 한다고 믿는 것 같다. 그것이 이십 세기에 등장한 서구 문명국들의 발전 이데올로기의 기본이고 대전제이다.

지구를 온통 뒤틀리게 만들고 인간의 무한대한 욕망을 불러일으킨 이 〈경제발전〉이란 새로운 이데올로기가 세상에 나타난 것은 미국의 대통령으로 당선된 트루먼이 천구백사십구년 일월 이십일에 발표한 대통령 취임 연설에서였다. 그는 "미국에는 새로운 정책이 있다"고 울먹이듯 설파하면서 세계 도처에 산재한 미개발 국가들에게 기술적 경제적 원조를 제공하고 상업적 투자를 시행하여 경제를 개발하고 인류의 생활을 발전시키겠다는 꿈같은 청사진을 발표했다.

그러니까 경제발전이라는 낱말은 트루먼의 연설 직후부터 지구촌 세상에서 집중적으로 쓰이기 시작했다. 이십 세기 이후에 발표된 학술논문이 완벽하게 수록돼 있는 미국의 잡지기사색인에서 천구백사십구년 이전의 논문들 제목을 자세하게 살펴보면 '경제발전'이나 '근대화'라는 낱말 또 '미개발 국가'라는 낱말들은 거의 등장한 바가 없었으며 전혀 존재하지도 않는다는 사실이다.

그러니까 경제발전이란 낱말에서 분명하게 거론되는 것은 발전돼야 하는 국가가 미국이 아니라 전 세계 오대양 육대주에 존재하는 약소국가들이라는 점이다. 미국은 이차대전 이후 강대국의 식민지에서 해방된 나라거나 또는 상대적으로 가난한 나라들, 그리고 아직 식민지 상태로 남아있는 작은 나라들을 대상으로 경제발전 정책을 적용하여 그 나라들을 근대화시키거나 가난에서 벗어나 잘사는 나라로 변모시키겠다는 구상을 세웠고 이 같은 정책을 전 세계인을 상대로 발표했던 것이다.

우리가 곰곰이 생각해 보면 제이차세계대전이 끝난 뒤 미국은 넘쳐 나는 자본을 적절하게 투자할 명분을 찾고 있었다고 볼 수 있다. 경제적으로 매우 유익한 전쟁을 끝냈던 미국은 오랜 침체의 불경기에서 탈출하는 행운을 누렸고 그 막대한 이익을 바탕으로 가난하고 병들어 있던 제삼세계의 약소국가들을 상대로 허울이 그럴듯한 이권사업을 펼치고 싶었던 것이다.

강력한 힘을 바탕으로 한 미제국주의 정책이기 때문에 〈경제발전〉이란 새로운 낱말은 아무런 저항을 받지 않고 전 세계로 급속히 스며들었다. 그러니까 근래 들어 인구에 회자되고 있는 '세계화'라거나 '글로벌'이라는 낱말처럼 날개가 돋친 듯이 발 빠르게 번져 나가고 보급되면서 새로운 이데올로기의 하나로 자리 잡게 되었다.

〈발전〉이라고 하면 그것은 흡사 비문화나 비문명사회 속에서 숨겨져 있다가 개발 가능성이 발견된 것 같은 느낌이 들지만 그 속을 까고 뒤집어 보면 다분히 '착취'와 속임수의 낱말이라는 사실을 알 수 있다. 그러나 미국인들은 이 낱말을 세계의 모든 문명 속에서 솟아나는 새로운 문화 현상처럼 덧씌워서 사용하였고 산업문명으로 정착시킬 가능성이 있다고 달콤한 뉘앙스까지 풍겼던 것이다.

트루먼의 그 연설을 기점으로 미국정부는 먼저 새로운 학문분야를 설정했는데 그것이 바로 "발전경제학"이었다. 미국은 이 분야에 막대한 돈을 투자하기 시작했다. 이 계획을 수립한 미국은 패권주의 국가인 미국을 무조건 선망하는 과거 강대국의 식민지였거나 원래부터 가난하게 살아가는 제삼세계에 자리 잡은 수많은 국가의 젊은이들과 소장학자들에게 무상장학금을 지급하면서 미국의 유명한 대학으로 불러들여서 공부를 시키기 시작했다.

가난하고 미개한 국가에서 불려온 그들은 재화가 풍부하고 문명이 화려한 미국 땅에 머물면서 미국의 대학이 인준하는 경제전문가가 될 때까지 몇 년 동안이나 미국식 발전경제학을 배웠다. 미국정부로부터 학비와 생활비는 물론이고 흡족한 용돈까지 받아 가면서 발전경제학을 공부한 그들은 사 년에서 육 년 또는 팔 년 동안의 지루했던 미국 공부가 끝나자 일부는 미국에 남았지만 거의가 곧바로 자기들 나라로 돌아갔다.

미국정부의 돈으로 미국 대학에서 미국식 발전경제학을 전공한 수많은 젊은 지식인들이 자기의 모국으로 돌아간 뒤에 모두 어떻게 되었을까? 거의가 자기 나라 정부의 정치지도자 또는 고급관료로 자리 잡았거나 국공립대학의 교수가 되었음은 물론이고 자국의 경제정책을 미국식으로 창조하고 발전시키려고 그 선봉에서 일했던 것은 너무도 자명한 일이었다.

제이차세계대전이 끝나고 육십 년이 지나간 지금까지도 미국이 세계 최대의 패권국이자 강대국으로 군림할 수 있었고 미국의 정치적 이데올로기와 모든 대외정책을 전 세계적으로 손쉽게 주입시키고 실현할 수 있었던 바탕은 바로 미국이 트루먼 대통령 연설의 주제였던 〈발전경제학〉을 이십 세기의 새로운 학문으로 온 세계에 정착시키고 이를 철저히 실행에 옮기도록 주도했기 때문이라는 분석이다.

미국 정책에서 "경제발전'이라고 부르는 것은 지구 위의 모든 인간과 자연을 산업경제 시스템 속으로 집어넣는 행위를 말함이다. 이 경제발전의 고리 속에서 오늘날의 세계를 살펴볼 때 전쟁 없이 잘사는 곳은 발전된 나라이지만 가난과 불평등으로 고통을 받고 있는 나라들은 거의가 전쟁에 휘말려 있거나 혹독한 전쟁을 치른 개발도상국 이거나 혹은 미개발 국가로 나눠진다는 사실이다. 그런데 그 나라들의 속내를 깊숙이 들여다보면 그것이 미국을 비롯하여 선진국이라고 불리는 유럽지역에 존재하는 패권국가들의 속임수라는 것을 이내 알아차리게 된다는 사실이다.

전기라는 것이 발명되면서 인간은 처음으로 전등을 만들어 불을 켰다. 문명의 이기로 등장한 것이다. 그런데 많은 세월이 흐르면서 그 편리한 전기가 인간생활을 지배하는 무서운 무기가 되고 말았다. 지금은 전기가 없으면 인간은 불편해서 하루도 살아갈 수 없게 되었기 때문에 인류는 그 전기를 얻기 위해서 강에 수력발전소를 만드는 것을 필두로 화석연료를 쓰는 화력발전소와 바람을 이용한 풍력발전소, 햇빛을 쓰는 태양광발전을 만들었고 요즘에 이르러서는 세상의 내일이 진실로 두려워지는 플루토늄만을 연료로 쓸 수밖에 없는 핵발전소까지 무한대로 짓고 있는 것이다.

그동안 전기와 전자기기를 이용하는 많은 생활필수품도 발명 개발되었다. 텔레비전이 그렇고 컴퓨터와 누구나 들고 다니는 스마트폰이 대표적이다. 옛날에는 없어도 전혀 불편하지 않았던 생활필수품들이 지금은 옆에 없으면 생활이 어려울 만큼 습관화되었으니 지금은 전기와 전자기기가 인간을 지배하고 있는 것이다. 모든 교통수단들이 그렇고 엄청난 먹을거리들이 그렇고 갖가지 주택과 건축물들이 또한 그렇다.

그 모든 문명의 이기들을 생산하기 위해 곡식을 심어 먹던 땅들이 공장의 부지로 바뀌었고 문화생활을 즐기고 문명인으로 살아가는데 필요한 여러 갈래의 길이 만들어졌다. 고속도로에서 국도, 지방도, 동네길까지 길이란 길은 모두가 아스팔트나 시멘트로 포장이 되었다. 세계 어느 나라를 말할 것 없이 땅의 거죽을 모두 싸 발라서 살아있는 지구촌의 모든 땅들이 제대로 숨을 쉬지 못 할 뿐 아니라 하늘에서 쏟아지는 빗물조차 제대로 스며들 틈새마저 없게 만들고 말았다.

수천 년 동안 땅속에 묻혀있던 석유를 캐내서 온갖 생활기기들을 만들고 또 에너지를 얻으려고 매일 같이 석유를 불태우고 있다. 또 땅속을 흐르는 무한대의 지하수도 세계 곳곳에서 자기들 멋대로 뽑아서 마구 남용하고 있다. 이제는 내일을 전혀 계산하지 않는 인류의 이런 정처 없는 짓거리들을 어느 한 나라가 말릴 수도 없고 말려서 들을 일도 될 일도 아닌 참혹한 지경에 다다른 것이다.

그래서 오랫동안 바다 위에 떠 있던 북극과 남극의 빙산이 녹아내리고 세계 도처에서 엄청난 지진이 발생하고 갑자기 쓰나미라는 해일이 일어나 지구의 형체가 뒤틀리면서 인명이 무더기로 살상되는 무서운 재앙까지 발생하고 있다. 이것이 모두 경제발전, 경제개발이라는 이름으로 자행되는 선진문명국들의 과도한 욕망과 집착의 여파가 가져온 불행이 틀림없을 것이다.

다시 말해서 전 세계적으로 시행되고 있는 경제발전 정책은 미국을 비롯한 선진국들이 벌이는 고도의 장삿속이고 투전판이나 다름없다. 그러니까 약소국가의 백성들은 남의 정신에 놀아나는 허수아비들이고 노예들이나 다름없는 셈이다. 미국, 영국, 프랑스, 러시아, 독일, 중국, 일본을 비롯한 선진 강대국들의 농간에 현혹되어 본래부터 지녀오던 자기 정신을 잃고 살아가는 불쌍한 식민지 국가의 백성들이 되어버린 것이다.

그 경제발전의 은덕을 입어서 대를 물려오던 가난에서 벗어난 대부분의 한국인들, 특히 서민들의 경우 경제발전을 계속해야 인류가 행복하지만 경제발전에서 뒤처지거나 포기하면 또다시 과거와 같이 가난하고 불행해진다고 철석같이 믿고 있는 것이다. 그러니까 경제발전이 지속되면 살아남겠지만 그렇지 못하면 옛날처럼 다시 기아에 허덕이거나 남의 나라 원조를 받아서 겨우 국가체제를 유지하는 가난한 후진국으로 되돌아갈 것이라고 철석같이 믿고 있다는 사실이다.

그런데 일본에 살고 있는 정치학자이자 평화운동가인 미국인 더글

러스 러미스 씨의 주장을 들어보면 섬뜩한 소름이 돋는다. 천구백오십년 한국전쟁 이후에 한국은 미국과 일본의 경제발전 모델을 그대로 답습한 고도경제성장을 전형적으로 밟아옴으로써 엄청난 물량적 풍요와 낭비에 근거한 소비주의 문화를 만들어 왔었는데 그 과정에서 인간다운 삶의 기반이 끝없이 훼손당해 왔고 앞으로도 지속적인 생존 가능성이 불투명한 가공할 만한 생태적 재난에 봉착해 있다는 것이다.

이것이 무슨 말이냐 하면, 한국의 서민들 생각의 밑바탕에는 경제성장에 대한 검토되지 않은 맹목적 신앙이 자리 잡고 있음이 분명하다는 것이다. 가난한 나라의 사람들이니까 오직 경제성장을 통해서만 우리의 새로운 운명을 개척해야만 한다. 그러기 위해서는 천연자연이 파괴되든 말든 농사를 짓던 땅에다가 많은 공장을 수없이 짓고 그래서 수많은 일자리를 만들어서 모두가 높은 소득을 올려 잘 먹고 잘살자는 목표 아래서 죽기 살기로 일만 열심히 하면 된다는 생각을 가지고 있다는 것이다.

그런데 지엔피 이만 달러를 이룩한 지금의 한국인들은 과연 모두가 행복하게 살고 있는가. 우리는 경제발전에 수반하는 물질생활을 제외한 인간적인 삶의 바탕이 얼마나 보존되고 있으며 어떤 환경에서 살고 있는지 되돌아보지 않을 수 없다. 갈수록 깊어지는 빈부격차의 양극화 속에서 풀뿌리 서민들이 자신의 삶을 선택하거나 결정할 수 있는 권리는 점점 더 어려워졌고 산업노동자들의 생활은 지난 어느 때보다도 부자유스러운 〈노예〉나 다름없는 삶으로 내팽개쳐지고 있다는 사실이다.

그럼에도 이른바 진보세력은 물론이고 일부 체제 비판적이었던 지식인들마저도 정치적 입장에 관계없이 경제성장만이 과거 가난했던 농경사회의 굴레를 벗어나는 사회적 진화라는 시장만능주의 사상에 동조하고 있다는 사실이다. 특히 그들은 이제야말로 '경제성장의 허구와 신화를 벗어나야 한다'는 진보적인 주장이야말로 비현실적 비판이라고 몰아붙인다는 것이다.

이런 한국의 현실에 대해서 러미스 씨는 '타이타닉 현실주의'라고 잘라서 규정하고 있다. 생존의 자연적 기반이 사라지고 무너져 내리고 있는 마당에 무엇보다 생물학적 존재로서의 인간이 어떻게 이 현실을 무시하고 살아남을 수 있는지 아무런 처방을 세우지 않고 있는 현실이 너무도 안타깝고 답답하다는 것이다.

지금도 세계는 여전히 전쟁의 포화 속에 내팽개쳐져 있다. 이라크에서 미군이 철수를 시작하면서 걸프전이 끝나는 듯했지만 이스라엘과 팔레스타인의 대치상태를 비롯하여 알카에다와 탈레반 세력을 몰아낸다는 명분을 가진 미군의 아프가니스탄 전쟁, 그리고 북한의 핵실험으로까지 번지면서도 종식될 줄 모르고 지지부진한 한반도에서의 남북 대치상황 등은 경제발전을 이룩했다는 한국에게는 더욱 무서운 재앙으로 다가오고 있기 때문이다.

따라서 가난이라든가 부유함이라는 것이 기본적으로 경제개념이 아니라 어디까지나 정치적인 개념이라고 주장하는 지식인들의 의견은 씹어볼 만한 탁견이라는 생각이다. 우리는 오랫동안 우리가 속한 공동체의 정치적 판단과 선택에 의하여 결정되어야 마땅한 것들을 경제적 문제라고 오인 착각함으로써 우리의 개인적 집단적 삶에 본래부터 내재되어온 참다운 풍요로움의 가능성을 파괴해 왔던 것이 사실이다.

엄청나게 뒤늦었지만 이제라도 이러한 깨달음에 우리가 얼마나 겸손하게 응답하느냐에 우리와 다음 세대의 운명이 달려 있음이 분명하다. 러미스 씨 같은 사람은 온 세계의 인류들에게 더 이상의 유토피아를 실현할 가능성은 없다고 경고하고 있다. 이미 온 세계가 미국을 비롯한 선진강대국들의 경쟁적인 경제발전 정책에 따라서 오염될 대로 만신창이가 되었기 때문이라는 것이다. 자못 공감하는 사실이다.

그러나 문제는 우리 앞에 닥친 이 현실을 방관할 수도 외면할 수도 없다는데 있다. 우리가 여기서 살아남는 길은 단 하나 미국이 창안한 〈경제발전〉이라는 이십 세기의 이데올로기 아래서 비록 여러 갈래로 찢겨지고 훼손됐을 뿐 아니라 그 무서운 핵 물질 방사능으로 온통 오염이 된 지구촌일 망정 한 가닥 희망을 가지고 더 이상 지구촌의 땅과 자연이 파괴되지 않도록 자기가 살아가고 있는 땅에서 최선을 다해서 힘쓰는 것밖에는 우리들에게 지금 다른 윤리적 행동의 시간은 없다는 것이다.

(2011.2.15)

시민의 수준

이천칠년 정해년 새해가 밝았다. 올겨울에는 오 년 만에 대통령 선거가 실시된다. 그런데 대통령이 새로 뽑히기만 하면 금세 새로운 세상이 오고 겨레 모두에게 주저리 복이라도 쏟아지는 모양인지 세상 사람들은 벌써부터 온통 대통령선거 이야기로 난리들이다. 참으로 기가 막힐 일이다.

각급 언론매체와 정당들은 자기 나름대로 여론조사를 실시하면서 선거열기 띄우기에 야단법석이다. 지금 대선후보로 거론되고 있는 몇몇 사람들에 대한 인기도에서 시작하여 그들이 보유하고 있는 재산현황과 세금납부실적 그리고 자녀들의 병역문제와 대학진학을 앞둔 전입학 문제 등 다양한 항목이 여론조사대상이라고 한다.

그 가운데서 단연 우위를 차지하고 있는 항목은 예외 없이 대통령의 자질이었다고 한다. 그것은 누가 어떤 사람이 대통령으로 뽑혀야만 국가의 지속적인 번영과 발전이 이룩될 수 있느냐 라는 것에 가장 높은 비중을 둔 것 같다. 그러니까 세상의 모든 언론매체들은 지금 여론의 귀추를 '대통령의 자질' 그 한 가지로만 몰고 가는 모양이다.

물론 한 나라의 최고지도자이고 상징적 인물인 대통령이 국부로 추앙받을 수 있는 완벽한 인물이었으면 오죽이나 좋을까. 학식과 덕망을 갖췄고 인격적으로 훌륭하며 실물경제에 밝고 정치적 자질이 뛰어나서 모든 시민으로부터 존경을 받을 수 있는 완벽한 인물이라면 더할 나위 없이 좋을 것이다. 때문인지 한국의 주류신문과 공영 민영방송을 비롯한 모든 언론매체들은 무조건 명문대학 출신이 대통령이 되어야 한다고 은근히 충동질을 하고 있다.

잘 알다시피 대통령이란 인물은 하늘에서 내려오지도 않고 땅에서 솟아나지도 않는다. 시민들이 투표로 뽑아서 시민들의 권한을 일시 위임하는 한낱 기한부 정치지도자일 뿐이다. 정당이나 국회 또는 정부에서 법이나 절차에 따라서 임명하거나 해임할 수 있는 공직의 자리가 절대 아니다. 때문에 유권자들의 선택에 따라서 뜻밖의 걸출한 인물이 선출될 수도 있지만 아주 평범한 장삼이사 같은 인물이 뽑힐 수도 있는 것이다.

그러므로 선거에서 뽑히는 민중의 지도자를 신화적 존재처럼 미리 틀 속에 집어넣어서 생각해서는 안 될 것이다. 대통령은 왕조시대의 전지전능한 제왕이 아니다. 왕은 천상천하 유아독존의 존재로 막강한 권력을 무소불위로 휘두르는 만백성의 생사여탈권이 그의 손안에 있었다. 안 되는 일이 없었고 못 할 일이 없었다. 하고 싶은 일은 무엇이나 할 수 있었다. 그래서 살아있는 신으로 우러러지기도 했었다.

그런데 지금 한국의 모든 매스컴들은 시민들이 그런 왕조시대를 열망하고 있는 것처럼 오도하고 있다. 명문대학 출신이 대통령으로 선출되지 않았었기 때문에 나라의 위상이 추락하기라도 했던 것처럼 흥분들을 하고 있다. 대통령은 선거라는 절차를 통해서 뽑히는 인물이므로 내가 지지하지 않았던 사람이 뽑힐 수도 있음으로 당선된 대통령에게 완벽한 인품을 요구할 수가 없으며 전지전능하고 신격적인 인물로 추켜세워서도 안 될 것이다.

그런데 현실은 어떤가? 현재의 노무현 대통령은 자신의 정치적 동반자인 내각의 장관 자리가 공석이 되어도 후임자를 자기 뜻대로 임명을 못 하고 있다. 자신과 가까운 인물을 지명하게 되면 코드인사라고 비판, 국회 청문회에서 국회의원의 숫자가 많은 한나라당이 연거푸 인준을 거부하기 때문이다. 그렇다면 대통령책임제인 국가에서 집권당의 대통령이 자기의 정책을 비판하는 야당의 인물을 자기의 참모나 내각에 기용하라는 말이나 다름없다.

그렇게 대통령을 허명무실하게 만든 한나라당은 대통령이 무식하고 비전이 없어서 나랏일을 잘못한다고 사사건건 공격만 한다. 또 주류언론들은 대통령이 쓸데없이 말이 많다고 헐뜯고, 학벌이 짧다고 비난할 뿐 아니라 마음에 들지 않는다고 자기 집 머슴처럼 마구 몰아붙이고 있다. 이는 대통령의 업무능력을 탓하려는 것이 아니라 자기네 정당이 내세웠던 후보자가 대통령으로 당선되지 못 한데 대한 생트집으로밖에 볼 수 없는 행동들이다.

검으면 희다하고 희면 검다하네
검거나 희거나 옳다할 일이 전혀 없다
차라리 귀 막고 눈감아 들도 보도 말리라

　동서양의 정치학자들은 민주주의란 힘없는 서민들이 금력과 권력을 상대로 세상이 끝날 때까지 계속 싸워서 얻어지는 것이라고 말했다. 일확천금처럼 한 번으로 영원히 얻어지는 물건이 아니라는 것이고 민중들의 계속적인 투쟁으로 지켜내는 〈체제〉라는 것이다. 민주주의란 계속 싸우지 않고도 영구히 소유할 수 있다고 에둘러 방심한다면 힘센 자들에게 곧 다시 빼앗기게 된다는 경고가 아닐 수 없는 것이다.

　다들 아는 사실이지만 참여정부가 시작된 이후 국회를 장악하고 있는 한나라당은 시민의 이름을 내세워서 사사건건 노무현 대통령을 비판했다. 잘못되는 일이 생기면 모두를 대통령의 탓으로만 밀어붙였다. 한나라당과 그 세력들은 모든 걸 참으로 잘하고 있는데 정부와 집권여당이 그리고 노무현 대통령이 능력이 없어서 나라가 잘못되고 있다고 한나라당과 수구기득권 세력들과 주류언론들은 한목소리로 대통령을 모퉁이로 몰아붙이고 있다.

　객관적으로 볼 때 대통령이 특별하게 잘 한 것도 별로 없지만 또 잘못한 것도 별로 없는 것 같다. 취임 직후 독재정치 시대부터 잘못 추켜세워진 대통령의 막강한 권위를 스스로 폄훼시키는 〈탈권위〉를 시작하고 나서는 곧바로 탄핵소추의 올가미에 걸려들었고 그 이후로는 국회를 장악한 한나라당의 강력한 저지로 개혁입법 한 건을 제대로 통과시키지 못한 채 그들에게 질질 끌려오기만 참여정부가 아니었던가?

　어떤 정책이고 내놓기가 무섭게 한나라당에게 발목을 잡혔으니 공약으로 발표했던 사업들을 제대로 추진하지 못했던 것은 사실이다.

일을 제대로 할 수 없었으므로 행정실적이 상대적으로 미흡할 수도 있다. 그것을 꼬투리 삼아서 한나라당 사람들은 그동안 참여정부의 노무현 대통령이 뭘 한 것이 있고 뭘 했었느냐고 계속적으로 몰아붙이고 있는 것이다.

세간에 나돌고 있는 참여정부의 노무현 대통령과 관련된 우스개를 들어보면 누가 만들어냈는지 모르지만 우습기는커녕 자못 섬뜩하기까지 하다. 이름하여 삽살개시리즈를 한번 들어보자. 생존해 있는 김영삼, 김대중 등 전 현직 대통령 세 사람을 함께 아울러서 풍자한 것이지만 노무현 대통령이 주 공격대상이고 다른 전직 대통령들은 그야말로 들러리를 세운 것이니까 다른 대통령들은 일단 제외해 놓고 이야기를 하자.

북쪽의 김정일 정부에서 청와대에다 풍산개 한 마리를 선물로 보내왔다고 한다. 그런데 며칠이 지나도록 이 개가 전혀 짖지를 않더라는 것이다. "입을 가지고 있으면서 너는 왜 짖지를 않느냐"고 개에게 물었더니 한다는 말이 "우리 집 주인이 시도 때도 없이 너무 짖어대기 때문에 내가 짖을 필요가 없다"고 대답하더라는 것이다. 가끔가다 발표되는 노무현 대통령의 발언을 개에게 비유하여 만들어낸 이야기다.

이번은 소원시리즈이다. 휴일인 어느 날 노무현 대통령이 한강변으로 산책을 나갔다가 발을 잘못 디뎌서 물에 빠졌는데도 많은 사람들이 이 광경을 지켜보면서도 어느 누구도 건져주지 않고 구경만 하더라는 것이다. 그런데 그 이웃에서 낚시를 하고 있었던 어떤 소년이 강물 속에서 허우적거리는 노무현 대통령을 발견하고 불쌍히 여겨서 건져줬다는 것이다.

소년 낚시꾼에 의해서 구사일생으로 목숨을 건진 노무현 대통령이 너무 고맙고 감격해서 은혜를 갚으려고 "네 소원이 무엇이냐고"고 물었다는 것이다. 그랬는데 소년은 대답은 않고 시종 고개를 좌우로 흔들더라는 것이다. 이상하게 여긴 노무현 대통령이 자꾸 소원을 말해보라고 다그치니까 그때서야 마지못해 "저는 소원이 없습니다"라고 손사래를 치더라는 것이다.

야릇하게 생각한 노무현 대통령이 "앞길이 구만리같이 창창한 소년이 왜 소원이 없겠느냐, 그래도 소원이 있을 테니까 잘 생각해보라"고 거듭 말하니까 그때서야 대통령의 귀에다 대고 속삭이듯이 "제 소원은 동작동 국립묘지에 묻히는 것입니다"라고 말하더라는 것이다. 놀라고 불쾌해진 대통령이 "어린아이의 소원이 어째서 국립묘지에 묻히는 것인가?"라고 이유를 물으니 머뭇거리던 소년은 그때서야 "내가 대통령 할아버지를 강물에서 구조했다는 사실을 남들이 알게 되면 나는 그 자리에서 맞아 죽기 때문입니다"고 대답하더라는 것이다.

시중에는 이것 말고도 노무현 대통령을 헐뜯는 형언하기 어려울 만큼 속되고 고약한 우스개시리즈가 여러 개나 돌아다닌다고 한다. 참으로 기가 막힌다. 어느 누가, 어떤 무리들이 만들어서 유포시켰는지 모르지만 이렇게 무참할 수가 있는가, 자기 나라의 시민들이 뽑은 대통령을 그 나라의 시민들이 그런 식으로 폄훼하고 욕보이는 것은 자기 얼굴에 자기가 침을 뱉는 격이고 잔인하기 이를데 없이 악랄한 행위들이다.

근본적인 문제는 민주역량을 함양하지 못한 채 식민사상과 허무주의에 빠져있는 일부 노예 같은 시민들과 무지한 수구기득권층에게 있다고 생각한다. 또 민주주의를 구호양곡처럼 배급받는 것으로 착각하는 또 다른 일부 시민들에게 있다. 자기 의무는 전혀 이행하지 않으면서 모든 책임을 자기 마음에 들지 않는 대통령과 정부여당에게 돌리려는 잘못된 시민의식이 문제의 초점이 아닐 수 없다.

좀 심하게 말한다면 이런 못돼먹은 씨알머리들의 배알때기는 오랜 일본제국주의자들의 식민통치 속에서 겨레들을 배반했던 반역자들의 행태이고 세계의 최대 패권국가이고 제국주의 국가인 미국의 핵안보 울타리 속에 갇혀서 잘 먹고 잘살아온 세력들의 굳어진 노예근성이 아닐까 생각된다.

자기 수입은 계산하지 않고 무작정 부동산 투기에 뛰어들어서 일확천금을 노리다가 패가망신한 뒤 은행 대출금의 이자 갚기에 시달리는 사람들도 자신의 재테크 실패를 대통령의 탓으로 돌린다. 봉급이 얼마라는 사실을 생각하지 않고 값비싼 외제차를 굴리고 백화점을 드나들며 고급 외제상품을 쇼핑하느라 여러 개의 카드를 멋대로 긁었다가 〈신용불량자〉가 된 사람도 대통령이 경제를 살리지 못했기 때문이라고 한탄한다. 힘들고 궂은 일자리가 싫어서 취업을 안 하고 빈둥빈둥 놀고먹는 사람들도 대통령과 정부가 무능해서 일자리를 못 만든다고 입을 모아서 시비만 하고 있다.

도대체 대통령이 시민 개개인의 집안 살림까지 살펴주는 여염집 머슴은 아니다. 대통령은 한 나라를 이끌어 가는 정치지도자이다. 국회 및 사법부와 더불어서 정부를 대표하는 행정부의 수반이 대통령이다. 시민들은 선거 때 다수표를 얻어서 합법적으로 당선된 대통령을 내가 투표했던 지지자와 똑같이 믿고 후원해야만 한다. 그가 임기를 잘 마

칠 때까지 그의 정책을 밀어주고 성원해 주는 것이 민주국가의 시민
된 의무이기 때문이다.

대의민주주의는 실천하는 과정이 중요하다. 우리는 훈련도 제대로
받지 못한 채 팔일오 해방과 더불어 미국에 의해서 민주주의 제도를
도입했고 그로부터 육십 년이 지나갔다. 남들 앞에서 민주주의를 실
시하는 자립국가라고 주장은 하고 있지만 국토의 절반이 남과 북으로
분단된 상태이고 아직까지도 미국의 경제 영향력과 핵우산속에 남아
있음으로 미국의 식민지나 다름없다는 것이 유럽 사람들이나 진보적
인 세계정치학자들의 평가이다.

이런 현상은 시민들의 민주역량이 아직까지도 부족하기 때문에 빚
어지고 있다. 국정에 시민들이 자발적으로 참여하면서 잘못된 일은
스스로의 행동으로써 바로 잡아나갔어야 하는데 그것을 모두 대통령
한 사람의 지도력에게만 의존해 왔고 일백오십오마일 휴전선의 국방
을 맡고 있다는 강대국인 미국이 알아서 잘해주기만을 기다려 왔기
때문이다.

또 시민들은 자기 고장을 위해서 땀 흘려 일하는 지방자치단체의
책임자인 도지사, 시장, 군수, 구청장과 지방행정을 감시 감독하는 도
의원, 시의원, 군의원들에 대해서도 전혀 관심을 두지 않는다. 심지어
선거가 끝나면 누가 지자체장이나 지방의회의원이 되었는지 알려고
조차 하지 않고 지방자치가 왜 실시되는지 왜 필요한 것인지 관심이
전혀 없다. 지방자치제도란 한낱 지방토호 세력과 돈 많은 유지들이
대물림으로 차지하는 왕조시대 지방관아의 아전 나부랭이나 벼슬자
리로만 알고 있는 것이다.

따라서 장맛비가 넘쳐서 동네 제방이 무너져도 대통령 탓이고 골목 길에 눈을 치우지 않아 행인들이 넘어져 다쳐도 정부와 대통령 탓만 한다. 모든 걸 한사람 대통령의 무능 탓으로만 돌린다. 자기들이 여러 분야의 공직자들을 잘못 뽑은 책임에 대해서는 전혀 후회도 반성도 하지 않는다. 오직 여당인 열린우리당의 잘못만 거론하지 야당인 한나라당의 역할과 시민들의 잘못된 의식은 외면할 뿐이다.

주민의식의 결여는 그뿐 아니다. 여당이 잘못하네 야당이 잘하네, 라고 정당 활동에 대해서는 열을 올려서 지지하거나 비판하면서도 정상적인 정당 활동은 한사코 기피한다. 어느 쪽이 싫고 누구를 지지한다는 자기의 본색이 드러나기 때문에 정당에는 가입하기를 꺼린다. 참으로 양심불량이다. 그러나 선거를 임박해서 음성적으로 두둑한 수당을 받는 자원봉사자 활동에는 남보다 먼저 나선다.

따라서 선거철이 되면 진취적이고 정의로운 후보는 외면하고 금력과 권력을 가진 후보자를 지지하는 것으로 유권자의 의무를 다했다고 자부한다. 자기가 먹고 사는 일에 직접적으로 이해관계만 없다면 우리들의 삶의 공동체인 세상이 어찌 돌아가든 오불관언이다. 이것은 심각한 이기주의다. 자기 자신은 그렇게 개인적이면서도 세상의 잘못되는 일들은 무조건 남의 탓이고 참여정부 탓이고 집권여당 탓이고 노무현 대통령의 탓으로 돌린다.

지금 세상의 여론을 집약해보면 다음번 대통령은 한나라당 후보에게 돌아갈 것이 틀림없다. 잘 모를 일이지만 한나라당 후보가 과연 시민들의 기대치만큼 잘 할 수 있을까? 잘하려고 노력은 하겠지만 천만의 말씀이다. 당선된 지 반년이 못 가서 대통령을 잘못 뽑았다고 나라 안 여기저기에서 욕설이 흘러넘칠 것이 분명하다. 우리나라 시민들은 아직도 제왕과 신화적 존재 같은 대통령을 갈구하기 때문이다.

다시 되풀이하지만 대통령은 제왕이나 구세주가 될 수 없다. 자유민주주의라는 통치체제가 대통령 홀로 나라를 좌지우지 통치할 수 없을 만큼 권력도 분산돼 있지만 세상 자체도 옛날처럼 단순하지가 않다. 또 삼권이 분립돼 있기 때문에 행정부 한곳의 힘만으로는 모든 시민의 열망을 충족시켜줄 수가 없다. 그리고 일부 깨어있는 시민의식이 그런 대통령의 독단을 용납 용인하지도 않을 것이다.

대다수 시민들이 지금과 같은 편향적이고 이기적인 데다 민주적이지 못한 생각과 행동을 바꾸지 않는다면 지금 야당으로 있는 한나라당에서 차기 대통령이 나온다고 해도 그리고 그 다음에 당선되는 또 다른 수구기득권 세력 출신의 대통령이라도 대체로 성공하기보다는 반드시 실패할 수밖에 없을 것이 자명하다.

대통령이 시민들과의 소통을 외면하고 독주하거나 자유와 인권 민주 의식을 포기하고 강압적이고 독선적인 정책만을 남발하거나 국가주의를 앞세워서 시민을 경찰국가의 하수인처럼 통치한다면 시민들을 일시적으로는 굴복시키거나 억압할 수 있을지는 모르지만 오래지 않아 역사의 준엄한 심판을 받게 될 것이고 그 정권과 체제는 불행한 종말을 맞게 될 것이다.

다가오는 대선에서 유권자들이 실천해야 할 일은 누구를 선택하느냐가 아니라 어떤 사람을 선택해야 될까, 라고 깨달아야 될 것이다. 그리고 학벌과 경력도 중요하지만 얼마나 인간적으로 정직한 사람이 대통령으로 뽑느냐가 대한민국의 운명을 좌우할 것이다.

한국과 같이 대통령 중심제를 실시하는 나라에서 정직하지 않은 대통령이 선출되고 그가 시민들과의 소통을 거부하고 독선을 자행하게 되면 그것이 곧바로 독재정치로 이어질 우려가 크기 때문이다. 우리는 해방 이후 육십 년 동안 민주제단 위에 수많은 겨레의 피를 흘려가면서 지금의 자유민주주의를 쟁취했던 것이다. 그것을 절대로 후퇴시키거나 포기할 수 없는 것은 우리 민족의 자존심이고 슬기일 것이다.

(2007.1.3)

지휘관

오월 이십일, 이명박 정부의 군민합동조사단은 지난 삼월 이십육일 연평도 해역에서 침몰한 대한민국해군 소속의 '천안함'이 북쪽 해군의 잠수정이 쏜 어뢰를 맞았다고 발표했다. 그러나 사고 당시의 해역상황이나 민군합동조사단의 조사과정과 방법 등을 미뤄볼 때 정부의 이 발표를 쉽게 납득하기가 어렵다는 반론들이 시민들 속에서 잇달아 제기되고 있다.

사고를 당한 천안함은 그때 연평도 근해에서 실시 중이던 한미연합작전훈련(키리졸브)에 참가하고 있었다. 그 해역에는 미 해군 군사력의 총집합체라고 일컬어지는 이지스함이 무려 두 척이나 떠 있었고 우리 해군의 최신예 전투함과 해상작전 항공기들도 수십 척이나 집결해서 서해 전역을 장악하고 훈련을 실시하고 있었다는 것이다.

이 훈련은 한미 양국 군이 북한 인민군의 서해상 〈엔엘엘〉 침범에 대비하여 정기적으로 실시하는 것이다. 조사단의 발표대로 추정해 본다면 북한의 잠수정이 이 한미 양국 군이 훈련 중인 해역을 뚫고 침

입하여 우리 해군의 함정을 공격했다는 것이다. 그렇다면 안타깝게
도 북한 해군이 보유한 어뢰가 한미 양국 군의 최첨단 무기보다 엄청
나게 우수하거나 북한 인민해군의 전술전략이 한미 양국의 해군전술
전략보다 월등하게 앞서 있다는 결론에 다다를 수밖에 없는 것이다.

참으로 우울한 소식이 아닐 수 없다. 한국은 제삼공화국 정부 시절
부터 북한의 무력침공을 격퇴하기 위해서 최신예 첨단신무기증강이
라는 국방정책을 세워놓고 시민들로부터 수십 년 동안 얼만지 알 수
없는 천문학적 액수의 〈방위세〉를 징수했다. 그리고 그렇게 걷어진
방위세로 해마다 미국이 생산한 탄도미사일을 비롯한 각종 신형무기
들을 도입하여 한국군의 현대화를 추진해 왔었다.

그런 막강한 대한민국해군과 세계 최첨단이자 최우수 신무기로 장
착된 미국해군이 합동으로 훈련하고 있는 해역으로 북한 인민군의 잠
수정이 침투해서 우리 해군의 천안함에 어뢰를 발사해서 침몰시켰다
는 합동조사단의 발표는 한편으로는 섬뜩하면서도 다른 한편으로는
어처구니가 없고 민망해서 차마 얼굴을 들 수가 없다.

이는 막대한 국방비를 투입해서 무장해온 미국제 첨단신무기가 모
두 부지깽이나 다름없이 쓸모없다는 결론이고 최신 첨단무기를 장착
한 세계 최첨단의 전쟁무기를 보유한 미군과 함께 연례적으로 실시
하는 한미 양국 군의 키리졸브 합동 기동훈련이 동네 마당에서 벌이
는 아이들의 병정놀이나 다름없다는 결론이 아니고 무엇이란 말인가.

더구나 천안함에서 복무하고 있다가 탈출에 실패한 하급 병사들 사
십육 명은 이 사고로 생때같은 목숨을 잃었다. 북한 인민군 잠수정이
쏜 지뢰에 맞았든 그 이외의 다른 이유가 사고원인이었든 젊은 병사들

은 지휘관의 명령에 따라 훈련 임무를 수행하다가 그 함정에서 탈출에 성공하지 못한 채 불의의 참변을 당한 것이다.

이고 진 저 늙은이 짐 풀어 나를 주오
나는 젊었거니 돌이라 무서울까
늙기도 설워라커든 짐을조차 지실까

—정철, 조선 중종 때 문인—

군에서 상관의 명령을 따르다가 죽어간 부하들에 대한 일차적 책임은 지휘관들에게 있다고 한다. 따라서 당시의 군 지휘관들은 그 기본적인 책임에서 벗어날 수가 없다. 그런데 천안함 사고 경위를 조사한 발표 현장에 도열했던 한국군 장성들이나 국방당국자들의 자세는 전투에서 승리하고 돌아온 개선장군들처럼 참으로 당당하기만 했다. 어느 구석에도 적군의 어뢰를 맞아 몇백억짜리 함정을 파손당하고 많은 부하들을 잃은 패장들의 모습은 전혀 발견하기 어려웠던 것이다.

더구나 "사고 원인이 어디에 있건 자식 같은 많은 부하들을 구조하지 못한 슬픔에서 우리들 지휘관은 무한한 책임을 통감한다"와 같은 군 수뇌부의 간곡한 성명도 발표되지 않았고 책임을 통감하고 보직을 사퇴하겠다거나 군복을 벗겠다는 장성이나 지휘관이 한 명도 없었다는 것은 참으로 유감이 아닐 수 없다. 이는 우리 군의 조직이 모래성처럼 허술하고 지휘관과 부하 간의 인간적 유대가 너무도 기계적이고 형식적이었음을 보여주는 실증이 아니고 무엇이란 말인가?

군대 조직은 무엇이 생명이며 사병과 장교 그리고 지휘관과 부하는 어떤 역할과 임무 아래 존재하는 것인가? 장교와 사병이나 지휘관과 부하는 실과 바늘과 같아서 떼어서 생각할 수 없는 관계이다. 장교만으로 군대가 움직일 수 없듯이 사병만으로도 군이 존재할 수가 없다. 따라서 군은 장교의 명령이 수직적으로 사병들에게 하달 이행됨으로써 전쟁의 승리라는 목표를 향해서 기능하는 특수조직이라고 볼 수가 있다.

따라서 군대의 조직은 엄격하면서도 어버이처럼 자애로운 지휘관들의 통솔력이 조직을 움직이는 생명력이나 다름이 없다. 지휘관이 부하들을 친자녀와 형제나 다름없이 배려하고 사랑할 때 부하들은 자신의 신명을 다 바쳐서 어버이와 같은 지휘관의 명령에 복종하게 되는 것이다. 때문에 전장에 임해서 지휘관의 진격 명령이 떨어지면 부하들은 국가를 위해서 죽음을 무릅쓰고라도 포화가 쏟아지는 적진 속으로 전진하고 돌진하게 되는 것이다.

우리는 이미 오래전에 발생했던 육군 소속의 강재구 중령이 실행한 〈살신성인〉의 군인정신을 기억하고 있다. 강 중령은 월남전 파병을 앞둔 전투훈련장에서 한 사병의 수류탄 투척 실수로 많은 병사들이 몰살당할 위기에 처하는 순간 그 수류탄을 자기 가슴으로 껴안고 산화함으로써 수많은 부하들의 목숨을 구했던 희생의 귀감이자 장본인이었던 참군인이었다.

지휘관은 상징적이기도 하지만 때로는 행동적인 직책이다. 강 중령은 당시 부대원들의 전투 훈련을 지휘하는 대대장 신분이었으므로 자기 자신이 그 수류탄을 구태여 껴안지 않을 수도 있었다. 따라서 잘못 던져진 수류탄이 폭발하여 많은 병사들이 희생되었다면 통솔자로서의 책임은 벗어날 수는 없었겠지만 최소한 지휘관 자신의 목숨을 잃지는 않았을 것이다.

그런데도 그는 위기일발에 직면하면서 부하들의 목숨이 자신의 목숨보다 중요하다는 지휘관 본연의 자세에 입각하여 좌고우면 망설이지 않고 일거에 자신의 몸을 던져 부하들을 구출해냈던 것이다. 위기를 대처하는 지휘관의 숭고한 살신성인의 정신과 책임을 수행하려는 장교의 용단이란 바로 그런 경우가 아닌가 생각되는 것이다.

군 지휘관은 국가방위의 간성이다. 때문에 국가는 군인사법을 제정하여 장교와 부사관 등 직업군인들이 현역으로 복무하는 동안 가족들의 안위를 걱정하지 않고 국가를 보위하고 부대 생활을 영위할 수 있도록 상당한 보수를 지급하고 있으며 전역하여 예비역이 된 뒤에는 연금을 지급하여 여생을 편안하게 보낼 수 있도록 보장해주고 있는 것이다. 국가 보위와 군 조직통솔이라는 어깨에 짊어진 임무가 막중한 만큼 예우 또한 그것에 상응하다고 볼 수 있는 것이다.

그런데도 이번 사고 당시 부사관과 장교들은 대부분 탈출했지만 일반 사병들, 소위 〈졸병〉들은 함정을 벗어나지 못한 채 배 안에서 모두 사망하고 말았다. 모든 시민들과 장차 사랑하는 자식들을 군문에 보내게 될 한국의 평범한 어버이들이 티브이에 비쳐진 그 상황을 두 눈으로 목격했을 때 심정이 어떠했을까. 이를 헤아려 본 정부의 고위공직자들과 군 장성들이 과연 있었을까 헤아리지 않을 수 없다.

장차관이나 고위공직자 국회의원 재벌뿐 아니라 우리 사회를 움직이고 있는 지식인들을 비롯하여 돈 있고 권력을 가진 모든 기득권 세력들은 물론이고 그들의 자녀들 또한 어떤 명목으로든 현역 복무를 모면하거나 면제받고 있다는 것이 작금에 발표되는 매스컴들의 보도임을 감안할 때 정부 당국자들과 군 장성들은 더욱 겸허한 자세로 복무하지 않으면 안 될 것이다.

자유민주주의 국가에서 〈정권〉은 유한하다. 따라서 군의 지휘관들은 공명정대한 위치에 서서 자신들의 임무와 사명을 새롭게 되새겨봐야 할 것이다. 천군만마를 호령하는 군 지휘관의 임무와 명예는 위대하고 고귀하다. 그러나 그 지휘관이 한 시대 특정한 정권에만 충성을 바친다면 〈시민의 군대〉라는 이름에 먹칠을 하는 배신행위가 아닐 수 없다. 시민의 사랑을 받는 군 지휘관은 정권의 성격에 구애받지 않고 끝까지 국가와 시민들을 위해서 복무해야만 진정한 시민의 군대로 남을 것이기 때문이다.

(2010.5.25)

사대주의

오늘 아침 나라 안의 모든 매스컴의 보도들을 살펴보니 집권여당인 새누리당의 김무성 대표가 지난 시월 십삼일부터 나흘 동안 이명박 정권의 제이인자로 불리는 이재오 씨를 비롯한 새누리당 소속의 국회의원 열두 명을 거느리고 중국의 수도 베이징으로 날아가서 시진핑 중화인민공화국의 국가주석을 예방하고 약 삼십분 동안 환담을 나눴다는 기사가 정치면을 크게 차지하고 있다.

한국의 집권여당 대표가 중국의 국가주석을 찾아가서 만난 것은 천구백구십이년 한국과 중국이 수교한 이후에 이번이 벌써 세 번째다. 그 처음은 천구백구십칠년인데 당시 집권당이던 신한국당의 대표이자 차기 대권후보로 예상되었던 이회창 씨가 장쩌민 국가주석을 만나고 왔으며 두 번째는 진보세력인 노무현 대통령이 집권하고 있을 때인 이천오년에 야당인 한나라당의 박근혜 대표가 베이징으로 건너가서 당시 후진타오 국가주석을 예방한 일이 있었다.

그러니까 이들은 당시에 대통령 후보가 될 가능성이 높은 집권여당이나 야당의 대표였을 뿐이지 그 당이 선출한 대권 후보자들은 아니었다. 그런데도 한국의 수구기득권 세력들이고 종미 종일세력인 이 정치인들이 잇달아 빨갱이라고 경이원지 하던 사회주의 국가인 중국의 국가주석을 과감하게 찾아갔던 바탕은 무엇이었을까? 두말할 필요 없이 자신을 한국정부의 차기 대선후보로 인정해 달라는 염원을 떠오르는 강대국을 향해서 부복하고 청원한 것이나 다름없는 행동이었다.

김무성 새누리당 대표는 이날 오후 다섯 시(현지 시각 오후 네 시) 베이징의 인민대회당으로 시진핑 국가주석을 찾아가 인사하면서 "한국의 국민들은 북한의 핵무기개발 포기와 한반도의 평화와 번영을 위해서 시진핑 주석이 계속적이고 적극적인 관심과 역할을 해줄 것을 기대하고 있다"면서 다방면의 협조를 요청했다고 한다.

이에 대해서 시진핑 주석은 "육자회담은 한반도 평화 프로세스와 비핵화를 실현할 수 있는 최적의 틀"로 생각하고 있다고 말하면서 "육자회담이 성공해야만 한반도의 비핵화를 실현할 수 있다"고 말하고 이어 "한반도 문제는 남북한 정부가 자기들끼리는 해결할 수 없다"고 못 박은 뒤 미국, 중국, 러시아, 일본과 일관된 목표를 가지고 노력해야 한다고 말했다고 도하의 모든 신문방송들은 보도했다.

한반도의 비핵화나 북핵문제는 오래전부터 미국이 실행하고 있는 중요한 '동북아시아정책'의 하나이다. 따라서 대한민국 정부의 청와대와 통일부 외교부 등 행정부 각 부처가 어떤 현안보다 앞세워서 수행하고 있는 업무이다. 김무성 의원이 현직 국회의원이고 또 집권여당의 대표니까 중국의 국가원수를 찾아가서 북한이 개발하고 있는 핵무기 문제에 관해서 협의한다는 것이 새삼스럽거나 잘못된 일이라고 볼 수는 없다.

그러나 시진핑 주석을 만나기에 앞서서 왕자루이 외교부장을 만났을 때나 시진핑 주석을 만난 자리에서나 다른 현안에 앞서서 한결같이 북핵 문제를 거론했다는 것은 자신이 현재 집권당 대표이고 장차는 집권당의 대권후보가 될 것이라는 사실을 은연중 심어주기 위한 개인적인 목적이 아니냐는 추측을 불러일으키고도 남는 일이다.

조선시대에도 조정의 대신들 사이에는 친명파니 친청파니 하여 명나라와 청나라에 기대어 나라의 품격을 훼손시켰던 사례가 적잖이 많았다. 조선왕조가 수백 년 동안 중국의 속국으로 살았던 소이의 하나가 국력이 미약하고 땅덩어리가 작았기 때문이기도 하지만 강대국인 중국에 아부하고 굴종하여 자신들의 정치적 기반과 세력을 키웠던 사대주의자와 붕당 우두머리들의 시새움이 한몫을 했었음은 지나간 역사적 사실로도 우리가 충분히 교훈을 삼고도 남는 일이다.

김무성 새누리당 신임대표는 팔십년대 후반에 당시 야당의 정치인이었던 김영삼 전 대통령 문하에서 정치를 배운 사람이라고 전해지지만 그 뒤에는 자신이 몸담은 정당이 집권당이 되면서 천구백구십팔년에는 이회창 전 국무총리가 대선후보가 되었을 때는 그의 비서실장으로 뛰었고 박근혜가 한나라당의 대표가 되었을 때도 비서실장이었던 사람이다. 그는 이천이년 대선 때 상업고등학교 졸업이 학력의 전부였던 민주당의 노무현 후보가 한나라당의 총재였던 이회창 후보를 꺾고 대통령에 당선되자 대단히 실망하면서 울분을 토로했었던 사람이다.

김무성 대표는 노무현 전 대통령이 어떤 자리에서 "중국통일의 주역인 마오쩌둥이 비록 공산국가의 정치인이지만 훌륭한 지도자"라고 말했던 것과 참여정부가 정치적 위기를 맞았을 때 한나라당과 정치적인 제휴를 제안했던 것 등을 거론하면서 "나는 노무현 같은 사람을 대통령으로 인정하지 않는다"라고 말했을 뿐 아니라 노무현 전 대통령이 퇴임한 뒤 자진하자 "재임할 때의 부정을 감추기 위해서 자살했다"는 등의 점잖지 못할 뿐 아니라 사려 깊지 못한 막말을 쏟아내서 정가에 평지풍파를 일으키기도 했었던 입정이 아주 사납고 고약한 사람이다.

그러니까 김무성 새누리당 대표는 과거 자신의 발언에 대해서는 전혀 기억을 못 하는 척 사실을 숨기는 사람이다. 공산국가인 중국의 마오쩌둥 주석을 훌륭한 정치지도자라고 말한 노무현 전 대통령을 멸시 폄훼하는 발언을 쏟아냈던 자신이 당 대표가 되자마자 제일 먼저 불러주지도 않는 공산주의 국가인 중국으로 쪼르르 달려가서 시진핑 국가주석을 배알하고 돌아온 것은 무엇이라고 둘러댈 것인지가 궁금하다. 그야말로 "내가 하면 로맨스고 남이 하면 스캔들"이라는 우스개가 떠오르지 않을 수 없는 얄궂은 일이다.

이번 김무성 새누리당 대표의 중국방문에는 알려진 대로 열 명이 넘는 새누리당의 국회의원들이 수행하여 그의 방중에 무게를 실어 줬다고 언론들은 전한다. 이 때문에 여의도 여야정치권에서는 한 해 동안의 국정 활동을 마무리하는 국회의 국정감사가 열리고 있는 기간에 느닷없이 이뤄진 새누리당 김무성 대표의 중국방문이 시기도 적절하지 못했고 전달한 메시지도 전혀 새로운 것이 아니었다는 비난이 일고 있는 것이다.

임을 믿을 건가 못 믿을 손 임 이시라

미더운 시절도 못 믿을 줄 알았어라

믿기야 어려워마는 아니 믿고 어이리

—이정구, 조선 명종 때 문신—

그러나 김무성 새누리당 대표의 이번 중국방문을 조선일보, 중앙
일보, 동아일보를 비롯한 수구기득권 세력 쪽의 주류신문들과 정권에
장악돼 있는 케이비에스, 엠비시 등 대부분의 보수언론들은 "김무성
대표가 자기네 당의 국회의원 십수 명을 대동하고 베이징으로 건너가
떠오르는 중국의 시진핑 국가주석을 만남으로써 집권여당인 새누리
당의 잠재적인 대선주자로 인정을 받은 셈"이라고 한껏 추켜세웠다.

이런 일방적이고 부끄러운 언론 보도들이야말로 한국 매스컴의 위
상을 추락시키는 참으로 민망스러운 현상이다. 김무성 씨가 한국의
집권여당 대표이자 잠재적인 대권후보로 부상한다고 볼 수도 있지만
국내에 많은 나랏일이 산적해 있는데도 당대표가 되자마자 그 첫 번
째로 중국방문을 선택한 것은 독립국가의 집권여당 대표라는 자존심
을 망각한 사대주의적 아부나 다름없다는 혹평이 나오는 것은 그 때
문이다.

왜 한민족은 예나 지금이나 이런 노예적인 행동의 굴레를 벗어나
지 못하는 것일까? 우리가 과거에 못 살았고 그래서 열강의 틈바구니
에서 약소국으로만 살아왔던 것은 숨길 수 없는 사실이다. 그러나 우
리는 해방 이후 국토가 남북으로 분단되었고 육이오라는 전쟁을 겪었

으면서도 이세 교육에 힘써왔고 시민 모두가 허리띠를 졸라매고 열심히 일해서 눈부신 경제발전을 이룩해 이제 세계 십대 경제국가의 반열에 오르면서 조상 때부터 물려받았던 오래된 가난을 물리친 국가가 됐다.

이제는 한국인들도 자부심을 가지고 좀 의젓하게 행동하면서 살아가도 되지 않겠는가. 우리보다 잘살거나 문명이 발달한 선진국과는 어깨를 나란히 하여 교류해 나가면 될 것이다. 현재의 우리 위상과 실력을 과소평가하거나 도외시하면서 과거 약소국가 시절의 저자세에 계속 머물러 있을 필요는 없을 것이다. 왜 한국의 정치인들은 의젓하고 당당하게 처신하지 못하는지 알 수가 없다.

김무성 대표 말고도 과거나 지금이나 한국의 정치인들은 툭하면 외국에 나가서 외국인들을 상대로 어려운 국내문제를 떠들어 댄다. 그 가운데 가장 부끄러운 것이 대통령에 당선된 사람들이 첫 번째로 미국 대통령을 만나러 가는 것이 불변의 순서라는 사실이다. 나라 안에서 시민들과 함께 나랏일을 풀어나갈 생각을 하지 않고 선진국의 국가원수를 찾아가 굽실거리기나 하고 외국에 나가서 큰소리를 내는 소이를 도대체 알 수가 없다. 모름지기 사대주의 근성이고 식민지 때의 저자세로 살아온 고약한 버릇들이다.

이런 버릇은 오랜 세월을 중국의 속국으로 살아온 티를 벗지 못 하는 일일 뿐 아니라 일제의 침략을 받아서 갑오늑약을 체결당하고 삼십육 년 동안 일본 제국주의자들의 식민지로 살아왔기 때문은 아니었을까? 그리고 해방 이후부터는 한반도를 분단시킨 세계 패권국가인 미국의 경제속국이나 다름없이 살아오고 있는 불쌍한 습관을 고치지 못하는 행동이 아닐 수 없다.

우리의 정치인들은 당원들에 의해서 대선후보가 되고 시민들의 투표로 최고 지도자인 대통령이 되는 것이다. 선거가 끝나고 대통령으로 당선이 된 뒤에나 국가발전을 위해서 외국의 국가수반들을 만나서 정정당당하게 정상외교를 펼칠 일이다. 아직 대권 후보로 선출되지도 않았는데 또 대통령으로 당선되기도 전에 미국이나 중국 일본 등 영향력을 가진 강대국으로 달려가서 그 나라의 대통령이나 국가주석에게 문안을 드리는 것은 마치 대통령선거운동을 남의 나라를 통해서 하는 것이나 별로 다름없어서 낯이 뜨거워 차마 얼굴을 들지 못하겠다.

지금까지는 한국의 정치인들에게 중국보다는 미국이 첫 번째의 방문국이었다. 누구든 미국에 가서 정치를 배우고 미국의 조야로부터 인정을 받는 것이 국내에서 정치적으로 성공하는 첩경이었기 때문이다. 미국 대통령이나 미국의 정치인들의 후광을 업었던 사람들이 국내에서 정치적으로 성공하지 못한 경우가 거의 없었기 때문이다. 이승만과 박정희가 그 길을 걸었고 그 밖의 많은 정치인들이 똑같은 미국을 떠받드는 숭미의 역정을 걸었었다.

박정희도 군사반란을 일으켜 대통령의 자리에는 올라갔지만 미국이 인정해 주지 않자 태평양을 건너가서 존 에프 케네디를 부복알현한 뒤에야 대통령 구실을 할 수 있었다. 전두환도 그랬고 노태우도 그랬으며 김영삼도 김대중도 노무현도 대통령으로 선출된 뒤에는 미국으로 건너가서 미국 대통령에게 엎드리고 쪼아려 문안인사를 드렸던 것이 역사적 사실이다.

그 인준의 국가 순번이 이제는 좀 바뀐 모양이다. 무조건 미국 일변도에서 이제는 중국과 비중을 다투는 것 같으니 말이다. 중국이 경제 성장으로 세계에서 두 번째의 경제대국이 되었고 국제무대에서 정치력이 크게 확장된데 따른 것 같다. 지금은 한국의 정치인들이 미국과 중국 등 두 나라의 눈치를 적당하게 살펴야 하는 줄타기 외교적 시대에 접어든 것 같다.

어찌 됐든 한국의 정치인들이 국내에서 내국인들에게서 인정을 받기도 전에 미국이나 중국 같은 강대국으로 달려가서 정치적인 제스처를 취하는 것은 치사스럽고 불쾌한 일이다. 다시 말해서 노예 같은 행동이고 식민지적 근성이다. 이제는 제발 그런 부끄러운 짓거리들은 그만했으면 좋겠다.

(2014.10.27)

전시작전통제권

김무성 새누리당 대표가 중국으로 건너가서 시진핑 국가주석을 배알하고 돌아온 지 며칠 안 돼서 이번에는 한민구 국방부 장관과 김관진 청와대 국가안보실장이라는 두 군인 출신 고관들이 태평양을 건너 미국으로 급히 달려가더니 인수 직전에 있던 한국군의 전시작전통제권을 송두리째 미국정부에 무기한으로 헌납하고 돌아왔다.

그뿐 아니라 경기도 평택에 조성되고 있는 주한미군기지가 준공되면 한국정부에 되돌려주기로 한국과 미국정부가 되 짜듯 말 짜듯 합의까지 했던 용산 소재의 미팔군 기지 일부도 미국이 그대로 사용하도록 한국정부가 양해했다는 것이다. 참으로 어이없는 용렬한 짓거리들이 아닐 수가 없다.

한국군의 전시작전통제권은 육이오 한국전쟁이 일어나면서 대통령이던 이승만이 이것저것 따지지 않고 미군사령관에게 넘겨줬던 것을 이천오년 노무현 대통령이 미국과의 끈질긴 협상을 벌여서 되찾아오기로 합의가 됐었던 것이다. 주권국가인 대한민국의 대통령이 국군의 전시작전통제권을 외국 군대의 사령관에게 넘겨주고 들러리를 서면서 눈치를 보는 것은 참으로 볼썽사납고 창피한 일이므로 국력이 옛날에 비해서 신장된 지금은 당연히 찾아와야 한다는 것이 노무현 대통령의 주장이었다.

우리 국민들의 세금으로 국군을 보유육성하고 있는 정부의 수반이자 국군통수권자의 당연하고 정확한 정세판단이었다. 그런데 오 년 기한의 참여정부가 끝나고 이명박의 한나라당 정부가 들어서더니 이천십이년에 회수하기로 합의했었던 전시작전통제권을 이천십오년으로 일차 연기를 하더니 이명박 대통령이 물러나고 박근혜가 대통령이 되더니 이번에는 아예 전시작전통제권 회수 시기를 무기한으로 연장시켜 버린 것이다.

전시작전통제권은 글자 그대로 한반도에서 전쟁이 벌어지면 한국 군대의 작전을 행사하는 통수권을 말함이다. 정상적인 독립국가 군대의 작전권은 군사주권의 핵심이다. 단 몇만 명의 군대를 보유한 작은 규모의 국가라고 해도 전시작전통제권은 자국의 군 통수권자가 보유하는 것이 지극히 상식이라고 한다. 미국의 핵우산 밑에 있고 미국의 속국이나 다름없는 일본까지도 자기네 군대인 자위대의 전시작전통제권은 미군사령관에게 넘겨주지 않고 일본의 국가원수인 국왕이 보유하고 있음은 말할 나위도 없다.

그런데 세계 여러 나라 가운데서 유독 한국만 전시작전통제권을 외국군대인 미군사령관에게 위탁하고 있는 것이다. 육군과 해군과 공군, 해병대 등 무려 육십만 명의 거대한 병력을 보유하고 있는 세계 십대 경제대국이고 군사 대국인 우리나라가 독자적인 전쟁수행 체제도,

작전능력도 발휘하지 못해서 전시 작전에 관한 모든 통솔권한을 주한 미군사령관에게 넘겨주고 그들의 처분과 눈치만 살피고 있는 불쌍하고 딱한 처지에 있는 것이다.

그렇다면 한국이 군사주권을 포기하고 미국의 식민지나 다름없을 만큼 갑자기 국격이 추락해버린 원인은 무엇일까. 첫째는 군 통수권자와 군 수뇌부가 자력으로 주적과 대결하겠다는 국방 의지가 없기 때문이고 둘째는 조선왕조 시대 이후로 중국과 미국과 일본을 종주국으로 삼아 자자손손 외세의 덕으로 부귀영화와 복록을 누리고 있는 후안무치한 식민지 근성의 수구기득권 친일 친미세력들이 계속해서 정권을 잡고 있기 때문이다.

지난해까지만 해도 미국은 전시작전권을 연기해달라는 한국 측의 제의를 겉으로는 달갑잖게 받아들였었다. 버락 오바마 행정부의 국방성 쪽은 박근혜 정부가 전시작전통제권을 다시 연기해 달라는 요청에 대해서 상당히 부정적이었다. 한국과 같은 아시아의 신흥부국이 자기네 나라의 안보를 계속해서 미국군대에 의존해서는 안 된다는 논리를 내세웠었다.

마틴 뎀프시 미 합참의장은 지난해 칠월 미국 상원 군사청문회에 출석해서 "한국군의 전시작전통제권은 예정대로 이천십오년 사월에 이양하는 것이 적절하다. 군사적 측면에서 이 시점은 아주 적절하다"고 밝혔었고 〈워싱턴 포스트〉지는 그해 구월 삼십일치 신문에서 "한국정부 관리들이 여름부터 전시작전통제권 환수를 다시 연장시키려고 공론화에 나서고 있으나 미국 관리들은 이에 동의하지 않고 있다. 일부 미국정부 관리들은 한국이 자기 나라의 국방을 책임지기를 꺼리는데 대해서 상당한 불만을 표출하고 있다"고 보도하기도 했었다.

그러면서 일부 미국정부의 관리들은 한국이 자신들의 국토방위를 미군에 의지하면서 정작 자체방위력 증강에는 나서지 않으려고 한다는 등식의 압력을 우회적으로 표출해 왔던 것이다. 척 헤이글 미 국방부 장관 같은 사람은 "한국이 자기네 국방을 미군에게 맡기려면 미국이 생산한 첨단무기를 지금보다 더 많이 구입해야만 한다"는 논리의 발언을 함으로써 고고도미사일방어(엠디)역량 강화를 직접적으로 주문한 것이 대표적인 발언이다.

그런 움직임이 있은 뒤인 지난해 말부터 올해 초까지 미묘하게도 한국정부는 천문학적인 예산이 투입되는 미국의 첨단무기들을 구매하기로 결정했다고 발표했다. 차기 전투기 사업의 작전 요구 성능에 스텔스 기능을 추가로 첨가시킴으로써 유일한 후보 기종인 미 록히드마틴사의 에프 다시 삼십오를 사실상 낙점한데 이어 올해 삼월 들어서는 그 전투기를 사십 대(소요 예산 약 칠조삼천십팔억)나 구입하기로 결정했던 것이다.

또 수년간 끌어오던 무인정찰기 글로벌호크를 네 대(약 구천억 원)나 도입하기로 결정했으며 사월에는 패트리엇미사일(약 일조삼천억 원)도 도입하기로 결론 내렸다. 여기에다 올해 일월 타결된 한미방위비분담협정 개정에서 한국이 지난해보다 오점 팔 퍼센트(오백오억 원)나 늘어난 구천이백억 원을 부담하기로 한 것도 미국이 한국정부의 전시작전통제권 재차 연기를 받아들이는 촉매제가 되거나 영향을 끼친 것으로 어림된다.

그렇다면 전시작전통제권을 미군에게 넘겨버린 한국정부의 경제력이나 국방비 지출은 얼마나 되는 것일까? 한국이 국방을 미군에 의존할 만큼 사실상 허약한 국가이기 때문일까? 그건 전혀 아니다. 한국은행의 통계자료를 보면 대한민국의 경제력은 북한과 비교해서 삼십대 일 또는 사십대 일로 우세한 것으로 보고 있다. 이종석 전 통일부 장관의 분석에 따르면 북한의 경제력은 이천십사년 현재 한국 경제의 약 팔십 분의 일 정도로 추정될 만큼 미약하고 보잘것없다는 것이다.

모두가 잘 알다시피 한국은 세계에서 열세 번째의 경제 규모를 보유한 신흥중진국이다. 한국은 국내 총생산(지디피)의 이점 오 퍼센트를 국방비로 지출하고 있다. 이는 단순한 계산으로도 우리의 국방비 지출액이 현재 북한의 국내 총생산의 두 배 정도라는 뜻이다. 한국은 지난 이십여 년 동안 북한보다 열 배가 넘는 국방비를 꾸준히 지출해 왔다. 이렇게 많은 국방비를 쓰면서 전시작전통제권을 자체적으로 행사할 수 없을 만큼 허약한 무기와 군대를 보유하고 있다고 말한다면 과연 이 말을 어느 누가 믿을 것인가.

가노라 삼각산아 다시보마 한강수야
고국산천을 떠나고자 하랴마는
시절이 하 수상하니 올동말동하여라
　　　　　　　　　　　－김상헌, 조선 효종 때 문신－

앞에서 언급했듯이 이번에 전시작전통제권 전환이 무기 연기되면서 미국 측은 용산의 미군기지도 한국정부에 반환하겠다던 합의를 완벽하게 파기했다. 즉 미팔군의 근거지라고 불리는 서울의 용산기지를 평택으로 몽땅 옮기겠다던 당초의 합의를 깨고 한미연합사령부 사무실의 서울 잔류를 구실삼아서 기지의 일부를 계속 사용하겠다는 것이지만 말대로 일부가 될지 팔군 기지 전체를 그대로 사용하게 되는지는 더 두고 지켜봐야 알 일이다.

그러니까 한국의 이명박 정부에 이어서 박근혜 정부 측이 한국군의 전시작전통제권을 미군이 계속 맡아달라고 애원하고 매달리는 바람에 미국은 주한미군의 주둔비용을 대폭 인상하는 한편 한국 측과 처음에 합의했었던 용산 미군기지 반환문제까지도 과감하게 파기해버리는 양수겸장의 막대한 이익을 챙겼던 것이다.

평택에 조성한 대규모 미군기지는 국내 여러 곳에 산재해 있는 미군부대를 전략적인 차원에서 한 곳으로 모으는 사업이다. 이 사업은 한미 양국의 협의에 따라 한국정부가 이십조 원가량의 엄청난 건설예산을 떠안고 이천오년부터 연차적으로 시행해 왔으며 오는 이천십육년까지 건설을 마무리할 계획으로 추진하고 있다.

서울 용산구의 동부이촌동에 위치한 미팔군기지는 참으로 기구한 운명의 땅이다. 구한말에는 조선을 식민통치한 일본군 사령부가 사십년 가까이나 주둔해 온 곳이었다. 이 땅은 팔일오 해방과 더불어 패전한 일본군이 물러가고 미군이 한국 땅에 점령군으로 진주하면서 한국정부에 반환되지 않고 곧바로 미팔군의 본부기지가 되었었다.

그러나 수도 서울 한복판에 대규모 외국군의 군사기지가 오랫동안 들어서 있음으로써 도시발전은 물론이고 시민 생활에 막대한 불편을 초래하고 있다는 노무현 정부의 계속된 건의와 서울 시민들의 끈질긴 반대 여론이 결실을 맺어 무려 칠십년만에 미군에 양여되었던 한국의 금싸라기 같은 땅이 서울 시민의 품으로 돌아오게 돼 있었다.

하지만 이번 전시작전통제권의 반환이 무기 연기되고 한미연합사령부가 서울에 잔류한다는 구실 아래 지금 미팔군이 사용하는 전체 용산기지의 구십 퍼센트는 약속대로 서울시에다 반환하겠지만 나머지 십 퍼센트인 이십육만 입방미터는 반환하지 않는다는 발표다. 이뿐이 아니다. 이미 평택 미군기지로 이전하기로 돼 있던 동두천 주둔미 이사단 예하의 이백일 여단도 현재의 그 자리에 그대로 잔류시키기로 했다는 것이다.

동두천에 주둔하고 있는 이백일 여단은 다연장 로켓포(엠엘알에스)와 단거리 탄도탄(에이티에이씨이엠에스)의 중무장화력을 보유한 특수부대라고 한다. 만일의 경우 휴전선에서 전면전이 발발한다면 전쟁 초기에 북한의 장사정포를 무력화시키기 위해서는 이 부대가 동두천 지역에 필수적으로 주둔해야 된다는 것이 최근 미군 측이 내놓은 잔류 이유라는 것이다.

십 년 전부터 건설에 착수한 평택의 미군기지는 그동안 크고 작은 문제도 많았다. 조상대대로 고향 땅에서 멀쩡히 잘살고 있는 농민들을 부지로 확정된 지역 밖으로 강제 이주시키느라고 주민들과 한국정부 측이 엄청난 갈등도 겪었다. 이 과정에서 이주를 극력하게 반대한 대추리 주민들을 비롯하여 이주하게 된 여러 개 마을의 농민들 가슴에 대못을 박기도 했던 기억이 아직도 새롭기만 하다.

용산의 미군기지 환수를 놓고 한미 양국 측이 내놓아라 못 내놓겠다로 한창 실랑이를 벌이던 십 년 전의 이야기다. 서울을 방문한 도널드 럼즈펠드 당시 미 국방부 장관이 왜 한국 사람들이 용산의 미군기지를 내놓으라고 요구하는지 의아스럽다면서 헬기를 타고 용산기지 상공을 둘러봤다는 것이다. 그 뒤 럼즈펠드는 "미국 뉴욕의 센트럴파크 공원에 외국의 군대가 주둔한다면 과연 미국 국민들이 양해하고 수용하겠느냐"면서 용산기지 터를 한국에 반환하는 서류에 서명했다는 후문이다.

노무현 정부 시절에 통일부 장관을 역임했었던 정세현 원광대학교 총장은 최근 〈프레시안〉과의 인터뷰에서 남북한의 국가예산과 국방비 지출액을 비교해서 발표한 적이 있다. 예상은 했었지만 참으로 놀랍기만 하다. 이천십이년을 기준으로 해서 한국정부의 한 해 군사비 지출액과 같은 해 북한의 군사비 지출액을 비교해 보니 남한이 북한보다 몇십 곱절이나 많은 군사비를 지출했다는 것이다.

참으로 서글픈 현실이다. 북한보다 더 많은 국방비를 쓰는 한국정부가 우리 군대의 전시작전통제권을 주한 미군사령관에게 맡아달라고 애원하고 있는 사실을 우리 국민들은 어떻게 이해해야만 할까? 이런 정부를 우리 국민들은 과연 어떻게 믿고 따라가야만 할 것인가 암담하기만 하다.

한국의 수구기득권 세력들이 자존심은 있는 줄 알았는데 그것도 아닌 모양이다. 박근혜 정부가 미국의 식민지나 다름없는 행동을 취하고 있는데도 보수 세력들은 창피하지도 부끄럽지도 않은지 일언반구 말이 없다. 수십 년 전부터 입이 닳도록 외쳐온 대한민국의 자주국방이 겨우 주한미군사령관에게 전시작전통제권을 무기한으로 넘겨주는 것이었단 말인가? 참으로 안타깝다.

(2014.10.28)

우리 말

〈한문〉은 한반도에 살고 있는 우리 겨레가 오랫동안 써오고 있는 중국의 글이고 글자다. 우리는 수천 년 동안 이 한문 문화권에서 살아왔기 때문에 우리의 언어생활에 있어서 한문과 얽히지 않은 낱말들이 거의 없다. 우리가 눈을 뜨고 잠자리에서 일어나 하루의 삶을 마치고 다시 잠자리에 들 때까지 살아가는데 쓰는 온갖 말속의 낱말들이 거의 한문으로 만들어지고 거기서 왔다는데 적이 놀라지 않을 수 없다.

먼저 〈생활〉이라는 낱말을 살펴보자. 날 '생'자와 펼 '활'자다. 굳이 우리말로 풀이하자면 '사는 모양새'쯤이 아닐까 한다. 그런데 생활이라는 낱말에 길들여진 우리에게 갑자기 〈살아 움직이는 모양새〉란 새로운 낱말을 쓰라고 말하면 정말로 어지럽고 생뚱맞지 않겠는가. 〈학교〉라는 낱말은 배울 학자와 학교 교자를 쓴다. 풀어내면 공부하는 곳 또는 글을 배우는 곳이라는 뜻이니 본디 우리말로는 〈배움터〉쯤이 될 것이다.

다음엔 〈학생〉이란 낱말을 보자. 배울 학자와 날생 자를 쓴다. 그

러니까 '배우는 사람'이 된다. 그럼 〈학교생활〉이라는 낱말로 이어가
보자. 이는 학생이 집을 떠나 학교에 가서 배우다가 집으로 돌아올 때
까지의 길거나 짧은 짬을 말하는 것이다. 그러나 본디 우리말로 풀이
해서 〈배움터에서의 움직이는 모양〉이라고 말한다면 우리들은 그 누
구도 무슨 말인지 쉽게 알아듣지 못할 것이다.

마침 텔레비전 화면에서는 바다에서 기른 굴을 까는 모습이 비치고
있었다. 바다에서 건져온 굴을 산더미처럼 쌓아놓고 수많은 동네 아
주머니들이 한 곳에 나란히 앉아서 굴 알맹이를 까내고 있었다. 그런
데 그 굴을 까는 작업장 안의 모습을 보여주고 알려주는 방송리포터
의 입에서 흘러나오는 말들이 꽤나 귀에 거슬린다.

그냥 기른 굴이라고 말하면 누구나 쉽게 알아들을 텐데 굳이 〈양
식 석화〉라고 어렵게 말한다. 또 굴 캐기 또는 건져내기라고 말하면
될 것을 또박또박 〈석화 수확〉이라고 힘줘서 말하는가 하면 굴을 기
르려고 바닷물 속에 집어넣었던 굴의 씨를 〈종패〉, 종패 줄기에 붙은
이런저런 티끌을 〈이물질〉이라고 말하는가 하면 굴 따는 일을 〈석
화 채취〉 또는 〈채취 작업〉이라고 힘주어 말했다. 이것은 굳이 자기
가 아는 체를 하려고 억지로 지어서 하는 말이 아니고 남들이 모두 그
렇게 쓰니까 자기도 은연중에 들어서 머리에 새겨졌던 말을 썼을 것
이었다.

또 〈굴까는 일〉이나 굴까기라고 말하면 어른, 아이 가릴 것 없이 다
알아들을 것인데 굳이 어려운 한자 낱말을 써서 〈박신 작업〉이라고
말하는가 하면 바닷물 속에서 건져낸 굴을 실어서 뭍으로 옮기는 배
를 꼭 꼭 〈운반선〉이라고 불렀고 얼음처럼 차게 얼린 굴을 〈냉동 굴〉

값을 〈가격〉으로 일할 때 따로 챙겨서 입는 옷을 '일옷'이라고 말하면 될 텐데도 굳이 목덜미에 힘을 줘서 〈작업복〉이라고 말하는 것이 아닌가. 알 것 같으면서도 도무지 모를 일이었다.

또 거두거나 거둬들인다는 것을 꼭 꼭 〈수확〉이라고 말했고 굴 기르는 곳을 〈석화 양식장〉으로, 바닷바람이라고 말하면 될 것을 굳이 〈해풍〉이라고 지껄였으며 밥 먹는 것을 〈식사〉라고 말하는가 하면 굴에 묻어있는 바다 속의 흙과 티끌을 민물로 씻어내는 것을 꼬박꼬박 〈세척〉이라고 어렵게 말하는가 하면 '다시 쓴다'는 것을 굳이 〈재활용〉이라고 말하였다. 우리의 살아가는 쓰임 말문화가 이렇듯 얄궂게 굳어진데 적이 놀랄 수밖에 없었다.

이런 말버릇은 아무래도 한자 문화에 묻혀 살아오면서 많이 배운 사람들(식자)이 쓰는 낱말들을 조금 배운 사람들이 속셈 없이 흉내 내서 쓰기 때문일 것이다. 말하자면 한문을 '진서'라고 추켜세워 온 양반이나 선비들이 즐겨 쓴 말들이니까 그것이 이 땅의 조상들이 써온 진짜 내림 말로 알았거나 그런 말을 많이 써야 남들이 글깨나 배운 사람으로 알아줄 것 같았기 때문이었는지도 모를 일이다.

우리들은 빨래라고 말하면 알아들을 것을 굳이 〈세탁물〉이라고 말한다. 먹는 물이라고 말하면 될 것을 또 〈생수〉〈음료수〉라고 말한다. 잠자는 곳이나 방이라면 알아들을 텐데도 〈침실〉이라고 부르고 외롭다는 것을 〈고독〉이라고 말한다. 스스로 배우거나 혼자 배우는 일을 〈독학〉이라고 부르고 〈언제나〉를 왜 〈항상〉이라고 불러야 속이 후련한지 알 수가 없다. 이제를 〈지금〉이라고 한다든지 거스르다를 〈역류〉〈거역〉이라고 말하거나 지나치다를 〈과분〉하다라고 말한다. 모두 한자에서 온 낱말이다.

우리가 모르는 사이에 쓰고 있는 이런 낱말을 골라내자면 끝이 없다. 기름기를 〈윤기〉라고 한다든가 돼지고기를 〈돈육〉〈제육〉이라고 부르는가 하면 일을 〈노동〉이라고 부르고 어른을 꼭꼭〈성인〉아이들을 〈미성년자〉라고 불러야 속이 후련한 일인가. 〈대거리한다〉를 굳이 〈항거〉〈저항〉이라고 쓰고 맏며느리를 〈종부〉, 뜻을 같이한다면 될 것을 굳이 〈공감대〉라고 말한다. '한 살이'라고 말하면 얼마나 좋은가, 그런데 우리는 〈일생〉이란 낱말을 버리지 못한다. 가게에서 파는 물건이 싸다고 말하면 될 텐데 꼭 〈저렴〉하다라고 말하는 속뜻을 알다가도 모른다. 또 하루 세끼의 밥을 차려 먹는 밥상을 우리는 쉽게 밥상이라고 부르지 않고 유식한 체를 하느라고 〈식탁〉이라고 부른다. 식탁은 서양문화가 가져온 어색한 새 낱말이다.

이와 비슷한 것은 우리가 쓰는 땅 이름에서도 흔하게 찾아볼 수가 있다. 일본이 쳐들어와서 조선을 삼십육 년 동안이나 식민지로 다스릴 때에 일본인들은 조선의 산과 논밭 같은 땅의 치수를 재고 이름을 적는 〈지적부〉와 〈토지대장〉을 만들었는데 그때 일본 사람들 맘대로 이름을 지어 붙였다. 이른바 '새목'이라고 부르던 마을을 조항리라고 바꿨는가 하면 '거문돌'이라는 동네를 오석 흑석으로 고치고 '선돌' 마을을 입석리라고 고쳐놨던 것이다.

그런데 그렇게 좋은 우리 말 땅이름들을 일본인들이 고친 짓보다 더 안타까운 일은 팔일오 해방으로 이 땅을 다스리던 일본 사람들이 물러가고 내 나라가 세워진 지 칠십 년이 가까웠는데도 아직까지 일본인들이 그네들 맘대로 바꿔놓은 〈일본의 찌꺼기〉가 우리가 늘 쓰는 여러 곳에 그대로 남아 있어서 평범한 사람들은 멋도 모른 채 부르고 쓰고 있다는 것이다.

왜 그런 일들이 바로 잡히지 않고 그대로 흘러가는 것일까? 그것은 우리나라 사람들 가운데 내나라 보다는 아무래도 일본을 좋아하는 〈친일파〉들이나 일본을 따르는 〈떨거지〉들이 참으로 많고 한자의 본고장인 중원 지방의 명나라 청나라와 같은 큰 나라의 향수에 젖어있는 사대주의에 물든 학자들이나 그 세력들인 이른바 양반들이 대를 이어서 이 나라의 권력과 요직을 움켜쥐고 있기 때문은 아닌지 못내 알 수 없다.

우리가 살아가는 삶 속에서 다른 쪽은 많이 우리들 예대로의 낱말로 고쳐졌지만 아직도 어려운 한자 낱말이나 일본어로 된 굳어진 낱말을 그대로 쓰고 있는 쪽은 이른바 일본말로 〈노가다〉라고 불리는 몸을 써서 일하는 곳이라고 한다. 건설업의 막노동판이나 책이나 신문을 찍어내는 인쇄소 같은 일터, 그밖에 무거운 기계를 다루는 공업지대나 생산공장 같은 곳에서 쓰는 일터의 낱말들은 거의가 옛날 일제 때 처럼 그대로 쓰이고 있다는 것이다.

오늘날 우리가 쓰고 있는 기계 문명들은 거의가 조선이 일본에 병탄된 뒤에 일본인들이 조선을 다스리기 위해서 가져온 것이거나 그런 뜻으로 일본인들이 만들어낸 것이므로 그것을 다루거나 그것에 쓰이는 낱말이나 이름들은 거의가 일본 말로 돼 있거나 일본식 발음의 영어로 돼 있는데 그것은 아직까지 우리나라 어문정책을 맡은 공직자들의 손길이 미치지 못했기 때문으로 풀이할 수밖에 없다. 참으로 안타까운 일이 아닐 수 없다.

게다가 육이오 한국전쟁이 일어나면서 그 전쟁을 도와준다고 미군을 비롯하여 서양의 여러 나라 군대들이 우리 땅에 마구잡이로 들어오면서 속절없이 묻어 들어온 것이 커피 냄새가 물씬 풍기는 '양키'문화였다. 삼십육 년 동안 일본문화에 시달리던 우리 민족이 그때부터는 다시 미군들의 지아이 문화에 뒤범벅으로 얽혀버렸던 것이다. 그러니까 엄밀하게 따진다면 수천년 동안 대국으로 모셔지던 중원의 한문 문화가 이십 세기에 들어와서 얼마 동안은 '쪽바리' 일본문화에 젖어 들었다가 다시 이십일 세기로 들어서서는 생뚱맞게도 양키문화와 서양문화로 길들여지고 있는 것이다.

지금 우리가 아침에 일어나서 잠자리에 들 때까지의 하루 움직임을 들여다보면 옛날부터 전해져 내려오는 우리의 풍속이나 문화는 일부러 찾아보려고 해도 좀처럼 나타나지 않는다. 하나같이 밖에서 들어온 생뚱한 것들 뿐이다. 이를테면 일본, 중국, 미국 등 남의 나라에서 들어온 언어와 풍속과 문화들이 마구 어지럽게 섞어져서 흔한 말로 '짬뽕'이 되어있는 것이다.

지금 생각해 봐도 신통한 일은 세종대왕이 우리 조선민족이 오랫동안 써오던 한문이 참으로 어렵다는 것을 어여삐 여겨서 새로운 글자인 한글을 만들어 낸 일은 참으로 고맙고 장한 일이다. 그때 조선왕조는 명나라의 지배를 받는 속국이었는데도 식민지 나라의 임금인 세종이 명나라의 압력을 무릅쓰고 가난하고 못 배운 하찮은 서민들을 위해서 〈훈민정음〉을 만들어 널리 쓰도록 했었으니 그 높고 깊은 뜻은 한민족인 우리 겨레 모두가 새롭게 헤아려야 할 것 같다.

지금은 지구촌의 모든 나라 사람들이 참으로 과학적이라고 부러워하는 한글을 우리 겨레들이 자랑하여 쓰고 있으니 정말 행복하다. 한글 말이 나왔으니 말이지만 세종대왕은 집현전 학사들과 더불어 오랜 세월을 고심하고 연구한 끝에 한글을 만들었지만 떳떳하게 세상에 내놓지 못하고 겨우 아녀자들이나 쓰는 '언문'이라고 한껏 낮춰서 알렸다는 것이니 한글을 만들어내는데 얽힌 가슴 아팠던 숨은 뜻을 조금은 헤아릴 수 있다.

우리는 '나라 살림을 맡은 무리'라면 될 것을 〈집권여당〉이나 〈집권당〉이라고 부른다. 또 '나라 살림을 감독하는 무리"라면 될 일인데도 굳이 〈야당〉이라고 한문 낱말로 말한다. 우리말로 이르기가 쉽지 않은 어려운 낱말은 할 수 없이 밖에서 들어온 남의 나라 말을 쓸 수밖에 없겠지만 참으로 좋은 우리말과 우리글을 내팽개치고 한문으로 만들어진 고약한 낱말들을 자랑스럽다는 듯이 버젓이 쓰고 있는 어리석은 버릇이야말로 이제는 하나하나 고치고 버려 나가야 될 것이다.

한 무리의 우두머리를 우리는 〈사장〉〈대표〉〈총재〉〈회장〉 같은 여러 가지 이름으로 부른다. 또 힘이나 돈이 많은 사람들을 그냥 '힘있는 사람'이라고 부르지 않는다. 아는 척하느라고 곧잘 〈권력자〉〈유력인사〉〈재벌총수〉라고 말한다. 이 밖에 몇십 년 동안의 일터를 물러나서 하릴없이 노는 사람들을 꼭 꼭 〈정년퇴직자〉 또는 〈은퇴자〉라고 부른다. 젊을 때에 힘써서 열심히 일을 했으므로 나이가 많아진 이제부터는 좀 쉬라는 뜻이 담겨있으니 그냥 '쉬는 사람' '쉬게 된 사람'이라고 부르면 어떨까.

우리는 〈애환〉이라는 낱말도 참으로 많이 쓴다. 한자로 슬플 애자와 기쁠 환자다. 슬프고 기쁨이 뒤섞인다는 낱말이다. 그러니까 그냥 슬프고 기쁘다, 라고 말해도 잘못이 아니고 못 알아들을 일도 아니다. 그런데도 우리 모두는 아는 체를 하느라고, 모르는 사람이라는 놀림을 받을까 두려워서인지 아무런 거리낌도 없이 내림의 뜻도 제대로 모르면서 한문으로 만들어진 뜻 모를 낱말을 즐겨 쓰는 것이다.

이렇게 골라 보면 우리가 늘 쓰는 낱말들 거의가 한문 낱말에 뿌리를 둔 것들이다. 한문이 밑절미가 된 낱말이 이미 우리들 생활 속에 깊이 박혀있기 때문에 이제 와서 그 낱말들을 뜻으로 풀어서 새로 배우기는 어려울 것 같다. 따라서 국립국어원과 한글학회 같은 곳이 중심이 되고 국정교과서를 만드는 교육부 같은 곳에서 앞장을 서서 굳어진 낱말들은 그냥 소리로 읽고 쓰되 한문은 더불어서 쓰지 말도록 쐐기를 박아줬으면 좋을 것 같다.

생활은 생활로 학생은 학생으로 말이다. 한글의 정체성인 소리글의 제자리로 돌아가도록 하자는 말이다.

(2015.2.5)

행동과 발언

박근혜 정부의 역사교과서 국정화 작업이 본격화하면서 김무성 새누리당 대표의 발언 수위가 야릇하게 높아지고 있다. 시월 초순에는 "역사교과서 집필진의 거의가 종북세력이다"라고 망발하더니 엊그제는 "한국 사학계의 구십 프로가 좌파다"라고 한술 더 떴다. 아마도 김무성 대표의 이런 막말은 내년 총선을 앞두고 집권당과 청와대 사이의 기세 싸움에서 추락한 자신의 입지를 회복해보겠다는 나름의 마지막 안간힘은 아닌지 의심스럽다.

또 지난주에는 엠비시 문화방송의 운영 주체인 방송문화진흥회 고영주 이사장의 발언이 세상을 한동안 들썩들썩하게 만들었다. 그는 문재인 새정치민주연합 대표를 "공산주의자로 확신한다"고 말하더니 며칠 뒤에는 한걸음 더 나아가서 이미 고인이 된 노무현 전 대통령을 "변형된 공산주의자"라고 폄훼하는 발언을 서슴지 않았다.

뿐만 아니다. 대한민국의 사법부와 검찰 그리고 행정부 고위공무원들 가운데는 "김일성 장학생"들이 있다고 폭탄선언을 했다. 참으로 황당한 발언이 아닐 수 없다. 김문수 전 경기도지사에 대해서는 "전향한 공산주의자"라고 말했고 참여정부는 한미연합사령부를 해체하고 국가보안법을 폐지하려고 획책했으며 연방제통일을 주장했기 때문에 〈종북좌파〉 세력이라는 것이다.

고영주 이사장은 자유민주주의를 수호하고 북한의 대남전술에 맞서서 구국의 일념으로 싸워왔다고 스스로 자랑하고 있다. 그러나 고씨의 말을 살펴보면 자유민주주의를 지킨다는 이름 아래 스스로 자유민주주의를 해치거나 해롭게 하는 잘못을 저지르고 있는 것은 아닌가 하는 우려를 금치 못한다.

자유민주주의란 서양 사람들이 오래전부터 개인의 자유를 최고의 가치로 삼는 자유주의 사상과 사회계약의 절차적 합의를 제도로 만들어낸 정치이념이다. 여기서 중요한 것은 사람들의 개별적인 의사에 따라 만들어진 사회계약 규범이 정치공동체인 국가라는 사실이다. 따라서 국가라는 조직은 각 개인들이 모인 연합체에 지나지 않기 때문에 국가는 자신의 독자적인 이념이나 선호 여부를 가질 수가 없어서 헌법을 만들어서 모든 시민의 개성을 존중하고 사상과 표현의 자유를 핵심적 가치로 규정해 놓았던 것이다.

서양의 많은 정치사상가나 철학자들이 '자유민주주의는 플라톤이나 마르크스가 지향했던 유토피아적 닫힌 사회가 아니라 관용과 다양성 그리고 합리적 비판을 기반으로 하는 유연하고도 열려진 사회를 지향하는 이념'이라고 규정하고 있기 때문에 열리고 성숙한 사회에서는 사회주의나 공산주의 등 이념의 논리를 따질 것 없이 모든 이념에 대한 논쟁이 허용되어야 한다는 것이다.

따라서 사회 한 모퉁이에서 큰바람이 일어날 때에는 먼저 헌법이 만들어 놓은 규범과 원칙에 따라서 시민들이 스스로 선택하도록 내버려 둬야 마땅할 일이다. 어느 누구도 특정한 사상과 이념을 강요할 수 없는 일이라는 말이다. 남한의 대한민국 정부가 북한이라는 공산주의 위협 세력이 엄연히 존재하는데도 자유민주주의 체제를 내팽개치지 않고 굳건히 지키고 있는 덕목이 바로 자유민주주의 힘이라고 말할 수 있는 것이다.

노동자들이 불평등한 임금구조의 개선을 요구하거나 재벌개혁과 복지공약 이행을 촉구한다고 종북세력으로 몰고 유엔인권위원회가 권고하는 국가보안법 폐지를 지지했다고 공산주의자로 낙인을 찍는 폐쇄된 사회가 무슨 자유민주주의의 자격이 있을까. 또 연방제는 노무현 정부가 창안한 것이 아니고 천구백팔십구년 남북이 합의한 한민족공동체 통일방안에 따라 그 중간 단계로서의 남북연합을 제안했던 한국정부의 공식적인 통일노선인데 이것을 북한의 대남전략에 동조하는 것이라고 매도하는 고영주 이사장의 발언은 어떤 이유로도 받아들일 수 없는 망발이 아닐 수 없다.

또 노무현 전 대통령이 주장했다는 한미연합사령부 해체문제도 말의 앞뒤를 잘라내고 자기가 필요한 대목만을 골라서 인용한 것이다. 아주 고약한 버르장머리다. 노 전 대통령은 지금의 한미동맹을 그대로 존속하되 앞으로 한반도에서 어떤 사태가 일어날 때에는 지금과의 반대로 한국군이 주력군이 되고 미군이 지원군이 되는 전력구조 개편 차원에서 연합사를 발전적으로 해체하고 재조정하자는 것이었다. 이것을 고씨는 자신의 잣대로 재서 무조건 이적행위로 몰아붙이고 있는 것이다.

한국 사회에서 애국자 또는 자유민주주의 신봉자라고 내세우는 보수기득권 사람들은 자신과 뜻을 달리하는 사람들을 걸핏하면 종북세력이나 변형된 공산주의자라고 몰아붙이는 몽니를 부리고 있다. 그런데 그런 고약한 주장을 펴는 당사자들을 살펴보면 오히려 그들이 자유민주주의자로 포장한 〈변형된 파시스트〉들이 아닌가 하는 걱정이 솟아난다.

파시즘이란 지난 세기에 일부 독재세력들에 의해서 나라를 사랑한다는 이름 아래 개인보다 국가를 우선시하는 국가주의의 한 형태로 나타났던 이론이다. 이십 세기 초반 서양 사회에 나타났었던 이 파시즘을 구가하는 파시스트들은 대다수 시민들을 대상으로 반공주의와 국수주의를 강요하면서 이를 전가의 보도처럼 휘둘렀던 것이다.

참으로 걱정되는 것은 이들의 독선이 악질적이고 지나치다는 점이다. 자기 자신과 자기 패거리들의 사상과 주장만이 옳고 나와 내 편 사람들의 애국만이 진정한 애국이라 믿으며 그들은 자기와 다른 생각을 가진 사람들을 모두 주적과 이단자로 인식하는 아주 편벽되고 무서운 이분법적 흑백논리에 빠져 있다는 사실이다.

고영주 이사장은 전두환 군부독재정권 시절에 부산지방에서 벌어졌던 대표적 공안사건인 세칭 〈부림〉사건의 수사 검사였다고 한다. 학생 회사원 등 죄 없는 사람 스물두 명을 체포영장도 없이 잡아다가 마구 때리고 쥐어박고 억지로 고문해서 국가보안사범을 만들어 냈었던 이름 높은 공안기관에서 일했던 검사의 한 사람이었던 것이다.

그가 "사법부 일부가 좌경화됐다"는 무서운 발언을 쏟아낸 것은 자기 나름의 이유가 있는 것으로 보인다. 즉 최근 대법원은 옛날의 〈부림〉사건 피해자들이 낸 재심판정을 심의한 끝에 최종적으로 무죄를 확정한다고 발표했는데 당시 수사 검사로서 자기 잘못을 반성하거나 회개하지 않고 나름의 경직된 울분을 토로한 것이 아닌가 보여지는 것이다.

오 년의 참여정부가 끝나고 수구기득권 세력인 이명박 정권이 들어서면서 서서히 나타나기 시작한 변형된 파시스트들이 같은 뿌리의 박근혜 정부로 이어지면서는 지금 물밀듯이 준동하고 있는 것이다. 집권여당의 대표라는 사람이 상식 이하의 발언으로 한국의 역사학계와 학자들을 마구잡이로 농락하는 것도 그냥 넘겨버릴 수 없는 경거망동이다. 정계에 남아 있는 그런 함량 미달의 정치인들 때문에 한국의 정치가 자꾸 퇴락 후퇴하면서 유권자들로부터 손가락질을 받고 있는 것은 가슴 아픈 일이 아닐 수 없다.

새누리당의 대표인 김무성 의원은 일제 식민통치시대에 경북도 의원을 지낸 자신의 아버지에 대한 친일문제가 다시 사회문제로 불거지자 역사문제연구소가 발표한 믿을 만한 자료를 근거로 기사를 보도한 어떤 신문사를 상대로 명예훼손과 손해배상 소송을 잇달아 제기하고 있다. 역사를 의식해서 침묵하거나 친일한 아버지를 대신해서 사죄를 할 수도 있는 일인데 적반하장의 고약한 짓거리를 벌이고 있으니 이런 사람이 어떻게 집권여당의 우두머리 자격이 있으며 나아가서 시민과 유권자들을 위해서 일하는 국회의원의 자질이 있는가라는 의문마저 일어나고 있는 것이다.

그런데 더 안타까운 일은 이 같은 수구기득권 세력의 파시스트들은 그들이 장악하고 있는 매스컴들에 의해서 일급 애국자나 또는 우국 인사로 추대되고 선전된다는 사실이다. 또 친미 친일 세력의 결집체이자 집권여당인 새누리당의 공천을 받아서 내년 봄 실시되는 이십대 국회의원 총선거에서 그들의 텃밭인 영남지방 유권자들의 지지를 받아서 또다시 시민의 선량으로 등장할 것이 거의 확실시 되고 있는 것이다.

그 첫 번째 인물이 서울시장을 지낸 오세훈 씨인데 그가 짧은 정치 방학을 끝내고 정계에 돌아온다는 소식이다. 그는 한나라당의 국회의원을 지내다가 느닷없이 "한국의 정치풍토가 혼탁해서 더 이상 정치할 생각이 없다"는 신선한 성명을 발표하고 정치권을 떠났다가 뚜렷한 복귀 명분도 없이 슬그머니 정치를 재개해서 한나라당 공천의 서울시장이 되었던 사람이다.

그는 시장으로 있을 때 야당이 추진하려던 초중고등학교 학생들의 무상급식 계획을 정치적 포퓰리즘이라고 비판하면서 서울시민을 상대로 신임투표를 자청했다가 실패함으로써 눈물을 머금고 어쩔 수 없이 서울시장직을 떠났던 사람이다. 지금은 자신이 거부했던 무상급식이 시민들의 절대적인 지지를 받으며 시행되고 있으니 감회가 어떨 것인지 궁금하다.

몇 달쯤 더 기다려봐야 알겠지만 이 밖에 비슷한 시비와 스캔들을 일으켰던 잡다한 수구기득권 세력의 쓰레기 취급을 받는 인사들이 국회의원 배지를 얻어달고 시민들 앞에 나설 염량으로 집권여당인 새누리당의 문을 두드릴 것이라는 소문이 파다하다. 세월이 하도 수상하니 별의별 해괴한 일들이 잇달아 벌어지고 있는 것이다.

(2015.10)

동북아정책과 북핵

미국이 오랫동안 앙숙처럼 지내오던 중앙아메리카의 사회주의 국가 쿠바와 최근 전격적으로 국교를 정상화했다. 지난 삼월 이십일 부슬비가 내리는 쿠바의 수도 아바나의 호세 마르티 국제공항에 미국 대통령 전용기 에어포스원이 도착했다. 트랩에서 내린 사람은 버락 오바마 미국 대통령이었다. 쿠바혁명 이래 쿠바를 처음으로 방문한 미국 대통령이었다. 그 이 년 전인 이천십사년 십일월 이십칠일 쿠바의 국가평의회의장 라울 카스트로와 오바마 미국 대통령은 두 나라가 동시에 다시 외교 관계를 열게 된다고 발표함으로써 미국과 쿠바는 천구백오십구년 이후 거의 육십 년 만에 국교를 정상적으로 회복하는 길에 들어섰던 것이다.

또 미국은 쿠바와 외교관계를 회복한 비슷한 시기에 오바마 대통령이 다시 인도차이나반도의 사회주의 국가인 베트남을 국빈자격으로 방문, 쩐다이꽝 국가주석과 정상회담을 갖고 "미국은 오십 년 동안 베트남에 적용해왔던 첨단무기 수출금지 조치를 전면적으로 해제한다"

고 발표했다. 에이피 통신 등 세계 주요 외신들은 이로써 천구백육십 년부터 칠십오년까지 십오 년 동안 벌어졌던 베트남 전쟁의 후유증으로 사실상 적대관계나 다름없이 지내오던 두 나라가 완전한 국교 정상화를 이룬 것이라고 보도했다.

미국은 프랑스로부터 넘겨받아 수행했던 베트남 전쟁에서 수천억 달러의 막대한 군비와 수만 명 미군의 생명이 희생됐을 뿐 아니라 연 삼십만 명이 넘는 한국군까지 참전시키고도 끝내 북베트남군에게 처참하게 패배하면서 전쟁에 사용하던 모든 무기를 몽땅 버리고 알몸으로 탈출해 미국으로 돌아갔었다. 미국은 그로부터 이십 년 뒤인 천구백구십오년에 베트남과 일반차원의 국교는 맺은 바 있었다.

이날 쩐다이꽝 베트남 국가주석은 "그동안 서먹서먹하게 지내왔던 두 나라가 이제 완벽하게 가까운 친구가 됐다"고 미국의 핵무기금수조치 해제를 크게 환영하는 한편 이에 대한 보답으로 "베트남 정부는 앞으로 미국의 최신예여객기 일백 대를 연차적으로 구매해서 베트남의 국영항공사를 국제적인 규모로 확장할 계획이라"고 말했다.

그러나 동서냉전이 해소된 이후 동북과 동남아시아에서 이 같은 미국의 모든 군사전략은 새롭게 강대국으로 부상하려는 중국을 억제하는데 초점을 맞추고 있다. 중국이 남중국해의 공해상이나 다름없던 산호초 섬인 남사군도에 비행장을 비롯한 중요한 군사기지를 건설하자 이것은 태평양과 인도양에서 그동안 미국이 행사해 오던 제해권에 대한 명백한 도전이라고 경고하면서 미국, 일본, 한국 등이 참여하는 동북아시아 삼각군사동맹 체제를 만드는 한편 동남아시아 지역에서는 미국, 일본, 필리핀, 베트남 등 사 개국과 군사동맹연합전선을 구축

했는데 이것은 유럽에서 만들었던 북대서양조약기구 (나토)에 버금가는 미국의 태평양지역 군사기구이다.

이에 앞선 지난해 칠월, 미국은 또 오랫동안 밀고 당기던 중동의 이슬람 국가이자 산유국인 이란과의 핵무기 협상도 전격적으로 타결했다. 어느 날 오바마 미국 대통령이 이란에 대해서 적용해오던 경제봉쇄조치를 해제한다고 발표했고 케리 국무장관을 전격적으로 테헤란에 파견함으로써 이란과 미국 사이에 삼십육 년 동안이나 얼어붙었던 외교 관계가 정상화의 길로 들어섰던 것이다. 그동안 이란은 이웃나라 이스라엘이 핵무기를 폐기하지 않는 한 자신들이 개발하는 '평화적 이용의 핵무기'도 절대 포기할 수 없다고 미국을 향해서 강력히 주장해 왔었다.

때문일까, 미국과의 핵협상을 끝낸 뒤인 요즘 하산 로하니 이란 대통령은 "중동지역에서는 어떤 형태의 핵무기도 없어야 한다"고 종전과 전혀 다를 뿐만 아니라 오히려 한발 앞서가는 발언을 하기에까지 이르렀다. 이로써 쿠바, 이란, 베트남 등 미국의 대외정책에 꽤나 비판적이고 비우호적이던 사회주의권 국가들이 잇달아 미국과 전격적으로 수교를 선언하면서 사실상 미제국주의 앞에 무릎을 꿇고 항복을 선언했다는 자유진영 국가 언론들의 비아냥과 비판을 받고 있는 것이다.

그러니까 이제 지구촌에서는 최강대국이고 패권주의 국가인 미국과 수교를 트지 못한 채 미국이 장악하고 있는 유엔을 통해서 정치 군사 경제적으로 강력한 제재조치를 받고 있는 국가는 동북아시아의 김정일 〈북한〉정권이 유일하다. 북한정권이 직간접적으로 그토록 절실히 희망하고 있는 미국과의 수교 관계를 강대국인 미국이 왜 딴청을 부리면서 거절 또는 기피하고 있는 것일까? 그 속내는 과연 무엇일까? 남한 시민들은 이런 점을 분명하게 알아야만 할 것이다.

미국은 이차대전이 끝나고 동서냉전 시대가 조성되자 공산주의 진영은 물론이고 미개발 약소국가들을 향해서 아주 중요한 두 가지 전략을 아울러서 펼치기 시작했다. 첫 번째는 조지 케넌이 내놓았던 이른바 〈봉쇄전략〉이었고 두 번째는 국무장관을 지낸 존 딜레스가 주창한 〈평화적 이행〉이었다.

그 가운데 봉쇄전략이란 우리가 잘 알고 있듯이 어느 나라든 미국의 허락을 받지 않고는 독자적으로 핵무기를 개발하지 못하도록 억제하는 정책인데 이를 어길 때에는 미국이 장악하고 있는 유엔이라는 조직을 앞세워서 각종 제재조치를 단행하는 것이었다. 그다음의 평화적 이행 전략이란 공산주의 국가들과의 교류와 접촉을 통해서 자본주의와 신자유주의에 함몰돼 있는 서방사회의 가치관과 이념 생활방식 등을 무작위로 주입시킴으로써 공산권 내의 미개발 약소국가들을 내부적으로 변화시키겠다는 뜻이었다.

아이젠하워 미국 대통령은 이 평화적 이행의 정책을 처음으로 시행하면서 "이 전략에 쓰는 일 달러는 국방비로 쓰는 오 달러에 맞먹는 효과를 얻는다"라고 말할 정도였다. 그의 뒤를 이어 미국의 대통령이 된 닉슨이 느닷없이 태평양을 건너가 마오쩌둥과 핑퐁외교를 펼치면서 〈죽의 장막〉이라 불리던 중국을 서구사회처럼 개방시키려고 애썼던 것도 따져보면 존 딜레스가 주창했던 '평화적 이행' 전략의 일환이었던 것이다.

미국은 천구백팔십년대 후반에 들어서 미하일 고르바초프 소련 공산당서기장 체제에 대해서도 이와 비슷한 '억제를 초월한 새 전략'을 구사했었다. 이른바 평화적 이행이었다. 천구백팔십년대 후반까지 소비에트 공산불럭을 공고하게 형성하고 있던 동구권의 폴란드, 헝가리, 루마니아, 체코슬로바키아, 유고슬라비아, 불가리아 등 많은 사회주의 국가들이 느닷없는 도미노 현상을 일으키면서 해체돼 각자 독립국가의 길을 선택했던 것도 이 정책과 무관하지 않다는 분석이 지배적이다.

그러나 미국은 천구백오십년 한국전쟁 이후 다른 미수교 사회주의 국가들과는 달리 북한에 대해서는 이 평화적 이행전략을 절대로 쓰지 않았다. 팔십년대 이후 미국과의 관계 개선을 처절할 정도로 희망했던 북한이었으므로 미국에게는 이 전략을 적용 할 수 있는 시간과 공간적 여유가 비교적 많았었다. 특히 구십년대 말 남한 땅에서 진보적인 정권이 들어서고 김대중, 노무현 대통령 등이 잇달아 남북교류를 주창하고 실시하면서 이른바 〈햇볕정책〉을 펼칠 때에는 남한의 최대 맹방인 미국이 북한정권을 향해서 자연스럽게 '평화적 이행'을 구사할 기회가 됐었다.

그러나 미국정부는 한반도의 통일을 열망하는 남한의 진보적인 민주 세력들 생각처럼 움직여주지 않았다. 돌이켜보면 오히려 한반도의 일차 '북핵' 위기라는 표현 자체가 당시 남한집권층과 미국정부가 만들어낸 낱말이지만 남북한 권력자들이 '서로 침략하지 말자'는 남북기본합의서와 한반도 비핵화 선언을 합의하고 발표한 뒤에 터졌다는 야릇한 사실을 남한의 오천만 민중들은 깨달아야 할 것이다.

또 이른바 두 번째의 북핵 위기는 남쪽의 김대중 대통령과 북쪽의 최고지도자 김정일 사이에 정상회담이 있은 뒤 북한과 일본의 정상회담이 전격적으로 이뤄지려던 시간대에 발발했다는 사실이다. 이것을 그냥 우연이라고 봐야만 할까? 그러니까 북한정권이 중국과 러시아와의 두터운 외교 관계를 발판으로 그들 등 뒤에 비켜서서 미국의 봉쇄조치에 굴복하지 않고 핵무기개발로 맞선데 대해서 구사했던 미국의 정책과 전략은 조지 케넌이 제기했던 대단히 잔학한 '봉쇄전략' 그것이었다.

여기서 분명히 드러나는 것은 미국의 대 북한, 대 한반도 전략이다. 미국은 남한의 둘도 없는 친구이고 맹방이라고 게거품을 물고 떠들어대기 때문에 대부분의 순진한 한국인들은 정말 그렇다고 생각하지만 그것은 미국이 육이오 한국전쟁이 일어나자 그 공산 침략을 막아준 은인이라는 표피적인 사실만 기억하고 있기 때문이다. 해방 당시 승전국가인 미국과 소련이 한반도를 분단시키지 않았다면 남북한의 칠천만 한민족들이 한반도의 국토분단과 민족분열이라는 비극을 안고 지금까지 칠십 년 동안이나 적대적인 운명은 안고 이산의 한과 고통을 받고 살아올 이유가 없었는데도 말이다.

그러니까 엄밀하게 따져보면 한국의 가까운 친구이고 맹방인 미국은 그동안 남한에게 세계 최강대국으로서 제국주의적인 횡포만 부렸지 진실한 친구로서 약소민족의 아픔은 전혀 배려하지 않았다. 한반도에 존재하던 일본의 식민지 '조선'이 이차대전이 끝나면서 침략자인 일본의 손에서 해방되었으므로 미국은 그 땅에서 자손대대로 살아온 한민족들이 자주적으로 독립할 수 있도록 친구로서 적극적으로 도와줬어야 될 일이었다.

그러나 미국은 한반도를 분단시켰고 김일성이 육이오 한국전쟁을 일으키자 다시 태평양을 건너와서 한국을 지원하면서 싸워줬다. 병 주고 약 주는 식의 전략적 대상으로만 삼았던 것이다. 특히 북한이 미국의 대북정책에 반발해서 핵무기 개발에 나서자 한반도의 휴전선 방어를 위임 맡고 있는 미국은 곧바로 〈동북아시아전략〉이라는 거창한 군사정책을 세워서 동북아시아의 여러 나라도 다스리고 자국의 군사 경제적 이득도 얻는 양수겸장의 줄타기를 하고 있는 것이다.

지금도 북한은 자신들의 핵무기 개발이 자국 방위를 목적한 최후의 수단이라고 항변하고 있지만 야릇하게도 그 반사 이익은 미국이 보고 있는 것이다. 북한이 핵무기를 계속 개발하면 할수록 유사시에 남한 에는 미국의 전쟁 무기가 정비례로 속속 도입될 것이며 한국의 휴전 선 방어를 맡고 있는 미군의 주둔비용도 크게 인상될 것이고 또 미국 은 자기들이 개발한 여러 종류의 신무기들을 한국에 팔아서 막대한 정부수입을 올린다는 사실이다. 이런 야릇한 역학관계는 한반도 이외의 지역에서는 정말로 찾아보기가 쉽지 않다.

북한정권이 미국의 국익에 그토록 유익하게 움직여 주니까 미국은 다른 사회주의 국가들처럼 '평화적 이행'이란 전략을 북한에 적용할 이유가 없었던 것이다. 한반도에 북한이라는 극단적인 사회주의 국가 가 존재하지 않았다면 미국과 일본, 그리고 한국과 미국이라는 삼각동 맹이 지금과 같이 군사 경제적으로 굳게 강화될 이유가 없으며 미국의 '동북아시아전략' 같은 큰 프로젝트가 창안되어서 오랫동안 한반도를 점유 장악하고 있을까 의문인 것이다.

미국정부의 고위관리들은 툭하면 북한 공산주의정권에 속을 대로 속고 지칠 대로 지쳤다고 입버릇처럼 말한다. 과연 그럴까? 지금 미국은 이천십오년에 한국이 되찾아오기로 약속됐었던 한국군의 전시작전통제권까지 그대로 보유하면서 중국이 쌍지팡이를 짚고 결사적으로 반대하고 있는 고고도 미사일인 〈사드〉를 남한 땅에 배치하는 문제까지도 거리낌 없이 한국과 중국의 정치 현안으로 올려놓고 밀고 당기도록 방치하고 있는 것이다.

　그러니까 미국은 겉으로는 북한의 정책에 끌려다니는 것처럼 세계인들에게 말하고 있지만 그동안 아프리카나 아메리카의 일부 사회주의 국가들에게만 써왔던 특유의 '봉쇄전략'을 북한에도 지속적으로 적용하고 있는 것이다. 그런데 더욱 가관인 것은 구십년대 이후 줄곧 남북교류 정책과 평화통일을 추진해오던 남한에서 이명박, 박근혜 수구 기득권 세력의 정권이 잇달아 들어서면서 전격적으로 미국의 북한봉쇄전략에 가담하고 합세함으로써 한때 조성되었던 한반도의 영구적인 평화 분위기가 사라지고 무서운 전쟁 분위기가 한층 조장되고 있다는 사실이다.

　근년 들어서 북한정권이 유엔 안전보장이사회의 권고를 무시하고 핵무기 실험을 계속하자 남한은 물론이고 유엔과 일본을 비롯한 일부 서방세계의 대북제재가 북한정권의 숨통을 옥죄고 있다. 또 최근에는 남북교류가 전면적으로 중단된 채 유일하게 남북 사이의 교류 구실을 해왔던 개성공단마저 박근혜 정권이 느닷없이 폐쇄했는가 하면 대통령인 박근혜는 기회가 있을 때마다 마이크를 잡고 북한정권의 붕괴와 멸망을 기다린다는 발언을 서슴지 않고 있다. 아마도 지금 남한의 박근혜 수구기득권정권은 미국의 전략에 따라서 머지않아 김정일 북한 정권이 붕괴하여 끝나고 남한에 흡수통일이 이뤄질 것이라는 꿈같은 전망을 하고 있는 것이 틀림없다.

그렇지만 객관적으로 볼 때 미국이 〈아시아회귀정책〉과 〈동북아시아전략〉을 수정하거나 포기하지 않는 한 북한정권은 절대로 멸망하지 않을 것이라는 사실이다. 왜냐, 미국에게는 북한이라는 정권이 지금의 말썽꾸러기인 채로 계속 존재해줘야만 미국의 국익, 즉 정치 경제적 측면에서 크게 이바지할 수 있기 때문이다. 그러니까 미국으로서는 어떤 방식이 되든 한반도의 '국토통일이나 민족통일'이 전혀 바람직하지도 않고 반가운 일도 아니라는 사실이다.

더구나 북한의 김정은 정권이 이대로 몰락해버린다면 미국이 남한에 주둔할 명분이 사라질 뿐 아니라 아시아의 새로운 패권국가로 부상하고 있는 중국을 견제할 미국의 〈동북아시아전략〉이 뿌리째로 흔들리기 때문이다. 이것은 정치 군사적으로 패권주의국가를 유지하려는 미제국주의 국가이익에 커다란 구멍이 뚫리는 일일 뿐 아니라 미국의 장기적인 대외정책을 수정해야 되기 때문이다.

오랫동안 백악관의 안보 보좌관을 지낸 미국의 국제문제 전략가 즈비그뉴 브레진스키 같은 사람은 최근 펴낸 『거대한 체스판』이란 자신의 저서에서 "한반도는 통일이 되는 것보다는 지금처럼 분단 상태가 유지되는 것이 미국이 펼치고 있는 동북아전략에는 대단히 유익하다"라고 대놓고 쓰고 있다. 참으로 솔직한 고백이다. 그럴만큼 보수적인 미국의 지식인들은 한반도의 통일, 조선민족의 통합을 전혀 희망하지 않고 있다는 사실이다.

그렇다면 지금 우리 한민족들은 무슨 일을 어떻게 해야만 할까? 길은 오직 하나뿐이다. 아주 험난하지만 꼭 이뤄내야만 할 것이다. 진보정권이 들어섰던 십 년 동안에 잠시 트였다가 이명박 정권 때 그리고 박근혜 정권이 끊어놓은 남쪽과 북쪽 사이의 〈너나들이〉를 이천십팔년에 들어설 다음 정부가 꼭 복원하여야 할 것이다. 남쪽과 북쪽의 겨레들이 조상에게서 물려받은 우리의 땅을 뜻대로 오고갈 수 있도록 남북 사이의 너나들이를 다시 터놔야 한다는 말이다.

이를 이루려면 먼저 남북정권의 권력 실세들이 '민족의 운명'이라는 명제를 가지고 조건 없이 만나서 민족의 내일에 대해 깊은 이야기를 나눠야 할 것이다. 이야기는 쉽게 풀리지 않을 것이 뻔하다. 한두 차례 만나서 결론에 이를 수도 없을 것이다. 그러나 서로가 양보하면서 자꾸 만나야 한다. 만나서 첫 번째로 할 일은 천구백오십삼년 칠월 판문점에서 미국과 북한 사이에 맺어진 한반도의 휴전협정을 상생하는 〈평화협정〉으로 바꾸는 일이다.

그다음에는 대망의 〈군축협상〉으로 나아가야 한다. 북한이 살아남기 위해서 개발하고 있다는 핵무기를 전쟁이 아닌 평화적으로 이용하겠다는 약속을 이끌어내야 하고 지금 남북한정권이 힘에 부치는 국방비를 지출하면서 유지하고 있는 상호 간의 병력 수백만 명을 그 십분의 일 이하로 줄이기로 합의해야 할 것이다.

그렇게 남북의 한민족 겨레들이 뜻을 모아서 큰일을 해낸다면 일백 년 이상 한반도 땅을 침략하거나 들락거리면서 우리 겨레들을 노예로 삼아서 마구 살상하고 노략질을 일삼아온 못된 버릇의 미국, 일본, 중국, 러시아 같은 강대국들도 우리 한민족의 씨알머리를 두렵거나 무섭게 바라보면서 새롭게 대응하지 않을 수 없을 것이다. 그러나 이런 생각이야말로 정말로 순진한 한 민족주의자의 꿈같은 소망인지도 모를 일이다.

지금 남한 땅에서 한민족의 '남북너나들이'를 진실로 갈망하는 사람들은 욕심을 버리고 살아가는 힘없고 돈 없는 순박한 사람들뿐일 것이다. 먹고 살기에 바쁜 평범한 장삼이사들을 빼고 돈푼이나 벌었다는 신흥재산가들과 수구기득권 세력들 그리고 남쪽과 북쪽의 정권을 거머쥐고 있는 이른바 권력 실세들이란 자기들이 차지하고 있는 기득권의 유지와 관리에만 혈안이 돼 있을 뿐이기 때문이다. 이 차갑고 두려운 현실을 우리 칠천만 남북한의 풀뿌리 겨레들은 언제쯤 깨닫게 될 것인지 그저 안타깝기만 하다.

(2016.6.5)

촛불혁명

지난 십칠일 광화문광장에서 열린 여덟 번째 촛불집회에도 육십 여만 명의 시민들이 모였다고 한다. 지난 구일 박근혜 대통령에 대한 탄핵 소추안이 국회에서 압도적으로 가결되어 헌법재판소로 넘어간 뒤두 번째로 열린 촛불집회다. 날씨가 추운 겨울철임에도 그토록 많은시민들이 모여들어서 광장의 촛불을 꺼뜨리지 않고 계속 태우고 있는것은 간교한 박근혜의 퇴출과 더불어 우리 사회에 굳어져 있는 불평등한 제도가 하루속히 개선되고 정의가 바로 세워져야 한다는 열정과분노들이 서려 있기 때문으로 풀이된다.

또 탄핵소추안이 국회에서 압도적으로 가결됐음에도 사태의 주범인 박근혜가 대통령직을 사퇴하지 않은 채 청와대에 그대로 칩거해 있고 검찰에 구속 수감된 최순실과 안종범, 정호성을 비롯한 비선 실세이자 국정농단세력에 연루된 범인들이 한결같이 범행들을 부인할 뿐아니라 증거를 인멸하거나 조작하려는 정황이 국회가 열어놓고 있는국정청문회 과정에서 잇달아 드러나고 있기 때문이다.

사실 지난 이천이년에 등장한 새누리당의 박근혜 정권은 천구백
칠십구년 김재규의 '십이륙'으로 사라졌던 박정희 정권의 부활이나
다름없었다. 박정희가 제거된 뒤 보안사령관이던 전두환이 '십이십
이' 군사반란으로 다시 국권을 찬탈한 뒤 수구기득권 세력들인 노태
우, 김영삼, 이명박이 이어서 대통령직에 올라갔다가 박정희 정신의
연장을 꿈꾸면서 그의 딸인 박근혜를 한나라당의 대표자로 옹립했었
기 때문이다.

　박근혜는 한나라당의 대통령 후보가 되자 당의 간판을 새누리당으
로 갈아 단 뒤 어떤 방법으로든 대통령의 자리에 올라가야만 되겠다는
허욕에 빠지면서 무려 백 가지가 넘는 선심 공약을 남발했다. 다른 것
은 다 빼고 예순다섯 살이 넘은 모든 유권자에게 재산유무와 관계없이
〈노령연금〉을 매달 이십만 원씩이나 조건 없이 주겠다고 공약할 정도
였으니까 나머지 부풀렸던 선거공약은 더 따져봐야 무엇 할 것인가.

　박근혜가 대통령이 되고 얼마 지나지 않아서부터 대한민국의 국정
을 바라본 새누리당을 지지하던 시민들마저 이구동성으로 내뱉은 탄
식이 "최초의 여성 대통령으로 기대를 걸었던 박근혜가 저렇게 맹물
일 줄은 몰랐다"는 것이었다. 시민들과의 소통을 일체로 외면할 뿐만
아니라 정부의 장차관 같은 고급공무원을 물론이고 심지어 청와대의
참모들과의 독대도 포기한 채 국정을 독선적으로 이끌어왔기 때문이
었다.

　그런데 지난 봄부터 일부 매스컴들을 통해서 최태민의 딸인 최순
실이 보안 손님이라는 이름 아래 청와대를 드나들면서 이른바 문고리
삼인방이라 불리는 비서진들과 어울려서 국정을 무차별로 농단했다

는 의혹이 보도되었고 그 최순실이 박근혜에게 보낸 이메일이 국정에 그대로 반영된 '녹음테이프'가 공개 보도됨으로써 의혹으로만 떠돌고 있던 국정농단의 흑막이 세상에 밝혀졌던 것이다.

이런 보도가 연일 온 세상을 뒤덮자 광화문광장에서 조용하게 열리던 촛불집회는 자연히 규모가 커지기 시작했다. 부패한 박근혜 정권을 응징하자고 모이던 촛불시민의 숫자가 처음의 몇만 명에서 점차 몇십만 명으로 늘어났고 다시 백만 명 단위로 규모로 커졌다가 십일월 말에 이르러서는 무려 이백만 명 이상으로 늘어나면서 광화문광장은 그야말로 분노한 시민들이 외쳐대는 항쟁의 마당으로 들끓게 되었다.

최순실 일당이 부실한 박근혜를 둘러싸고 자행한 국정농단 의혹이 점차로 세상에 밝혀지자 그동안 시국을 관망하면서 보도를 주저하던 주류신문들과 종합편성채널 등 보수성향의 친정부 쪽 매체들도 하는 수 없이 박근혜, 최순실 국정농단 게이트를 파헤치는 보도대열에 참여하지 않을 수 없었다. 광화문광장을 비롯하여 전국적으로 번지고 있는 시민들의 촛불시위의 함성이 워낙 드높았기 때문에 외면하거나 묵살하고 지나갈 수가 없었던 것이다.

또 뉴욕타임스, 파이낸셜타임스, 비비시, 시엔엔 등 서울에 특파원을 주재시키고 있는 수십 개의 외국 언론들도 "광화문광장에서 지속되고 있는 한국인들의 촛불집회가 세계적으로 그 유례를 찾기 어려울 만큼 모범적이고 대규모의 집회"라고 보도하면서 "이 촛불집회가 그동안 한국 사회를 병들게 한 삐뚤어진 사회제도를 개혁하자는 차원으로 여론을 끌어가고 있다"고 심층적으로 보도했다.

광화문광장의 촛불집회가 본격적으로 시작된 것은 시월 하순부터라고 할 수 있다. 지난해 시월, 농민들이 주최한 쌀값 인상 시위에 나섰다가 경찰의 무차별한 물대포 세례를 맞고 쓰러져서 한해 가까이나 서울대병원에서 식물인간으로 목숨을 이어오던 백남기 농민이 숨지자 유가족과 전국농민연맹 등 시민사회단체가 뜻을 모아 십일월오일 광화문광장에서 가까스로 백씨의 장례식을 치렀기 때문이다.

혼수상태로 지내던 백남기 씨가 숨을 거두자 경찰은 그의 "정확한 사인을 밝히기 위해서는 시체를 부검해야 한다"고 주장하면서 서울대병원 영안실까지 여러 차례나 쳐들어왔었다. 그러나 유가족과 시민사회단체 쪽이 "물대포를 맞고 쓰러졌으니 외부충격에 의한 사망이 틀림없는데 무슨 부검이냐"고 맞섰고 촛불집회의 여론이 거세지자 경찰은 슬그머니 부검 주장을 포기하고 말았었다.

그렇게 시작된 촛불집회는 매주 토요일마다 서울 광화문광장과 시청 앞 광장 청계광장에서 잇달아서 규모를 늘려가며 열렸고 부산과 광주, 대구, 춘천, 대전, 청주, 마산 등 지방에서도 주말마다 작게는 수천 명 많게는 수만 명의 시민들이 모여서 박근혜 최순실게이트를 규탄하고 성토하였다.

토요일의 광화문광장 촛불집회 풍경은 우리가 늘 보아오던 그런 시위 현장이 아니었다. 그곳에서는 사람이 사람을 어떻게 맞이하고 배려해야 하는지를 아는 사람들로 가득한 공간이었다. 신체가 부자유한 장애인들은 물론이고 엄마를 따라 유모차를 타고 온 어린이와 부모의 손을 잡고 피크닉에 나선 것처럼 즐거운 모습의 초등학생들, 그리고 깃발이나 손팻말을 든 교복 차림의 중고등 학생들과 대학생 등 어리고 젊지만 이 땅을 지켜 갈 수많은 내일의 주권자들이 떼로 몰려

나와서 촛불을 들고 자신들의 생각들을 주저하지 않고 쏟아 냈었다.

그뿐만 아니다. 집회가 열리는 광장에는 개인이 자기 돈을 들여서 마련한 촛불이나 핫팩 또는 김밥 같은 물건들을 참가한 시민들에게 무료로 열심히 나눠주는가 하면 손수레 상인들이 자기 장사는 접은 채 음료수와 떡볶이 같은 간식들을 돈 안 받고 나눠주었고 심지어 젊은 자원봉사자들은 여기저기에 임시로 마련한 화장실의 위치를 알려주는 팻말을 들고 있기도 했다.

광화문광장에서 촛불집회에 나선 시민들은 박근혜에게 오 년 동안 기한부로 위임했던 대통령의 직무를 제대로 수행하지 못한 책임을 엄중하게 탄핵하고 있다. 대한민국 시민들의 요구는 참으로 정당하다. 촛불을 든 시민들은 대통령 박근혜가 저지른 국정의 난맥상을 더 이상 지켜볼 수가 없기 때문에 하루빨리 대통령직에서 물러나라고 요구하고 있다.

박근혜는 시민들의 박수를 받고 떠나야 할 때를 놓쳤다. 매스컴을 이용한 세 번의 대국민 담화를 통해서 온갖 거짓말로 시민들을 마구 우롱했다. 대통령이 된 뒤 사 년 동안에 저질러진 국정농단을 뉘우치며 시민들의 간곡한 용서를 바란다는 퇴진 성명을 발표하고 청와대를 떠났다면 행위는 괘씸하지만 가엾다고 박수라도 쳐주는 착하고 어리석은 시민들이 있었을지도 모를 일 아니던가…

촛불집회에서 나타나고 있는 수준 높고 과묵한 민중들의 언어들을 보면서 우리가 새삼 느끼게 되는 것은 앞으로 이 나라의 정당정치와 대의제 민주주의가 이 같은 시민들의 열망과 지혜를 과연 제대로 담아낼 수 있을까 하는 걱정이 이만저만 크지 않다.

따라서 시민사회는 이를 매우 불안한 상황으로 대처해야 될 것이다. 지금 대한민국은 엄청난 역사의 분기점에 서 있다. 이 시기를 슬기롭게 극복하고 시민들 다수가 열망하는 희망찬 내일을 만들기 위해서는 잘못을 저지른 대통령 하나 갈아치우는 일에서 더 나아가서 우리 한반도의 평화와 오천만 겨레들을 자유의 새 세상으로 이끌어 갈 새 길을 열고 새 틀을 만드는 힘든 과업이 앞에 가로놓여 있기 때문이다.

그런 것들을 염려해서일까 촛불집회가 지속되는 지금 지식인들 사이에서는 〈시민의회〉나 〈시민주권회의〉 같은 시민들이 주체가 되는 비직업적인 감시기구를 만들어야 한다는 소리가 조심스럽게 솟아나고 있다. 지금까지의 국회와 한국의 정당정치가 대의민주주의를 제대로 실행하고 수렴했었다면 최순실 같은 비선 실세들이 청와대를 드나들면서 박근혜와 더불어 국정을 농단하는 비극이 일어날 수 있었겠느냐는 주장인 것이다.

지난 이천십오년 이월에 중앙선거관리위원회는 한국의 정당정치 제도를 보완하자는 뜻에서 정당 득표율에 따라서 국회 의석을 배분하는 '연동형 비례대표제'를 전격적으로 제안했었다. 그렇지만 양당제의 혜택을 받아온 여당과 야당의 국회의원들이 적당히 시민사회의 눈치를 보면서 미적거리다가 끝내 이를 받아들이지 않고 자신들의 기득권만 챙겼던 것을 우리는 두 눈으로 바라볼 수밖에 없었다.

이 잘못의 전부는 집권여당인 새누리당에 있지만 여당과 밀월을 즐겨온 야당들도 자유로울 수가 없다. 이 땅의 민주주의 발전을 포기한 독선적인 결과물이기 때문이다. 중앙 선거관리위원회가 제안한 연동형 비례대표제를 십구대 국회가 받아들였더라면 그동안 투표를 하고

도 사표로 처리됐던 수많은 유권자들의 한 표들이 새로운 생명력을 얻었을 것이고 우리의 의회정치와 정당정치가 새롭게 발전 할 수 있었을 일이었다.

우리 민주주의 역사에 촛불집회가 혁명적으로 새롭게 덧붙여진 것은 광장을 메웠던 평범한 시민들에게 한없는 감동과 자부심을 느끼게 한다. 촛불은 어둠으로부터 튀어나와 광장을 밝히고 세상을 새롭게 만들면서 거대한 함성으로 내달았고 천칠백만 명 이상의 촛불이 외친 하나의 열망은 새로운 시대와 새로운 체제의 개혁적인 희망으로 부풀어 올랐기 때문이다.

수만 명으로 시작해서 천만 이상의 거대한 촛불로 타올랐던 광장에서는 상처를 입었던 단 한 사람의 시민도 또 법을 어겨서 경찰에 잡혀간 단 한 명의 시민도 없었던 진정한 환희의 축제가 아니었던가! 촛불집회! 이천십육년, 마침내 여야국회의원 이백삼십사 명이 십이월 구일 박근혜대통령의 탄핵소추를 이뤄냈었던 촛불집회의 혁명적 역사성은 영원할 것이다.

(2016.12.20)

책 끝에 ────────────────────────────

산문은 산만한 글이다. 미리 제목을 정해 놓고 쓰기는 하지만 시나 소설 같이 틀에 얽매이지는 않는다. 따라서 써놓고 보니 어떤 것은 제법 말이 되는 것도 같기도 하고 또 어떤 것은 전혀 말이 안 되는 중언부언한 글들이기도 하다. 그러니까 여기 묶여지는 글들은 내가 신문기자 생활에서 물러난 뒤 한동안 살아오던 서울을 떠나 생면부지의 땅 양평이란 시골 동네로 삶의 거처를 옮기고부터 쓰기 시작한 것이다.

사실 거의 평생을 사건사고와 씨름해오다시피 한 신문기자 생활에서 물러나 몸과 마음이 홀가분해졌으므로 누구의 말마따나 온갖 세상의 시름을 내려놓고 녹수청산에 안긴 나무꾼의 마음으로 나머지 인생을 편안하게 살아갈 수가 있었다. 그런데 어쩐 일인지 하릴없이 세월을 보내는 것이 마냥 조바심이 나서 견딜 수가 없었다. 그러니까 몸에 굳어진 버릇을 쉽게 떨쳐내지 못했던 것이다.

그렇다면 이 버릇에서 벗어나는 길이 무엇일까? 궁리를 거듭한 끝의 생각이 세상에서 벌어지는 일들을 내 눈높이대로 끄적거리는 글을 써 보면 어떨까 하는 것이었다. 그때그때 세상에서 일어나거나 벌어지고 있는 그냥 지나칠 수 없는 '중대한 사건이나 사고'에 대해서 내 나름의 판단을 내리는 글을 써보자는 것이었다.

글의 길고 짧음을 가리지 말고 우선은 그렇게 써 보기로 했다. 내가 수필과 비슷한 산문을 쓰는데 새로이 맛을 붙이게 된다면 무료하게 여겨지던 시간들을 재미로 채울 수가 있을 것 같았기 때문이다. 이미 양평으로 이사를 하면서부터 한뉘로 공부해 오던 소설창작을 뺀 모든 시사적인 글들의 청탁을 사양하고 있었기 때문에 쓰는 글들은 얼마가 되든지 그냥 컴퓨터 안에 쟁여놓겠다는 생각이었다.

나는 그렇게 다짐하고 곧바로 행동으로 옮겼다. 세상에 큰일로 떠올랐던 엄청난 문제들이나 잊을 수 없는 사건들을 주제로 삼아서 글을 쓰기 시작했다. 필요한 글의 걸목은 매일 신문과 방송에 나온 보도들을 참고하면서 산문 한편의 분량을 대략 에이 포 용지 너덧 댓 장쯤으로 염량하면서 써나갔는데 쓰다 보니 때로는 생각보다 갑절 이상 길어지는 글도 더러는 있었지만 이 작업이 그런대로 신선하다는 생각이 들었다.

그런 산문 쓰기를 처음 시작한 때가 새천년이 막 시작되던 이듬해 봄이었으니 벌써 스무 해가 가깝다. 시간에 맞춰서 마무리할 일이 없는 글이기 때문에 전혀 마음의 부담이 없었다. 쓰다 머리가 아프거나 바쁜 일이 생기면 쉬었고 한가해서 다시 생각이 떠오르면 쓰기를 이어 갔다. 이런 모습을 옆에서 바라본 아내는 "엎어진 김에 쉬어간다"는 속담도 있는데 무엇 하러 또다시 머리 아픈 글을 쓰느냐는 핀잔이었다.

따져보면 그런 지청구를 먹을 만도 했다. 글 쓰는 것 말고는 전혀 다른 일을 모르고 살아오긴 했었지만 아무리 인간의 수명이 백 세가 무색할 만큼 장수로 이어지고 있는 꿈같은 세상이긴 하지만 나이 칠십을 넘어서면 심신이 쇠약하고 머리가 굳어지기 마련인데 그런 나이 많은 사람이 손 놓았던 시사적인 글을 다시 쓰기 시작했으니까 말이다.

그런데 때와 걸목에 아무런 구애를 받지 않고 산문을 써보니 곧바로 세상으로부터 쓴 글에 대한 칭찬이나 꾸중의 목소리는 나오지 않았지만 시비 곡절이 서려 있는 세상일에 대해서 내 나름의 비판과 응징을 내리고 나면 참으로 가슴이 후련하고 상쾌하였다. 신상필벌 억강부약의 논리를 내세우며 누항의 비리와 부정을 가차 없이 고발하던 지나간 현역 시절의 배알때기를 가끔은 느낄 수가 있었기 때문이었다.

그러니까 내 컴퓨터 속에 한쪽 한쪽 쌓여가는 산문들을 바라보면서는 남들은 모를 만족감을 느꼈다. 스스로 자랑삼는 말이 되겠지만 옛날에 조정으로부터 아무런 복록도 귀띔도 받지 않았던 전라도 고을의 어떤 고매한 선비가 '들판의 적바림'이라는 이름으로 자기가 살아가던 그 시대의 굴절된 세상의 모습을 가감하지 않고 사실적으로 기록했던 밑절미도 아마 이와 비슷하지 않았을까?

세상과 잇닿은 걸목을 선택하다 보니 내 글 속에는 이름이 알려진 사람들이 참으로 많이 나타났다. 당대의 정치인, 기업인, 문화예술인, 언론인들이 발생하는 문제들과 얽히는 경우가 많았기 때문이다. 또 전혀 이름이 알려질 수 없었던 생소한 노동자 농민에 이르기까지 아주 여러 무리의 사람들이 글 속에 나타났다. 그것은 그들이 이 세상의 주인이고 주역이었으므로 그들을 빼놓고는 이야기를 할 수가 없었다.

그렇게 써놓기만 하던 산문들을 느닷없이 책으로 묶어서 세상에 내놓게 된 밑절미는 이랬다. 내가 어떤 자리에서 가까운 사람들과 이야기를 나누다가 부지불식중에 산문을 쓰고 있다는 이야기를 흘리게 되었는데 그 말을 챙겨 들었던 사람들이 억강부약과 파사현정의 기사도 정신으로 쓴 시사적인 산문을 세상 밖으로 꺼내놔서 햇빛을 보여야 한다고 을러댔기 때문이었다.

요즘 들어서는 조용하던 한반도가 무서운 긴장감으로 흘러넘치고 있다. 지난봄부터 미국의 대통령 트럼프와 북한의 김정은 국무위원장이 북한이 개발한 핵추진 탄도미사일을 놓고 날카롭고 무서운 설전을 벌이는 바람에 휴전상태라고 하지만 그런대로 수십 년 동안 별 일없이 살아오던 남한 땅의 선량한 장삼이사들이 또다시 무서운 전쟁에 휩싸이는 것은 아닌가 하는 공포와 위기의식을 느끼지 않을 수 없었다.

그러다가 지난 이천십팔년 유월 십삼일, 미국과 북한이 느닷없이 싱가포르에서 정상회담을 열고 꿈만 같았던 〈한반도의 비핵화〉 문제에 합의하더니 그로부터 팔 개월이 지나간 이천십구년 이월에는 다시 베트남의 수도 하노이에서 두 번째로 북한과 미국이 정상회담을 열었지만 기대하던 합의가 깨지면서 한반도의 비핵화 문제는 다시 숙제로 남아돌고 있다.

내가 이 책을 내기로 마음먹으면서 제목을 『모서리에서 본 세상』이라고 지은 것은 내 일생과 관련이 있다. 나는 내가 걷는 길이 올바르다고 생각하고 열심히 살아왔지만 정작 세상은 내 뜻과는 달리 잇달아서 빗나갔기 때문에 때로는 내가 오히려 삐딱한 자세로 살아온 것이 아니었던가 하는 착각마저 하게 되었던 것이다.

 따라서 산문집 원고를 손질하고 있는 지금의 내 머릿속에 맴도는 생각은 참으로 어지럽다. 세계 최대 패권국가인 미국 대통령 트럼프가 수십 년 동안이나 질질 끌어오던 한반도의 비핵화 문제를 그렇게 선선히 양보해서 타결할 이유가 없을 것 같고 북한정부 또한 국가의 명운을 걸고 심혈을 기울여서 개발한 핵무기를 쉽게 폐기할 리가 없기 때문에 귀추를 점치기가 참으로 어렵다. 내가 평생 주장하고 부르짖어온 〈반전〉〈반핵〉〈평화〉가 내 생전에 그 열매를 맺을 수 있을지 자못 두렵기만 하다.

(2019.3.)

모서리에서 본 세상

초판 1쇄인쇄 2019년 7월 26일
초판 1쇄발행 2019년 7월 29일

저 자 강승원
발행인 박지연
발행처 도서출판 도화
등 록 2013년 11월 19일 제2013-000124호
주 소 서울시 송파구 중대로34길 9-3
전 화 02) 3012-1030
팩 스 02) 3012-1031
전자우편 dohwa1030@daum.net
인 쇄 (주)현문

ISBN | 979-11-86644-91-1 *03810

정가 15,000원